ALICIA ZETT

Wie Wellen im Sturm

Band 1 der »Liebe ist«-Trilogie

Wie Wellen im Sturm

ALICIA
ZETT

one

Dieser Titel ist auch als Hörbuch und E-Book erschienen.

Die Bastei Lübbe AG verfolgt eine nachhaltige Buchproduktion. Wir verwenden Papiere aus nachhaltiger Forstwirtschaft und verzichten darauf, Bücher einzeln in Folie zu verpacken. Wir stellen unsere Bücher in Deutschland und Europa (EU) her und arbeiten mit den Druckereien kontinuierlich an einer positiven Ökobilanz.

FSC www.fsc.org
MIX
Papier | Fördert gute Waldnutzung
FSC® C014496

Originalausgabe

Dieses Werk wurde vermittelt durch die
Langenbuch & Weiß Literaturagentur.

Textredaktion: Silvana Schmidt
Umschlaggestaltung: Kristin Pang unter Verwendung von Illustrationen von Mi Ha, Guter Punkt, München
Satz: hanseatenSatz-bremen, Bremen
Gesetzt aus der Adobe Garamond Pro
Druck und Einband: GGP Media GmbH, Pößneck

Printed in Germany
ISBN 978-3-8466-0165-5

5 4 3 2 1

Sie finden uns im Internet unter one-verlag.de
Bitte beachten Sie auch luebbe.de

Liebe Leser:innen,

dieses Buch enthält potenziell triggernde Inhalte.
Dazu findet ihr eine Triggerwarnung auf S. 447.

ACHTUNG: Diese enthält Spoiler für das gesamte Buch.
Auch die Pronomentabelle auf S. 444/445 enthält Spoiler.

Wir wünschen uns für euch alle das bestmögliche Leseerlebnis.

Euer Team vom ONE-Verlag

An das stille Mädchen in der Ecke
mit der Nase zwischen den Buchseiten:
Ich bin stolz auf dich.

Für Oma.

PLAYLIST

Louise – Big Brutus

The Ride – Layne Elizabeth

Normal Fühlen – Madeline Juno

Silence – Boston the Girl

Wo auch immer – Luca Pfeiffer

Walls – Trevor Holmes

How Do You Do! – Roxette

Running After You – Matthew Mole

Summer With You – Matt Simons

Wish You Were Gay – Claud

Girls Should Kiss – thomboi

You Feel Like Home – Hills x Hills

Shiver – Mike Waters

Brown Eyes, Brown Hair – Caleb Hearn

Who I'm Meant To Be – Anthem Lights

I Wanna Be Your Girlfriend – Girl in Red

Girls Girls Girls – Fletcher

I Don't Believe You – P!nk

Reruns – Rosie Darling

Dear Future Me – Layne Elizabeth

You Might Not Like Her – Maddie Zahm

Everhappy – Rahel

Drive – Valerie Broussard

Die komplette Playlist findet ihr auf Spotify unter:
Wie Wellen im Sturm Official Book Playlist

ISM

INTERNAT SCHLOSS MARE

PARALLELWELTEN

Kimaris Haare peitschten durch die Lüfte, während sie ihre Beine in Arokhs schuppige Flanken presste. Eine Hand hielt das Seil, die andere strich beruhigend über den <u>glatten</u> ((Fühlen sich Schuppen glatt an?)) Hals, obwohl sie das Zittern nicht abschütteln konnte. Kimari lenkte Arokh an der Stadt vorbei. An den Rauchschwaden, die dick und schwer über den Dächern hingen und die Menschen in Schatten hüllten.

~~Arokh~~ Ihr Gefährte schnaubte, wollte umkehren. Kimari nahm das Seil fester in die Hand, drückte bestimmter in seine Flanken. Ihr Gesicht brannte und ihre Augen tränten von der aufgewirbelten Asche. Ein verkohlter Geruch ging von dem langen Zopf aus, der ihr während des Flugs immer wieder ins Gesicht schlug. Die Luft glühte heiß auf ihren Wangen, raubte ihr den Atem.

»Flieg höher, Arokh. Bitte, flieg höher«, keuchte sie, schmiegte sich flach an seinen Hals und bedeckte ~~ihr Gesicht~~ Mund und Nase mit dem hellen Leinentuch, das die Asche grau gefärbt hatte. Arokhs schwarze Flügel spannten sich in der heißen Luft, hoben sie höher, trugen sie fort von dem Schlachtfeld, den Schreien und der todbringenden Hitze.

»Louise!« Ich zucke zusammen, als die Stimme meines Großvaters über den Hof schallt, und lasse den Füller fallen. Viel zu schnell segelt er nach unten. Landet fünf Meter unter mir auf der sattgrünen Wiese. Ich fluche, stecke mir das Notizheft unter den Arm und balanciere mit meinen dreckigen Sneakern, die irgendwann einmal weiß gewesen sind, den dicken Ast entlang, bis meine freie Hand den Baumstamm erreicht.

»Louise, wo steckst du schon wieder?«

»Komme gleich!«, rufe ich zurück.

Unter meiner Hand spüre ich das warme Holz, dort wo die Abendsonne bis vor kurzem noch den Baum beschienen hat. Ich bin dankbar für diese warmen Junitage, in denen ich ewig auf meinem Baum sitzen und schreiben kann.

Vorsichtig schlinge ich die kleine Schnur um das Notizheft und lasse es nach unten gleiten. Erst als es sicher auf dem Boden angekommen ist, lasse ich die Schnur los und klettere leichtfüßig die dicke Eiche hinab. Opa schimpft jedes Mal mit mir, wenn er mich dabei erwischt, dabei besteht absolut keine Gefahr. Ich würde selbst in finsterster Nacht den Weg finden. Meine Hände kennen das alte Holz, jede Kerbe und jeder Ast auf dem Weg nach unten sind mir vertraut.

Einen Meter über dem Boden lasse ich mich fallen und lande sicher im weichen Gras.

Langsam bücke ich mich, hebe den Füller und das Notizheft auf und laufe zurück in Richtung Hof. Die Sonne kitzelt meine Nase, Grillen zirpen und der Duft von frisch gemähtem Gras liegt in der Luft.

Ich liebe unseren Hof. Unsere Hühner und die Hofkatzen, die leider recht scheu sind. Dann sind da noch die zwölf Pferde, die nicht uns gehören, sondern Menschen, die meinen Großeltern Geld dafür zahlen, dass sie sie in unseren Stall stellen dürfen, aber eigentlich verbringe ich viel mehr Zeit mit ihnen.

Während ich auf das Steinhaus zulaufe, in dem Oma und Opa sicher schon das Abendessen kochen, schlage ich das Notizheft erneut auf, nehme die gepresste Blüte in die Hand, die ich als Lesezeichen verwende, und lese im Gehen, was ich gerade geschrieben habe. Wieder fliege ich auf Arokhs Rücken, spüre das Meerwasser auf meinen Wangen und drücke meine Beine fester in die Flanken des herrschaftlichen Tieres. Ich bin nicht mehr Louise. Ich bin Kimari, die frisch ausgebildete Drachenreiterin.

»Louise, ich bitte dich! Ich sehe doch, dass du schon wieder trödelst. Fredericks Box sieht heute wieder besonders schlimm aus, könntest du dich darum kümmern?« Opas Gesicht erscheint im Küchenfenster, eingerahmt von geblümten Gardinen.

Schnaubend schlage ich das Heft zu, lege es sorgsam auf den Steintisch neben unserer Eingangstür und ziehe mir die Gummistiefel an, die darunter stehen.

»Wenn's sein muss«, antworte ich genervt.

Natürlich. Graf Frederick. Das wohl teuerste und edelste Pferd in unserem Stall, das dem Bürgermeister höchstpersönlich gehört. Blöderweise hat er so viel damit zu tun, unsere kleine Stadt zu regieren, dass er selbst nur ein paar Mal im Jahr mit ihm ausreitet. Stattdessen kommt seine Tochter Leonie ab und zu vorbei und kümmert sich um den Rappen. Sie geht in meine Klasse, in der Grundschule waren wir einmal beste Freundinnen und liebten es, uns gemeinsam um Frederick zu kümmern. Jetzt nicht mehr. Wenn sie heute auf unseren Hof kommt, behandelt sie mich wie Luft. Was sich geändert hat? Oma würde sagen: das Leben. Opa würde es auf das viele Geld schieben, das sie von ihrem Vater in den Po geblasen bekommt. Seine Ausdrucksweise, nicht meine. Aber ich weiß es besser. Ich weiß, dass sie meinetwegen so auf Abstand bleibt. Weil ich einen Fehler gemacht habe. Damals, an diesem Abend auf dem Heuboden, den ich mein Leben lang nicht vergessen werde.

Eine halbe Stunde später sieht Fredericks Box wieder fast aus wie neu. Ich fliege nicht länger durch die Lüfte, sondern stehe in gelben Gummistiefeln zwischen dreckigem Stroh und wische mir die verschwitzten Haarsträhnen aus der Stirn. Die Vorstellung, hier gerade keine Pferdebox, sondern den Schlafplatz meines Drachen zu reinigen, lässt die Arbeit gleich weniger anstrengend erscheinen. Frederick bedankt sich bei mir mit einem warm-feuchten Stupser seiner Nüstern, ich kraule ihm kurz durch die Mähne, massiere seinen Nacken, dann beeile ich mich, zurück ins Haus zu kommen. Ich muss weiterschreiben. Kimari wartet auf mich. Wieso ich so gern schreibe? Es ist die einfachste Art, ein anderes Leben zu führen. Eins, in dem ich nicht Louise bin. Das Mädchen, das nirgendwo dazugehört. In meinen Geschichten ist es nicht komisch, Mädchen zu küssen oder auch mehr mit ihnen zu machen. Kimari ist verliebt in die Prinzessin des westlichen Königreiches und zeigt ihr das auch ganz offen. Sie ist mutig, stark und selbstbewusst. Einfach gesagt: Sie ist all das, was ich gern wäre.

Opa fängt mich ab, bevor ich in meinem Zimmer verschwinden kann. Er trägt noch die blaue Latzhose von heute Morgen, hat aber seine braunen Arbeitsschuhe ausgezogen, weil Oma es nicht mag, wenn wir den Dreck ins Haus tragen. Was absolut nichts bringt, weil der Wind ihn durch die vielen kleinen Spalten und Löcher sowieso ins Haus weht. Opas weiße Haare sind plattgedrückt, dort, wo bis gerade eben noch sein Basecap saß. Er bückt sich und stellt eine Schale Wasser für die Katzen nach draußen. Auf unserem Hof leben mindestens vier, vielleicht auch mehr. Ganz sicher bin ich mir da nicht.

»Du siehst aus, als wärst du in einen Heuhaufen gefallen.« Opa fischt mir lachend die Strohhalme aus dem Haar und lässt sie zu Boden segeln. »Warst du schon wieder auf dem

Heuboden, Louise? Du weißt doch, bis Peter sich das morsche Holz angesehen hat, darf dort niemand hin.«

»Ich habe nur die Ställe ausgemistet, also deinen Befehl befolgt.«

Opas kleine blaue Augen verziehen sich zu einem Lächeln. »So nennst du das also? Befehle?«

»Andere Synonyme wären Kinderarbeit, Ausbeutung …«

Opa schüttelt belustigt den Kopf. Er weiß, dass ich es nicht ernst meine. Immerhin helfe ich gern auf dem Hof mit. Meistens zumindest. Die Personen, die ihre Pferde bei uns stehen haben, sind eigentlich selbst für die Sauberkeit der Boxen verantwortlich, aber ab und zu sind sie bei der Reinigung nachlässig, und Opa und mir tun die Pferde leid.

»Am besten, du gehst dir den Staub abwaschen. Peter kommt auch gleich rein.«

Ich nicke und verschwinde nach oben in mein Zimmer. Die alte Tür knarzt und quietscht, als ich sie mit einigem Kraftaufwand hinter mir schließe. Dann ziehe ich das Notizheft aus meiner Jeansjacke, lege es auf meinen Schreibtisch und stecke den Füller zurück in das bemalte Einmachglas, das schon seit Jahren als Stiftehalter dient.

Als ich eine halbe Stunde später frisch geduscht und mit nassen Haaren zurück ins Zimmer komme, geht die Sonne bereits unter. Ihr Licht fällt durch das angelaufene Fenster und färbt alles in meinem Raum orangerot. Die gelb-weiß gepunktete Bettwäsche, die Urkunde meines ersten Kurzgeschichtenwettbewerbs, das weiße Trikot, das Papa bei der WM 1990 getragen hat, die spiegelnden Bilderrahmen, die daneben hängen und Mama und ihn zeigen, wie sie mich und Peter in den Armen halten – ich ein pinkes, winziges Baby, Peter ein quengelndes Kleinkind mit hellem Flaum auf dem Kopf. Ein weiteres Bild hängt dort. Weil ich es bisher nicht abhängen konnte, auch wenn mich der Anblick jedes Mal traurig stimmt. Fünf Mädchen stehen vor dem Pferdestall und strahlen mir entgegen. Ich erkenne mein eigenes, grinsendes Gesicht in der Mitte. Leonies Arm liegt auf meiner Schulter. Das Bild ist im Sommer vor drei Jahren entstanden. Jedes Mal, wenn ich es mir ansehe, wünsche ich mir, in die Zeit zurückreisen zu können.

Damals waren wir eine richtige Clique, die zusammen auf dem Hof übernachtete, Hühner fütterte und mit Oma Kuchen backte. In den Ferien blieben wir manchmal zwei Wochen lang draußen, schliefen in Zelten und aßen Stockbrot am Lagerfeuer, das Opa überwachte. Wir waren zu fünft und unzertrennlich. Oma nannte uns ein besonders dichtes Knäuel Wolle. Ich habe nie verstanden, was sie mit diesem Vergleich meinte, aber das brauchte ich auch nicht. Ich wusste, dass ich in den Ferien nie allein sein würde, weil immer jemand da war, den ich anrufen und mit dem ich ausreiten konnte.

Dann kamen die Sommerferien vor der siebten Klasse. Ich feierte meinen dreizehnten Geburtstag oben auf dem Heuboden – mit Blaubeermuffins und selbstgepresstem Apfelsaft. Wir übernachteten in dünnen Schlafsäcken im Heu und erzählten uns bis tief in die Nacht Gruselgeschichten. Peter lachte uns damals schon aus, weil wir doch zu alt für so einen Kinderkram wären, aber ich liebte es.

Ich liebte den Geruch des Heus und den von Leonies Shampoo. Sie lag in ihrem Schlafsack direkt neben mir und hatte sich Blumen in ihre blonden Haare geflochten.

Irgendwann waren die anderen Mädchen eingeschlafen und nur wir beide noch wach. Ich fand einfach keine Ruhe, es fühlte sich an wie tausend kleine Ameisen, die über meinen Körper liefen, und je länger wir redeten, desto schneller krabbelten sie über meine Haut. Irgendwann hat Leonie gelächelt und gesagt, dass meine Augen so schön glitzern im hereinfallenden Mondlicht, also habe ich ihr gesagt, wie sehr ich den Geruch ihres Shampoos liebe. Dann habe ich nach ihrer Hand gegriffen. Ihre Lippen schmeckten nach Apfelsaft und Sommer.

Und ich weiß nicht, was zwischen diesem Kuss und dem Sonnenaufgang geschehen ist, aber was es auch war, das ist der Grund, wieso wir heute kein Wort mehr miteinander sprechen. Mittlerweile habe ich verstanden, dass es nicht so normal ist, wie ich dachte. Ein anderes Mädchen zu küssen, meine ich. Zumindest hier in unserer kleinen Stadt, die eigentlich ein Dorf ist. Schon gar nicht für Leonies Vater. Der verbietet sogar ihrem Bruder das Reiten, weil das schwul wäre. Dabei hat er selbst ein Pferd, das muss man sich mal ausdenken.

Unser Kuss auf dem Heuboden sprach sich herum wie ein Lauffeuer. Dabei habe ich niemandem etwas davon erzählt und Leonie bestimmt auch nicht, so peinlich wie ihr die Sache war. Vermutlich hat uns eines der anderen Mädchen gesehen. Ich weiß es nicht, aber wenn das Getuschel erst einmal begonnen hat, ist es ziemlich schwer, es aufzuhalten. Immerhin hat Peter nichts von alledem mitbekommen, da er damals schon nicht mehr zur Schule ging.

Erst erfanden meine ehemaligen Freundinnen noch Ausreden, wieso sie nicht mehr kommen könnten, oder trafen sich als Gruppe einfach ohne mich. Vier Mädchen, nicht mehr fünf. Irgendwann kam mich niemand mehr besuchen. Sie hatten mich aus der Gruppe ausradiert, wie einen dunklen Fleck, den sie nicht bei sich haben wollten.

Leonie hat mir nie wieder ein Kompliment zu meinen Augen gemacht. Stattdessen kam sie in der Siebten mit Patrick zusammen und klebte ständig an seinen Lippen, wenn ich in der Nähe war.

Ein kurzer, hoher Pfiff dringt durch das geschlossene Fenster und reißt mich aus meinen Gedanken. Ich öffne es und schaue hinunter auf den kiesbedeckten Boden.

»Schwesterherz, spielst du nachher mit uns?«

Peter steht direkt unter meinem Fenster. Hinter ihm erkenne ich unsere Felder und dahinter den Waldrand, über den sich bereits das blaue Abendlicht gelegt hat.

Sein Shirt klebt ihm am Körper, die dunkelgrüne Basecap hat er abgenommen, um sich damit Luft zuzufächeln. Sein sonst hellbraunes Haar schimmert rot in der untergehenden Sonne. Er ist nur vier Jahre älter als ich, doch wenn er Arbeitsklamotten trägt, sieht er damit aus wie ein erwachsener Mann.

»Ich kann nicht. Ich muss schreiben.«

Peter stöhnt. »Schon wieder? Komm schon Lou, Kai muss arbeiten, und ohne dich fehlt einfach jemand auf dem Platz.«

Ich werfe einen Blick auf mein Notizheft, denke an Kimari, die dort zwischen den Seiten auf mich wartet.

»Ich muss die Geschichte übermorgen abgeben.«

Jetzt lächelt Peter verschmitzt. »Na siehst du. Dann hast du morgen noch den ganzen Tag Zeit dafür.«

Seufzend fahre ich mir durch die nassen Strähnen. Hätte ich gewusst, dass ich heute Abend noch mit Peter und seinen Kumpels auf dem Platz stehe, hätte ich gar nicht erst geduscht.

»Okay, aber dafür hab ich was gut bei dir.«

»Wie Ihr wünscht, Eure Majestät.« Peter verbeugt sich vor mir und läuft dann lachend ins Haus.

Beim Abendessen will Oma wissen, was wir den ganzen Tag über gemacht haben. Ich antworte vage mit »Hausaufgaben«, weil das der Wahrheit am nächsten kommt. Peter erzählt, dass er sich um unser Gemüsebeet gekümmert und die Kartoffelernte überwacht hat.

Unser Hof ist recht klein. Im Haupthaus wohnen wir, also mein Bruder Peter, Oma, Opa und ich. Dann gibt es den Pferdestall mit dazugehöriger Koppel. Neben der Pferdekoppel liegen unsere drei Felder. Eines für Weizen, eines, das wir alle paar Jahre mit neuem Gemüse bepflanzen, dieses Jahr mit Kartoffeln, und eins, das eigentlich eher eine natürliche Blumenwiese ist. Oma pflanzt dort allerlei Kräuter an, die im Sommer immer hunderte von Bienen anlocken. Es summt und brummt manchmal so laut, dass ich es bis in mein Zimmer hören kann.

Hinter unserem Haus befindet sich ein großer Hof mit einer Garage für die Traktoren und dem Heuboden darüber. Gegenüber von der Garage liegt unser kleiner Obstgarten, mit Himbeer- und Brombeersträuchern, aber auch einigen Apfel- und Mirabellenbäumen. Zur Erntezeit macht Oma immer Marmelade und Fruchtsäfte, die sie samstags auf dem Markt verkauft.

Neben den Hofkatzen und den Pferden gibt es noch zehn Hühner, die eigentlich in dem kleinen Verschlag hinter dem Obstgarten leben, sich aber auf unserem Hof frei bewegen dürfen. Peter und ich haben Oma immer angebettelt, dass wir uns einen Hund zulegen, so einen richtigen Hofhund, dem wir Tricks beibringen können und der Alarm schlägt, wenn sich ein Fuchs den Hühnern nähert. Aber sie und Opa waren dagegen. Also haben wir die Tricks den Hühnern beigebracht. Sie schnattern jetzt aufgeregt, wenn man ihrem Gatter zu nahe kommt und laufen einmal im Kreis, wenn wir ihnen Leckerlis bringen.

»Hast du keinen Hunger, Louise?«, fragt Oma und deutet auf meinen Teller. Die Lasagne habe ich bisher kaum angerührt. Stattdessen überlege ich die ganze Zeit, wie es für Kimari und Arokh weitergehen könnte. Mir fällt einfach nichts ein, und das ist ein Problem, denn die Frist für den Geschichtenwettbewerb endet in zwei Tagen. Gewünscht ist eine Kurzgeschichte mit einem Umfang von zwanzig Seiten. Ich habe bereits dreißig und weiß, dass Kimaris Geschichte Potenzial für ein richtiges Buch hätte. Für den Wettbewerb werde ich viel kürzen müssen. Ich sollte also nicht mit Peter und seinen Freunden Fußball spielen gehen, sondern stattdessen die ganze Nacht überlegen, wie ich meine Geschichte zu Ende bringen möchte.

»Ich muss gerade über was Wichtiges nachdenken«, weiche ich also der Frage meiner Großmutter aus.

»Das sehe ich.« Sie lächelt und gießt mir noch etwas Wasser nach. Ihre Locken waren vor ein paar Jahren noch kastanienbraun, jetzt geht sie nicht mehr ganz so oft zum Färben, weswegen der Ansatz schon dunkelgrau nachwächst. Aber irgendwie passt es zu ihr. Ihre braunen Augen sehen so liebevoll aus, dass ich früher immer überrascht war, wenn sie doch einmal laut wurde.

»Du weißt ja, was ich immer sage: Mit vollem Magen denkt es sich schon gleich viel besser.« Vielsagend deutet sie auf meine Gabel, also ergebe ich mich und zwinge mir irgendwie die Lasagne rein. Sie schmeckt köstlich, aber ich bin zu aufgekratzt, um Hunger zu haben. Mein Gehirn arbeitet auf Hochtouren und geht tausend verschiedene Szenarien durch, wie ich Kimari und Arokh aus der Klemme helfen kann. Doch egal wie sehr ich mich anstrenge, an diesem Abend finde ich keine passende Lösung mehr. Also gebe ich schließlich doch Peters Bitte nach und gehe nach oben in mein Zimmer, um mich umzuziehen.

Ich tausche die graue Jeans gegen eine kurze Sporthose und die Hauspuschen gegen Peters alte Stollenschuhe, dann binde ich mir die langen braunen Haare zu einem Zopf. Wenig später steige ich hinter meinen Bruder auf den Roller.

»Danke, dass du mitkommst«, sagt Peter, während er auf die ruhige Landstraße biegt und leicht beschleunigt.

»Kein Ding«, antworte ich. Immerhin sind Peters Freunde die einzigen, die ich aktuell noch habe. Erbärmlich, ich weiß, aber mit neunzehnjährigen Jungs Fußball zu spielen fühlt sich tausendmal besser an, als in der Schule wieder als Letzte ins Team gewählt zu werden.

DAS SPIEL DER MOLEKÜLE

In der Schule fühle ich mich manchmal wie ein Molekül, das von allen anderen abgestoßen wird. Ein Fehler in der Materie, nur so kann ich dieses Phänomen beschreiben. Während alle anderen ständig zusammenkleben wie große Molekülhaufen, passe ich einfach nicht dazu. Viel eher scheinen sie sich schnellstmöglich von mir wegzubewegen. Vermutlich ist das total irrational, aber so fühlt es sich an.

Ich habe versucht, mich anzupassen. Endlich wieder zu einem der vielen Molekülhaufen zu gehören. Immerhin war ich vor knapp drei Jahren auch Teil davon. Aber jeder dieser Haufen ist von außen fest verschlossen. Es ist, als stünde ich vor einem tiefen Burggraben, bei dem die Brücke hochgezogen ist und der zudem noch von mehreren Schützen bewacht wird.

Ich erinnere mich an diesen einen Tag vor ein paar Monaten. Lange habe ich mich darauf vorbereitet. Die richtigen Schuhe gekauft, obwohl Oma immer wieder meinte, dass weiße Sneaker auf einem Hof voller Schlamm und Pferdemist nicht die beste Wahl sind. Ich habe eine Stunde im Bad verbracht und versucht, mir eine dieser tollen Flechtfrisuren zu machen, die in dem Molekülhaufen gerade sehr beliebt waren, und es hat sogar funktioniert. Auch wenn Peter mich ganz verstört angesehen hat und ich mir dabei gut zwei Handvoll Haare ausgerissen habe. Ich habe den Molekülhaufen sogar belauscht, um mir Sätze zurechtzulegen, die cool klingen. Vielleicht liegt es daran, dass ich bei meinen Großeltern aufgewachsen bin, aber manchmal sage ich Dinge, die andere nicht verstehen. Wörter oder Vergleiche, bei denen sie mich ansehen wie ein Auto. Dann beginnt das Tuscheln: *Was hat sie gesagt? Versteht die jemand?*

Deswegen habe ich angefangen, moderne Begriffe in mein Notizheft zu schreiben und mir tagelang zu überlegen, was ich sagen kann, wenn ich wieder einmal vor dem Burggraben stehe. Ich habe mich gefühlt wie eine mutige Kriegerin, als ich, ausgerüstet mit meinen weißen Sneakern, der schönen Flechtfrisur und dem neuen Rucksack, auf den Molekülhaufen zugegangen bin.

Dieser Haufen bestand aus fünf einzelnen Molekülen. Zwei davon kannte ich nicht, die anderen drei aber sehr wohl. Weil sie ein Teil meiner alten Gruppe waren. Eines anderen Molekülhaufens, den es schon lange nicht mehr gab.

Vielleicht hätte ich wissen müssen, dass es keine gute Idee war, ausgerechnet zu dieser Gruppe zu gehen, aber im Nachhinein ist man immer schlauer, wie Oma zu sagen pflegt.

Ich trat also vor ihre Burg. Der große, runde Tisch im Pausenhof, an den sich niemand anderes setzen durfte. Versuchte es doch einmal jemand, wurde er mit Blitzen getötet. Blitze, die sie aus ihren Augen abfeuerten.

Molekül eins bis drei würdigten mich keines Blickes. Sie waren zu sehr damit beschäftigt, über einen anderen Molekülhaufen zu sprechen, der es doch tatsächlich gewagt hatte, sich in ihre Nähe zu setzen.

Molekül vier – niemand Geringeres als Leonie – hat mich

gesehen, dann aber ganz schnell den Kopf abgewandt und so getan, als wäre das Pausenbrot deutlich spannender als ich. Ich hatte gehofft, dass wenigstens sie mich ansprechen würde und verstand nicht, wieso sie mich immer noch wie Luft behandelte. Diesen blöden Kuss hatte doch längst jeder hier vergessen. Also abgesehen von mir. Ich dachte noch ziemlich oft daran. Aber das spielte jetzt keine Rolle.

Nur Molekül fünf hat meinen Blick erwidert. Ein Exemplar mit langen, glänzenden schwarzen Haaren, teurer Markentasche und Lippenstift. »Was willst du? Fällt Sport aus?«

Mist. Mit dieser Eingangsfrage hatte ich nicht gerechnet. Mein Gehirn begann sofort auf Hochtouren zu arbeiten. Wieso dachte sie, dass Sport ausfallen würde? Natürlich. Das war unsere nächste Stunde, und wieso sollte ich es sonst wagen, an ihren Tisch zu treten? Der Burggraben schien mir in diesem Moment noch unüberwindbarer. Da Molekül fünf mich angesprochen hatte, wandten sich nun auch die anderen zu mir um.

»Sport frei? Nice! Weißt du das auch sicher?«

Wieder eine Frage, die ich nicht eingeplant hatte.

»Äh.« Ich versuchte Zeit zu schinden, obwohl ich genau spüren konnte, wie sie die Blitze in ihren Augen schon vorbereiteten.

»Ja, ja, Sport fällt aus.« Was tat ich da? Wieso log ich sie an? Sport fand ganz regulär statt, und wenn ich nun schuld daran war, dass sie eine Fehlstunde eingetragen bekamen, würden sie mich erst recht nicht in ihre Gruppe lassen. Scheiße.

»Genial! Die beste Nachricht des Tages.« Molekül drei streckte triumphierend den Arm in die Höhe. Molekül zwei und vier stimmten ihr zu.

»Danke schön, ähm …« Molekül fünf schien zu überlegen, wie mein Name lautete. Das war meine Chance.

»Louise. Louise Schäfer.« Molekül fünf verzog mitleidig den Mund, und Molekül vier, also Leonie, verkniff sich ein Lachen. Vielleicht bildete ich mir das aber auch nur ein.

»Dann danke, Louise Schäfer. Schöne Frisur übrigens.«

Ich konnte es nicht fassen. Sie hatte mir tatsächlich ein Kompliment gemacht. Leider führte das bei meinem Hirn zu einem Totalausfall. Sonst bin ich wirklich gut mit Worten. Meine Lieblingsfächer sind Deutsch und Englisch, und zu Hause rede ich laut Oma und Opa oft auch ununterbrochen, aber in der Schule scheint mein Mund zugeklebt zu sein. Er funktioniert einfach nicht. Und dann tat ich das wohl Schlimmste, was ich in dieser Situation tun konnte. Ich trat einen Schritt auf die feindliche Burg zu, bis genau an den Rand des Burggrabens, sah Molekül fünf direkt in die Augen und antwortete: »Deine Haare sehen auch toll aus.«

Molekül eins und zwei wieherten los, Leonie sah betreten zur Seite, und Molekül drei stieß Molekül fünf in die Seite. »Uhhhh, na da geht aber eine ran.«

Okay, das hätte mein Zeichen sein sollen. In diesem Moment hätte ich die Beine in die Hand nehmen und mit meinen weißen Sneakern fliehen sollen, aber ich tat es nicht. Vielleicht, weil sich der Boden unter meinen Füßen anfühlte wie flüssiger Morast, der mich immer weiter in die Tiefe zog.

Und dann hörte ich Stimmen hinter mir. Ein anderer Molekülhaufen kam direkt auf mich zu. Dieser bestand aus vier Jungs, die öfter mit dem Molekülhaufen vor mir zu tun hatten. Selbst ich hatte mitbekommen, dass Molekül fünf immer wieder zu einem dieser Jungs sah und in seine Richtung lächelte.

»Hey Sarah, kommt ihr? Sport fängt gleich an.«

Die Augen von Molekül Nummer fünf, also Sarah, verengten sich, als sie sich mir wieder zuwandte.

»Aber Louisa hier hat uns gerade gesagt, dass Sport ausfällt.«

Louise, korrigierte ich sie in Gedanken. Traute mich aber nicht, es laut auszusprechen.

»Was?« Der Molekül-Junge musterte mich von oben bis unten. Ich fühlte mich nackt unter seinen Blicken. Nackt und wehrlos. Ich war ihnen direkt in die Falle getappt.

»Wir haben Frau Gerstner eben erst gesehen, und sie hat uns erzählt, dass wir heute Völkerball spielen.« Bei dem Wort ›Völkerball‹ landete sein Blick wieder auf mir. So als freue er sich schon darauf, mich in diesem grässlichen Spiel fertigzumachen.

»Wieso lügst du uns an?«, fauchte Sarah, und zwei und drei murmelten etwas Unverständliches.

»Sorry, ich …« Ich war stolz auf mich, dass ich nicht »Ich bitte vielmals um Entschuldigung« gesagt hatte, doch das machte es jetzt auch nicht besser.

Der Molekülhaufen erhob sich und lief schnaubend und augenverdrehend an mir vorbei. Nur Leonie erwiderte für einen kurzen Moment meinen Blick. Vielleicht wollte sie sogar etwas sagen, doch da rief Sarah nach ihr, und auch sie ließ mich zurück. Allein. Vor ihrem Burggraben. Und vielleicht war dies der Moment, in dem mir klar wurde, dass ich ihn niemals überqueren würde.

Jetzt, sechs Monate später, schäme ich mich selbst dafür. Wieso wollte ich überhaupt auf diese beschissene Burg? Ich will nicht zu dieser blöden Gruppe gehören. Aber es würde einiges einfacher machen.

In der Mittagspause müsste ich nicht immer Menschen suchen, die nett genug sind, mich nicht wegzuschicken. Ich müsste nicht bei jeder Gruppenarbeit bangen, dass niemand mich dabeihaben will. Ich weiß, dass das alles irgendwann ein

Ende hat. Das sagt Opa immer, wenn ich ihm erzähle, wie unwohl ich mich in der Schule fühle.

»Das geht vorbei, Louise. Du wirst nicht ewig fünfzehn sein. Spätestens nach der Schule geht jeder seinen eigenen Weg. Du bist einfach etwas früher dran als die anderen. Du machst jetzt schon dein Ding, und das ist doch wundervoll.«

Es bringt nichts, ihm zu erklären, dass es definitiv nicht *wundervoll* ist, jeden Tag ignoriert zu werden. Nirgendwo dazuzugehören. Aber vielleicht hat er recht. Vielleicht muss ich nur die nächsten Jahre überstehen, bis es besser wird. Ich hoffe es zumindest.

»Louise, bleibst du noch kurz hier?« Frau Seiler lächelt mir entgegen, während die anderen aus meiner Klasse auf den Flur strömen und mit jedem Schritt lauter werden.

»Ist alles in Ordnung?«, frage ich besorgt, weil wir letzte Woche unsere Arbeiten geschrieben haben und ich kein sonderlich gutes Gefühl hatte.

»Mehr als das, würde ich sagen.« Sie lächelt noch breiter. »Du hast doch letzten Sommer den ersten Preis beim Kurzgeschichtenwettbewerb gewonnen und auch dieses Jahr wieder etwas abgegeben, oder?«

Ich nicke nur, weil das alles keine neuen Informationen für mich sind. Stehen die Ergebnisse des Wettbewerbs etwa schon fest? Eigentlich dauert es immer ewig, bis man erfährt, wer gewonnen hat.

»Ich habe mit unserer Direktorin gesprochen und ihr von deinem außergewöhnlichen Talent im Schreiben berichtet. Sie stimmt mir zu, dass das auf jeden Fall gefördert werden sollte.«

Ich kann Frau Seiler immer noch nicht ganz folgen. Soll ich jetzt Einzelunterricht in Deutsch bekommen? Bitte nicht, dann halten mich die anderen doch erst recht für seltsam.

»Wir sind hier nur eine kleine Schule, aber es gibt einen Ort, der das perfekte Programm für dich hat.«

Sie reicht mir einen dicken Ordner, in dem einige Zettel eingeheftet sind. Ganz vorne befindet sich eine edel aussehende Broschüre.

»Die Internatsschule Schloss Mare liegt gut zwei Stunden von hier direkt an der Nordseeküste. Sie haben ein fantastisches Schreibprogramm, du könntest mit echten Größen aus der Literaturwelt sprechen, und die Schule hat generell die höchsten Bildungsstandards. Direktorin Huber und ich sind uns einig, dass du dort sehr gut aufgehoben wärst.«

Ich blättere durch die vielen Seiten, lese Wörter wie »Debattier- und Schachclub«, »Segelscheinzertifikat« und »Rudersport«. Von dem weißen Papier strahlen mir die Gesichter von fröhlichen Jugendlichen entgegen, und das Logo der Schule prangt oben auf jeder Seite.

Schnell schlage ich den Hefter wieder zu. »Das ist sehr nett von Ihnen, aber meine Großeltern werden das niemals bezahlen können.« Allein diesen Satz auszusprechen, fällt mir unglaublich schwer. Durch den Hof verdienen meine Großeltern genug, um alles Wichtige kaufen zu können, aber solch ein Internat kostet bestimmt mehrere tausend Euro im Monat und das würde auf jeden Fall ihren Rahmen sprengen.

Frau Seilers Lächeln verschwindet. Sie setzt sich vor mich auf die Kante ihres Schreibtischs und sieht mir in die Augen.

»Das ist kein Problem, Louise. Das Internat bietet verschiedene Stipendien an. Kostenlos wird es zwar nicht sein, aber es wäre nur noch ein verschwindend geringer Anteil, den deine Großeltern zahlen müssten. Du würdest auf dem Schulgelände wohnen, täglich drei warme Mahlzeiten bekommen und natürlich nicht zu vergessen: all die extra Kurse und Aktivitäten. Überleg es dir einfach. Ich helfe dir sehr gern bei deiner Bewerbung für das Schreibstipendium.«

Wieder blicke ich auf den Hefter in meinen Händen. Das Logo wirkt so edel, so weit entfernt von meinem Leben hier. Und doch: ein extra Schreibprogramm. Menschen mit Erfahrung, die schon veröffentlicht haben und die ich um Rat fragen könnte. Das hört sich so verlockend an.

»Was müsste denn in diese Bewerbung mit rein?«

Jetzt lächelt Frau Seiler wieder. »Du möchtest es also versuchen?«

Ich denke an Opa und einen seiner vielen Ratschläge, die er mir mit auf den Weg gegeben hat: *Wer keinen Schritt aus der eigenen Türe wagt, wird nie wissen, ob er durch eine andere treten kann.*

Aber das wäre ein sehr großer Schritt. Einer, der mich von meinem Zuhause fortführen würde. Ich denke an unseren Hof, an Frederick in seiner Box, an Peter, Oma und Opa. Das alles kann ich doch nicht einfach zurücklassen.

»Ich möchte nur wissen, was ich für die Bewerbung benötige. Mehr nicht.«

»Alles klar. Ich verstehe. Dazu findest du alles auf Seite elf. Zusammengefasst wären das deine letzten zwei Zeugnisse, ein Bewerbungsschreiben, in dem du dem Internat mitteilst, wieso du an ihre Schule möchtest, ein aktueller Lebenslauf, deine Hobbys und außerschulischen Aktivitäten. Außerdem schadet es sicher nicht, deine bisherigen Preise und Urkunden mit anzuhängen.«

»Okay.« Ich schlucke. Das klingt nach einer Menge Arbeit.

»Schlaf erst einmal eine Nacht darüber und sprich mit deinen Großeltern. Sie können sich auch bei mir melden, dann bespreche ich alles Wichtige mit ihnen.«

»Danke schön«, sage ich, weil das wirklich lieb von ihr ist.

»Dann sehen wir uns am Montag wieder.«

»Auf Wiedersehen, Frau Seiler.« Ich hebe die Hand zum Gruß, schultere meinen Rucksack und bin schon an der Tür, als sie mich noch einmal zurückruft.

»Ach, und Louise?«

»Ja?«

»Alles Gute zum Geburtstag. Ich habe es vorhin im Klassenbuch gesehen.« Niemand in der Schule hat mir gratuliert, aber meine Klassenlehrerin denkt dran. Was sagt das über mich aus?

»Danke«, erwidere ich, ehe ich auf den Schulflur trete.

Opa hatte wieder einmal recht. Ich werde nicht immer fünfzehn sein. Heute werde ich sechzehn, und vielleicht ändert das ja doch etwas. Vielleicht muss ich nicht bis nach dem Abitur warten, bis ich Leonie und die anderen endlich hinter mir lassen kann.

EIN LANG ERSEHNTER BRIEF

Vier Wochen später frage ich mich, wieso ich die Bewerbung überhaupt abgeschickt habe. Ich weiß es nicht.

Vielleicht, weil Opa und Oma so begeistert von der Idee waren, nachdem sie mit meiner Klassenlehrerin gesprochen hatten. Vielleicht, weil wir am nächsten Tag wieder Sport hatten und ich wieder einmal als Letzte gewählt wurde.

Wenn ich ehrlich bin, dann hat Kimari mich dazu überredet. Nachdem ich die Kurzgeschichte für den Wettbewerb eingereicht hatte, hat sie mich einfach nicht mehr losgelassen. Da gab es noch so viel mehr, was ich erzählen wollte. So viele unentdeckte Abenteuer, die sich bereits in meinem Kopf zu formen begannen. Ob ich es jemals schaffen werde, ein ganzes Buch mit Kimaris Erlebnissen zu füllen? Ich weiß es nicht, aber ich kann auch nicht aufhören an sie und Prinzessin Liana zu denken. Ich habe mich gefragt, wie die junge Drachenreiterin in meiner Situation handeln würde. Immerhin ist sie viel mutiger als ich. Ihre Antwort war eindeutig: *Versuch es!* Also habe ich mit Frau Seilers Hilfe alle Dokumente zusammengesucht, ein Empfehlungsschreiben von ihr bekommen und den Brief eine Woche nach meinem Geburtstag abgeschickt. Den dicken Umschlag in den Briefkasten fallen zu lassen, hat sich seltsam angefühlt. Wie etwas ganz Großes, obwohl es doch nur ein paar Blätter Papier waren.

Jetzt sind Sommerferien, in wenigen Wochen komme ich in die Elfte. Möchte ich wirklich drei weitere Jahre auf dieser Schule verbringen?

Ich sitze wieder auf meiner Eiche und blicke über unsere Felder. Was ist, wenn sie mich ablehnen? *Und was, wenn nicht?* Verdammt, wieso lassen die sich so viel Zeit mit ihrer Antwort? Opa meint, ich solle doch etwas Geduld haben. Etwas, das mir noch nie sonderlich leichtgefallen ist. Oma meint, dass die lange Wartezeit ein gutes Zeichen ist. Immerhin kann man eine Absage viel schneller verschicken. Ich weiß nicht so recht. Beides ist doch nur ein einzelnes Blatt Papier. Oder?

Ich setze mir die Kopfhörer auf und starte *The Ride* von Layne Elizabeth. Irgendwie habe ich bei dem Song immer das Gefühl, selbst am Steuer zu sitzen, obwohl ich noch nicht einmal einen Führerschein habe. Dennoch führt der Song dazu, dass ich aufstehe und den Baumstamm hinabklettere. Ich passe auf, dass mir das Handy nicht aus der Hosentasche rutscht und laufe Richtung Schuppen, um mein Fahrrad zu holen.

Während die Felder und Wiesen an mir vorbeiziehen, recke ich den Kopf in die Höhe, lasse meine Haare wehen und atme die warme Sommerluft ein. Das hier ist mein Zuhause. Ich kenne jede Straße, jeden Grashalm am Wegesrand. Hier ist es ruhig und meistens menschenleer. Ich liebe es, weil mein Kopf dadurch lauter denken kann. Wenn ich Fahrrad fahre, blitzen die Ideen vor mir auf wie kleine Sonnenstrahlen. Manchmal halte ich während einer Fahrt fünf Mal an, um mir diese Ideenschnipsel aufzuschreiben.

Wie wird das wohl auf dem Internat sein? Eins ist sicher:

Meine Ruhe werde ich dort nicht haben, immerhin werde ich Tag und Nacht mit anderen Menschen zusammen sein und mir sogar ein Zimmer mit einem anderen Mädchen teilen. Aber ist es nicht das, was ich die ganze Zeit wollte? Neue Leute, die mich nicht kennen, bei denen ich noch einmal ganz von vorne anfangen kann? Ich denke an unsere Deutschstunden und die genervten Blicke der anderen, wenn Frau Seiler mich wieder einmal für meine Geschichten lobte. Es wäre so schön, zur Abwechslung mal mit anderen über das Schreiben sprechen zu können, die es ebenfalls lieben. Aktuell werde ich eher dafür ausgelacht, wenn ich mal wieder fünf Seiten geschrieben habe, obwohl nur eine gefordert war.

Ich biege scharf rechts ab, und der Kies knirscht unter meinen Rädern. Die Sonne steht hoch am Himmel und versengt mir bestimmt die Stirn, weil ich wieder einmal vergessen habe, mich einzucremen, doch das ist mir egal. Ich beschleunige auf der kleinen asphaltierten Straße, drücke die Sneaker in die Pedalen und hebe mich vom Sattel. Im Stehen Fahrrad zu fahren fühlt sich besonders berauschend an. Weil der Fahrtwind dann direkt auf den Körper trifft und den Kopf so richtig schön durchpustet.

»Was möchtest *du* denn, Louise?«, hat Opa mich gefragt, als wir abends zusammen am Esstisch saßen und ewig lang über meinen Internatsaufenthalt gesprochen haben. Die Sache ist: Ich weiß es nicht. Seit Jahren träume ich davon, wegzugehen. Lange Zeit wollte ich nur die Schule wechseln, aber hier in der Nähe gibt es keine andere. Das Internat wäre also meine Chance für einen Neuanfang. Dort würde niemand wissen, was mit Leonie auf dem Heuboden passiert ist.

Bei dem Gedanken schießt mir das Blut in die Wangen, und ich verdränge die Bilder so schnell ich kann, während ich mich zurück auf den Sattel sinken lasse. *Denk an etwas anderes. Los! Schokoladeneis. Ja, ja, das ist gut. Eiskaltes, bitteres Schokoladeneis.* Es hilft, das Blut fließt zurück, mein Atem beruhigt sich wieder. Drei Jahre liegen zwischen jetzt und dieser Nacht auf dem Heuboden. Ob sie auch noch manchmal daran denkt?

Zurück fahre ich ganz langsam. Weil mein Mund ausgetrocknet und meine Stirn schweißbedeckt ist. Es ist so verdammt heiß. Ich hätte wenigstens eine Kappe aufsetzen sollen, bestimmt hole ich mir hier gerade einen Sonnenstich. Ich stelle mir vor, ich wäre Kimari, die sich mit Arokh durch eine brennende Wüste kämpft und male mir eiskalte Quellen aus, die am Ziel auf mich warten. Es funktioniert. Aber als ich nach einer gefühlten Ewigkeit auf unseren Hof fahre und das weiße Fähnchen unseres Briefkastens ankündigt, dass die Post gekommen ist, sind die kalten Quellen sofort vergessen.

Ich stelle das Rad so hastig ab, dass es auf den Schuppenboden knallt, doch ich laufe nicht zurück, um es aufzuheben. Stattdessen schlittere ich über den Hof und auf den Briefkasten zu, öffne die kleine Luke und ziehe einen großen braunen Umschlag hervor. Mein Herz macht einen Satz. Mit zitternden Fingern drehe ich den Brief um, und … da steht mein Name.

Anstatt nach Oma zu rufen, die als Einzige im Haus ist, weil Opa und Peter auf den Feldern sind, ziehe ich mich mit dem Umschlag zurück in mein Zimmer und wage es erst, ihn zu öffnen, als ich die Tür fest geschlossen habe.

Mein Herz rast noch immer in meiner Brust, als ich den kleinen Stapel Blätter aus dem Umschlag ziehe. Obenauf liegt ein Brief, der auf dickes, glänzendes Papier gedruckt wurde.

Liebe Louise,

wir freuen uns sehr, dir mitteilen zu dürfen, dass dein Antrag auf das Internatsstipendium bewilligt wurde. Du kannst schon im nächsten Schuljahr zu uns kommen. Alle weiteren Informationen, eine Packliste sowie eine Auswahl unserer Extrakurse sind diesem Brief beigelegt.
Bitte lass uns binnen vierzehn Werktagen wissen, ob du deinen Platz an unserem Internat annimmst.
Bis im nächsten Schuljahr.

Mit freundlichen Grüßen
Robert Brockschmidt
(Koordinator)

Ich lese den Brief dreimal, dann erst sehe ich mir die anderen Blätter an. Da sind so viele Informationen, dass ich nicht weiß, was ich zuerst lesen soll. Es gibt einen Fragebogen, auf dem ich ankreuzen muss, welche Extrakurse mich interessieren, dann ein Blatt, auf dem all meine Krankheiten und Allergien vermerkt werden sollen. Das lege ich direkt zur Seite, weil mich die Informationen zu den Extrakursen viel mehr interessieren.

Fast zwei Stunden lang sitze ich auf meinem Bett und brüte über den Infoblättern. Durch die Broschüren, die mir Frau Seiler mitgegeben hat, weiß ich bereits, dass es ein internatseigenes Kino, einen Fußball- und Volleyballplatz sowie eine Schwimmhalle und eine hochmodern ausgestattete Bibliothek gibt, aber die Informationen über mein Internatszimmer sind mir neu.

Ich werde mein eigenes Bett, einen Schreibtisch, einen Kleiderschrank und einen Nachttisch gestellt bekommen. Alles andere muss ich selbst mitbringen. Das fünfundzwanzig Quadratmeter große Zimmer teile ich mir mit einer anderen Internatsschülerin, diese werde ich erst vor Ort kennenlernen, was mir jetzt schon Angst macht. Was ist, wenn wir uns absolut nicht verstehen? Oder wenn sie schnarcht? Ich kann nicht einschlafen, wenn es zu laut ist. Grillenzirpen und gelegentliches Hühnergackern sind vollkommen okay, aber das Ticken einer Uhr oder eben auch Schnarchen sind die pure Hölle.

Einmal in der dritten Klasse habe ich auf einer Klassenfahrt zweieinhalb Tage ohne Schlaf ausgehalten, dann musste Opa mich abholen, weil ich bei der Schnitzeljagd zusammengebrochen bin. Aber in meinem Zimmer waren vier andere Mädchen, und alle, wirklich alle, haben nachts geschnarcht. Eine von ihnen hat außerdem darauf bestanden, die kleine Lampe anzulassen. Wenn ich schlafe, muss es vollkommen dunkel sein. Hoffentlich braucht meine Mitbewohnerin kein Nachtlicht.

Einen Stundenplan habe ich noch nicht, weil der sich verändert, je nachdem welche Kurse ich wähle, aber ich weiß schon jetzt, dass die Schule dort am 16. August beginnt und ich einen Tag vorher anreisen soll, um mein Zimmer zu beziehen und das Internatsgelände kennenzulernen. Das wäre schon in weniger als einem Monat. Ich schlucke.

»Louise, kann ich reinkommen?« Oma klopft sacht an die Tür.

Ich blicke auf das Papierchaos, das ich auf meinem Bett und dem Zimmerboden ausgebreitet habe, versuche, die Blätter schnell zusammenzuraufen und bitte Oma dann herein.

»Es war so still hier oben, ich dachte mir, ich schaue mal, ob du noch lebst.« Sie lacht. Dann fällt ihr Blick auf die Blätter am Boden.

»Sie haben sich gemeldet?«

»Ja«, beginne ich und krame in dem Blätterberg nach dem Brief. »Sie haben mich genommen.« Ich reiche ihr den Zettel.

Während Oma die Zeilen überfliegt, wird ihr Lächeln immer breiter. Ich selbst habe all die neuen Informationen noch nicht verarbeitet. Das hier fühlt sich nicht real an.

»Ich wusste doch, dass du es schaffst!« Oma legt den Zettel zur Seite und zieht mich in eine feste Umarmung. »Das ist wundervoll, Louise. Das muss gefeiert werden. Was hältst du von Germknödeln mit Vanillesauce?«

Mein hungriger Blick ist wohl Antwort genug.

Während Oma nach unten in die Küche geht, um mit dem Kochen meines Lieblingsnachtisches zu beginnen, springe ich endlich unter die Dusche und wasche mir Schweiß und Hitze von der Haut.

Eingecremt und in meinem gestreiften Schlafanzug laufe ich die Holztreppe nach unten und rieche schon von weitem den vertrauten Geruch von Pflaumenmus und Vanille. Opa und Peter sind mittlerweile auch zu Hause, draußen geht die Sonne unter, und ich sitze hier und fühle mich einfach nur gut. Es ist schwer zu beschreiben, aber hier in dieser Küche, auf meinem Platz am Fenster, bin ich ganz ruhig. Warum habe ich mir in den letzten Wochen überhaupt den Kopf darüber zerbrochen, ob ich auf das Internat gehen soll? Es wäre undenkbar, nicht zu gehen. So eine Chance bekommt man nicht zweimal, das ist klar. Ich hoffe nur, dass ich Oma und Opa nicht allzu sehr vermissen werde. Und Peter … Aber daran will ich jetzt nicht denken.

Ganz ausgehungert von der Aufregung des Tages, schaufle

ich mir kleine Stücke Germknödel in den Mund und spüle mit Omas selbstgepresstem Brombeersaft nach. Es ist ein köstliches Mahl. Einfach alles an diesem Abend ist perfekt. Opa, der mir mit glänzenden Augen zu der Aufnahme gratuliert, Peter, der verspricht, dass er mir täglich Bilder von unserem Hof schicken wird, und Oma, die mit roten Wangen neben mir sitzt und mir durchs Haar streicht, genau wie früher, als ich noch ganz klein war.

In knapp vier Wochen werde ich meinen Koffer packen und in einen Zug Richtung Nordsee steigen. Noch habe ich das nicht realisiert. Noch fühlt sich das alles an wie ein Traum. Aber bald wird es Realität. Ich werde diesen kleinen Ort im Nirgendwo verlassen und auf einem Internat am Meer leben.

Sonst lese ich Bücher und stelle mir vor, wie es wäre, einer dieser coolen Buchcharaktere zu sein. Jetzt fühlt es sich zum ersten Mal so an, als wäre ich selbst die Protagonistin.

AUF GEN NORDEN

Am Bahngleis stehen bereits viele andere Reisende mit großen und kleinen Koffern. Die meisten von ihnen sind in ihre Smartphones vertieft, während Kinder zwischen ihnen hindurchlaufen und Fangen auf dem grauen Bahnhofsboden spielen.

Die große Bahnhofsuhr über unseren Köpfen verrät mir, dass es gleich halb zwei ist. Der Zug sollte also jeden Moment einfahren.

Ich sehe auf den Boden zu meinen Füßen. Zwei angegraute und festgetretene Kaugummis kleben neben der geraden weißen Linie, die den Sperrbereich zu den Gleisen kennzeichnet.

»Hast du dein Ticket?«, fragt Oma bereits zum dritten Mal, weswegen ich es ihr nur wortlos entgegenstrecke.

»Und deinen Ausweis?«

Peter neben mir schnaubt. »Sie ist doch kein Baby mehr.«

»Schreib uns, sobald du angekommen bist, okay?«, bittet mich Opa, und ich nicke. Der Kloß in meinem Hals hindert mich daran zu sprechen. *War das hier wirklich eine gute Idee?*

Ich blicke auf die anderen Reisenden. Die meisten sind Erwachsene oder Familien mit kleinen Kindern. In meinem

Alter ist kaum jemand. Vermutlich werden die anderen Neuankömmlinge von ihren Eltern direkt ins Internat gefahren oder fliegen mit ihrem Privatjet ein, wer weiß. Oma und Opa hätten mich auch gefahren, aber Opa fährt nur noch ungerne Autobahn, und Oma musste ihren Führerschein abgeben, weil sie jetzt schon zum dritten Mal geblitzt wurde.

»Wenn die auch immer alle so läppelduselig fahren«, hat sie sich nur beschwert und eine Litanei an Flüchen ausgesprochen, die ich hier nicht wiedergeben möchte.

Peter hätte uns alle fahren können, aber er muss heute Nachmittag in die Berufsschule. Den praktischen Teil seiner Ausbildung kann er zwar bei uns auf dem Hof machen, aber den Abschluss nicht.

Also werde ich allein an der Nordseeküste ankommen, und bis gestern Abend hatte ich damit auch absolut kein Problem. Aber jetzt … Ich war nie länger von zu Hause weg als die eine Woche Schullandheim im Jahr.

Als der ICE quietschend zum Stehen kommt, verkrampft sich meine Hand um den Rucksackriemen. *Alles wird gut.*

Die ersten Menschen steigen ein, das Bahngleis leert sich rasend schnell, während ich immer noch wie festgefroren neben meinen Großeltern stehe.

»Also dann …«, fängt Opa an und weiß dann offenbar auch nicht, was er weiter sagen möchte. Stattdessen umarmt er mich kurz und fest und schiebt dann meinen Koffer Richtung Zugtür, um ihn für mich im Inneren abzustellen.

Nun tritt Oma zu mir, tupft sich mit ihrem Leinentaschentuch die Augen und stopft es danach zurück in die Seitentasche ihrer blumigen Weste. »Du wirst mir fehlen, Kleine.«

Normalerweise lachen wir immer über diesen Kosenamen, weil ich sie seit zwei Jahren um einen Kopf überrage, aber heute nicht. Ich presse mich an ihren warmen, weichen Körper, atme den Hofgeruch ein, der immerzu an ihr haftet und presse die Augen fest zusammen, um keine Träne zu vergießen.

Peter klopft mir nur auf die Schulter, rückt sich seine Basecap gerade und grinst mich schief an. Auch er hat Papas Gene geerbt, weswegen er groß und lang aus der Menge hervorragt. Wie ein rettender Mast, an dem ich mich festhalten könnte, wenn ich wollte.

Doch ich will nicht. Ich will in diesen Zug steigen.

»Ich rufe an, sobald ich da bin«, sage ich, dann gehe ich endlich auf die Zugtür zu und trete in den Innenraum, aus dem mir bereits die kühle Luft der Klimaanlage entgegenschlägt. Als sich die Türen vor mir schließen, winke ich ein letztes Mal, dann setzt sich der Zug in Bewegung, und meine Familie verschwindet vor meinen Augen.

Am Bahnhof war es stickig und laut, im Zug ist es kühl und leise. Ein Hoch auf Ruheabteile. Trotzdem trage ich meine geräuschreduzierenden Kopfhörer und vermeide den Blickkontakt mit den anderen Mitreisenden. An einem Tag wie heute, an dem so viel Neues auf einmal passiert, reagiere ich auf Reize besonders empfindlich. Manchmal reicht es, mich nach der Schule eine halbe Stunde ins Bett zu legen, mich auf meinen Baum zurückzuziehen oder Musik zu hören, an anderen Tagen ist mir selbst der Schleudergang der Waschmaschine zu viel. Oma nennt es meinen siebten Sinn, weil ich eben sehr empfindlich auf Geräusche und Gerüche reagiere. Ich nenne es bescheuert. Weil das meistens der Grund war, wieso ich nicht auf Geburtstagspartys gehen konnte oder jedes Mal abgehauen bin, wenn in der Schule wieder mal jemand mit einem extrem penetranten Parfüm oder Deo um sich gesprüht hat. Vor allem die Jungs in meiner Klasse haben sich einen Spaß daraus gemacht und mich manchmal extra damit angesprüht. Für sie war es sicher sehr lustig zu sehen, wie ich panisch aufgesprungen und aus dem Raum geflüchtet bin. Zum Totlachen.

In meinem Abteil riecht niemand zu extrem, wofür ich wirklich dankbar bin. Schließlich kann man nicht einfach so aus einem Zug springen, weil einem der Körpergeruch seines Sitznachbarn nicht zusagt. Nicht, dass ich nicht schon darüber nachgedacht hätte.

Opa hat mir ein Ticket direkt am Fenster besorgt, und ich mache mir gedanklich eine Notiz, mich bei ihm dafür zu bedanken. Vor diesem Fenster ziehen vertrocknete Felder und Waldabschnitte vorbei. Ein kleiner Fluss glitzert in der Morgensonne. Noch ist Sommer, und die Klimaanlage im Zug läuft auf Hochtouren, aber an der Nordsee wird es sicher angenehm kühl sein.

Erst vergeht die Zeit rasend schnell. Ich höre nur ein paar Lieder, lese die ersten fünf Kapitel des neuen Fantasybuches, das ich eingepackt habe, und als ich auf die Uhr sehe, sind fast schon eineinhalb Stunden vergangen.

An einem ziemlich leeren Bahnhof steige ich in einen kleineren Regionalzug um. Diese letzte halbe Stunde, die mich nun noch vom Internat trennt, zieht sich jedoch wie Kaugummi, und während die Minuten immer langsamer verrinnen, werde ich immer unruhiger. *Worauf habe ich mich hier nur eingelassen?* Um mich abzulenken, stelle ich mir vor, wie es Kimari erginge, wenn sie an meiner Stelle in diesem Zug sitzen würde. Natürlich hätte sie keine Angst, aber vielleicht wäre ihr das stetige Ruckeln des Zuges unangenehm. Immerhin saß sie noch nie in einem. Ich höre ihre Stimme in meinem Kopf, die die vorbeiziehenden Dörfer kommentiert.

Was sind das für seltsame Blechkutschen? Und wo sind die Pferde?

Bei der Vorstellung muss ich lachen, und ich spüre, wie sich meine Atmung entspannt. Doch dann hält der Zug an der nächsten Haltestelle, und ein Mann mit Businessanzug und schwarzer Aktentasche verlässt den Wagen, dafür nimmt eine junge Frau seinen Platz ein. Ihr beißendes Parfüm kann ich riechen, obwohl sie mindestens vier Reihen vor mir sitzt. Ich schiebe mir den Kragen meines gelb-weiß gestreiften T-Shirts über die Nase und atme den vertrauten Waschmittelgeruch von zu Hause ein. Einatmen, ausatmen. Alles ist gut. Doch lange kann mein T-Shirt den Parfümgeruch nicht überdecken, und dann beginnt auch noch bei einem anderen Mitfahrer das Handy zu flöten. Keine normale Vibration, nein, es flötet bei jeder eingehenden Nachricht. Und als der Kerl anfängt zu tippen, macht sein Handy bei jedem eingegebenen Buchstaben ein Geräusch. Dagegen hilft nur eines: Ich stülpe mir meine geräuschreduzierenden Kopfhörer über die Ohren und merke, wie die Welt um mich herum leiser und meine Gedanken ruhiger werden. Wer auch immer diese Kopfhörer erfunden hat, sollte einen Orden verliehen bekommen. Ich suche auf meinem Handy nach meiner Entspannungsplaylist, schließe die Augen und zähle bis zehn. Versuche ruhig zu bleiben, mich normal zu verhalten, während die ersten Töne des Liedes erklingen.

Noch zwölf Minuten. Ich spüre, wie mir der Schweiß den Rücken hinunterläuft und bekomme schlecht Luft unter dem Stoff meines T-Shirts, aber meine Nase ohne jeglichen Schutz diesem Parfümgestank auszusetzen ist undenkbar.

Ich skippe die nächsten Lieder, bis ich zu einem komme, das es immer wieder schafft, mich zu beruhigen. *Silence* von Boston the Girl. Ich spiele es drei Mal hintereinander ab, drücke mich so weit es geht gegen das Fenster und atme die warme Luft ein, die durch mein T-Shirt dringt.

Als ich die Augen wieder öffne, rollt der Zug gerade in den wohl kleinsten Bahnhof ein, den ich je gesehen habe. Eigentlich ist es nicht mehr als ein Gleis mit einem Ticketautomaten. Die Sonne reflektiert in dem Glaskasten daneben, hinter dem sich der vergilbte Fahrplan befindet. Lediglich zwei Menschen stehen dort und warten. Der Zug bewegt sich immer langsamer und kommt schließlich mit einem leisen Quietschen ganz zum Stehen.

Erleichtert atme ich aus und greife nach meinem Gepäck. Nichts wie raus hier.

Draußen auf dem Bahnsteig schlägt mir heiße Luft entgegen, die stark nach Benzin riecht. So nah am Meer hatte ich eigentlich mit einer frischeren Brise gerechnet.

»Louise Schäfer? Manuel und Carlos Fernandez?« Eine Person mit blonden Haaren und weißem Poloshirt kommt auf mich zu. Erst jetzt bemerke ich die zwei anderen Jugendlichen, die offenbar mit mir ausgestiegen sind. Beide haben dunkelbraune Haare und sehen sich erstaunlich ähnlich – vielleicht sind sie Geschwister.

»Ja?«, frage ich vorsichtig, weil es irgendwie seltsam ist, von einer wildfremden Person mit Namen angesprochen zu werden. Obwohl ich natürlich weiß, dass mich ein Mitarbeiter des Internats abholen wollte.

»Ich bin Ole, willkommen in Salzbüttel! Bis zum Internat ist es noch ein kleines Stück, aber keine Sorge, wir haben eine Klimaanlage im Taxi.«

Ole lächelt uns an und breitet einladend die Arme aus. Manuel und Carlos wirken genauso überrumpelt wie ich. Offenbar sind wir die Einzigen, deren Erziehungsberechtigten keine Zeit hatten, uns ins Internat zu fahren.

Der Größere der beiden greift nach den Koffern und gibt seinem Bruder einen kleinen Schubs.

»Dejalo, Manu!«, beschwert sich der andere, der dann wohl Carlos heißt.

Und weil ich endlich aus dieser sengenden Hitze will, folge ich ihnen.

Während unsere Koffer über die unebenen Pflastersteine schlingern, verringere ich den Abstand zu Ole, bis ich direkt neben ihm laufe. Er ist kaum größer als ich und sieht nicht viel älter aus als Peter.

»Können Sie sich denn auch ausweisen?«, frage ich, weil Opa stets gesagt hat, dass man nicht einfach zu fremden Menschen ins Auto steigen soll. *Ja klar, dieser Mann sieht wirklich aus wie ein Serienkiller.*

Ole lacht. »Natürlich. Warte, hier. Das ist mein Internatsausweis. Ich bin für die Fahrdienste zur Schule zuständig. Alle anderen sind bereits gestern angereist, ihr drei seid die einzigen Nachzügler. Aber keine Sorge, die Willkommensfeier findet erst heute Abend statt.«

Als wir das dunkelblaue Auto erreichen, auf dem in Weiß das Logo des Internats prangt, öffnet Ole den Kofferraum und wuchtet unser Gepäck ins Innere. Währenddessen hat Manuel sich bereits auf den Beifahrersitz fallen gelassen, weswegen ich mich auf die Rückbank neben Carlos setze. Er lächelt mir schüchtern entgegen, was ich erwidere. Immerhin kann ich sehr gut nachvollziehen, wie er sich gerade fühlt.

»Und? Aufgeregt?«, fragt Ole, während er ausparkt und auf die nächste Straße fährt. Am liebsten würde ich mir wieder die Kopfhörer aufsetzen und ihn ignorieren, aber das wäre unhöflich.

Da die beiden anderen kein Wort von sich geben, erbarme ich mich und antworte ausweichend: »Ein bisschen.«

»Braucht ihr nicht. Das wird die beste Zeit eures Lebens, glaubt mir! Ich wollte früher selbst immer auf das Internat, aber hab's nur auf die Gesamtschule in der Nachbarstadt geschafft, tja, jetzt mache ich hier mein Praktikum und gehöre doch irgendwie dazu. Cool, oder?«

Ole gehört definitiv zu der Sorte Mensch, die alles positiv sieht, viel redet und ständig ein Lächeln im Gesicht hat. Wir könnten also nicht unterschiedlicher sein.

»In fünf Minuten sind wir da. Ich fahr euch direkt zur Anmeldung, da kriegt ihr eure Stundenpläne und die Zimmerschlüssel. Außerdem wird euch das Gelände gezeigt. Ein Junge aus der Elften zeigt euch eure Räume und eine Mitschülerin führt dich herum, Louise. Alles klar so weit? Ihr seid so ruhig.«

»Alles bestens«, presse ich hervor, während ich versuche, meine zitternden Hände zu beruhigen.

»Geht klar«, erwidert Manuel und fährt sich durch die braunen Haare. Er will anscheinend besonders cool wirken, aber ich kaufe ihm das nicht ganz ab.

Ole bemerkt wohl, dass uns nicht nach Reden zumute ist, denn er drängt uns nicht weiter, sondern schaltet stattdessen das Radio ein, wofür ich ihm sehr dankbar bin. Auf dem mir unbekannten Sender wird gerade eine Wetterwarnung für heute Nacht ausgesprochen. Ein Hitzetief sorge für ein Gewitter, das sich vor allem in Küstennähe stark zeigen würde.

»Keine Angst, das Internat hat dicke Mauern, da kommt euch so ein Gewitter höchstens vor wie ein laues Lüftchen.«

»Ich hab keine Angst«, kommt es direkt von Manuel. Ich verkneife mir ein Schnauben und antworte stattdessen genauso cool wie er: »Ich mag Gewitter eigentlich.«

Ole grinst mir im Rückspiegel zu und reckt einen Daumen in die Höhe.

»Gute Einstellung. Hier oben ist das Wetter immer etwas rauer. So, da wären wir.«

Er biegt mit dem Auto in eine sandige Einfahrt ab, die rechts und links von Buchsbäumen gesäumt wird. Heilige Pantoffelritter, was ist denn das?

Vor mir erhebt sich ein riesiges Schloss aus hellbraunem Sandstein und wirft seinen Schatten auf die umliegenden Parkanlagen. Natürlich habe ich im Internet und in den Infobroschüren bereits jede Menge Bilder des Gebäudes gesehen, aber die Realität übertrifft sie alle noch einmal bei weitem. Das Schloss hat mehrere Türme, die mit schwarzen Spitzdächern versehen sind, gut hundert blankpolierte Fenster, in denen sich der blaue Himmel spiegelt und ein ausladendes schwarzes Eingangstor, vor dem Ole nun den Wagen parkt und darauf wartet, dass uns die Tür geöffnet wird.

Er meldet uns über ein Walkie-Talkie an, was mir dann doch etwas altertümlich vorkommt, aber irgendwie auch zum Charme dieses Schlosses passt. Als die Flügeltüren automatisch aufschwingen und wir durch den Torbogen fahren, erkenne ich das Internatswappen, das in den braunen Stein gehauen wurde. ISM – Drei Buchstaben, die ineinander verschlungen sind und als Abkürzung für »Internat Schloss Mare« stehen. Darunter befindet sich eine steinerne Welle.

»Willkommen in Schloss Mare«, sagt Ole feierlich und parkt den Wagen im Innenhof.

INTERNAT SCHLOSS MARE

Es sind zu viele Eindrücke auf einmal, weswegen ich mich auf das Wesentliche konzentriere: Im Innenhof, der ungefähr die Größe eines kleinen Fußballfeldes hat, schlendern einige Jugendliche in Grüppchen umher. Ich erkenne mehrere Türen, die wahrscheinlich ins Innere des Schlosses führen, und ein großes Tor gegenüber der Schwingtür, durch die wir gerade gefahren sind. Diese halbrunde Öffnung zieht meinen Blick wie magisch an, denn hinter diesem Tor scheint nichts zu sein. Nichts – außer das Meer. Ich will aussteigen und darauf zulaufen, doch Ole holt mich in die Realität zurück.

»Da vorne links findet ihr das Sekretariat. Es ist die zweite Tür, die mit dem weißen Schild. Ich trag in der Zeit schon mal euer Gepäck rein.«

»Danke«, ist das Einzige, was die Jungs und ich herausbekommen.

Ole öffnet uns galant die Autotüren, und meine dreckigen Sneaker berühren zum ersten Mal Internatsboden. Das Gras, auf dem er geparkt hat, fühlt sich weich und angenehm an. Fast wie zu Hause.

Aus dem Augenwinkel sehe ich, wie Manuel und Carlos bereits auf das Sekretariat zugehen.

Also gut. Dann wollen wir mal. Ich versuche, die Blicke auszublenden. Als *die Neue* scheinen einen alle immer besonders interessant zu finden. *Ganz ruhig, setz einfach einen Fuß vor den anderen.*

Manuel hat die Tür zum Sekretariat offen gelassen, und ich sehe gerade noch, wie eine blondhaarige Frau ihm eine Mappe überreicht. Dann winkt sie mir zu, als ich über die Schwelle trete.

»Hallo, meine Liebe. Du bist auch neu hier, nicht wahr?«

Sieht man mir das an?

Sie lacht. »Ich bin Frau Hofmann und wie heißt du?«

Ich spüre die Blicke von Manuel und Carlos auf mir, also recke ich den Kopf etwas in die Höhe und zwinge mich, den Mund zu öffnen. »Guten Tag, ich bin Louise Schäfer. Ich fange dieses Schuljahr hier am Internat an und würde gerne die Zimmer für meinen Schlüssel abholen.«

Manuel prustet los. Frau Hofmann tut netterweise so, als habe sie meinen Versprecher gar nicht mitbekommen. Wer weiß, vielleicht hat sie das auch nicht. Immerhin beginnt sie direkt damit, in ihren Unterlagen zu kramen und eine Schublade nach der anderen aufzuziehen.

»Schäfer, Schäfer … Ahh, hier bist du!« Triumphierend zieht sie eine Mappe hervor und reicht sie mir. »Dein Zimmer liegt im Westflügel, zweiter Stock, Zimmer Nummer elf. Kannst du dir das merken?«

Ich nicke vielleicht etwas zu hastig.

»Wenn nicht, steht es auch noch einmal hier auf Seite drei. Du müsstest mir jetzt noch ein paar Sachen unterschreiben.«

Sie legt mir vier Blätter auf den Tresen und reicht mir einen teuer aussehenden Kuli in Dunkelblau, der ebenfalls das Wappen des Internats trägt. Mittlerweile rechne ich damit, dass selbst das Klopapier mit dem Wappen bedruckt sein wird.

Ich setze meine krakelige Unterschrift auf die Zettel und reiche sie Frau Hofmann zurück über den Tresen. Dann druckt sie mir noch meinen Stundenplan aus und erklärt mir, welche Fächer in welchem Gebäude stattfinden. Ich bin viel zu aufgeregt, um ihr folgen zu können, also hoffe ich einfach, dass diese Informationen ebenfalls auf dem Stundenplan vermerkt sind.

»Du hast angegeben, dass deine Kleidergröße M ist, richtig?«

Wieder nicke ich. Mittlerweile denkt sie sicher, dass ich verstummt bin.

»Dann kannst du dir deine Uniform in der Wäscherei abholen. Außerhalb des Unterrichts darfst du tragen, was du möchtest, da sind wir nicht so streng.« Wieder lacht sie.

»Ähm … Wo ist die Wäscherei?«, traue ich mich endlich zu fragen.

»Keine Sorge, Antonia wird dir alles zeigen. Und euch beide«, sie blickt zu Manuel und Carlos, »wird Lukas gleich abholen. Die beiden sollten eigentlich schon längst hier sein. Ah, da draußen kommen sie.«

Einerseits bin ich dankbar, das Sekretariat gleich verlassen zu dürfen, andererseits bedeutet das Treffen mit Antonia und Lukas einen Kontakt mit zwei völlig fremden Menschen. Ein, zwei neue Leute kennenzulernen ist schon okay, ich glaube nur leider, dass Antonia und Lukas nicht die Letzten sein werden, auf die ich heute treffe.

»Hi Miriam, entschuldige bitte, ich war gerade noch auf dem Platz und habe unsere Bälle weggeräumt.«

Das Mädchen namens Antonia betritt den Raum zuerst. Ihre dunkelblonden Haare hat sie zu einem festen Zopf gebunden, und ihre blauen Augen mustern mich interessiert. Sie trägt schwarze, kurze Sportshorts, die sich stark von ihrer hellen Haut abheben, und ein dunkelblaues Fußballtrikot auf dem – natürlich – oben links das Schullogo prangt.

»Und ich hatte noch eine Unterredung mit Professor Bartz«, entschuldigt sich der Junge mit den braunen Haaren, der nach Antonia durch die Tür tritt. Er trägt ein weißes Shirt und ausgewaschene Jeans. Nur seine teure Uhr und die Schuhe verraten, dass er sicher kein Stipendium braucht, um das Internat bezahlen zu können.

»Willkommen im Internat. Na, bereit für die große Führung?« Er geht an mir vorbei und schüttelt Manuel und Carlos die Hand.

»Hi, ich bin Toni.« Das Mädchen streckt mir ihre Hand entgegen, und ich achte darauf, weder zu fest noch zu leicht zu drücken.

»Und wie heißt du?«, fragt Toni.

»Louise. Bist du meine Mitbewohnerin?«

Toni lacht und schüttelt den Kopf. »Nein, ich teile mir schon ein Zimmer mit Yuki, aber unser Zimmer liegt auf dem gleichen Gang wie deins. Komm mit. Ich zeig dir alles. Ciao Miriam.«

Toni tritt nach draußen in den sonnendurchfluteten Hof, und ich beeile mich, ihr zu folgen und passe auf, dass kein Blatt aus der Infomappe fällt.

Während wir den Hof hinuntergehen, mustere ich die weiße Nummer fünf auf ihrem Rücken und ihre muskulösen Waden, die in knallgrünen Sportschuhen stecken. Ich frage mich, wie lange sie wohl schon hier zur Schule geht. Sie scheint sich auf jeden Fall bestens auszukennen.

»Also dann, ich würde sagen, wir fangen mit den langweiligeren Sachen an, also den Klassenräumen, der Kantine und den Lernräumen, dann zeige ich dir die cooleren Dinge. Unsere Sportplätze, das Internatskino, heimliche Treffpunkte, an denen nicht kontrolliert wird, wenn du abends mal nach zehn raus gehst«, sie zwinkert mir zu. »Und dann machen wir einen Schlenker an der Wäscherei vorbei, holen dir deine Uniform, und am Schluss setze ich dich bei deinem Zimmer ab. Na, wie klingt das?«

Wie ein ziemlich anstrengender Tag?

»Super. Ich freu mich.« Und das tue ich auch. Ich freue mich wirklich, hier zu sein. Manchmal bin ich nur überwältigt von allem, und mich regt es selbst auf, wie schwer es mir fällt, mich zu konzentrieren.

Ich folge Toni über das Gelände, und entweder es liegt an ihrer lockeren Art oder daran, dass die Luft hier draußen wirklich fantastisch ist, aber mit jedem Schritt wird das bedrückende Gefühl in meiner Brust etwas leichter und ich kann diese Führung hier genießen.

Toni hatte recht, die Klassenräume und die Kantine sind, im Vergleich zum Rest des Internats, am unspektakulärsten. Tatsächlich sehen sie nicht anders aus als die Räume in meiner alten Schule. Nur, dass sie deutlich kleiner sind. Hier gehen maximal fünfzehn Personen in eine Klasse. Die Kantine hingegen ist riesig. Immerhin isst hier nicht nur die Schülerschaft drei Mal am Tag, sondern auch das Lehrpersonal, die Internatsangestellten und natürlich der Direktor.

»Aber die sehen wir nur selten, für die Erwachsenen gibt es einen eigenen Raum.«

»Ich hab auch nicht gerade Lust, mit meiner Mathelehrerin zu Abend zu essen.«

Toni lacht. »Das ist noch gar nichts. Manchmal kommen die Hauseltern einfach unangekündigt in dein Zimmer und kontrollieren, ob du auch wirklich die Hausaufgaben machst. Mega nervig, sag ich dir!«

Mein entsetzter Blick bringt Toni erneut zum Lachen.

»Aber keine Sorge, das passiert echt selten, und wenn du nicht auffällst und deine Arbeiten erledigst, vertrauen sie dir mit der Zeit.«

»Wie lange bist du denn schon hier?«, traue ich mich endlich zu fragen.

»Das ist jetzt mein drittes Jahr am Internat.«

»Wow.«

Toni führt mich aus der Kantine und in einen langen Flur, der uns zurück auf den Internatshof bringt.

Während wir durch den Hof laufen, wandert mein Blick wieder zu dem offenen Tor, hinter dem man das Meer erkennen kann. Jetzt sehe ich jedoch, dass zwischen dem Internat und den Wellen noch eine weite Grasfläche liegt. Toni läuft direkt darauf zu.

»Kommen wir also zu meinem Lieblingsort: den Sportplätzen!«

Obwohl ich mit meinen langen Beinen fast einen Kopf größer als Toni bin, muss ich mich beeilen, um mit ihr mitzuhalten. Ihr blonder Zopf wippt vor mir durch die Luft, und ich habe das Gefühl, sie zeigt mir alle paar Sekunden etwas Neues, das ich bisher nicht einmal wahrgenommen habe.

»Hier links ist der Tennisplatz und dahinter die Sporthalle. Wir haben sogar eine richtige Kletterwand und rechts, wenn du in Richtung Strand schaust, siehst du das Volleyballfeld und diese längliche Hütte. Da drin liegen unsere Segelboote.«

Ich folge ihrem Blick und sehe einen kleinen Steg, der neben dem Bootshaus ins Wasser führt. Dort schlagen die Wellen nicht hart gegen das Land, sondern dümpeln nur leicht hin und her, weil sich der Steg in einer kleinen Bucht befindet. Ich frage mich, wann man neben all dem Unterricht und den Hausaufgaben noch Zeit zum Segeln finden soll, doch Toni beantwortet mir die Frage sofort.

»Der Segelkurs fährt meistens am Wochenende raus, generell ist es hier draußen am Wochenende echt voll, deswegen bin ich so froh, dass unser Fußballplatz auf der anderen Seite des Schlosses liegt.«

Toni dreht sich einmal auf der Stelle und zeigt zurück zum Internat, das vor uns in die Höhe ragt.

»Der Platz liegt hinter dem Westflügel, also direkt unter unseren Fenstern. Spielst du auch?«

Ich nicke vorsichtig. »Aber nur mit meinem Bruder und seinen Freunden …«

»Ist doch super! Komm unbedingt zum Training morgen nach der Schule, wir brauchen echt noch ein paar gute Leute, nachdem Jana und Clarice letztes Jahr Abi gemacht haben.«

»Ich weiß nicht, ob …«

»Das Team ist super, glaub mir. Du kannst morgen einfach mit mir kommen, dann stelle ich dir alle vor.«

Ich recke einen Daumen in die Höhe und lächle gequält. *Juhu, noch mehr neue Menschen.* Dabei sollte ich Toni dankbar sein, dass sie mir so selbstverständlich ihre Hilfe anbietet. Aber wenn ich mir vorstelle, wie ich morgen früh auf ein komplett fremdes Team treffe, verkrampft sich mein Körper direkt.

Also versuche ich die aufkommende Angst zu ignorieren und drehe mich wieder zurück Richtung Meer. Der leichte Wellengang hat etwas Beruhigendes an sich.

Natürlich war ich mit Opa, Oma und Peter früher auch manchmal an der Nord- oder Ostsee, aber ich kann nicht glauben, dass ich ab sofort jeden Tag so nah am Wasser leben werde. Es riecht nach Seetang und heißem Sand, und am liebsten hätte ich die Schuhe ausgezogen und meine überhitzten Füße ins Wasser gehalten, doch Toni wirft einen Blick auf ihre Uhr und stellt dann bestürzt fest, dass die Wäscherei gleich schließt.

»Dann siehst du das Kino eben erst heute Abend, dort findet die Willkommensparty für alle Neuen statt. Komm, jetzt zeig ich dir dein Zimmer.«

DER PERFEKTE ERSTE EINDRUCK

Ich folge Toni zurück durch den Torbogen, und kurze Zeit später gelangen wir in den kühlen Schatten des Westflügels. Dieser entpuppt sich als kleiner Seitenarm des Schlosses, an dessen Ende ein Turm in den blauen Himmel ragt.

Wir gehen die Steintreppe nach oben in den zweiten Stock und treten durch eine moderne Glastür, auf der eine gelbe Zwei klebt.

»Direkt hier neben der Eingangstür wohnt unsere Hausmutter, sie heißt Frau Fuchs, und wenn du mich fragst, macht sie ihrem Namen alle Ehre. Sie hört einfach ALLES. Was mega nervig ist, wenn du dich nachts mal rausschleichen willst, also pass besser auf«, warnt Toni mich und läuft dann schnell an der geschlossenen Tür vorbei, so als könne dort jederzeit Frau Fuchs erscheinen und uns eine Strafpredigt halten. Obwohl wir gerade absolut nichts Unrechtes tun.

Der Gang ist nicht sonderlich lang, ich zähle fünf Türen an jeder Seite und eine am Ende des Flurs.

»Yuki und ich wohnen in Zimmer zehn, also direkt neben eurem. Ihr habt übrigens echt Glück, es gibt nur super wenige Turmzimmer hier. Ich weiß gar nicht, ob Mika schon da ist, aber du hast ja eine Schlüsselkarte, oder?«

Ich frage mich, wer Mika ist, bis mir klar wird, dass so meine Mitbewohnerin heißt. Bei dem Gedanken daran, dass ich sie jeden Moment kennenlernen werde, wird mir flau im Magen.

Ich ziehe die kleine Karte, die Frau Hofmann mir vorhin gegeben hat, aus der Klarsichtfolie und halte sie auf die elektronische Schaltfläche direkt neben der Tür. Mit einem leisen Klick entsperrt sich das Schloss. Irgendwie seltsam, dass es in diesen alten Gemäuern solch eine hochmoderne Technik gibt.

Sicherheitshalber klopfe ich an, bevor ich die Tür öffne, doch das Zimmer vor mir ist leer. Mika ist nicht hier.

Dafür blendet mich das Sonnenlicht, das durch das runde Turmfenster fällt. Genau wie zu Hause werde ich hier also jeden Abend den Sonnenuntergang miterleben können. Ich lächle und trete in das kleine Zimmer. Die runde Außenwand lässt es größer wirken, als es eigentlich ist. An die beiden geraden Wände ist jeweils ein Holzbett geschoben, und direkt neben der Tür befindet sich ein gut zwei Meter langer Vorhang, hinter dem, wenn man ihn zur Seite schiebt, ein Wandschrank zum Vorschein kommt. Eine Seite ist vollgestopft mit Klamotten, die linke Seite ist leer.

»Das Gemeinschaftsbad ist gegenüber von Frau Fuchs' Zimmer, aber Handtücher, Seife und so musst du leider immer wieder mit hierherbringen. Ist etwas nervig, aber sonst gibt es im Bad das absolute Chaos.«

Das kann ich mir gut vorstellen … gut zwanzig Mädchen, die sich gleichzeitig die Haare föhnen, oder noch schlimmer: duschen.

»Ich dachte, manche Zimmer haben auch ein eigenes Bad?«, frage ich hoffnungsvoll, doch Toni winkt ab.

»Wir haben zwar ein Waschbecken, aber mehr auch nicht.

Ein eigenes Klo kriegst du hier nur, wenn du Sonderstatus hast.« Sie malt Anführungszeichen in die Luft, und ich frage mich, wie man diesen Sonderstatus erlangt. Es ist mir egal, keine eigene Toilette zu haben, aber mich vor Fremden auszuziehen zählt definitiv nicht zu meinen Vorlieben.

»Ah, Ole hat auch schon dein Gepäck hochgebracht«, Toni zeigt auf meine Koffer, die neben dem Bett an der linken Wand stehen. »Brauchst du noch etwas?« Toni lehnt sich lässig in den Türrahmen.

Das wäre die Möglichkeit, ein richtiges Gespräch mit ihr anzufangen. Eins, das sich nicht nur um Internatsinformationen dreht, sondern eine richtige Freundschaft aufbaut. Blöd nur, dass ich absolut keine Übung in diesen Dingen habe.

»Ich glaube nicht, danke. Also, auch für die Führung.« Ich versuche es mit einem zaghaften Lächeln.

»Immer gerne doch.« Toni grinst und stößt sich von dem Türrahmen ab. Als sie bereits im Flur steht, dreht sie sich noch einmal zu mir um.

»Ich bin zwar schon echt lange hier, aber ich weiß trotzdem noch ganz genau, wie ich mich in meiner ersten Woche gefühlt habe. Also wenn du reden willst, klopf einfach.« Sie deutet auf die nächstgelegene Tür im Flur, und ich weiß nicht, was ich sagen soll. Ich würde Toni gerne bitten, hierzubleiben, weil es irgendwie schön ist, mit ihr zu reden, andererseits schwirrt mein Kopf von all den neuen Informationen, und mir ist klar, dass sie hier nur ihre Pflicht erfüllt. Bestimmt ist sie froh, wenn sie wieder in ihrem eigenen Zimmer verschwinden kann.

»Ich melde mich, wenn was ist.«

»Super. Wenn Mika bis sieben nicht hier ist, können wir auch zusammen zum Willkommensfest gehen. Am letzten Ferientag gibt es immer ein großes Buffet, Musik und so. Erwarte nicht zu viel, es ist immer noch eine recht lahme Internatsveranstaltung, aber das Essen ist wirklich gut.«

»Das klingt fabelhaft!«, rufe ich aus, bevor ich mich zügeln kann. Toni zieht belustigt eine Augenbraue in die Höhe.

»Also dann, bis später.« Sie hebt die Hand zum Abschied und schließt dann die Tür hinter sich.

Ich bin allein.

Als Erstes stelle ich meine Schuhe fein säuberlich in den Wandschrank, dann laufe ich weiter in den Raum hinein. Er ist kleiner als mein Zimmer zu Hause, aber der Ausblick ist der Wahnsinn. Weit und breit erstrecken sich vor dem Fenster die grünen Wiesen, und direkt unter mir befindet sich das dunkelgrüne Fußballfeld, von dem Toni vorhin so geschwärmt hat. Und auf dem ich bereits morgen Nachmittag selbst stehen könnte, wenn ich wirklich zu diesem Training gehe. Wenn ich Peter davon ein Foto schicke, wird er sicher neidisch sein.

Apropos Peter, ich sollte Oma und Opa dringend anrufen, um ihnen zu sagen, dass ich noch lebe. Also ziehe ich mein Handy aus der Hosentasche und wähle ihre Nummer.

Während ich Oma am Telefon bis ins kleinste Detail erzähle, was ich heute herausgefunden habe und ihr und Opa per Facetime mein Zimmer zeige, räume ich meinen ersten Koffer aus und staple die Klamotten auf der leeren Schrankseite. Jedes Mal, wenn ich den Vorhang zur Seite schiebe, weht mir von Mikas Klamotten ein fremder, aber doch sehr angenehmer Duft entgegen. Das beruhigt mich schon einmal, denn wenn Mika eins von den Mädchen gewesen wäre, die sich immer und überall mit einem strengen Parfüm einsprühen, wüsste ich nicht, ob ich es in diesem Zimmer aushalten würde.

Als der erste Koffer endlich leergeräumt ist, ziehe ich den

Reißverschluss des zweiten auf. Währenddessen erzählt Opa mir, dass Fredericks Box heute wieder einmal grauenvoll aussah und er sie reinigen musste. Ich verdrehe genervt die Augen.

»Erhöh dem Bürgermeister doch einfach die Stallmiete, bei all der Extraarbeit, die wegen Frederick anfällt.«

Doch Opa winkt nur ab, weil er dafür einfach viel zu nett ist.

Mein zweiter Koffer ist vollgestopft mit Büchern und Notizheften. Immerhin konnte ich so einen Teil meines Zimmers mit hierher nehmen. Die Klassiker verstaue ich in der Schublade meines Nachttisches, meine Lieblingsbücher staple ich am Bettende auf und hoffe, dass es erlaubt ist, ein Regalbrett an der Wand anzubringen. Sonst gibt es in dem kleinen Zimmer nämlich keinen Platz. Das blaue Notizheft mit Kimaris Geschichte drapiere ich auf dem Nachttisch. Irgendwie beruhigt mich der Gedanke, dass ich mich jederzeit in Kimaris Welt flüchten kann. Wenn es hier ganz schlimm werden sollte, habe ich immer noch sie und Arokh, die zwischen den Seiten auf mich warten.

Das Bild von meiner Familie stelle ich daneben, auch wenn die lächelnden Gesichter darauf mir die Kehle zuschnüren. Wie kann ich sie denn jetzt schon vermissen, obwohl ich sie heute Mittag noch gesehen habe?

Ich winke in das Handy und verabschiede mich von Oma und Opa. Die kleine Uhr auf dem Display verrät mir, dass es bereits halb sieben ist und das Festessen in einer halben Stunde anfängt, aber irgendwie habe ich keinen Hunger. Das nagende Gefühl von Heimweh lässt dafür keinen Platz.

Um mich abzulenken, breite ich die Schuluniform vor mir auf dem Bett aus und streiche über den neuen Stoff. Erstaunt stelle ich fest, wie angenehm weich er ist. Den Rock lasse ich direkt links liegen, weil ich noch nie ein Fan davon war, wenn meine Beine beim Gehen ständig aneinanderreiben, stattdessen schlüpfe ich in die beigefarbene Hose, die weit über meinen Knöcheln endet. War zu erwarten. Als sechzehnjähriges Mädchen findet man bei einer Körpergröße von 1,78 kaum passende Hosen, und wenn ich mir Peter oder meinen Opa anschaue, bin ich noch lange nicht ausgewachsen. Wenigstens das weiße Hemd passt einigermaßen, und als ich den blauen Blazer mit dem Schulwappen darüberziehe, habe ich seltsamerweise nicht das Gefühl, verkleidet zu sein. Mit der flachen Hand streiche ich über das aufgestickte Logo. Es fühlt sich richtig an, fast so, als hätte der Stoff nur darauf gewartet, dass ich ihn überziehe. Nur die Krawatte bereitet mir Schwierigkeiten. Ich habe noch nie zuvor eine gebunden und gebe es nach mehreren verzweifelten Versuchen schließlich auf. Hoffentlich gibt es keine Strafpunkte, wenn man ohne sie zum Unterricht erscheint. Aber vielleicht kann ich Mika auch bitten, mir damit zu helfen. Wenn sie nur endlich einmal kommen würde.

Ich bin unfassbar müde und so ausgelaugt von all den neuen Eindrücken, dass ich mich erschöpft auf mein Bett fallen lasse. Hoffentlich zerknittert jetzt der Blazer nicht.

Die Bettdecke ist bereits mit einem dunkelblauen Laken bezogen, und die Matratze fühlt sich wunderbar weich an. Ich sinke noch tiefer hinein und lasse meinen Blick erneut durchs Zimmer schweifen.

Das Sonnenlicht wandert über Mikas Bett. Während ich den Strahlen folge, versuche ich anhand der Einrichtung etwas über meine Mitbewohnerin zu erfahren. Doch da gibt es gar nicht so viel. Ihr Bettzeug ist ordentlich zusammengelegt, aber vielleicht wird das hier morgens überprüft. Eine Sportjacke hängt achtlos über ihrem Schreibtischstuhl und mehrere Bilder kleben an der weißen Wand, an der ihr Bett steht. Ich kann nicht genau erkennen, wer darauf zu sehen ist, doch auf den meisten Bildern tragen die Menschen alle das gleiche Trikot. Genau dasselbe, das auch Toni vorhin anhatte. Daraus folgere ich, dass Mika ebenfalls zum Fußballteam gehört.

Halb versteckt neben ihrem Kissen lugt das Gesicht eines Kuschelhasen hervor. Ich muss schmunzeln, weil sie das direkt sympathischer macht. So langsam möchte ich endlich wissen, mit wem ich mir hier ein Zimmer teile. Doch die Minuten verstreichen, und Mika lässt sich immer noch nicht blicken. Vielleicht treffe ich bei der Willkommensfeier auf sie.

Doch gerade als ich das denke, höre ich Stimmen vor der Zimmertür.

»Hi, ihr beiden! Gott, ich verhungere. Freut ihr euch auch schon aufs Essen?« Das ist eindeutig Tonis Stimme.

»Sowas von«, ertönt eine tiefere Stimme, die ich nicht zuordnen kann.

»Und was habt ihr Schönes in den Ferien gemacht?« Das ist wieder Toni.

»Wir waren mit meinen Eltern in Singapur. Meine Mutter hat dort ihre neue Kollektion vorgestellt.« Meldet sich eine dritte Stimme zu Wort. Sie klingt zuckersüß, aber auch ein bisschen überheblich.

»Wow, na da kann ich nicht mithalten.« Toni lacht.

»Wollen wir uns für die Feier fertig machen, Schatz?«, fragt die tiefe Stimme mit flirtendem Unterton.

»Nichts lieber als das«, erwidert die zuckersüße Stimme von gerade, die jetzt allerdings viel rauer klingt.

In diesem Moment wird die Tür geöffnet, ich sehe halb das Gesicht eines Jungen, der sich zu einem schwarzhaarigen Mädchen hinunterbeugt. Die beiden küssen sich.

»Oh, ich will euch nicht aufhalten, wir sehen uns nachher. Bis dann!«, höre ich Toni noch rufen.

»Bis später«, erwidern der Junge und das schwarzhaarige Mädchen gleichzeitig.

Dann schiebt er sie weiter in den Raum hinein und raunt ihr etwas Unverständliches ins Ohr. Mika – zumindest nehme ich an, dass sie es ist – lacht etwas zu hell und küsst ihn auf die Wange.

Als die Tür hinter beiden ins Schloss fällt, lässt er sich seufzend dagegenfallen und fährt sich mit der flachen Hand übers Gesicht, verwuschelt die braunen Haare nur noch mehr.

»Scheiße, ich kann das echt nicht mehr, Mik.«

Mika steht mit dem Rücken zu mir und wirft sich genervt die langen, gewellten Haare über die Schulter. »Psst, was, wenn sie noch im Flur steht?«

Der Junge senkt seine Stimme etwas. »Sorry. Aber hast du ihren Blick nicht gesehen?«

»Und deswegen willst du jetzt einen Rückzieher machen, oder was?« Sie stemmt die Hände in die Hüften, und ich kann mir bildlich vorstellen, wie sie ihn herausfordernd anblickt. Sie ist kleiner als ich und trägt ein weißes Hemd, dessen Ärmel sie lässig hochgekrempelt hat, sodass ihre braune Haut darunter zum Vorschein kommt. An ihrer linken Hand glänzt ein goldenes Armband.

Ich muss etwas sagen, irgendwas! Doch ich bleibe stumm wie ein Fisch und sehe weiter zu, wie Mika und ihr Freund sich ein Blickduell liefern. Jetzt erkenne ich ihn auch. Das ist der Junge, der vorhin ins Sekretariat kam, um Manuel und Carlos herumzuführen. Wie hieß er noch gleich?

»Lukas, wir können hiermit jederzeit aufhören.«

Scheiße, machen die hier gerade vor mir Schluss? Vorhin im Flur klangen sie doch noch so verliebt. Aber egal, was das hier gerade ist, es ist definitiv nicht für meine Ohren bestimmt, das ist mir klar. Nur, was soll ich tun?

Dich bemerkbar zu machen, wäre ein ganz guter Anfang, Louise. Blöd nur, dass mein Körper immer noch zu Stein erstarrt ist.

»Nein, nein, ich denke doch nur ... ach, keine Ahnung.« Wieder fährt er sich durch die braunen Haare. Mittlerweile sehen die so aus, als hätte ein Vogel darin genistet.

»Muss ich dich daran erinnern, dass das hier deine Idee war? Und bisher läuft es doch auch gut.« Ihre raue Stimme wird jetzt sanfter, ihr Klang lässt mich an warmen Sand denken. Sie tritt einen Schritt auf ihn zu, und ich habe schon Angst, dass ich gleich Zuschauerin eines ausgiebigen Versöhnungskusses werde, doch das ist nicht der Fall. Mika hebt nur die Hand und streicht Lukas' T-Shirt glatt.

»Ich dachte nur ... Ich dachte nicht, dass wir das hier so lange durchziehen müssen, verstehst du? Das fühlt sich falsch an. Und was passiert, wenn es rauskommt?«, fragt Lukas.

Jetzt ist es an Mika, sich genervt durch die Haare zu fahren und mit einem Mal kommt mir ein übler Gedanke: Sind die beiden überhaupt zusammen, oder tun sie nur so? Aber wer fakt denn bitte eine Beziehung?

In diesem Moment, in dem mir die vollkommene Verwirrung ins Gesicht geschrieben steht, dreht Mika sich um – und erstarrt, genauso wie ich. Zwei Gedanken schießen mir in diesem Moment durch den Kopf: *Scheiße, sie hat mich bemerkt!* Und, *wow, sie sieht einfach nur umwerfend aus.*

Ihre dunklen Augen weiten sich, während ihre Lippen sich öffnen und wieder schließen. Meine Anwesenheit hat ihr die Sprache verschlagen, nur vermutlich nicht im positiven Sinne.

»Scheiße.« Jetzt klingt ihre Stimme nicht mehr wie warmer Sand, sondern wie eiskalter Regen. »Was machst du denn hier?«

Hi, hallo, es ist auch schön, dich kennenzulernen.

»Ich … Ich wohne hier.«

Lukas sieht zwischen Mika und mir hin und her und glotzt dabei wie ein Auto. Ein sehr schönes Auto, wohlgemerkt. Die Molekülhaufen in meiner Schule würden ihm allesamt hinterherrennen wie gackernde Hühner. Ob er sich daran erinnert, dass er mich vorhin bereits kurz gesehen hat?

Ich muss diese erste Begegnung hier retten, immerhin werde ich die nächsten Monate mit Mika in diesem Zimmer verbringen. Also zwinge ich mich aufzustehen und trete mit zitternden Beinen zu meiner Mitbewohnerin und ihrem Fake-Freund.

»Ich bin Louise. Und entschuldigt wegen eben. Ich … Ich habe nichts Unrechtes gesehen.«

»Nichts was?«, fragt Lukas verwirrt.

»Du hast gar nichts gesehen, kapiert?«, faucht Mika. Ihr ist die Situation sichtlich unangenehm, obwohl sie versucht, das mit einem eiskalten Lächeln zu überspielen.

»Ja klar, sowas von kapiert … Ich, äh, geh schon mal runter zur Feier«, sage ich, als keiner von beiden Anstalten macht, noch etwas zu sagen und zwänge mich, so schnell es geht, an ihnen vorbei, schnappe mir meine Schuhe und flüchte nach draußen in den Flur.

Erst auf dem Gang wird mir klar, dass ich noch immer die Schuluniform trage. Dabei werden alle anderen sicher in Alltagsklamotten zur Feier kommen. Na wunderbar.

Ich blicke zurück auf die verschlossene Tür. Nein, da kann ich jetzt nicht wieder reingehen. Himmel, Arsch und Zwirn, beschissener hätte es echt nicht laufen können. Glückwunsch, Louise.

WILLKOMMENSPARTY

Ich hätte einfach an Tonis Tür klopfen und sie fragen sollen, ob wir zusammen zur Feier gehen wollen. Stattdessen irre ich zwanzig Minuten durch das riesige Schloss, bis ich mich endlich überwinden kann, einen kleinen Jungen, der mir nur bis zur Hüfte reicht, nach dem Weg zu fragen. Er stellt sich mir sofort als Raphael vor und freut sich offenbar, dass er mir helfen kann. Dankbar folge ich ihm durch die langen Gänge. Er erklärt mir, dass die Party später im Kino stattfindet, es vorher aber ein großes Buffet im Speisesaal gibt.

Als wir den Saal betreten, ist er bereits proppenvoll. Besteck klirrt, und laute Stimmen reden durcheinander. Ich lasse meinen Blick über die vielen kleinen Tische wandern und halte Ausschau nach Tonis bekanntem Gesicht. Still bete ich, dass sie nicht noch oben in ihrem Zimmer ist.

Die Wände des Speisesaals sind weiß gestrichen, doch das Beige der Schlossfassade findet sich auf dem Boden wieder. Ich mustere die anderen. Niemand trägt die formelle Schuluniform, stattdessen sehe ich bedruckte T-Shirts, Designerhosen, stylische Schuhe und hier und da sogar ein schickes Sommerkleid. Mist.

Ich blicke an mir herab und knöpfe wenigstens den obersten Hemdsknopf auf, um etwas lockerer zu wirken. Während ich Raphael durch den Speisesaal folge, kann ich die Blicke förmlich auf mir spüren.

»Du kannst mit mir und meinen Freunden essen, wenn du willst«, bietet mir Raphael an und zeigt auf einen Tisch direkt neben der Essensausgabe. So gerne ich sein Angebot auch annehmen würde, ich habe mir fest vorgenommen, an meinem ersten Tag hier wenigstens eine Freundin zu finden, mit der ich auch in den Schulstunden zusammen sein kann. Bei Raphael und seinen Sechstklässler-Freunden wäre das nicht möglich.

Als hätte eine höhere Macht meine Gebete erhört, entdecke ich in diesem Moment Tonis blonden Zopf an einem Tisch rechts von mir und verabschiede mich von Raphael.

»Hi«, sage ich etwas atemlos, als ich kurz vor Toni zum Stehen komme. Mit ihr sitzen noch drei weitere Personen am Tisch.

»Da bist du ja.« Toni lächelt, obwohl mir nicht entgeht, dass sie meine Uniform fragend mustert. Dann zieht sie mir den letzten freien Stuhl heran, und ich lasse mich dankbar darauf nieder.

»Das hier ist Louise«, erklärt Toni und zeigt dann der Reihe nach auf die anderen. »Und das sind meine wundervolle Mitbewohnerin Yuki, ihr Bruder Hiro und ihr Freund Frederick.«

»Rick reicht«, erklärt mir der Junge mit den blonden Locken und der gebräunten Haut, der genauso heißt wie das Pferd unseres Bürgermeisters. Abgesehen davon hat er natürlich nichts mit dem Tier gemeinsam … Wobei seine Nase ebenfalls recht groß ist. Okay, ich sollte dringend mit diesen Vergleichen aufhören!

»Willkommen auf Schloss Mare.« Yuki lächelt mich herzlich an. Ihre schwarzen Haare sind kinnlang, und ihr dunkelrotes Hemd hat sie an den Armen hochgekrempelt, genau wie Mika. Das erinnert mich wieder an den peinlichen Vorfall von eben, den ich am liebsten so schnell es geht vergessen würde.

»Hast du keinen Hunger?«, fragt Rick und deutet auf das leere Tablett, das Raphael mir am Eingang in die Hand gedrückt hat.

»Ähm, doch, schon. Ich hab nur noch nie …«

»Stell dich einfach da hinten in die Schlange, folg immer der Person, die vor dir läuft und halte deine Essenskarte bereit. Du hast doch eine Karte bekommen, oder?«, fragt Toni.

Shit, die liegt bestimmt noch oben in dem Ordner, den mir Frau Hofmann vorhin gegeben hat. Offenbar sieht man mir die Misere an, denn Toni lächelt verständnisvoll.

»Kein Problem, du kannst meine haben. Heute ist Heike mit der Essensausgabe dran, die nimmt das nicht so eng.« Toni reicht mir eine kleine weiße Karte, auf der ein verblasstes Bild von ihr zu sehen ist.

»Du musst unbedingt die Mini-Burger probieren, die sind köstlich!«, meint Yuki.

»Die Burger gibt es jedes Jahr, probier die Pilz-Quiche«, wirft Hiro ein und zeigt auf seinen blank geleckten Teller. Seine Haare hat er ordentlich zur Seite gekämmt, und anders als Rick sitzt er kerzengerade am Tisch. Ich zupfe mein weißes Hemd glatt und erhebe mich. »Danke für die Info«, presse ich noch hervor und laufe in Richtung der Menschenschlange.

Es dauert nur knapp zehn Minuten, bis ich wieder mit Toni und den anderen am Tisch sitze und die lauwarmen Spaghetti Bolognese probiere, die mir Heike auf den Teller geladen hat. Yuki und Hiro hatten recht, es gab eine riesige Auswahl an Speisen, aber meistens bin ich von zu vielen Optionen überfordert. Wenn ich zum Beispiel mit Peter Eis holen gehe, brauche ich ewig, um mich für zwei Sorten zu entscheiden. Es ist schrecklich.

Deswegen habe ich vorhin beim Buffet einfach auf das Erstbeste gezeigt. Jetzt ärgere ich mich darüber.

»Und wo kommst du her, Louise?«, fragt Rick, während Toni an ihrer Cola schlürft.

Ich schlucke schnell meine Nudeln herunter, um ihm antworten zu können. »Aus einem kleinen Dorf, zwei Stunden von hier.«

»Na dann ist das Internatsleben ja nichts Neues für dich. Das hier ist quasi auch ein Dorf«, meint Yuki lachend.

»Jeder kennt jeden«, fügt Rick hinzu.

»Also bisher kenne ich noch kaum jemanden«, murmle ich leise.

»Keine Sorge, das ändert sich spätestens nach dem Essen. Die Willkommensparty für die Neuen ist vielleicht nicht der Brüller, aber dafür lernst du innerhalb kürzester Zeit eine Menge Leute kennen«, erklärt Toni und merkt nicht, dass sie mit ihrer Antwort das genaue Gegenteil bewirkt hat: Nun mache ich mir noch mehr Sorgen als sowieso schon.

»Und wieso seid ihr auf dem Internat?«, frage ich, um das Thema zu wechseln.

»Willst du die Kurzfassung?«, fragt Rick und lacht. »Unsere Eltern haben uns abgeschoben, weil sie unserer überdrüssig geworden sind«, sagt er mit theatralischer Stimme. Yuki knufft ihn in die Seite. »Blödmann, am Ende glaubt sie das noch.« Sie sieht mich entschuldigend an.

»Niemand wurde hierhin abgeschoben, oder so. Der hier«, sie zeigt auf Rick, »ist der Sohn des Direktors höchstpersönlich.«

»Sag ich ja, ich bin nicht freiwillig hier!« Wieder lacht

Rick. »Aber es ist schon cool, dass hier Menschen aus der ganzen Welt zur Schule gehen. Mein Kumpel Lukas kommt aus Dänemark, Yukis und Hiros Eltern leiten ein Kosmetikunternehmen in Osaka, und Fayola ist die Tochter des nigerianischen Präsidenten, also solltest du sie besser nicht beleidigen«, fügt er hinzu und zeigt auf ein athletisches Mädchen, das gerade an unserem Tisch vorbeiläuft.

»Was erzählst du hier schon wieder für einen Müll, Rick?«, fragt Fayola.

»Einfach weitergehen, ich gebe gerade nur mit der Internationalität unseres Internats an.«

Fayola verdreht die Augen, schenkt mir aber ein nettes Lächeln. »Dann sag ich mal herzlich willkommen.« Sie setzt sich mit ihrem Tablett an einen angrenzenden Tisch.

»Und was machen Mikas Eltern?«, traue ich mich zu fragen, nachdem es einige Momente still am Tisch war. Ich will einfach mehr über meine Mitbewohnerin erfahren, vielleicht hilft mir dieses Wissen ja bei unserem nächsten Aufeinandertreffen.

»Oh, daraus macht sie gern mal ein Geheimnis«, meint Yuki.

»Aber eigentlich wissen es alle«, fügt Rick hinzu.

»So besonders ist es jetzt auch nicht.«

»Ihr Vater ist Anwalt, so viel ich weiß«, wirft Toni ein.

»Ja, vom englischen Königshaus höchstpersönlich«, flüstert Hiro ehrfürchtig.

»Und ihre Mutter war früher in Indien eine bekannte Schauspielerin, jetzt hat sie ihr eigenes Modelabel gegründet«, fügt Toni hinzu.

Wow. Ich denke an Oma und Opa, die jeden Tag der Arbeit auf dem Hof nachgehen und an Peter, der sich abends mit seinen Kumpels auf dem Bolzplatz trifft. Ich wusste, dass die Kinder hier aus anderen Verhältnissen stammen. Aber erst jetzt wird mir klar, dass wir in ganz unterschiedlichen Welten leben.

»Du gehst auch in die Elfte, oder?«, fragt Toni und strahlt, als ich nicke.

»Dann sind wir in einem Jahrgang.« Yuki scheint erfreut zu sein.

»Noch eine Elftklässlerin, wie süß.« Rick grinst.

»Du bist nur einen Jahrgang über uns«, beschwert Toni sich.

»Also bin ich euch immer ein Jahr voraus.« Toni und er liefern sich ein Blickduell, das Hiro beendet, als er verkündet, dass er als Achtklässler sowieso viel klüger sei als wir alle zusammen.

»Wer leitet denn dein Tutorium?«, fragt Toni kurz darauf, und als ich sie verwirrt ansehe, fährt sie fort: »Es gibt ab der Elften keine Klassen mehr, sondern Leistungskurse. Je nachdem, wo du deinen Schwerpunkt gelegt hast, fällt dein Stundenplan anders aus. Yuki und ich sind im Mathezweig und Rick hier im Französischen.«

»Dann muss ich im Deutschzweig sein, zumindest habe ich das bei der Anmeldung angegeben.«

Toni und Yuki sehen sich grinsend an. »Dann freu dich schon mal auf Frau Förster, die ist die Beste!«

»Außer wenn sie sich mal wieder von ihrem Freund getrennt hat. Dann ist sie unausstehlich«, fügt Yuki schmunzelnd hinzu.

»Aber das passiert nur so dreimal im Jahr. Die beiden können einfach nicht ohneeinander«, ergänzt Toni lachend. Offenbar ist das der Nachteil des Internats: Deine Klasse bekommt wesentlich mehr von deinem Privatleben mit, als sie sollte.

Während die beiden sich über das Liebesleben ihrer Lehrerin auslassen, sehe ich mich in dem vollen Speisesaal um, wobei mein Blick am Tisch in der linken Ecke hängenbleibt. Vielleicht wurde er auch von etwas angezogen, denn dort sitzt Mika und mustert mich. Ich kann nicht ganz deuten, ob sie genervt oder wütend aussieht. Aber egal, was er aussagen soll: Ihr Blick ist intensiv.

Hat sie Angst, dass ich Toni und den anderen von ihrer Fake-Beziehung erzähle? Wieso sollte ich das tun? Es geht mich absolut nichts an. Mal davon abgesehen, dass ich meiner Mitbewohnerin keinen Grund liefern möchte, mich zu hassen. Und das würde sie, wenn ich ihr Geheimnis verrate, da bin ich mir sicher.

Also erwidere ich ihren Blick nur kurz und versuche ihr zu signalisieren, dass sie sich keine Sorgen machen muss, doch im nächsten Moment dreht sie sich wieder zu Lukas und den anderen beiden Jungs, mit denen sie am Tisch sitzt.

Nachdem wir unsere Tabletts zurückgeräumt und den Tisch abgewischt haben, folge ich Toni und den anderen in das Internatskino, in dem die Willkommensparty stattfinden soll.

Wir treten durch eine schwarze Schwingtür, und leicht überwältigt sehe ich mich in dem Saal um: Dunkelrote, samtbezogene Kinosessel, schwarzgestrichene Wände, eine riesige weiße Leinwand und roter Teppichboden empfangen uns. Die Stimmen klingen anders hier, weil die Decke so hoch und gewölbt ist, fast hat es etwas von einem Theater.

»Komm, wir setzen uns nach vorne, da bekommst du alles am besten mit.« Toni läuft voran, und ich folge ihr. Von allein hätte ich mich niemals in die erste Reihe gesetzt, aber Toni scheint ein Mensch zu sein, der vor absolut nichts Angst hat. Beeindruckend.

Vor uns, direkt vor der Kinoleinwand, steht ein Mann

in einem dunkelblauen Anzug, auf dem das Schulwappen prangt. Vielleicht gibt es irgendwo auf dem Gelände einen Fanshop, in dem man Tassen, Schals und Plüschtiere mit dem Logo kaufen kann? Überraschen würde es mich nicht.

Ich erschrecke mich, als eben dieser Mann direkt in meine Richtung winkt, doch als Rick die Begrüßung erwidert, erinnere ich mich daran, dass der Mann dort oben sein Vater ist.

»Frederick von Bülow ist sowas wie der Prinz des Schlosses. Wenn man es so sieht, ist Yuki seine Prinzessin«, flüstert Toni mir halblaut zu, woraufhin sie einen Knuff von Yuki erntet.

Das Kino füllt sich sekündlich, bis auch die letzte Reihe besetzt ist. Es kribbelt in meinem Nacken, fast so, als spüre mein Körper, dass ich beobachtet werde. Also drehe ich mich um und entdecke Mika nur drei Reihen hinter uns. Sie sieht nicht zu mir, stattdessen schmiegt sie ihren Kopf an Lukas' Schulter und hat die Augen geschlossen. Dabei könnte ich schwören, dass sie mich bis eben noch gemustert hat. Schon wieder.

Der Raum wird verdunkelt, dann ertönt ein Knacken, und auf der Leinwand vor uns erscheint ein Bild, das das Internat von außen zeigt. In den folgenden Minuten schauen wir eine Art Imagefilm der Schule, ich sehe noch einmal all die tollen Extraaktivitäten und Sportkurse, die die Schule anbietet, dann sprechen Einzelpersonen direkt in die Kamera, erzählen von ihren Erfahrungen und nehmen uns selbst mit ihren Handykameras mit. Ein Junge hat mit seiner Actionkamera das letzte Segelturnier gefilmt, ein Mädchen zeigt Einblicke in ein spannendes Debattierbattle, doch der Film über das Fußballturnier des Mädchenteams zieht mich am meisten in seinen Bann.

Seit ich alt genug war, einen Ball zu halten, hat Peter mich mit auf den Bolzplatz genommen, und seitdem habe ich fast jedes Wochenende mit ihm und seinen Kumpels gespielt. Meistens haben sie mich ins Tor gestellt, weil dort keiner von ihnen hinwollte und ich keine Angst vor dem Ball hatte. Was erstaunlich ist, weil mir doch sonst so vieles Angst macht. Aber ein Fußball nicht. Den will ich einfach nur fangen. Ich verfolge also die Mannschaft vor mir auf der Leinwand, sehe die Mädchen über den Rasen sprinten, durch das Gras schlittern, sich abklatschen und einen Kreis bilden, um den Schlachtruf zu schreien. Ich sehe blonde, braune, rote und schwarze Haarschöpfe, blaue Trikots mit weißen Nummern und Namen darauf.

Die letzte Einstellung zeigt ein Menschenknäuel auf dem Boden. Ein Mädchen nach dem anderen springt auf die darunterliegende, alle lachen und kugeln sich im Gras. Ich glaube, Tonis blonden Zopf und Yukis schwarzen Bob zu erkennen, doch Mikas Gesicht ist das, was am häufigsten gezeigt wird. Nicht zu übersehen dabei: Die gelbe Kapitäninnenbinde an ihrem linken Oberarm. War ja klar. Bis eben wollte ich mich unbedingt bei der Mannschaft bewerben, aber wenn sie die Kapitänin ist, weiß ich nicht, ob ich das möchte … Der Film endet mit einer Drohnenfahrt über das Schloss, die Lampen werden wieder angeschaltet, und der Mann im Anzug tritt wieder auf die Bühne.

»Guten Abend, liebe Schüler*innen. Ich freue mich sehr, euch alle hier an unserem Internat begrüßen zu dürfen. Mein Name ist Lasse von Bülow, und ich darf dieses Internat nun schon seit zehn Jahren leiten. An all die alten Hasen: Willkommen zurück! Und an all die Neuen unter euch: Willkommen in unserem Internatskino. Ich hoffe, ihr fühlt euch wohl in unserem Schloss.«

Ich beobachte den Mann im blauen Anzug. Er wirkt einerseits sehr locker, wie er da oben steht, eine Hand in der Hosentasche versenkt hat und das Mikrofon in der anderen kreisen lässt, doch in seiner Stimme erkenne ich eine gewisse

Strenge. Vermutlich benötigt man genau die Kombination aus beidem, um eine Schule leiten zu können, ohne dass einem die Kinder auf der Nase herumtanzen.

»Da schon morgen für euch alle der Schulalltag beginnt, will ich hier gar nicht viele Worte verlieren. Ich weiß, dass ihr alle sehnsüchtig auf die Willkommensfeier wartet. Wobei ich euch noch einmal ausdrücklich an unsere altbekannten Regeln erinnern möchte, die einige von euch doch immer wieder zu vergessen scheinen.« Er zwinkert Hiro und seinen Freunden zu, die daraufhin etwas in ihren Sitzen zusammenschrumpfen, sich aber ein Kichern nicht verkneifen können.

»All diejenigen von euch, die noch nicht die Elfte Klasse besuchen, begeben sich bitte um zehn Uhr in ihre Zimmer. An die Älteren: Ihr dürft eine Stunde länger aufbleiben, aber bitte achtet darauf, nachher nicht zu laut auf den Gängen zu sein. In diesem Sinne: Lasset die Feier beginnen!« Unter regem Applaus geht Herr von Bülow von der Bühne und begibt sich zu den anderen Erwachsenen. Aus den Lautsprechern an der Wand ertönt seichte Musik, die ich persönlich nicht mit einer Party verbinden würde, aber was weiß ich schon? Wenn man es genau nimmt, habe ich noch nie eine richtige Party besucht.

»Ahh, es ist so nice, dass wir endlich zu den Älteren gehören!« Toni klatscht sich mit Yuki ab.

»Sagt diejenige, die immer noch fünfzehn ist«, wirft Rick ein und erntet einen bösen Blick von Toni.

»Los, holen wir uns was zu trinken«, schlägt Yuki vor. Wir verlassen unsere Plätze und gehen ans hintere Ende des Kinosaals, an dem eine Bar errichtet wurde. Hinter dem schwarzen Tisch stehen zwei Schülerinnen, die mit Sicherheit schon achtzehn sind und reichen alkoholfreie Bowle und andere bunte Softdrinks über den Tresen.

»Ich warte ja immer noch auf den Tag, an dem jemand

heimlich Alk in die Bowle kippt«, murmelt Rick und bestellt sich eine Sprite.

»Bei Bülows Sicherheitsvorkehrungen wird das sicher nicht passieren. Und außerdem: Darf ich dich daran erinnern, was passieren würde, wenn Bartz dich mit einer Fahne erwischt? Mal davon abgesehen, dass dein Vater derjenige ist, der diese Regel aufgestellt hat«, mahnt Yuki, doch Rick winkt ab.

»Keine Sorge, selbst mit Alkohol würde diese lahme Party nicht besser werden. Wenn er mich nur einmal die Musik aussuchen lassen würde …« Rick grummelt etwas Unverständliches vor sich hin.

»Wir könnten dein Handy an die Anlage anschließen«, schlägt Yuki vor. Das scheint ihm zu gefallen, und die beiden beginnen eine Diskussion darüber, welche Songs die Menge in Tanzstimmung versetzen würde.

»Harry Styles geht immer«, meint Yuki und tippt etwas auf ihrem Handy ein, doch Rick schüttelt vehement den Kopf.

»Nein, das ist doch keine Partymusik! Den höre ich schon die ganze Zeit im Radio. Hier, wie wäre es mit Deutschrap?«

»Wenn du willst, dass meine Ohren bluten, gerne.« Yuki sieht ihn herausfordernd an.

»Okay, gut. Was dann? High School Musical?«, schlägt er eher spaßeshalber vor, doch Yuki beginnt zu strahlen.

»Ich liebe dich, Yuki, aber nein.«

»Da muss ich ihm recht geben«, meldet sich nun auch Toni zu Wort. »Das hier ist keine 2000er-Party. Spielt was von Fall Out Boy, Panic! at the Disco, Machine Gun Kelly oder zur Not auch Coldplay. Das ist am massentauglichsten.« Sie grinst und sieht zu mir.

»Was möchtest du trinken?«

»Ein Wasser bitte«, sage ich, während ich mich wundere,

dass ich keine der genannten Bands kenne. Anscheinend habe ich dringend etwas aufzuholen, wenn es um Musik geht.

»Alles klar, kommt sofort.«

Mit unseren Getränken in den Händen gehen wir zurück zur Bühne, während Yuki und Rick immer noch an der perfekten Partyplaylist feilen.

Offenbar kann Toni sich das nicht länger mit ansehen. Sie reicht ihnen ihr Handy und deutet dann auf die Soundanlage auf der Bühne.

»Spielt die Playlist ab, die hat Jacob zusammengestellt.«

Das scheint Rick zu überzeugen.

»Wer ist Jacob?«, frage ich, während Rick sich an der Anlage zu schaffen macht und immer wieder zu seinem Vater sieht.

»Der Schlagzeuger aus unserer Internatsband. Normalerweise treten sie auf der Feier auf, aber er hat seinen Flug verpasst und kommt erst morgen.«

Rick hat es endlich geschafft, das Handy mit der Soundanlage zu verbinden, und das aktuelle, recht langsame Lied wird von einem lauten, mitreißenden abgelöst. Sofort geht ein Raunen durch die Menge und alle sehen zur Bühne. Auch Herr von Bülow scheint verwirrt.

Doch Rick und Yuki haben es noch rechtzeitig zurück zu uns geschafft. Lachend ducken sie sich hinter unsere Körper.

»Mal sehen, wann er checkt, was los ist. Mit Technik kennt er sich absolut nicht aus.«

»Du bist echt böse, weißt du das?« Yuki lacht ebenfalls.

»Es hat auf jeden Fall geklappt«, meint Toni und deutet auf die Menge. Bis vor wenigen Sekunden standen alle an den Stehtischen oder saßen auf den Kinosesseln, nun bewegen sich immer mehr auf die freie Fläche vor der Bühne zu und tanzen im Takt.

»Jetzt fehlt nur noch das Licht«, meint Toni und reicht mir ihr Glas. »Halt mal kurz.«

Im nächsten Moment ist sie verschwunden, und Rick, Yuki und ich sehen uns verwirrt an.

»Wo geht sie hin?«, frage ich, doch das wissen die anderen beiden offensichtlich auch nicht.

Kurz darauf wird die Deckenbeleuchtung verdunkelt und eine Discokugel fährt aus einem Loch in der Decke. Als sie beginnt sich zu drehen, reflektiert sie das Licht von den bunten Wandstrahlern, die ebenfalls gerade erst angegangen sind. Der Raum erstrahlt in bunten Farben, die sich als kleine Punkte auf unseren Gesichtern abzeichnen.

»Was ist hier los? Weiß jemand, wo die Hausmeisterin ist?«, höre ich Herrn von Bülow rufen, doch niemand antwortet ihm. Die Menge wird immer ausgelassener. Das nächste Lied ist noch lauter, sodass ich den Beat in meinen Füßen spüren kann. Normalerweise reagiere ich auf laute Geräusche sehr empfindlich, aber das hier gefällt mir. Es fühlt sich … gut an.

»Na, habe ich zu viel versprochen?« Toni taucht mit roten Wangen und leicht zerzaustem Zopf wieder neben uns auf.

»Wo warst du?«, fragt Yuki.

»Eine Partyretterin schweigt und genießt.«

»Warst du das mit dem Licht?« Auf einmal steht Lukas neben uns. Blaue Lichtpunkte tanzen auf seinem weißen Shirt.

»Ich weiß nicht, wovon du redest.« Toni grinst und fährt sich verlegen durch die Haare.

»Das ist genial. Wieso haben wir das nicht schon viel früher gemacht?«

»Keine Ahnung, Mann, aber ab jetzt brauchen wir so einen Flashmob jedes Jahr.« Rick schlägt sich mit Lukas ab, und die beiden verschwinden Richtung Tanzfläche.

»Hier seid ihr.« Zwei neue Menschen kommen auf uns zu.

Stürmisch umarmen sie Toni und Yuki, dann stellen sie sich mir als Caro und Sam vor. Ich versuche mir ihre Namen zu merken, doch als noch drei weitere Personen dazukommen, bin ich überfordert. Sie scheinen sich allesamt zu kennen und schreien sich über den Lärm der Musik Anekdoten aus ihren Ferien zu.

Ich stehe daneben und überlege, wie ich in die Unterhaltung einsteigen könnte.

Es gab da dieses Spiel in der Grundschule. Zwei Menschen stehen sich mit einigem Abstand gegenüber und halten zwei Seile in ihren Händen, die sie gleichmäßig durch die Luft sausen lassen. Die Herausforderung war dann, es irgendwie zu schaffen, in die Mitte zwischen diese beiden zu gelangen und im richtigen Moment hochzuspringen, um nicht von einem der Seile berührt zu werden. Ich brauche nicht zu erwähnen, dass ich dabei oft kläglich gescheitert bin. Genau so fühlt es sich gerade an. Vor mir werden Seile gedreht, aber ich schaffe es nicht, im richtigen Rhythmus mitzuspringen.

»Hey.« Eine Stimme neben mir lässt mich zusammenzucken. Es ist Mika. Ganz allein.

»Ich dachte, ich stelle mich noch einmal richtig vor. Das vorhin war ja etwas …« Sie sucht nach dem richtigen Wort. »Unschön?« Sie schreit nicht, spricht jedoch laut genug, damit ich sie über die Musik hinweg verstehen kann.

Höchst unangenehm trifft es wohl eher, aber okay.

Sie streicht sich eine ihrer langen Strähnen hinters Ohr und offenbart mir damit einen Blick auf ihren Hals. Dort glänzt eine feingliedrige, goldene Kette mit einer winzigen ozeanblauen Kugel daran.

»Hrm.« Mika räuspert sich, und mein Blick schnellt wieder nach oben. *Bitte lass sie nicht denken, dass ich ihr in den Ausschnitt gestarrt habe!*

»Also, ich bin Mika.«

Sie hält mir ihre Hand entgegen, und es fühlt sich äußerst förmlich an, als ich sie schüttle.

In diesem Moment setzt ein etwas ruhigerer Song ein, wofür ich dankbar bin, weil ich sie nun nicht anschreien muss, damit sie mich versteht.

»Louise. Und noch einmal wegen vorhin: Das war echt blöd von mir, entschuldige. Ich … Ich hätte direkt etwas sagen sollen, als die Tür aufging.«

»Ja, das hättest du allerdings.« Ihre Stimme klingt nach wie vor kühl, und ich kann ihren Blick noch immer nicht deuten. *Ich habe mich doch bei ihr entschuldigt, was will sie denn noch?*

»Also schön, dann wäre das geklärt. Ich denke, es ist klar, dass du niemandem davon erzählst?« Wieder ist da dieser bohrende Blick, und diesmal lächelt sie sogar, aber es ist ein falsches Lächeln, das nur bis zu ihren Mundwinkeln reicht.

»Hundertpro. Sowas von klar. Ich schweige wie ein Grab.«

Gott, was rede ich da schon wieder?

Das scheint sich Mika auch zu fragen, denn die Falte zwischen ihren Augen vertieft sich. Dann zuckt sie mit den Schultern und nimmt einen Schluck von ihrem Wasser. Anders als die meisten hier trinkt sie weder einen zuckerhaltigen Softdrink noch die fruchtige Bowle. Sie bemerkt meinen Blick und setzt das Glas ab.

»Was? Noch nie einen Menschen auf einer Party Wasser trinken sehen?«

Zur Antwort hebe ich nur mein eigenes Glas. Das scheint Mika eine winzige Sekunde aus dem Konzept zu bringen. Sie fängt sich jedoch schnell wieder, wendet sich von mir ab und sieht sich in der Menge um, vermutlich um nach Lukas Ausschau zu halten.

Während sie das tut, mustere ich ihr Outfit. Das weiße

Hemd von vorhin hat sie gegen ein hellblaues Top getauscht, das so aussieht, als wäre es ihr direkt auf den Leib geschneidert worden. Auch der schwarze Samtrock sitzt perfekt. Wieder wandert mein Blick zu ihrem Hals und der Goldkette. Ob Lukas ihr die geschenkt hat? Wie weit gehen sie denn mit dieser Fake-Beziehungssache? Ich sollte aufhören, mir ständig Gedanken darüber zu machen. Es geht mich nichts an. Punkt.

»Na ja, so nett dieses anregende Gespräch gerade auch ist, ich muss leider weiter. Wir sehen uns dann später im Zimmer.« Und mit diesen Worten wirft sie sich die langen Haare über die Schulter und verschwindet in der Menge. Ich bleibe völlig verdattert zurück. Was zum Geier ist bitte ein *anregendes* Gespräch?

»Ihr habt euch schon kennengelernt?«, fragt Toni und tritt zu mir.

»Ja, so kann man es auch nennen«, antworte ich und versuche dabei nicht rot zu werden. Kann man von »kennenlernen« sprechen, wenn deine Mitbewohnerin vor dir mit ihrem Freund über ihre vorgetäuschte Beziehung diskutiert?

»Mika ist echt cool. Sie ist unsere Kapitänin, weißt du? Mega ehrgeizig. Ich kenn echt niemanden, der Fußball so sehr liebt wie sie.«

»Ach ja?« Ich blicke wieder in die Menge, in der Mika verschwunden ist, doch ich sehe sie nicht mehr. Auf mich wirkt sie nicht gerade cool, sondern reichlich eingebildet, aber hey, vielleicht täuscht mich mein erster Eindruck auch. Opa sagt immer, wir lernen Menschen erst wirklich kennen, wenn sie ihre Mauern zur Seite schieben. Und auch, wenn meine Menschenkenntnis nicht die beste ist, ist eines ganz klar:

Mikas Mauern sind bestimmt genauso dick wie die des Schlosses.

HEIMWEH

Herr von Bülow kommt an diesem Abend nicht mehr dahinter, wer seine Willkommensfeier sabotiert hat. Stattdessen zieht er um halb elf einfach den Stecker, was für laute Beschwerden und Buhrufe sorgt, doch ich kann ihn verstehen. Mittlerweile ist auch mir die Musik zu viel. Meine Ohren dröhnen, und meine Füße schmerzen vom vielen Stehen. Ich bin seit sieben Uhr auf den Beinen und bin ihm eigentlich ganz dankbar, dass er die Party frühzeitig beendet.

Toni und Yuki regen sich zwar fürchterlich darüber auf, gähnen auf dem Weg zurück zu unserem Flügel aber so ausgiebig, dass ich mir fast sicher bin, dass sie sowieso nicht mehr lange durchgehalten hätten.

Rick verabschiedet sich mit einem Kuss von Yuki, dann laufen wir gemeinsam die Treppen nach oben in den zweiten Stock.

Das angekündigte Gewitter höre ich erst, als Toni und Yuki sich in ihr Zimmer verabschiedet haben und ich allein in Mikas und meinem stehe. Der Regen klatscht gegen das runde Turmfenster, und Wind zerrt an den Schlossmauern. Ich blicke nach draußen und sehe einen Blitz am Horizont, der kurze Zeit das Fußballfeld unter mir erleuchtet. Ich liebe Gewitter, für mich ist das das beste Schreibwetter. Vielleicht spielen deswegen so viele meiner Szenen bei Donner und Regen. Kimari musste deswegen schon einige stürmische Flüge durchleben, aber ich glaube, insgeheim mag sie das auch. Ich überlege, wo ich sie zuletzt zurückgelassen habe. Nachdem die Stadt niedergebrannt und Kimari auf Arokh geflohen war, ist sie zum ersten Mal auf Prinzessin Liana getroffen. Ihr Königreich war bisher von den Aufruhren in den Städten verschont geblieben. Diese erste Szene zwischen den beiden zu schreiben war verzwickt. Weil ich nicht wusste, was sie sagen sollten. Es schien fast so, als seien meine Figuren verstummt, als wollten sie nicht miteinander reden. Jedes einzelne Wort musste ich ihnen aus der Nase ziehen, was wirklich mühsam war. Für den Geschichtenwettbewerb habe ich deswegen nur einen ganz kleinen Ausschnitt von ihrem Gespräch mit reingenommen und bin einfach zur nächsten Szene gesprungen. Wenn ich aus der Kurzgeschichte aber ein ganzes Buch machen möchte, bleibt mir nichts anderes übrig, als mich noch einmal an diese Szene zu setzen.

Ich seufze und schalte das große Deckenlicht aus und mein gemütliches Nachtlicht an. Mir ist klar, wieso mir die Szene zwischen Kimari und Liana so schwerfällt. Immerhin ist Kommunikation mit Gleichaltrigen auch im wahren Leben nicht gerade meine Stärke. Aber wie lernt man so etwas? Ich habe keine Ahnung …

Während ich dem beruhigenden Regengeprassel lausche, streife ich die Schuluniform ab und schlüpfe in meinen Pyjama, eine rot-weiß gestreifte kurze Hose und ein graues Shirt, auf das ich mit Textilfarbe eins von meinen Lieblingszitaten geschrieben habe. Ich bin sehr selbstkritisch und finde die meisten meiner Sachen höchstens mittelmäßig, aber einige Sätze gefallen mir doch. So wie dieser, den ich vor einem Jahr in das schwarze Notizheft geschrieben habe, das extra für solche Sätze vorgesehen ist, und der nun leicht verblasst auf meinem Schlafshirt steht: *Regen versteht mich auf eine Art und Weise, wie es die Sonne niemals könnte.*

Wie passend ist es, dass es gerade jetzt wieder regnet?

Ich blicke zu Mikas Bett und frage mich, wann sie zurückkommen wird. Die Party ist vorbei, aber vielleicht ist sie noch mit zu Lukas gegangen? Doch genau in diesem Moment betritt sie das Zimmer. Ihre Haare sind verstrubbelt, bestimmt haben Lukas' Hände das angerichtet, und ihre Wimperntusche ist leicht verschmiert. Sie sieht mich im Bett liegen und bleibt stehen.

»Du bist ja noch wach.«

»Scheint so.«

Mika sieht mich überrascht an. Offenbar hat sie nicht mit solch einer schlagfertigen Antwort gerechnet. Tja, ich auch nicht. »Gut, dann muss ich nicht leise sein«, meint sie nur, zieht ihre Schuhe aus und stellt sie neben den Kleiderschrank. Dann beginnt sie sich auszuziehen, und ich drehe mich schnell zur anderen Seite.

»Ich werde schon mal schlafen«, murmle ich gegen die Wand und schalte das Nachtlicht aus.

»Du schnarchst hoffentlich nicht?«, fragt sie argwöhnisch. *Ach, das stört sie also auch? Immerhin etwas, das wir gemeinsam haben.*

Ich höre das Rascheln ihres Rocks, als er zu Boden fällt, dann das Knarzen des Bettes, als sie sich darauf niederlässt, um ihren Schlafanzug anzuziehen.

»Nicht, dass ich wüsste«, antworte ich.

»Hoffen wir mal, dass das stimmt«, erwidert sie nur, dann verschwindet sie im Bad.

Als sie sich zurück ins Zimmer schleicht, ihr eigenes Nachtlicht löscht und sich hinlegt, bin ich immer noch hellwach. Peter hat mir das versprochene Tagesbild von unserem Hof geschickt. Darauf grinst er in die Kamera und hat den Arm um eins unserer Hühner gelegt. Ich erkenne den rosa Kamm und die Flecken auf dem Gefieder. Das ist Gerda. Sie läuft mir manchmal auf dem Hof hinterher wie ein kleiner Hund. Ich vermisse es, meine Nase in ihr Gefieder zu drücken.

Ich sollte jetzt endlich schlafen, aber mein Kopf ist zu voll. Normalerweise greife ich in solchen Momenten zu meinem Notizheft und schreibe mir die Gedanken von der Seele. Ich verarbeite sie in Geschichten. Aber Mika denkt, ich schlafe schon längst. Ich kann jetzt nicht das Licht anmachen. Also wälze ich mich hin und her, lausche dem peitschenden Regen und dem Donnergrollen in der Ferne und versuche mir vorzustellen, dass ich zu Hause in meinem Bett liege. Fast kann ich das Heu und den Pferdestall riechen. Höre Gerdas lautes Gackern und das Zirpen der Grillen. Fast funktioniert es. Und es ist, als hätte ich einen inneren Schalter umgelegt. Auf einmal vermisse ich mein kleines Zimmer, Oma, Opa und Peter so sehr, dass mein Bauch sich zusammenzieht. Ich will nicht an meinem ersten Tag hier weinen, vor allem nicht vor Mika, aber gerade würde ich liebend gern wieder in den Zug steigen und nach Hause fahren.

»Heulst du etwa?«, fragt Mika in die Stille hinein.

Ein unterdrücktes Schluchzen meinerseits ist die Antwort.

Wieso ist sie so eiskalt zu mir? Ja, okay, unser erstes Aufeinandertreffen lief jetzt nicht perfekt, aber ich kann doch auch nichts dafür, dass ich versehentlich ihr Geheimnis erfahren habe.

Ich spüre, wie sich meine Matratze unter ihrem Gewicht

nach unten biegt und bin überrascht, als mich ein Taschentuch an der Stirn kitzelt.

»Da musste jeder von uns durch. Die ersten Tage sind die schlimmsten, aber danach wird es besser, keine Sorge.«

Ich weiß nicht, was ich darauf erwidern soll, also nehme ich nur dankbar das Taschentuch entgegen und schnäuze mir geräuschvoll die Nase.

»Danke«, bringe ich erstickt hervor. Vielleicht ist sie doch nicht so schlimm, wie ich dachte.

»Bedank dich nicht, ich hab nur keinen Bock, die ganze Nacht dein Schluchzen zu ertragen.«

Zu früh gefreut. Wütend knülle ich das Taschentuch zusammen und beiße mir auf die Lippen.

Mika steht wieder auf und geht zurück zu ihrem Bett.

»Nacht«, sagt sie. Ich höre, wie sie die Decke über ihren Körper wirft, und fast im nächsten Moment klingt ihr Atem tief und gleichmäßig. Wie kann man bitte so schnell einschlafen?

Zu Hause hatte ich Angst, mir ein Zimmer mit einem fremden Mädchen zu teilen, aber ich hatte nicht damit gerechnet, dass es so schlecht laufen würde. Es ist offensichtlich, dass Mika mich nicht hier haben will, aber ich weiß nicht, wieso. Ich habe ihr doch versprochen, dass ich dichthalten werde. In der Schule gab es immer einen Grund, wieso ich aus der Gruppe ausgeschlossen wurde. Mal war ich zu leise, mal zu groß. Mal sagte ich komische Dinge oder Wörter, die niemand verstand, und dann gab es natürlich noch den Vorfall auf dem Heuboden. Aber davon weiß hier doch niemand. Ich komme damit klar, anzuecken. Immerhin habe ich jahrelange Übung darin, aber ich dachte nicht, dass das hier genauso weitergehen würde. Ich wollte doch einen Neuanfang. Einen kompletten Neustart.

Ich hätte nicht gedacht, dass das so schwer werden würde. Scheiße, ich muss mich zusammenreißen. Das hier ist mein erster Tag, und vielleicht ist Mika zu jedem so kratzbürstig. Ja, das wird es sein. Außerdem: Sie schnarcht nicht! Dafür bedanke ich mich im Stillen und rolle mich auf die andere Seite, Richtung Turmfenster.

Der Regen hat nachgelassen, nun tröpfelt es nur noch, und auch der Donner hat aufgehört. Ich spüre, wie ich endlich ruhiger werde und mich tiefer in die Matratze sinken lasse. Im Zimmer ist es jetzt so still, dass ich Mikas leisen Atem hören kann.

Ich habe keine Ahnung, was morgen auf mich zukommt, und wenn ich ehrlich bin, habe ich eine Scheißangst. Aber ich kann jetzt nicht zurück. Ich habe mich so auf dieses Internat gefreut, das lasse ich mir von Mika nicht kaputt machen!

ALLER ANFANG IST SCHWER

Als ich am nächsten Morgen aufwache, ist Mikas Bett leer, dabei ist es erst kurz nach sechs. Seltsam.

Aber darüber will ich mir jetzt keine Gedanken machen. Immerhin habe ich mir nicht umsonst so früh den Wecker gestellt. Ich habe die Hoffnung, dass das Gemeinschaftsbad um diese Uhrzeit noch leer ist.

Also schnappe ich mir meinen Kulturbeutel und ein Handtuch und laufe in Hausschuhen über den leeren Flur. Tatsächlich habe ich das Bad für mich allein, wofür ich mich im Stillen bedanke.

Nachdem ich geduscht und mich in einer der abschließbaren Klokabinen umgezogen habe, kämme ich mir über dem Waschbecken die Haare und tusche meine Wimpern, als die Tür hinter mir aufgeschoben wird.

»Wow, du bist ja früh dran. Guten Morgen«, begrüßt Yuki mich und stellt sich an das Waschbecken neben mir. Ihre kurzen Haare stehen hinten am Kopf ab, was sehr lustig aussieht.

»Morgen«, erwidere ich, um nicht unhöflich zu sein. »Schläft Toni noch?«

Yuki winkt ab und befeuchtet einen Waschlappen mit kaltem Wasser. »Noch? Ich bin froh, wenn sie nicht erst fünf

Minuten vor Unterrichtsbeginn aufsteht.« Sie lacht. »Ich hab echt noch keinen Menschen getroffen, der so lange schlafen kann und dann auch noch die Ruhe weg hat. Wenn mein Wecker so spät klingeln würde, hätte ich Stress pur!«

Sie fährt sich mit dem nassen Lappen übers Gesicht und cremt sich danach sorgfältig ein. »Ich finde einfach, eine gesunde Morgenroutine ist wichtig. Und wieso bist du schon wach?«

Ich stecke die Wimperntusche zurück in meinen Kulturbeutel und greife dann nach meiner Zahnbürste. Soll ich ehrlich sein?

»Ich mag es, vor allen anderen wach zu sein, da ist es noch schön ruhig.« Okay, das ist fast die ganze Wahrheit. Immerhin käme es sicher nicht gut, wenn ich Yuki eröffne, dass ich Kommunikation vor neun generell verabscheue. Außerdem ist das Gespräch mit ihr gerade doch ganz okay.

»Kann ich voll verstehen. Ich liebe das auch. Toni meint, wir sehen dich nachher beim Training?«

»Mal schauen«, erwidere ich ausweichend und schiebe mir schnell die Zahnbürste zwischen die Zähne, um weiteren Nachfragen zu entgehen.

Yuki bändigt ihre abstehenden Haare mit einem Glätteisen und beginnt dann, sich zu schminken. Ehrfürchtig beobachte ich, wie sie sich in wenigen Sekunden einen perfekten Lidstrich zieht. Wow. Ich steche mir mit dem Ding immer nur fast das Auge aus, weswegen ich es irgendwann aufgegeben habe.

»Willst du auch? Das würde deine Augen sicher schön betonen«, bietet sie an und hält den Eyeliner in die Höhe. Schnell winke ich ab.

»Äh, nein, danke«, nuschle ich durch einen Mund voller Zahnpasta.

Wieder geht die Tür hinter uns auf, und dieses Mal ist es Mika, die das Bad betritt. Sie trägt ein neongelbes Sportshirt und kurze Shorts. Einzelne Haare kleben ihr an der verschwitzten Stirn und ihr Atem geht schnell, so als wäre sie einen Marathon gelaufen.

»Hi Mik, na, wie war deine Zeit heute?«, fragt Yuki und dreht sich zu Mika.

»Ganz gut. Beim letzten Kilometer hatte ich eine Pace von 4:12.«

»Nice! Wenn ich deine Disziplin mal hätte.« Yuki lacht, und Mika drückt sich an uns vorbei in den hinteren Duschbereich.

»Ach so, du solltest dein Bett ordentlich machen. Wenn Frau Fuchs das sieht, kriegen wir beide Ärger«, ruft Mika mir zu, während sie anfängt, sich vor meinen Augen auszuziehen.

Schnell blicke ich wieder in den Spiegel vor mir, doch aus dem Augenwinkel sehe ich, wie sie sich das Shirt und den Sport-BH über den Kopf zieht, wobei ihre eindrucksvollen Rückenmuskeln zum Vorschein kommen. Sie löst den Zopf und kämmt die langen Haare einmal durch, dann zieht sie auch die Hose aus, schnappt sich ihr Duschgel und verschwindet in einer der Duschkabinen. Erst jetzt wird mir klar, dass ich seit gut einer Minute meine Backenzähne putze. Schnell wende ich den Blick von den Duschen ab und spucke ins Waschbecken.

»Ich geh mal zurück ins Zimmer«, sage ich zu Yuki und sammle meine Sachen ein.

»Alles klar, wir sehen uns dann beim Frühstück.« Yuki winkt mir zu, ich trete auf den Flur und atme die angestaute Luft aus. Keine Ahnung, wieso Mikas Anwesenheit solche Beklemmungen in mir auslöst. Vielleicht, weil sie mich an all die Mädchen in meiner Schule erinnert, die mir deutlich zu verstehen gegeben haben, dass meine Anwesenheit nicht erwünscht ist. Ja, das wird es sein.

Nachdem ich zusammen mit Toni, Yuki und Rick gefrühstückt habe, startet endlich der erste Schultag.

Er beginnt direkt mit einer Doppelstunde Deutsch, dem Fach, das ich bei meiner Tutorin haben werde und auf das ich mich am meisten freue.

Nach einer etwas peinlichen Vorstellungsrunde, bei der jeder seinen Namen und sein Lieblingsbuch nennen soll, gehen wir dazu über, einen Textabschnitt zu lesen und danach ein Essay aus der Sicht des Hauptcharakters zu schreiben. Wenn es etwas gibt, das ich liebe, dann sind es kreative Schreibaufgaben wie diese. Ich vergesse Mikas Blicke, das drückende Heimweh in meiner Brust und die Angst vor dem Training nachher, stattdessen achte ich nur auf den Stift in meiner Hand und die blauen Linien, die sich vor mir auf dem Papier bilden.

Schreiben hat sich für mich schon immer angefühlt wie Magie. Erst ist da nur ein weißes Blatt und dann … füllt man es mit Wörtern. Mit Leben. Während ich schreibe, bin ich im Kopf immer schon drei Sätze weiter, meine Hand rast über das Papier.

Als ich die fünfte Seite beende und meine Hand ausschüttle, weil ich sie zu sehr angespannt habe, hebe ich zum ersten Mal den Kopf. Ich rechne fest damit, dass mich die anderen aus dem Kurs verstört mustern. So als sei ich ein äußerst seltsames Insekt, das sie nicht verstehen. Früher haben immer alle so geschaut.

»Wieso schreibst du denn so viel? Wir sollten doch nur zwei Seiten abgeben.«

»Musst du immer so angeben?«

»Boah nee, die Streberin hat mal wieder voll übertrieben.«

Meistens haben sie nicht einmal etwas gesagt, aber ihre Blicke habe ich dennoch auf mir gespürt. Während ich mit dem Kopf über dem Tisch hing, meine Nase fast das Papier berührte und ich einfach nicht aufhören konnte. Weil die Wörter in meinem Kopf rauswollten. Weil ich sie schreiben musste.

»Die verteilt bald noch die Rotze auf ihrem Blatt.«

Das Gelächter klingt dumpf nach, als ich jetzt durch den Raum schaue. Doch hier sieht mich niemand seltsam an. Stattdessen schreiben die meisten von ihnen immer noch, und Theodor, die Person neben mir, beschreibt gerade schon die sechste Seite. Wow!

Theodor bemerkt meine Blicke, schiebt sich die Brille wieder auf die Nase und lässt die Fingerknöchel knacken. Dann lächelt er mich schüchtern an.

»Du kannst echt schnell schreiben.«

»Danke?«, erwidere ich, weil ich mir nicht sicher bin, ob das wirklich ein Kompliment war.

»Was hast du für einen Füller? Ich dachte, ich steige auf Kugelschreiber um, weil ich damit schneller bin, aber bei meinem hier klemmt das Kugellager immer öfter, mega nervig.« Interessiert sieht er zu meinem Mäppchen. In meiner ganzen bisherigen Schullaufbahn hat sich noch niemand nach der Beschaffenheit meines Füllers erkundigt. Ich will mich nach gestern nicht zu früh freuen, aber wenn es hier noch mehr Theodors gibt, bin ich vielleicht doch nicht so fehl am Platz.

Ich greife in mein Mäppchen und reiche ihm den dunkelblauen Füller.

Theodor wiegt ihn in der Hand und streicht vorsichtig über die Gravur, die Opa für mich ausgesucht hat: *Welt aus, Kopf an.*

»Wirklich schön. Darf ich?«, fragt er, bevor er die Kappe vom Füller zieht und auf mein bestätigendes Nicken hin einen Satz auf eine leere Seite schreibt.

»Butterweicher Fluss, tolles Handgefühl. Woher hast du ihn?«

»Mein Opa hat ihn mir geschenkt. Oma wollte mir ein Notizbuch für meine Geschichten schenken, aber davon habe ich schon so viele.«

Der schüchterne Zug um Theodors Mund ist verschwunden. Seit er meinen Füller in der Hand hält, scheint er wie ausgewechselt.

»Du schreibst also auch?«, fragt er, während sich seine grauen Augen begeistert weiten.

»Manchmal. Also eigentlich fast jeden Tag. Deswegen habe ich mich auch in den Kurs zum Kreativen Schreiben eingewählt.« Ich lächle unsicher. Bisher war der Fakt, dass ich in meiner Freizeit Geschichten schreibe, immer absolut uncool. Weswegen ich dazu übergegangen bin, dieses spezielle Hobby geheim zu halten.

Theodor scheint mich jedoch zu verstehen. Was seltsam ist, immerhin kennen wir uns noch keine Doppelstunde.

»Da bin ich auch drin. Der Kurs soll super werden. Eine Person aus dem Internatszeitungsteam hat ihn letztes Jahr besucht und mir erzählt, dass wir uns die meisten Aufgaben selbst aussuchen dürfen und auch viel modernere Werke lesen als hier im Deutschunterricht.« Bei dem Gedanken an den Kurs leuchten seine Augen auf, und ich merke, dass ich mich nun ebenfalls sehr auf die erste Stunde freue.

»Apropos Gegenwartsliteratur«, fährt Theo fort. »Einmal im Monat gibt es hier ein Event – die Literaturgespräche. Vor den Ferien habe ich ein extrem spannendes Gespräch mit Sebastian Paschke geführt. Du weißt schon, der …«

»Der Krimiautor?«, frage ich und erschrecke, als meine Stimme sich am Ende überschlägt. Schnell sehe ich nach vorne zu Frau Förster, doch sie spricht gerade mit einer anderen Schülerin und bekommt nichts von unserer Unterhaltung mit.

»Genau der. Er hat mir sein neuestes Werk signiert, und dann haben wir darüber gesprochen, wieso er die erste Seite eines Buches meist ganz am Ende schreibt.«

»Wer kommt denn als Nächstes ans Internat?«

Theodor holt einen kleinen schwarzen Taschenkalender hervor und blättert durch die Seiten. Ich sehe, wie fein säuberlich dort alle Termine vermerkt sind. Das Wort *Internatszeitung* lese ich mit am häufigsten. Offenbar geht er dort drei Mal die Woche hin.

»Die nächste Autorin ist Simone Frank. Unglaublich tolle Fantasyautorin. Sie kommt in drei Wochen zu uns, wenn du magst, setze ich dich auf die Liste.«

»Das wäre wundervoll. Danke dir.«

Jetzt lächelt Theo breit und macht sich eine Notiz im Kalender. *Louise für Gruppengespräch mit Simone Frank anmelden.*

»Ich finde es schön, dass du neben mir sitzt.« Da, ich habe es gesagt. Mit Theo zu sprechen ist viel einfacher als mit allen anderen am Internat. Vielleicht, weil er genauso seltsam ist wie ich.

»Das bin ich auch«, antwortet er, und ohne, dass ich es wirklich geplant habe, habe ich einen Freund gefunden. Vielleicht ist das doch gar nicht so schwer, wie ich immer dachte.

AUF DEM PLATZ

Mit jedem Schritt, den ich auf die Mannschaft zugehe, wird der Kloß in meinem Hals größer. Da stehen gut fünfzehn Mädchen in einheitlichen Trikots und Stutzen, es ist deutlich zu sehen, dass sie ein Team sind. Mika entdeckt mich, zwei andere Mädchen sehen ebenfalls zu mir und beginnen zu reden.

Schnell richte ich den Blick wieder auf meine Füße, weil ich mich durch den vertrauten Anblick meiner Sneaker irgendwie besser fühle.

Mein Herz rast, meine Handflächen beginnen zu schwitzen, und am liebsten würde ich mich umdrehen und zurück ins Schloss rennen, aber ich gehe weiter. Setze einen Fuß vor den anderen. Ich werde das hier durchziehen. Ich will in die Mannschaft, auch wenn mir der Gedanke an die vielen neuen Menschen die Kehle zuschnürt.

Als ich den Kopf hebe, sehe ich eine rothaarige junge Frau, die sich gerade bückt, um den schwarzen Ballsack zu öffnen, der vor ihr im Gras liegt. Ihre Haare hat sie zu einem hohen Dutt gebunden, sodass ich den Namen deutlich lesen kann, der hinten auf ihren Pullover gedruckt ist: *Nielsen.*

Auch wenn sie keine Trillerpfeife um ihren Hals tragen

würde, wüsste ich nun, dass es sich bei ihr um die Trainerin der Mannschaft handelt. Immerhin hat Toni mich beim Frühstück schon mit allen wichtigen Informationen versorgt. Leider habe ich die Hälfte der Namen schon wieder vergessen.

»Du bist gekommen!« Toni duckt sich unter der silbernen Metallstange hindurch, die das gesamte Fußballfeld umgibt und läuft auf mich zu.

»Du hast mir nicht wirklich eine Wahl gelassen«, erwidere ich und versuche mich an einem schiefen Lächeln, bevor ich ihr etwas widerwillig zu den anderen folge. Fast fühlt es sich so an, als sei ich ein Marsmännchen, das zum ersten Mal fremdes Territorium betritt. Passend dazu trage ich auch noch ein grünes Sportshirt, das aus der Menge hervorsticht wie ein bunter Farbklecks, der das Gesamtbild zerstört.

Sicher bilde ich es mir nur ein, aber ich spüre ganz deutlich die Blicke der anderen auf mir. *Ganz ruhig, du schaffst das.*

»Du bist also Louise?« Die Trainerin dreht sich zu mir, und überrascht erkenne ich, dass sie gar nicht so viel älter ist. Von all den Lehrenden im Schloss ist sie definitiv die Jüngste.

»Ja«, bringe ich erstickt hervor.

»Ich bin Laura Nielsen, die Trainerin dieser Chaostruppe hier.« Sie lacht, als einige empörte Rufe von den Mädchen kommen. »Auf welcher Position hast du denn bisher immer gespielt?«

Ich frage mich, was Toni ihr erzählt hat. Ich war nie in einer Mannschaft, ich habe immer nur mit meinem Bruder und seinen Kumpels gekickt. Fragend sehe ich zu ihr, doch Toni nickt mir nur aufmunternd zu.

»Meistens stand ich im Tor«, antworte ich schließlich und kann nicht verhindern, dass mein Blick wieder zu Mika wandert. Sie steht etwas abseits zwischen drei anderen Mädchen und spielt an ihrer gelben Kapitäninnenbinde.

»Dann ist heute wohl euer Glückstag«, meint Frau Nielsen und dreht sich zur Mannschaft. »Unsere Torwartin hat uns letztes Jahr leider verlassen. Was nicht heißt, dass du dich nicht trotzdem erst einmal beweisen musst. Einen Platz im Team muss man sich verdienen«, fügt sie an mich gewandt hinzu.

Ich nicke hastig. »Selbstverständlich.«

»Na dann. Drei Runden Aufwärmen, dann werden wir ja sehen, wer auch in den Ferien weiter trainiert hat.« Frau Nielsen tritt an den Spielfeldrand, ich lege meine Tasche schnell zu den Sachen der anderen, schlüpfe in die alten Schuhe, und als ich mich umdrehe, hat bereits jedes Mädchen einen Ball aus dem Ballsack genommen und ihn sich vor die Füße gelegt.

Moment, wir laufen mit dem Ball? Toni sieht meinen geschockten Blick und wirft mir ein graues Exemplar zu, das sich hart und neu in meinen Händen anfühlt. Die Bälle, mit denen Peter und seine Freunde gespielt haben, waren immer total abgewetzt und meistens nicht einmal ganz aufgepumpt.

»Bei drei geht's los!«, höre ich Frau Nielsen noch, dann ertönt ein hoher Pfiff, und das Team setzt sich in Bewegung.

Ich habe keine Zeit, auf Mika zu achten, die natürlich ganz vorne läuft und die Truppe anführt, stattdessen muss ich all meine Konzentration auf den Ball vor mir lenken. Ich bin selbst nie über den Platz gerannt, ich stand immer nur im Tor. Ja, ich bin ganz passabel, wenn es darum geht, den Ball zu fangen, aber mit ihm zu dribbeln, ist ein ganz anderes Level. Vor allem, wenn der Rasen noch leicht feucht vom Regen ist und die Lederkugel deswegen ständig vor mir über den Boden schlingert. Toni und Yuki sind am Anfang so nett und bleiben neben mir, passen ihr Tempo meinem an, doch als Frau Nielsen nach der ersten Runde ruft, dass wir nicht so trödeln sollen, beeilen auch sie sich, den Anschluss nicht zu verlieren. Nach der zweiten Runde keuche ich und wische mir die nassen Strähnen aus der Stirn. Ich habe Seitenstechen und liege locker eine halbe Bahn hinter den anderen, aber wenn ich versuche schneller zu laufen, schieße ich den Ball viel zu weit von mir oder muss zurücklaufen, um ihn wieder einzusammeln. Es ist das reinste Trauerspiel.

Ich fühle mich schrecklich, und wenn dieser stechende Schmerz in meiner Brust nicht wäre, hätte ich sicher Zeit, mir Gedanken darüber zu machen, was die anderen von mir denken. Aber wenigstens das bleibt mir erspart.

Nach einer gefühlten Ewigkeit erreiche ich unseren Startpunkt und würde mich am liebsten ins nasse Gras werfen, kann mich aber gerade noch zusammenreißen.

Die anderen haben sich zu ihren Taschen gestellt, trinken etwas oder sehen zu mir. Ich höre ein hohes Lachen, und direkt schießt mir ein Gedanke durch den Kopf: *Die lachen bestimmt über mich.*

»Sorry Coach, aber ich glaube nicht, dass sie in unser Team sollte«, höre ich Mika sagen. Ihre Stimme klingt distanziert und kühl. »Wir müssen in Topform sein, wenn wir dieses Jahr das Winterturnier gewinnen wollen, und ich denke nicht …« Sie unterbricht sich, sieht dann zu mir. »Nicht böse gemeint, aber standest du überhaupt schon mal auf einem richtigen Spielfeld?«

»Wir geben hier jedem eine Chance, Mikaela, das weißt du. Lass mich nicht gleich zu Beginn der Saison daran zweifeln, dass es die richtige Entscheidung war, dich erneut zur Kapitänin zu machen.« Frau Nielsen klingt nun deutlich strenger.

Ich höre die anderen Mädchen tuscheln, und zum zweiten

Mal an diesem Tag habe ich das dringende Bedürfnis, einfach wegzurennen. Dieses Mal ist es Kimaris Stimme, die mich zurückhält. Fast kann ich ihren genervten Blick vor mir sehen, während sie sagt:

Jetzt willst du also einfach aufgeben? Wow, das ist ja wirklich stark von dir. Beim ersten Anzeichen von Gegenwehr knickst du ein. Du würdest nicht einen Tag hier in meiner Welt überleben, das ist dir doch klar, oder? Jetzt komm schon, ich weiß, dass du's besser kannst. Also los, zeig's ihnen!

Während Frau Nielsen und eines der anderen Mädchen auf das Spielfeld gehen und einige Hütchen vor dem Tor platzieren, kommen Yuki und Toni zu mir.

»Lass Mika nur reden, sie ist zu Neuen immer super streng«, versucht Toni sie in Schutz zu nehmen.

»Sie ist einfach extrem ehrgeizig. Als ich ins Team wollte, hat sie mich einen Monat lang Extrarunden laufen lassen, nachdem das Training eigentlich schon vorbei war, weil ich ihr zu langsam war«, fügt Yuki hinzu.

»Und zu Caro war sie auch super abweisend.«

Toni zeigt auf das Mädchen mit der hellen Haut und den kinnlangen, blond-rosa Haaren, das ich bereits gestern kurz bei der Feier gesehen habe.

»Aber seit Caro sie drei Mal in Folge beim Hütchenrennen besiegt hat, sind die beiden Freundinnen.«

Caro steht gerade tatsächlich neben Mika und lacht über irgendetwas, das ich nicht verstehen kann.

»Ich … Ich habe nur das Gefühl, hier gar nicht reinzupassen.« Wieso habe ich das gesagt? *Weil es die Wahrheit ist.*

Yukis Blick wird weicher. »Keine Sorge, das ändern wir jetzt. Komm.«

Ich folge den beiden und stehe wenig später neben ihnen zwischen all den anderen Mädchen. Frau Nielsen fordert uns auf, uns zu dehnen, bevor es mit der Torschussübung losgeht, und während wir uns in das leicht feuchte Gras setzen und Waden und Oberschenkel dehnen, stellt Toni mir den Rest des Teams vor.

»Das ist Selina, unsere Akrobatikkünstlerin.« Ein sehr junges Mädchen mit langen blonden Haaren und jeder Menge Sommersprossen auf ihrer hellen Haut grinst mir zu. Ich schätze sie auf maximal vierzehn, aber das heißt gar nichts. Wenn sie es in die Mannschaft geschafft hat, ist sie sicher trotzdem um Welten besser als ich.

»Yağmur ist erst seit letztem Jahr bei uns, aber wenn man sie in den letzten zwanzig Minuten einwechselt, geht sie ab wie sonst was. Auf sie ist immer Verlass.«

Yağmur lacht und beginnt damit, ihre Arme zu dehnen. »Du weißt genau, dass ich mit Komplimenten nicht umgehen kann, Toni.«

»Deswegen werde ich auch erst damit aufhören, wenn du es kannst.«

»Und das da ist Caro, sie hast du gestern ja bereits kennengelernt«, fährt Toni fort.

»Hello again!« Caro dehnt gerade ihren linken Oberschenkel, indem sie in einem Ausfallschritt auf dem Rasen steht und das Gewicht auf das linke Knie verlagert. »Willkommen im Team, Louise.« Sie lächelt mich sehr lieb an und schafft es dadurch, dass ich mich gleich weniger wie eine Außenseiterin fühle.

»Und das wundervolle Wesen hier neben mir hast du gestern ebenfalls kurz gesehen. Das ist meine Freundin, Sam.« Caro zeigt auf das hochgewachsene Mädchen mit den kurzen braunen gewellten Haaren.

»Ihr kennt die Regel: Kein Kitsch auf dem Platz!«, wirft Yuki ein, grinst dabei aber.

Erst weiß ich nicht, was sie damit meint, doch als Sam

Caro an sich zieht und sie direkt auf den Mund küsst, habe ich das Gefühl, mit voller Wucht gegen eine Wand zu rennen.

»Alles okay bei dir? Du bist so blass«, fragt Toni besorgt.

»Alles gut.«

»Habt ihr die große Vorstellungsrunde etwa ohne mich gemacht?« Das Mädchen, das Frau Nielsen beim Aufbau der Übung geholfen hat, tritt zu uns. Ich bin mir sicher, dass ich sie schon einmal gesehen habe, aber an ihren Namen kann ich mich nicht erinnern. War sie nicht die Präsidententochter? Ihre Frisur besteht aus zwei schwarzen Haarknoten, die eng an ihrem Kopf anliegen und mit bunten Haargummis befestigt sind. Space Buns nennt man das, glaube ich.

»Wir haben uns gestern schon mal gesehen, oder? Ich bin Fayola, mal sehen, ob du meinen Elfmeter hältst.«

Fayola ist kleiner als ich, hat dunkelbraune Haut, und wenn ich mir ihre muskulösen Beine ansehe, habe ich keinen Zweifel daran, dass es ihr Schuss in sich haben wird.

Es dauert nicht lange, bis ich eine erste Kostprobe ihrer Schusskünste bekomme. Denn nachdem wir uns gedehnt haben, erklärt Frau Nielsen kurz den Ablauf der Übung und bittet mich, ins Tor zu gehen. Dankbar, dass ich nicht mit den anderen durch den Slalom-Parkour laufen muss, begebe ich mich endlich auf gewohntes Terrain. Hier, zwischen den Metallstangen, fühle ich mich wohl. Der Rasen ist platt getreten und fühlt sich fest und sicher an unter meinen Stollenschuhen.

Ich streife mir die alten Handschuhe über, die Peter mir bereits vor vier Jahren zum Geburtstag geschenkt hat und die mir mittlerweile etwas zu klein sind, aber nach wie vor ihren Zweck erfüllen. Dann bilde ich eine Faust, schlage damit in die flache Hand, um das gehärtete Leder etwas aufzuweichen, und beobachte die Mädchen, die in einigen Metern Entfernung eine Schlange gebildet haben. Sie werden zuerst den Slalom-Parkour mit dem Ball durchlaufen und müssen sich beim vorletzten Hütchen entscheiden, ob sie zu dem linken oder rechten letzten Hütchen laufen. Von dort wird dann der Abschuss aufs Tor, und damit zu mir, erfolgen.

Ich begebe mich in eine leicht gebeugte Haltung und verlagere das Gewicht immer wieder vom linken auf den rechten Fuß, um gleich schneller reagieren zu können.

»Fayola, du bist die Erste, auf geht's!«, ruft Frau Nielsen, und Fayolas orangene Schuhe lösen sich vom Boden. Während sie durch den Parkour dribbelt, scheint der Ball an ihren Füßen zu kleben. Kein einziges Mal verliert sie ihn, verlagert nur bei jedem neuen Hütchen ihr Gewicht, nimmt den ganzen Körper mit und entscheidet sich am Ende für das rechte Hütchen. In dem Moment, in dem ihr Fuß den Ball berührt, vergesse ich alles andere um mich herum. Ich sehe das Leder, spüre wie mein Körper sich vom Boden löst und meine Arme in die rechte obere Ecke hechten. Das Leder landet sicher und hart in meinen Armen. Ich ducke mich um den Ball und rolle mich ab, als ich wieder auf dem Boden aufkomme.

Kurze Zeit ist es still, dann beginnen Toni und Yuki zu klatschen. Einige andere tun es ihnen nach, und selbst Fayola grinst mir zu.

»Guter Fang«, sagt sie, als ich ihr den Ball zurückschieße.

Na bitte.

Je mehr Bälle ich halte, desto sicherer werde ich. Selina schießt noch recht zurückhaltend, aber Caro und auch Toni haben eine ordentliche Schusskraft. Sam, die, wie ich erfahre, Stürmerin ist, verpasst ihrem Ball einen gewieften Linksdrall, doch ich erwische ihn mit der Faust und befördere ihn so auf die andere Seite des Spielfeldes. Nicht perfekt, denn in einem richtigen Spiel könnte so die gegnerische Mannschaft den Ball abfangen und einen erneuten Angriff starten, aber dennoch okay.

Mit jedem gehaltenen Schuss wird der Applaus der anderen lauter, Toni und Yuki pfeifen sogar ein paar Mal anerkennend, und auch Frau Nielsen reckt ihren Daumen in die Höhe.

Ich fühle mich wie berauscht. Weil ich merke, dass ich wirklich gut in etwas bin, ohne dass andere mich dafür auslachen. Ich genieße es, den Rasen unter meinen Füßen zu spüren, ignoriere die Erde an meinen Armen und das Gras in meinen Haaren, das dort nach einem besonders harten Schuss von Toni gelandet ist.

Mika ist die Letzte, die den Parkour durchläuft. Und zum ersten Mal verstehe ich wirklich, was die anderen damit meinen, wenn sie sagen, dass Mika ehrgeizig ist und für den Fußball lebt. Wie bei Fayola klebt der Ball fast an ihren Füßen, doch sie schafft es, das Ganze absolut leicht aussehen zu lassen. Fast wie eine Art Tanz.

Schneller als alle anderen passiert sie die Slalomstrecke, während ihre dunklen Haare hinter ihr durch die Luft peitschen und sie mit den Armen die Balance hält. Anders als die meisten vor ihr läuft sie zum linken Hütchen, und zu spät bemerke ich, dass ich einen Tick zu weit rechts stehe. Ich drehe mich noch zu ihr, hechte nach vorne – doch zu spät, der Ball landet hinter mir im Netz. So präzise, so hart ihr Schuss auch war, so leichtfüßig läuft Mika weiter und wischt sich nur eine verirrte Strähne aus dem Gesicht.

Nun gilt ihr der Applaus des Teams, und sie freut sich sichtlich darüber.

»Guter Schuss«, gratuliere ich ihr, bevor ich mich zurückhalten kann.

Ihren Blick kann ich nicht ganz deuten.

»Du standest zu weit rechts«, kommentiert sie nur und hält dann die Hände auf. »Kriege ich meinen Ball wieder?«

Ich rolle ihn zu ihr, und sie dribbelt mit ihm zurück zu den anderen.

Angespornt von Mika, werden nun auch die Schüsse der anderen härter. Selina übertreibt es etwas und schießt gut zwei Meter über das Tor, doch sowohl Sam als auch Fayola erzielen ebenfalls einen Treffer. Tonis Ball halte ich nur, weil ich mich komplett ins Gras schmeiße. Danach habe ich Erde zwischen den Zähnen.

»Das reicht. Ich will euch am ersten Tag mal nicht zu sehr quälen. Also dann: Abschlussspiel.«

Frau Nielsen verteilt grüne Leibchen an Mika, Caro, Yuki und drei weitere Mädchen, deren Namen ich schon wieder vergessen habe. Fayola, Toni, Selina, Yağmur und Sam stellen sich auf die andere Seite des Spielfeldes, zwei weitere Mädchen folgen ihnen.

Wir spielen Kleinfeld, sieben gegen sieben.

Alle rennen über den Platz, passen sich den Ball zu, und es ist deutlich zu sehen, wie viel Spaß ihnen dieser Sport macht.

Mika und Caro springen sich in die Arme, als der Ball ins Netz fliegt, und Yağmur vollführt einen kleinen Freudentanz, als ihr Kopfball durch meine Arme hindurch rauscht.

Ich gebe zu, ich bin viel zu abgelenkt, um mich voll und ganz auf meine Aufgabe als Torwartin zu konzentrieren. Ich beobachte viel lieber das Spiel und die Mädchen vor mir.

Nach einer guten halben Stunde rinnt mir der Schweiß über die Stirn, und meine Knie schlackern bedenklich. Frau Nielsen greift nach ihrer Trillerpfeife und gratuliert uns zu einem gelungenen ersten Training. Mit zittrigen Beinen folge ich den anderen an den Spielfeldrand und leere meine Flasche in nur einem Zug. Ich weiß nicht, wann ich das letzte Mal so fertig war.

»Gut gemacht«, sagt Frau Nielsen, als sie zu mir tritt. »Aber an deiner Ausdauer müssen wir noch arbeiten, und auch, wenn du im Tor stehst, solltest du sicherer am Ball werden.«

Ich nicke schnell, weil ich ihr da wirklich nur zustimmen kann.

»Aber davon einmal abgesehen: Möchtest du Teil der Mannschaft sein?«

Was? Jetzt schon? Ich dachte irgendwie, ich muss einen längeren Aufnahmeritus durchlaufen. Die Überraschung steht mir offenbar ins Gesicht geschrieben, denn Frau Nielsen lacht.

»Bis zu unserem alljährlichen Winterturnier dauert es noch ein paar Monate, ich denke, bis dahin bist du fit genug. Was meinst du?«

Ich lasse meinen Blick zu den anderen Mädchen wandern. Sam reicht der verschwitzten Caro gerade eine Wasserflasche, Fayola fächert sich mit ihrem Trikot Luft zu, und Toni und Yuki sitzen in Socken auf einer Holzbank und lachen über Selina, die eine Wasserflasche auf ihrem Fuß balanciert und dabei wirklich niedlich aussieht.

Mika lehnt an der Metallstange, die das Feld umschließt und unterhält sich mit Yağmur, sieht dabei aber immer wieder zu Frau Nielsen und mir.

»Entscheidet das Team nicht, wer mitmachen darf und wer nicht?« So hatte ich Toni vorhin zumindest verstanden, doch Frau Nielsen schüttelt den Kopf.

»Die Trainerin bin hier immer noch ich. Wobei ich nicht glaube, dass du dir Sorgen machen musst. Bisher haben sie noch jede Neue gut aufgenommen.«

Wieder sehe ich zu den anderen. Zu den Mädchen, die mir aktuell noch so fremd sind, mit denen ich bald aber jede Woche viel Zeit verbringen könnte. Eigentlich wollte ich mich voll und ganz auf das Schreiben und die Schule konzentrieren, aber das Training heute hat mir gezeigt, wie viel Spaß mir Fußball nach wie vor macht. Außerdem: Wäre das nicht der tollste Neustart, den ich mir wünschen könnte? Teil eines Teams sein? Ich hätte dreizehn neue Menschen, die meine Freundinnen werden könnten. Na ja, vielleicht von Mika einmal abgesehen. Also sehe ich wieder zu Frau Nielsen und nicke.

»Ja. Ich wäre gern Teil des Teams.«

»Gute Entscheidung.« Sie lächelt. »Dann kannst du dein Trikot in der Wäscherei in Auftrag geben. Training ist immer montags und mittwochs um 16 Uhr und samstags um 10 Uhr morgens. Mika, kommst du bitte mal kurz«, ruft sie dann und wendet sich von mir ab.

Was ist denn jetzt los? Muss Mika als Kapitänin meiner Aufnahme ins Team zustimmen?

Mika kommt langsam zu uns und sieht verwirrt aus.

»Was gibt es, Coach?«

»Könntest du Louise helfen, ihre Fitness zu verbessern? Nimm sie zweimal die Woche mit bei deiner morgendlichen Runde, das würde ihr schon helfen.«

Wie bitte? Ich hoffe, ich habe mich verhört!

Mika sieht alles andere als begeistert aus.

»Das ist keine gute Idee. Ich bin viel zu schnell für sie«, antwortet Mika und wirft mir einen abschätzigen Blick zu. »Ich müsste mein Tempo fast halbieren.«

»Also so langsam bin ich jetzt auch nicht!«, versuche ich mich zu verteidigen, doch Frau Nielsen geht dazwischen.

»Hört auf zu streiten. Das war keine Bitte, Mika«, sagt sie

dann und sieht zu ihr. »Du bist die Kapitänin dieses Teams. Ich dachte, dir liegt so viel daran, dass wir das Winterturnier gewinnen?«

»Natürlich tut es das«, antwortet Mika energisch.

»Gut. Dann hast du sicher nichts dagegen, Louise zu helfen.«

»Aber …« Mika steht mit offenem Mund da, während Frau Nielsen sich nun zu mir wendet und mich anlächelt: »Ich freue mich, dich im Team zu haben, Louise.«

Sie lächelt mir aufmunternd zu, wirft sich dann den Ballsack über die Schulter und sagt zum Rest der Mannschaft: »Wäre eine von euch bitte so nett und würde Louise zeigen, wie sie an ihre Trainingssachen kommt? Sie ist ab heute Teil des Teams.«

Während sofort mehrere Mädchen anfangen zu klatschen, läuft Toni mit einem breiten Grinsen auf mich zu und umarmt mich. »Genial! Wusste ich doch, dass du gut zu uns passt!« Sie löst sich von mir und scheint nicht zu merken, dass sie mich mit ihrer Umarmung etwas überrumpelt hat.

»Ich zeig dir, wie du das alles beantragst. Bei mir hat es drei Anläufe gebraucht, bis sie meinen Nachnamen richtig geschrieben haben, und ich heiße Müller! Der Nachname ist jetzt wirklich nicht schwer.« Toni verdreht die Augen.

»Was soll ich da sagen? Fukagawa haben sie erst richtig geschrieben, als ich mit in die Druckerei gefahren bin«, erzählt Yuki. »Aber nice, dass du jetzt Teil des Teams bist. Du warst super heute!«

»Ja Mann, endlich haben wir wieder eine richtige Torwartin! Nichts gegen Frau Nielsen, aber du bist doch um einiges besser«, pflichtet ihr Fayola bei.

»Wie du diesen Schuss von Sam gehalten hast, war krass beeindruckend«, meint nun auch Caro.

»Da hat sie recht. Wobei ich dich heute echt noch verschont habe«, sagt Sam und verschränkt ihre Hand mit Caros.

Fast das ganze Team hat sich um mich herum versammelt, und ich weiß nicht, wie ich mit all den Komplimenten umgehen soll. Es sind zu viele Stimmen, die gleichzeitig auf mich einprasseln und die mein Kopf unmöglich alle verarbeiten kann. Außerdem riecht es nach Schweiß und dem synthetischen Stoff der Trikots, eine äußerst beißende Mischung.

Also bedanke ich mich leise und fasele irgendetwas von Hausaufgaben, um mich von ihnen loseisen zu können.

Natürlich fühlt es sich toll an, dass sie mich mögen und meine Leistung heute im Training nicht scheiße fanden. Das Problem ist: Ich habe das Gefühl, all das nicht zu verdienen. Immerhin bin ich deutlich schlechter als sie alle. Ich bin mir sicher, dass ich nur so schnell ins Team gekommen bin, weil sie dringend eine Torwartin brauchten. Das hat Frau Nielsen gerade doch zugegeben. Sonst hätte sie mich wohl kaum zum Lauftraining mit Mika verdonnert. Mika … Ich weiß nicht, wie ich es finden soll, dass ich ab sofort noch mehr Zeit mit ihr verbringen muss. Ihrem Gesicht nach zu urteilen geht es ihr ähnlich. Wie sie mich angesehen hat … So als sei ich der nervigste Mensch auf der Welt. Worauf habe ich mich da nur eingelassen?

Ich lasse das Spielfeld hinter mir, schultere meine Tasche und spüre immer noch das Zittern in meinen Beinen, die so viel Anstrengung einfach nicht gewohnt sind.

Als ich nach links biege, um auf den Schlosshof zu gelangen, laufe ich fast in Mika hinein, die stehen geblieben ist, um etwas auf ihrem Handy zu checken.

»Tschuldige«, nuschle ich, obwohl ich sie nicht einmal berührt habe.

Mika sieht auf, und erst jetzt bemerke ich, dass sie nichts auf ihrem Handy liest, sondern eine Sprachnachricht abhört. Gerade vernehme ich noch die herrische Stimme einer Frau, dann sperrt sie ihr Handy und steckt es hastig zurück in ihre Tasche. Ihre Wangen sind seltsam fleckig, und ihr Blick wirkt gehetzt.

»Was glotzt du so? Mann, kann man hier nicht einmal seine Ruhe haben?«

Mit diesen Worten rauscht sie an mir vorbei und verschwindet im Schlosshof.

Wow. Was war das jetzt schon wieder?

EINMAL MUTIG SEIN

»Louise, warte mal!« Toni kommt schlitternd hinter mir zum Stehen. Sie trägt noch ihr Trikot und hat nur einen Schienbeinschoner ausgezogen.

»Du bist eben so schnell verschwunden, dabei wollten wir dich fragen, ob du heute Abend schon etwas vorhast. Immerhin müssen wir doch feiern, dass du jetzt Teil des Teams bist.«

Erwartungsvoll sieht sie mich an, und ich weiß nicht so recht, was ich darauf erwidern soll.

»Ich dachte, private Feiern sind hier nur am Wochenende erlaubt?«

Toni winkt ab. »Natürlich sind sie das.« Sie grinst verschwörerisch und kommt etwas näher, um mit gesenkter Stimme weiterzusprechen. »Es gibt Mittel und Wege, dieses Gelände zu verlassen, wenn du verstehst, was ich meine.«

»Ich … Habt ihr keine Angst, erwischt zu werden?« Mir ist klar, worauf Toni hier anspielt, doch ich will die Schulregeln nicht direkt am ersten Tag brechen. Ich könnte mein Stipendium verlieren.

»Vertrau mir, wir machen das seit Jahren so, es hat noch niemand bemerkt. Zwei Kilometer von hier gibt es einen größeren Ort. Die Jugendlichen von dort sind abends auch immer unterwegs, wir würden also gar nicht auffallen.«

»Ich weiß nicht …«

»Überleg es dir, wir treffen uns heute Abend um halb neun am Osttor, von dort ist es ganz einfach zu verschwinden. Ich bin echt froh, dass du jetzt Teil der Mannschaft bist.« Und mit diesen Worten dreht sie sich um, winkt mir zu und verschwindet im Internat.

Zwei Stunden später liege ich frisch geduscht im Bett. Mir tut alles weh. Meine Beine fühlen sich an, als wäre ich einen Marathon gelaufen.

Mika habe ich seit dem komischen Zwischenfall vorhin nicht wiedergesehen. Ich stehe auf, laufe hinüber zu ihrem Bett und blicke auf die Bilder, die sie an ihrer Wand angebracht hat. Fayola und Mika grinsen breit in die Kamera, haben die Arme umeinander gelegt, und ihre Haare werden durch bunte Bandanas zurückgehalten. Auf dem Bild daneben kniet die gesamte Mannschaft vor dem Tor. Frau Nielsen steht rechts daneben und lächelt stolz. Mika und die anderen sehen jünger darauf aus, und ich erkenne auch fremde Mädchen, die mittlerweile das Internat verlassen haben dürften. Sam hatte damals noch lange Haare, und Caro trug eine Zahnspange. Ich muss lächeln, je länger ich das Bild betrachte. Es gibt auch neuere Bilder von Lukas und Mika. Eins zeigt sie am Strand, Lukas trägt Mika huckepack über den Sand, bei einem anderen stürzen sich beide auf einen riesigen Eisbecher. Es gibt kein einziges Kussbild, was mich nicht wundert. Die beiden wirken, als seien sie einfach nur gut befreundet.

Ganz rechts klebt ein Bild, dessen Ränder bereits leicht vergilbt sind. Es zeigt einen Mann und eine Frau, die beide schicke Businesskostüme tragen. In ihrer Mitte sehe ich ein kleines Mädchen und einen etwas älteren Jungen. Das Mädchen, bei dem es sich höchstwahrscheinlich um Mika handelt, trägt ein weißes Sommerkleid, während ihr Bruder einen hellen Leinenanzug trägt. Alle lächeln losgelöst in die Kamera, während hinter ihnen die Sonne untergeht.

Als die Tür geöffnet wird, springe ich zurück und tue schnell so, als krame ich in meinem Rucksack, doch Mika bemerkt mich gar nicht. Sie lehnt noch immer im Türrahmen und unterhält sich mit Lukas.

»Also kommst du später mit?«, fragt er gerade.

»Muss das sein?« Mikas Stimme klingt müde.

»Komm schon, alle werden da sein. Das ist Tradition.«

Mika seufzt. »Morgen früh habe ich direkt 'ne Doppelstunde Französisch, und davor wollte ich noch laufen gehen. Ich muss der Neuen Nachhilfe im Joggen geben«, fügt sie genervt hinzu. *Na vielen Dank.*

»Früher warst du nicht so spießig.« Lukas' Stimme klingt belustigt.

»Blödmann.« Mika lacht. »Na schön, aber um zehn gehe ich, ich brauche meinen Schlaf.«

»Geht klar. Dann bis nachher.« Lukas verschwindet im Flur, und Mika tritt ins Zimmer. Als sie mich entdeckt, bleibt sie kurz stehen, fasst sich aber schnell wieder.

»Na Schäfer, hast du uns mal wieder belauscht?«, fragt sie.

»Nein, ich wollte …«

»Schon gut. Sorry, dass ich dich vorhin so blöd angefahren habe. Der erste Schultag stresst mich einfach immer.«

Überrascht starre ich sie an. Sie hat sich doch tatsächlich bei mir entschuldigt.

»Also, ich habe nachgedacht …«, fährt Mika fort, während sie sich aufs Bett setzt und sich müde übers Gesicht streicht. »Wenn das hier funktionieren soll«, sie zeigt zwischen uns beiden hin und her, »dann sollte ich auch ein Geheimnis von dir kennen. Einfach als Absicherung, damit ich weiß, dass du niemandem von Lukas und mir erzählst.«

Wie bitte?

»Ich habe keine Geheimnisse«, antworte ich etwas zu schnell.

Mikas Mund kräuselt sich. »Jeder Mensch hat Geheimnisse.«

»Tja, ich aber nicht«, wiegele ich ab und drehe mich demonstrativ zu meiner Wand, um das Gespräch zu beenden. Blöd nur, dass Mika nach wie vor zwei Meter hinter mir sitzt. Man kann solch einem Gespräch also nur entkommen, wenn man das Zimmer verlässt. Aber das will ich nicht. Ich kann nicht immer vor meinen Problemen davonlaufen. Das wäre es zumindest, was Kimari in diesem Moment denken würde. Ach, was sage ich. Kimari würde sich erst gar nicht in solch eine Situation bringen. Sie ist viel zu cool für solche Probleme.

»Es gibt also nichts, was niemand über dich weiß, Schäfer? Dein Leben ist vollkommen langweilig?«

»So ist es.«

»Weißt du, das glaube ich irgendwie nicht.«

Jetzt reicht es mir. Ich fahre zu ihr herum und funkle sie an: »Schön, dann glaub es eben nicht, das ist nicht mein Problem!«

Einen Moment denke ich, dass Mika mich nun ebenfalls anschreien wird, doch stattdessen lehnt sie sich seelenruhig an ihre Wand und mustert mich. »Interessant«, sagt sie nur, mehr nicht. Und irgendwie macht mich das noch wütender. Wie kann sie jetzt so entspannt sein? In mir brodelt es, doch ich will ihr nicht die Genugtuung geben, noch einmal die Beherrschung zu verlieren, also beginne ich meine Schultasche für morgen zu packen und stopfe die einzelnen Bücher und Hefte etwas zu stürmisch hinein, sodass mein Mäppchen auf dem Boden aufprallt und einzelne Stifte über den Teppich kullern. Lautlos fluchend krieche ich über den Boden, um sie wieder aufzusammeln, da streckt sich eine Hand in mein Blickfeld. Mika hat meinen Füller aufgehoben und hält ihn mir entgegen.

Ich will ihr nicht dankbar sein, dass sie meinen Lieblingsstift gerettet hat, und doch bin ich es. Also grummle ich ein »Danke« in ihre Richtung und fahre dann fort, mein Mäppchen in der Schultasche zu verstauen.

»Kommst du heute Abend mit?«, fragt Mika.

»Ich könnte mein Stipendium verlieren.«

Mika seufzt. »Sag ich doch. Total langweilig.«

Am liebsten würde ich mein Mäppchen nach ihr schleudern, doch ich atme tief durch und reagiere nicht.

»Also, wie wollen wir das mit dem Lauftraining machen? Frau Nielsen hat recht, du brauchst dringend jemanden, der dir hilft.«

Ach, ist das so, Miss Sportskanone?

»Ich gehe an fünf Tagen die Woche laufen, such dir zwei Tage aus.«

Oh, sie lässt mir sogar die Wahl. Wie ritterlich von ihr.

Ich zucke mit den Schultern, erbarme mich dann aber doch zu einer Antwort. Weil sie recht hat. Ich brauche Training. Um in der Mannschaft zu bleiben, muss ich deutlich mehr Ausdauer aufbauen.

Ich wünschte nur, das ginge, ohne dabei von Mika beobachtet zu werden. Die Vorstellung, mit ihr joggen zu gehen, ist ungefähr so verlockend wie ein Besuch bei meiner Zahnärztin.

»Dann Donnerstag und Sonntag«, sage ich.

»Schön, dass wir das geklärt haben.«

Mika lässt sich auf ihr Bett fallen und beginnt seelenruhig in einem Sportmagazin zu blättern.

Ich weiß nicht, wieso ich zwei Stunden später an der Schlossmauer lehne. Vielleicht, weil ich Mika beweisen will, dass ich nicht so langweilig bin, wie sie denkt. Oder, weil ich einmal mutig sein will. So wie Kimari, die allein in ein Kriegsgebiet fliegt. Wie kann ich solch eine Geschichte schreiben, wenn ich selbst die größte Schisserin bin? Das hier dient also lediglich Recherchezwecken. Ich versuche herauszufinden, wie es sich anfühlt, Angst zu haben, aber es dennoch zu tun. Ich will lernen, wie es ist, mutig zu sein.

Ich habe mir extra ein schwarzes Oberteil und eine dunkle Hose angezogen, um in den Schatten der Schlossmauern nicht aufzufallen, doch als Toni und die anderen auf mich zukommen, weiß ich, dass das unnötig war. Yuki trägt eine neongelbe Jacke, Fayola ihr buntes Bandana und ein gebatiktes Shirt, und Toni und Rick haben leuchtend weiße Schuhe und helle Jacken an. Caros helles Haar leuchtet ebenfalls in der Dunkelheit.

»Kommt Sam nicht mit?«, fragt Yuki, und Caro schüttelt den Kopf. »Ihr geht es nicht so gut, sie liegt mit Migräne im Bett.«

»Wie blöd. Sag ihr gute Besserung, ja?«

Caro nickt, und in diesem Moment sehe ich Lukas und Mika händchenhaltend auf uns zulaufen. Mika ist ebenfalls dunkel gekleidet, doch Lukas trägt einen hellblauen Pullover und winkt in die Runde. Er und Rick begrüßen sich mit einer Umarmung, dann wendet sich Rick an unsere kleine Gruppe:

»Willkommen allerseits. Na, bereit, die Regeln zu brechen?«

Einstimmiges Gelächter ist die Antwort. Mir fällt wieder ein, dass er der Sohn des Schulleiters ist. Steht für ihn dann nicht noch mehr auf dem Spiel als für uns? Was, wenn sein eigener Vater ihn hier draußen erwischt? Sicher, bei der Begrüßungsrede kam er mir nicht unfassbar streng vor, aber Rick schien auf jeden Fall Respekt vor ihm zu haben. Heute Abend lässt er sich davon allerdings nichts anmerken. Seine blonden Wuschelhaare fallen ihm verwegen in die Augen, und die Art und Weise, wie er seine Taschenlampe in der Hand kreisen lässt, sagt mir, dass er das hier definitiv nicht zum ersten Mal macht.

»Sieh an, sieh an. Du bist ja doch hier, Schäfer.« Mika hat sich vor mich gestellt und mustert mein dunkles Outfit.

»Es geschehen eben noch Zeichen und Wunder«, erwidere ich trocken und beglückwünsche mich in Gedanken selbst, als mich Mika überrascht, aber auch minimal beeindruckt ansieht. *Siehst du, Mika? Ich bin nicht so langweilig, wie du denkst.*

»Lasst uns gehen, um zwanzig vor wird hier patroulliert, dann sollten wir bereits außer Sichtweite sein«, erklärt Toni und wirft einen prüfenden Blick zurück zum Haupteingang. »Folgt mir.«

Gemeinsam laufen wir über das dunkle Gelände, während auf der anderen Seite der Schlossmauern die Sonne ihre letzten Strahlen über die weite Grasfläche schickt.

Wir treten in einen abgelegenen Turm, laufen die Wendeltreppe nach oben in den ersten Stock, sodass wir kurz darauf auf der Schlossmauer stehen. Gut fünf Meter unter uns befindet sich die grasbewachsene Einfahrt, doch als ich hinabschaue, kommt mir der Boden viel weiter entfernt vor.

»Ich gehe zuerst.« Rick greift nach der Strickleiter, die Toni gerade an einem rostigen Wandhaken befestigt hat.

»Aber was ist, wenn jemand während unserer Abwesenheit die Leiter bemerkt?«, frage ich besorgt.

»Das ist bisher noch nie passiert. Wir verstecken sie immer hinter dem Efeu, der sich hier an der Wand hochrankt«, erklärt Yuki und folgt ihrem Freund über die Strickleiter nach unten. Bei ihr sieht es so leicht aus, doch als Fayola, Caro und Lukas ihr nach unten folgen, wackelt die Leiter gefährlich, und ich lasse den rostigen Haken nicht einmal aus den Augen.

»Ist das auch wirklich sicher?«, frage ich noch einmal. Ich will nicht so ängstlich klingen, aber ich kann es nicht verhindern. Kimari würde mich sowas von auslachen. Für sie wäre das hier ein Kinderspiel. Aber ich bin nicht Kimari. Ich bin Louise. Das ist mein Problem.

Hör auf zu jammern. Wer klettert hier jeden Tag auf Bäume und hat jetzt Angst vor einer wackligen Leiter? Also echt mal.

Okay, das ist neu. Seit wann spricht Kimari so mit mir?

Gewöhn dich nicht dran, mir macht das auch keinen Spaß, glaub mir. Dein Kopf ist krass stressig. Also los, vorwärts jetzt.

»Louise, kommst du?« Toni ist nun ebenfalls unten angekommen, sodass ich hier oben allein mit Mika stehe. Ich spüre ihren Blick in meinem Rücken und kann mir förmlich vorstellen, wie sie mich auslacht.

Doch jetzt gibt es kein Zurück mehr. Ich schaffe das!

Ich schwinge ein Bein über die Schlossmauer und ziehe das zweite nach. Geschafft! Nun halte ich mich nur noch mit einer Hand an der Mauer fest und versuche nicht in Panik zu verfallen, als meine Beine über den dünnen Holzstab rutschen. Erst löse ich nur eine Hand von der Mauer und greife mit schwitzigen Fingern nach dem rauen Seil. Mit geschlossenen Augen atme ich langsam ein und wieder aus, dann nehme ich die andere Hand von der Mauer, umschließe das Seil und suche mit dem Fuß nach der nächsten Sprosse. Als ich sie gefunden habe, öffne ich wieder die Augen und sehe Mika, die nicht zu mir, sondern zu dem rostigen Nagel in der Wand blickt. Sie lacht nicht, ganz im Gegenteil. Ihre Lippen sind fest aufeinandergepresst, so als befürchte sie, dass die Leiter jeden Moment abstürzen könnte.

Jetzt bemerkt sie meinen Blick, und sofort verschwindet der angespannte Ausdruck aus ihrem Gesicht. »Was ist? Geht das auch noch langsamer?«

Ich nehme mir vor, mich nachher über ihr Verhalten zu wundern. Als Erstes muss ich lebend diese Mauer hinunterkommen. Es ist schon seltsam, denn Kimari hat recht: Zu Hause klettere ich leichtfüßig auf meinen Baum und schreibe dort oben in den Ästen an meiner Geschichte. Aber das ist etwas anderes. Ich kenne diesen Baum, seit ich denken kann, weiß genau, wie ich hinauf- und wieder hinunterkomme. Diese Leiter hier hatte ich noch nie zuvor in der Hand. Und es ist wie bei allen unbekannten Dingen: Sie machen mir Angst. Weil ich sie nicht einschätzen kann. Erst jetzt wird mir klar, dass das auch auf neue Menschen in meinem Leben zutrifft.

Dennoch will ich mich heute dieser Angst stellen. Also lasse ich meinen Körper langsam die Leiter hinuntergleiten. Stelle meine Füße auf die nächste Sprosse und ziehe die Hände nach. Mein Bauch schrammt über die harte Steinwand, und meine Hände brennen von dem rauen Seil, doch nach endlos langen, quälenden Minuten erreicht mein linkes Bein den Boden, und ich lasse die Leiter los. Mein Herz rast, ich spüre kalten Schweiß auf meiner Stirn, und doch bin ich nicht gestorben. Kimari wäre stolz auf mich. Na ja, zumindest würde sie mich nicht auslachen.

Mika klettert als Letzte die Strickleiter hinunter. Zuvor

winkt sie uns von oben zu, dann klettert sie leichtfüßig nach unten. Doch ungefähr nach der Hälfte tritt sie ins Leere und für eine winzige Sekunde gerät sie ins Straucheln. Die Leiter dreht sich leicht, sodass ich ihr Gesicht sehen kann, auf dem keine Spur mehr von ihrem überheblichen Grinsen zu sehen ist. Sie überspielt ihre Angst sofort, indem sie die letzte Sprosse einfach weglässt und auf den Boden springt. Dort verbeugt sie sich lachend vor den anderen. Bin ich die Einzige, der die Unsicherheit in ihrem Gesicht aufgefallen ist? Anscheinend.

Rick und Lukas machen sich daran, die Leiter hinter den Efeuranken zu verstecken, während Yuki und Toni zum Fahrradschuppen laufen, der nur ein paar Meter östlich von uns an die Schlossmauer gebaut wurde. Eigentlich ist er nachts immer verschlossen, aber Toni zückt einfach eine Haarnadel und knackt das Schloss.

So langsam frage ich mich, ob ich die Einzige bin, die hier noch nie etwas Kriminelles getan hat. Wobei auf fremder Leute Pferde zu reiten sicher auch nicht ganz legal ist.

»Kommt her, wir müssen uns beeilen, ich glaube, ich habe da hinten eben ein Licht gesehen«, zischt Yuki uns zu, während sie hinter Toni im Schuppen verschwindet.

Wir anderen folgen ihnen, greifen nach den erstbesten Rädern, die wir finden können und schieben sie leise auf den Vorhof. Tatsächlich erkenne ich ein tanzendes Licht, das von dem Haupteingang des Schlosses auf uns zukommt. Die Person, zu der dieses Licht gehört, wird also in wenigen Minuten um die Ecke kommen und dann acht Jugendliche sehen, die über die Mauer geklettert und in den Fahrradschuppen eingebrochen sind. Keine angenehme Vorstellung.

»Los! Schiebt die Räder bis hinter den Schuppen und tretet ja nicht auf den Kies«, weist Caro uns an.

Meine Hände verkrampfen sich um den silbernen Lenker, und angestrengt versuche ich es zu vermeiden, den Kiesweg zu berühren, und stattdessen auf dem sicheren Grasstreifen zu bleiben.

Sobald wir den Schuppen hinter uns gelassen haben, breitet sich vor uns eine lange, asphaltierte Straße aus, die in einigen Windungen vom Schloss wegführt und in der Nacht verschwindet. Nur vereinzelt ist sie von Straßenlaternen beleuchtet.

»Ihr kennt den Weg?«, fragt Toni in die Runde.

»Ist ja nicht unser erster Ausbruch.« Mika sitzt bereits auf ihrem Fahrrad, behält das Schlossgebäude hinter uns aber weiter im Auge.

»Alles klar, wir dürfen nur Louise nicht verlieren. Sind alle bereit?« Doch ehe jemand von uns Tonis Frage beantworten kann, hören wir das verräterische Knirschen von Kies und eine Stimme in der Nacht.

»Hallo? Ist da jemand?«

»Scheiße«, zischt Rick und springt so schnell er kann auf sein Rad.

Mir muss niemand sagen, zu wem diese Stimme gehört. Ich trete so schnell ich kann in die Pedale und folge Mika und Toni, die direkt vor mir fahren. Schnell wird es dunkler um uns herum, doch mein Herz pocht immer noch wie wild, und Adrenalin rast durch meinen Körper.

Als ich das nächste Mal einen Blick zurück aufs Schloss werfe, liegt es hinter uns im Schatten.

Wir rasen weiter über die asphaltierte Straße und jagen durch die Nacht. Kühler Wind schlägt mir ins Gesicht, und meine Haare fliegen wild durch die Luft.

Neben mir schaltet Mika das Licht ihres Fahrrads an, und die anderen tun es ihr gleich. Immerhin sollten wir die Landstraße vor uns erkennen, wenn wir nicht im Graben landen wollen.

»Scheiße, das war knapp!«, ruft Toni nach einigen Minuten, breitet die Arme aus und fährt freihändig über die Straße. Einen kurzen Moment lang will ich ihr zurufen, dass sie doch bitte vorsichtig sein soll, doch ich halte mich zurück. Wem will ich hier etwas vormachen? Wir fahren ohne Helme über eine Straße. Das hier ist definitiv gefährlich, aber es fühlt sich nicht so an. Es fühlt sich an wie das Beste, was ich je getan habe. Vielleicht ist es doch nicht so schwer, mutig zu sein.

LIEBESSCHWÜRE

Ich weiß nicht, wie lange wir durch die Nacht fahren, aber irgendwann hält Rick quietschend an und deutet auf die tanzenden Lichter vor uns.

»Wir sind da, Leute.«

Ich kann einzelne Häuser und Gebäude ausmachen, die von Straßenlaternen beleuchtet werden. Auf den Gehwegen scheint immer noch einiges los zu sein, denn ich höre Stimmen und Gesang, die vom kühlen Abendwind zu uns getragen werden.

Rick und Yuki fahren vorneweg und zeigen uns, wo wir unsere Räder abstellen können. Wir parken sie im Schatten eines alten Schuppens und laufen dann einige Minuten zu Fuß weiter. Es wird heller und lauter, je näher wir der kleinen Stadt kommen. Autos fahren uns entgegen, und kleine Mofas düsen durch die Nacht. Der Ort besteht aus vielen reetgedeckten Häuschen, aber je näher wir dem Stadtkern kommen, desto mehr Restaurants und Kneipen passieren wir. Die anderen hatten recht: Niemand sieht uns komisch an, wir verschmelzen ganz einfach mit der Masse an Menschen, von denen es hier nicht gerade wenige gibt.

»Das hier ist ein klassischer Touriort«, erklärt Toni mir.

»Jedes Jahr kommen mehr Leute hierher, hoffen wir mal, dass überhaupt noch ein Tisch für uns frei ist.«

Die anderen unterhalten sich und lachen über Dinge, die sie hier in den letzten Jahren zusammen erlebt haben. Ich höre nur mit halbem Ohr zu, betrachte eher die kleinen Straßen und nehme den Duft von gebratenem Fisch und Salzwasser wahr, der zwischen den einzelnen Restaurants in der Luft hängt.

Als wir an einem großen runden Platz ankommen, in dessen Mitte sich ein steinerner Springbrunnen befindet, halten die anderen an. Ich komme kaum dazu, die Skulptur der Meerjungfrau zu bestaunen, aus deren langen Strähnen das Wasser zu fließen scheint, da läuft Rick schon auf ein Restaurant zu, dessen Außenfassade aus hellen Holzbrettern und robusten Seilen besteht. Es hat erstaunliche Ähnlichkeit mit dem Bug eines Schiffs, und das in die Jahre gekommene Schild über der Eingangstür verrät seinen Namen: *Fisher's Bay*.

»Ich frag mal, ob sie noch einen Tisch für acht haben«, meint Rick und tritt durch die Tür, die mit einem runden Guckloch ausgestattet ist.

»Was machen wir, wenn's da drin zu voll ist?«, fragt Caro und mustert die vielen Menschen hinter der Scheibe.

»Rick kriegt überall einen Tisch. Er muss nur seinen Eichhörnchenblick aufsetzen«, meint Mika schulterzuckend.

»Hast du gerade gesagt, mein Freund sieht aus wie ein Eichhörnchen?«, fragt Yuki.

»Ist dir das noch nicht aufgefallen?«, erwidert Mika.

Toni und Lukas prusten los.

»Irgendwie hat sie recht, Yuki, das musst du zugeben«, bringt Toni lachend hervor.

»Tja, vielleicht stehe ich ja auf Eichhörnchen, wer weiß.« Nun stimmt sie ebenfalls in das Lachen mit ein.

»Was ist so lustig?«, fragt Rick, der gerade wieder auf die Straße getreten ist. Ich versuche in seinem Gesicht eine Ähnlichkeit mit dem süßen rotbräunlichen Nagetier zu finden. Tatsächlich sind seine Vorderzähne etwas zu groß, und seine Augen haben die Farbe von Haselnüssen.

»Ach nichts«, meint Yuki schnell und hakt sich bei ihm unter. »Und, hast du einen Tisch bekommen?«

Rick sieht immer noch recht verwirrt aus, nickt dann aber. »Na klar. Folgt mir.«

Als ich durch die Tür trete, habe ich das Gefühl zu ersticken. Hier drin ist es unfassbar warm, und das schummrige Licht sorgt dafür, dass ich mich fühle, als wären wir tatsächlich im Inneren eines Bootes, weit unter der Wasseroberfläche. Überall hängen Lampen von der Decke, Segeltücher und Fischernetze verzieren die Wände, und über unseren Köpfen schlängeln sich helle Holzbalken bis ans hinterste Ende des Restaurants. Die einzelnen Tischgruppen sind jeweils in kleinen Einbuchtungen angebracht. Im vorderen Bereich ist alles voll, doch Rick führt uns eine gewundene Treppe nach unten in einen weiteren Raum. Hier ist das Licht noch schummriger, wenn das überhaupt möglich ist, und der Boden glänzt dunkelblau. Am einen Ende befinden sich wie oben Tischgruppen, auf der anderen Seite ist eine kleine Bühne errichtet, vor der mehrere Stuhlreihen und kleine Tische stehen.

Aktuell ist die Bühne leer, doch das Mikrofon auf der ovalen Plattform lässt mich Böses vermuten. Wehe, das hier endet in einem Karaokeabend! Wenn es etwas gibt, in dem ich absolut untalentiert bin, dann ist es singen.

»Kommt, hier können wir sitzen. Die Open Mic Night beginnt erst in einer Stunde. Ich habe mich natürlich schon auf die Liste geschrieben«, meint Rick grinsend, lässt sich direkt vor der Bühne nieder und greift sich eine Speisekarte.

Was ist eine Open Mic Night? Ist das ein cooler Begriff für Karaokeabend? Ich hoffe nicht.

Yuki lässt sich neben Rick nieder, und ich beeile mich, auf dem Stuhl neben Toni Platz zu nehmen, auch wenn alles in mir danach schreit, sofort wieder zurückzufahren. Es ist zu laut, zu stickig, und noch dazu riecht es extrem stark nach Essen. Nach gutem Essen, ohne Frage, aber es ist einfach zu viel von allem.

In Gedanken versuche ich das auszublenden. Versuche, bis zehn zu zählen und dabei langsam zu atmen. Ich wage es nicht, mir mein T-Shirt über die Nase zu ziehen, was würden die anderen dann sagen? Aber gerade würde ich nichts lieber tun, als einfach in dem vertrauten Waschmittelgeruch zu versinken. Oder mir wenigstens meine Kopfhörer über die Ohren ziehen und in Grillenzirpen oder Wellenrauschen versinken. Ich habe eine ganze Entspannungsplaylist für solche Zwecke. Nur leider liegen die Kopfhörer in meinem Zimmer.

Lukas und Mika sitzen am Tisch neben mir, Fayola und Caro haben sich zu Toni und mir gesellt und inspizieren die Getränkekarte.

Vielleicht sollte ich das auch machen. Manchmal hilft es mir, mich auf eine spezielle Sache zu konzentrieren. Nahrungsaufnahme klingt da doch ganz naheliegend. Also greife ich nach einer Karte und überfliege die einzelnen Gerichte.

»Soll ich dir was empfehlen?«, fragt Caro.

»Gern«, antworte ich und versuche mich auf ihre Stimme zu konzentrieren. Hier drin reden alle durcheinander, und irgendwo hinter mir schreit ein Kleinkind, weswegen es gar nicht so leicht ist, Caro zu folgen, als sie beginnt, mir die einzelnen Gerichte vorzustellen.

»Ich kann das Kartoffelgratin sehr empfehlen oder die hausgemachte Linsensuppe«, erklärt sie und zwirbelt sich eine ihrer rosa Strähnen um den Finger.

»Danke, ich glaube, ich probiere die Suppe«, antworte ich und widme mich dann der Getränkekarte.

Eine knappe halbe Stunde später wird unser Essen gebracht, und für kurze Zeit wird es ruhig an den drei Tischen. Fayola tunkt ihre Pommes in einen riesigen Klecks Mangosauce, Rick und Yuki teilen sich einen Burger mit Salat, wobei sie sich abwechselnd füttern – eine Eigenart, die ich schon bei vielen Pärchen beobachtet habe und nach wie vor nicht verstehe –, und Lukas klaut sich immer wieder eine Kartoffelecke von Mikas Teller. Was sie nur mit lautem Protest geschehen lässt.

»Die beiden«, meint Caro lächelnd, während Toni in ihrem Salat herumstochert und Mika und Lukas mit jedem Blick meidet.

»Wisst ihr noch letztes Jahr, als Lukas sich diesen riesigen Berg Eis als Nachtisch bestellt hat?«, fragt Rick in die Runde.

»Als könnte ich das vergessen!«, antwortet Yuki lachend.

»Er hat den ganzen Rückweg über gekotzt«, erklärt Toni mir.

»Gar nicht wahr!«, meint Lukas entrüstet. »Ich hab nur zwei Mal angehalten.«

»Und was lernen wir daraus?«, fragt Rick. »Iss niemals fünf Kugeln am Stück.«

Alle fallen in sein Lachen mit ein. Selbst Lukas.

Es ist ein eigenartiges Gefühl, hier zwischen dieser Clique zu sitzen. Einerseits fühlt es sich an, als sei ich wieder auf meiner Schule und befände mich inmitten von einem der coolen Molekülhaufen, andererseits sind Toni und die anderen absolut nicht mit den Leuten auf meiner Schule vergleichbar. Ich frage mich, wieso sie mich einfach so aufgenommen haben. Fällt denn niemandem auf, dass ich eigentlich gar nicht dazugehöre? Anscheinend nicht.

»Du bist so still, alles in Ordnung, Louise?«, fragt Toni.

»Natürlich«, antworte ich schnell. »Ich höre nur zu.«

Toni lächelt. »Alles klar. Lass dich von Rick nicht einschüchtern, er kennt peinliche Storys über jeden von uns.«

»Genau«, meint Rick. »Also wenn du auch etwas mit mir teilen möchtest, immer gern.«

»Da wirst du kein Glück haben. Louise hat nämlich keine Geheimnisse, nicht wahr, Schäfer?«, fragt Mika und sieht mich herausfordernd an.

Ich weiß nicht, was ich darauf erwidern soll.

»Ach, das werden wir ja sehen. Ich freue mich auf jeden Fall schon auf eure Beiträge heute Abend.«

Wie bitte?

»Ich habe euch alle angemeldet.«

»Nicht dein Ernst, Bro!«, beschwert Lukas sich, und auch Toni und Mika sehen alles andere als begeistert aus.

»Ihr könnt ja kneifen«, meint Rick nur und nimmt einen Schluck von seiner Limonade.

»Zu was hat er uns denn angemeldet?«, frage ich Toni nun so leise, dass Rick mich nicht hören kann.

»Hier findet einmal in der Woche eine Open Mic Night statt. Das heißt, jeder kann sich auf die Bühne stellen und etwas vortragen. Man kann singen, sich an einem Comedy Sketch versuchen oder, und das machen die meisten, eine Art Poetry-Slam-Text vortragen.«

»Aber ich habe nichts vorbereitet«, sage ich panisch.

»Das hat keiner von uns«, meint Fayola und sieht dabei viel zu entspannt aus. »Das ist ja der Reiz an der Sache.«

»Das kannst du auch nur sagen, weil deine Stimme wie die von Beyoncé klingt«, wirft Toni ein.

»Ach was, höchstens Shakira.« Fayola grinst.

Zehn Minuten später blicke ich gebannt zur Bühne, während Rick vorne ans Mikrofon tritt. Er fährt sich durch die blonden Haare und schenkt dem Publikum sein strahlendstes Lächeln.

Mit Publikum sind übrigens alle Menschen gemeint, die sich im unteren Bereich des Restaurants aufhalten. Was gut vier Dutzend sein dürften, oder noch mehr. Meine Handflächen beginnen zu schwitzen. So hatte ich mir das nicht vorgestellt! Ich bin heute schon mehr als einmal über meinen Schatten gesprungen, aber das hier … Nein. Niemals. Nicht in einer Million Jahren werde ich mich auf diese Bühne stellen.

Rick beginnt mit einer flotten Comedynummer. Er haut ein paar Witze raus, lässt dabei seinen Charme spielen und bezieht auch das Publikum mit ein. Er ist der geborene Showmaster, denke ich, und als Yuki mir freudestrahlend zustimmt, merke ich, dass ich das laut ausgesprochen habe.

Als Nächste tritt Fayola auf die Bühne, und Toni hat nicht übertrieben. Sie klingt wirklich wie Beyoncé, nur etwas spritziger vielleicht. Ich kenne den Song nicht, den sie singt, doch während ihre Stimme durch den Raum hallt, verstummen alle anderen Gespräche, und zum ersten Mal an diesem Abend kann ich mich etwas entspannen. Ich hätte nichts dagegen, wenn sie den Rest des Abends auf der Bühne bleiben würde.

»Sie ist super, oder?«, meint Toni. »Sie singt auch in unserer Schulband.«

»Ohne Fayola wären wir nur halb so gut, das stimmt«, schaltet sich Lukas in unser Gespräch mit ein. Das überrascht mich, denn bisher hat er noch nie direkt mit mir gesprochen.

»Ist das einer von deinen Texten?«, fragt Toni ihn.

Seine Texte? Lukas schreibt eigene Lieder? Okay, damit hatte ich nicht gerechnet.

»Nein, der Text ist von ihr, nur beim Refrain habe ich etwas geholfen.« Lukas wirkt tatsächlich verlegen.

Jetzt versuche ich mich erst recht auf den Text des Liedes zu konzentrieren. Es ist eine wunderschöne Ballade über eine Freundschaft, aus der mit der Zeit mehr wurde.

Viel zu schnell sind Fayolas fünf Minuten um.

Fünf Minuten. Das hört sich so wenig an, doch wenn man dort oben auf der Bühne steht, vergeht die Zeit mit Sicherheit viel langsamer.

Als Nächstes soll Yuki auf die Bühne, doch sie weigert sich. »Ich kann weder singen noch Witze reißen, was soll ich da oben?«

»Dem kann ich mich nur anschließen«, meint Mika und verschränkt die Arme vor der Brust.

»Ach komm schon, letztes Jahr hast du doch auch für uns gesungen«, versucht Fayola sie zu motivieren.

»Nur weil ich eine Wette verloren hatte«, verteidigt Mika sich.

»Es klang aber nicht schlecht«, meint nun auch Toni, und ich ertappe mich bei dem Gedanken, dass ich Mika gerne singen hören würde. Doch den Gefallen tut sie mir nicht.

Stattdessen tritt nun Toni auf die Bühne. Die hektischen roten Flecken auf ihren Wangen verraten mir, dass sie alles andere als entspannt ist, und dennoch steht sie dort. Ich bewundere ihren Mut.

»Ich mache das hier nur, weil ich dazu gezwungen wurde.« Sie streckt Rick die Zunge heraus, der jubelt und laut in ihre Richtung klatscht.

»Also gut. Der Text heißt ›Mein kleines Herz‹.«

Ich spüre, wie sich etwas neben mir bewegt, und als ich

mich zur Seite drehe, sehe ich Mika, die die Lippen aufeinandergepresst und ihre Hand um das Wasserglas verkrampft hat. Seltsam.

Toni faltet einen Zettel auseinander, der so zerknickt ist, dass ich mir sicher bin, dass sie die Zeilen auf keinen Fall heute Abend geschrieben hat. Das hier ist älter.

Mein kleines Herz und ich.
Immer sicher und steinhart.
Wir gingen durch die Welt,
hinter Mauern verscharrt.

Mein kleines Herz traf deins.
Es wurde weich, die Mauern brachen.
Ich ließ dich rein,
in mein Haus aus tausend Sprachen.

Mein kleines Herz wagte zu hoffen,
und so sprang es von der Klippe.
Im Flug flüsterte es:
Fang mich auf, bitte.

Mein kleines Herz und deins,
sind nicht füreinander bestimmt.
Das merkte ich, als ich sah,
dass jemand anderes dein Herz gewinnt.

Mein kleines Herz versteht und fragt sich,
ob all das wirklich wahr und richtig ist.
Übrig bleibt nur eine Antwort:
Du warst in meinem Herzen nur ein Tourist.

Die Menge jubelt, und Toni verbeugt sich einmal mit glühenden Wangen und steigt dann von der Bühne. Ich sitze stocksteif da und wage es nicht, zu Lukas oder Mika zu sehen. Erst als Toni sich neben mich fallen lässt und nach ihrer Cola greift, erwache ich aus meiner Starre.

»Das war richtig gut«, bringe ich nur hervor. Bis eben hatte ich keine Ahnung, dass Toni so schreiben kann.

»Danke, ich weiß nicht so recht, es klingt zu gewollt, findest du nicht?«

»Ach Papperlapapp«, kommt Yuki mir zuvor. »Das war wundervoll!«

»Das war es wirklich«, sagt Lukas, und wir verstummen. Tonis Blick schnellt zu ihm. Ihre Wangen sind noch immer fleckig, doch ihre Augen funkeln wütend. Eine Sekunde denke ich wirklich, dass sie über den Tisch springen und ihm eine scheuern wird. *Moment mal, war das Gedicht gerade für ihn?*

Der feurige Glanz verschwindet aus ihrem Gesicht, und die liebe Toni ist zurück. Sie greift sich eine kalte Pommes und kaut darauf herum. Dabei schaut sie gedankenverloren zur Bühne, wo gerade eine andere Person aus dem Publikum aufgerufen wird. Während ein Typ mit seiner Gitarre ein Lied schmettert, blicke ich wieder zu Mika und Lukas, die schweigend am Tisch sitzen. Beide in Gedanken versunken. Mein Kopf arbeitet auf Hochtouren. Wenn Toni in Lukas verliebt ist und dachte, dass er ebenfalls an ihr interessiert ist … Wieso ist er dann jetzt mit Mika zusammen? Besser gesagt: Wieso spielt er eine Beziehung mit ihr vor? Und wieso sind Mika und Toni trotzdem befreundet? Zumindest scheinen sie sich nicht zu hassen. Aber müsste Toni nicht eifersüchtig auf Mika sein? Und wieso tut Mika ihrer Freundin so etwas an? Ahh, zu viele Fragen! Ich glaube, mein Hirn explodiert gleich.

»Als Nächstes bitte ich Lukas auf die Bühne. Haben wir hier einen Lukas unter uns?«

Lukas schreckt hoch und verschüttet etwas von seiner Limo. Ihm ist anzusehen, dass er am liebsten aus dem Restaurant rennen würde, und dennoch tritt er auf die Bühne. Erst jetzt sehe ich, dass für ihn ein kleines Klavier auf das Podest geschoben wurde. Er lässt sich auf dem samtroten Sitz nieder und schlägt die Klaviatur auf.

Dann räuspert er sich. »Guten Abend. Ich habe in den Sommerferien einen neuen Künstler für mich entdeckt. Sein Name ist Luca Pfeiffer, und dieser Song von ihm hat mich besonders berührt. Deswegen wollte ich ihn heute Abend in einer Akustikversion für euch spielen. Viel Spaß.«

Vereinzeltes Klatschen ist zu hören, während er bereits die ersten Töne anschlägt.

Klavierspielen kann er auch noch. Kein Wunder, dass er Toni das Herz gebrochen hat – mal angenommen, in ihrem Gedicht ging es wirklich um ihn. Schon die ersten Töne des Liedes verraten, dass es sich hier um einen traurigen Song handeln wird. Also ein starker Kontrast zu den Comedy-Nummern oder Fayolas mitreißender Pop-Performance. Ich verstehe nicht viel von Klaviermusik, ich finde sie nur immer besonders dramatisch und oft überspitzt genutzt, wenn es um Filme oder Serien geht, aber das hier klingt wirklich schön. Es klingt echt.

Und dann beginnt Lukas zu singen, und Gänsehaut überzieht meine Arme. Einerseits, weil seine Stimme die perfekte Mischung aus kratzig und warm ist, andererseits wegen der Worte, die er singt. Weil mir sofort klar wird, dass er dieses Lied aus einem speziellen Grund ausgewählt hat.

Es ist alles gesagt
Weil wir nicht mehr reden
Habs versucht zu verstehen
Doch schnell aufgegeben
Und jetzt find ich keine Worte für dich
Aus jeden Tag schreiben
Wurd irgendwann schweigen
Aus jeden Tag sehen
Wurde ignorieren
Und jetzt weiß ich nicht was wir noch sind

Doch wenn ich dich seh
Ist's kurz wieder okay
Und wenn ich dich seh
Bleibt mein Herz kurz stehen
Und wenn ich dich seh
Zieht sich alles zusammen
Und wenn ich dich seh
Wünscht ich wir könnten neu anfangen

Wo auch immer du bist
Ich wollt dir nur sagen
Ich halt noch dran fest
Mit so vielen Fragen
Und irgendwie tut es manchmal auch noch weh
Wo auch immer du bist
Ich wollt dir nur sagen
Ich denk noch an dich …

Die letzte Note liegt noch in der Luft, da steht Lukas auf und verlässt so schnell er kann die Bühne. Toni neben mir ist erstarrt, Yuki, Caro und Rick werfen sich verstohlene Blicke zu, nur Fayola klatscht und jubelt mit vielen anderen aus dem Publikum.

Ich drehe mich zu Mika um, weil ich sehen will, was sie zu alledem sagt, doch ihr Platz ist leer. Sie ist verschwunden.

FAST ERWISCHT

»Alles okay?«, frage ich leise und sehe Toni an. Sie weicht meinem Blick jedoch aus und nickt hastig.

»Klar. Ich bin nur immer noch durch den Wind wegen meinem Auftritt.« Ihre Stimme klingt gefasst. »Ich glaub, die Cola will raus«, wirft sie hinterher, steht hastig auf und läuft in Richtung Toilette.

»Ich muss auch mal«, meint Yuki und folgt Toni auf die Toilette.

Rick und Lukas sind ebenfalls verschwunden, sodass ich nun mit Caro und Fayola am Tisch sitze. Ich fühle mich seltsam. Irgendetwas sagt mir, dass ich Mika suchen soll. Aber wieso?

Weil niemand aufgestanden ist, um nach ihr zu sehen.

Ich finde Mika draußen auf dem Bordstein neben dem Restaurant. Noch immer sind viele Menschen auf den Straßen unterwegs, doch das scheint Mika nicht zu stören. Sie blickt auf etwas vor ihren Füßen, das ich nicht sehen kann.

»Alles okay bei dir?«, frage ich.

Mika schreckt hoch und sieht mich an. Kurz habe ich Angst, dass sie mich anfahren und mir befehlen wird, wieder reinzugehen. Dann sehe ich, dass sie weint. Scheiße. Ich habe absolut keine Ahnung, was ich jetzt machen soll. Mika ist die Harte, die Selbstbewusste.

»Darf ich mich setzen?«, frage ich vorsichtig. Mika zuckt nur mit den Schultern, rutscht aber zur Seite, um mir Platz zu machen. Als ich mich neben sie setze, wischt sie sich verstohlen mit dem Pullover über die Augen.

»Ich brauchte nur mal frische Luft«, meint sie schließlich. Ihre Stimme klingt rau und zittrig.

»Ich auch. Da drinnen hat man das Gefühl zu ersticken.«

Schweigend sitzen wir nebeneinander. Mika zieht ganz unelegant die Nase hoch, und ich beobachte die vorbeilaufenden Personen. Hier draußen riecht es nicht mehr so stark nach Essen. Der herbe Salzgeruch des nahen Meeres liegt in der Luft.

»Dann stell schon deine Fragen«, kommt es schließlich von Mika. Es beruhigt mich, dass ihre Stimme wieder gefasster klingt. Ein wenig mehr wie die alte Mika.

»Welche Fragen?«

»Du bist doch nicht ohne Grund hier rausgekommen. Also los. Frag schon, wieso ich mit Lukas zusammen bin, wenn doch klar ist, dass er in eine andere verliebt ist.«

»Deswegen bin ich nicht ...«

Mika fährt zu mir herum. Ihre Wangen sind feucht, ihre dunklen Augen funkeln mich wütend an, und ihre Haare werden durch den Nachtwind in meine Richtung geblasen.

»Lüg mich nicht an!«, schreit sie fast, und ein junges Pärchen schaut uns schockiert an, ehe es schnell Hand in Hand weiterläuft.

Mika senkt ihre Stimme etwas, kommt aber noch näher, und ihre Hand schließt sich um meinen Arm. »Ich sehe deinen abschätzigen Blick, ich weiß genau, was du über mich denkst. Aber du hast keine Ahnung, verstehst du? Keine Ahnung.«

Noch immer krallt sich ihre Hand um meinen Arm, doch ich spüre keinen Schmerz. Stattdessen starre ich in ihre Augen, die mich zu durchbohren scheinen und auf ihren Mund, der nun immer schneller spricht und dabei meinem so nahe ist.

Ich weiß nicht wieso, aber in diesem Moment denke ich nichts anderes als: *Verdammt, ist sie schön.*

Was absolut keinen Sinn ergibt, das ist einem entfernten Teil meines Hirns klar, aber das ändert nichts daran, dass der Gedanke da ist. Und, dass ihre Nähe etwas vollkommen anderes bei mir auslöst, als sie eigentlich sollte.

»Hörst du mir überhaupt zu?«, fragt Mika schließlich aufgebracht. Erst jetzt scheint sie zu merken, dass sie meinen Arm noch immer umklammert und zieht sich so schnell zurück, als habe sie sich verbrannt. »Sorry«, murmelt sie dann und blickt auf meinen Arm, den ihre Hand bis gerade eben noch berührt hat.

»Habe ich dir wehgetan?« Ihr Blick trifft wieder auf meinen. *Atmen, Louise. Atmen.*

Schnell schüttle ich den Kopf, kriege allerdings noch immer kein klares Wort heraus, und auch Mika scheint die Situation zu überfordern. Ihr Blick wandert über mein Gesicht, bleibt viel zu lange an meinen Augen hängen.

Mein Räuspern reißt uns beide aus dieser Starre. Wir fahren auseinander und sehen betreten auf den Boden vor uns.

»Und, fühlst du dich jetzt besser, nachdem du all das geäußert hast?«, frage ich und versuche das Zittern in meiner Stimme zu unterdrücken.

Mika sieht mich verständnislos an. »Geäußert? Du bist echt strange, Schäfer, weißt du das?«

»Wenn du das sagst, klingt es fast wie ein Kompliment.«

Offensichtlich ist Mika genauso überrumpelt von meiner

Antwort wie ich. »Bild dir nur nicht zu viel darauf ein. Eine Menge Leute sind strange.«

»Du auch?«

Überraschenderweise zuckt Mika mit den Schultern. »Kommt drauf an, wen du fragst.«

»Also ich finde dich ziemlich mittelmäßig.« Ich sehe sie an und grinse. Ich grinse!

Was ist hier los? Seit wann führe ich solche Gespräche?

Was mich jedoch noch mehr verwirrt: Mika lächelt ebenfalls. Es ist nur ein leichtes Anheben ihrer Mundwinkel, aber immerhin.

»Da seid ihr ja.« Ricks Stimme lässt uns zusammenzucken, so als hätten wir gerade etwas Verbotenes getan.

»Wir würden langsam wieder zurückgehen, immerhin ist morgen früh Schule«, meint er dann und kratzt sich am Hinterkopf. »Alles in Ordnung bei euch?«

»Ja«, antworten wir beide hastig und stehen auf.

Ich weiß nicht, wie lange wir auf dem Boden saßen, aber meine Beine fühlen sich irgendwie taub an.

Mittlerweile sind auch die anderen aus dem Restaurant getreten, und ich frage mich, wer meine Rechnung bezahlt hat.

»Das erste Mal Fisher's Bay geht auf uns, immerhin bist du die Neue«, verkündet Yuki und beantwortet mir damit meine Frage.

»Stimmt. Oh Mann, eigentlich wollten wir darauf doch noch anstoßen«, meint Fayola bekümmert.

»Das können wir nächstes Mal immer noch machen, wir sollten jetzt echt zurück, es ist schon fast elf«, wirft Caro ein.

Doch ich höre sie kaum und mustere stattdessen Toni. Ihren Blick kann ich nicht ganz deuten. Findet sie es gut, dass ich Mika nachgelaufen bin, oder ist sie sauer? Lukas hält sich im Hintergrund und ist den ganzen Weg bis zu unseren Fahrrädern still. Generell liegt ein Schatten über der Gruppe, der nichts mit der Dunkelheit der Nacht zu tun hat. Tonis und Lukas' Beiträge haben der Stimmung einen ordentlichen Dämpfer verpasst.

Während wir die Straße zurück Richtung Internat fahren, sagt niemand von uns ein Wort. Erst, als wir die Fahrräder im Internatsschuppen verstaut haben und Toni das Vorhängeschloss wieder angebracht hat, wendet sich Rick an uns:

»Danke für den coolen Abend, Leute. Aber vergesst nicht: Kein Mucks, bis wir in unseren Zimmern sind, okay?«

Die anderen nicken, und Yuki holt die Strickleiter aus dem Efeu. Während sie und Rick als Erste die Internatsmauern erklimmen, tritt Toni zu mir.

»Tut mir leid, dass ich dir deinen ersten Abend hier versaut habe.«

Ihr tut es leid? Ich dachte, sie wäre sauer auf mich.

»Das hast du nicht, ich fand es wirklich außerordentlich schön.«

Jetzt lächelt Toni wieder. »Das freut mich. Nächstes Mal bin ich besser drauf, versprochen.«

Mit diesen Worten klettert sie die Leiter hoch und verschwindet auf der anderen Seite. Caro und Fayola folgen ihr geschwind.

»Mika, können wir kurz reden?«, fragt Lukas, und am liebsten würde ich im Boden versinken. Weil das jetzt sicher das Trennungsgespräch der beiden wird, oder? Lukas sieht ein, dass es so nicht weitergehen kann und er eigentlich Toni liebt und trennt sich von ihr. Nein, da möchte ich echt nicht dabei sein!

Schnell laufe ich Richtung Schlossmauer und lasse Lukas

und Mika hinter mir. Ich greife nach der ersten Sprosse und klettere so schnell ich kann nach oben.

Erst, als ich meine Beine über die Mauer geschwungen habe, wird mir klar, was ich gerade getan habe. Ich bin einfach so die Schlossmauer hochgeklettert, ohne auch nur einmal Angst zu verspüren!

Mein Hochgefühl verpufft jedoch, als ich nach unten blicke und Mika und Lukas eng umschlungen auf dem Rasen stehen sehe. Er fährt ihr durch die Haare, und sie streicht über seinen Rücken. Das sieht nicht gerade nach Trennung aus. Ich weiß nicht, was ich davon halten soll. Andererseits: Ich habe kein Recht, mir eine Meinung darüber zu bilden, oder? Ich weiß nicht, was in den beiden vorgeht, und Mika sah vorhin wirklich traurig aus. Vielleicht liebt sie ihn ja doch?

Leichter als gedacht, schaffe ich es unbemerkt zurück in mein Zimmer. An der Tür von Frau Fuchs laufe ich zwar besonders vorsichtig vorbei, aber ich höre nur ein lautes Schnarchen und gehe grinsend weiter. Gerade als ich mir mein Schlafshirt überstreife, betritt Mika das Zimmer.

Wie gehe ich jetzt mit ihr um? Das Gespräch vorhin auf dem Bordstein hat etwas zwischen uns verändert, oder?

»Was ist? Hab ich was im Gesicht?«, fragt Mika in ihrer typischen, genervten Stimmlage, und fast bin ich erleichtert. Okay, alles klar. Mika ist wieder die Alte.

UNVERHOFFTE EINLADUNG

Kimari betrat den Thronsaal mit schnellen Schritten. Der Ruß auf ihren Wangen und der Brandgeruch ihrer Haare störten sie nicht. Ihre Botschaft konnte nicht länger warten. Für eine ausgiebige Dusche oder ~~ein neues Outfit~~ eine neue Garderobe war keine Zeit gewesen. Atemlos blieb sie am Rande der Treppe stehen und warf einen raschen Blick auf ihre Umgebung. Winzige Kerzenflammen warfen warmes Licht auf die harten Steinwände. Ein weiteres Feuer prasselte hinter ihr in einem Kamin. Es wirkte fast so, als wäre der Schrecken der Außenwelt noch nicht in diese Mauern eingekehrt.

»Tretet näher!«, rief eine gebieterische Stimme.

Kimaris Füße fühlten sich seltsam an auf diesem kalten Boden. Sie war so lange nicht mehr selbst gelaufen, dass sie vergessen hatte, welchen Fuß man zuerst aufsetzte. Sie vermisste Arokhs warme Flanken und das stetige Vibrieren seines starken Körpers. Doch von alldem durfte sie sich nichts anmerken lassen. Hier drin konnte er ihr nicht helfen. Diese Schlacht musste sie allein austragen.

»Weswegen seid Ihr hier? Sprecht rasch.« Ein großer, schlanker Mann stand am Fuße der steinernen Treppe und blickte argwöhnisch auf sie herab. Sein dunkelroter Mantel fiel ihm bis über die samtenen Stiefel. Sein Aufzug glich dem eines Gelehrten, doch seine Stimme und die Blitze ((Können Augen blitzen?)) in seinen Augen verrieten Kimari, dass er ebenso ein Krieger war wie sie.

»Ich bin Kimari aus dem Flusslandreich. Ich bin die erste Drachenreiterin meiner Familie und diene nur der Königin selbst. Wenn sie also nicht hier anwesend ist, spreche ich nicht weiter.«

»Wie könnt Ihr es wagen!«, zischte der Mann und trat einen Schritt auf Kimari zu, doch da ertönte eine zweite Stimme.

»Lasst gut sein, Oharis. Ich möchte selbst mit ihr sprechen.«

Eine Frau löste sich aus den Schatten oberhalb der Treppe. Sie trug ein leichtes Lederwams, eine helle Leinenhose und einen Dolch an ihrer rechten Seite. Einzig das funkelnde Diadem auf ihren ebenholzbraunen Haaren verriet, dass es sich hierbei nicht um eine gewöhnliche Soldatin handelte.

Prinzessin Liana kam auf Kimari zu und blieb nur ein paar Steinstufen über ihr stehen. Kimari versank in eine tiefe ~~Verbeugung~~ Referenz und entschuldigte sich leise, doch Liana schien sich nicht an Kimaris ungehobeltem Verhalten zu stören.

»Nun, was führt Euch in das Reich meiner Eltern? Falls Ihr mit meiner Mutter sprechen wolltet, so wird es Euch sicherlich schmerzen zu erfahren, dass sie seit der letzten Sonnenwende vermisst wird.« Die Stimme der Prinzessin klang gefasst, doch als Kimari ihren Blick suchte, bemerkte sie die Trauer in den dunklen Augen.

»So lange schon?« Kimari konnte ihre Bestürzung nicht verbergen. »Es tut mir leid, Prinzessin. Ich wurde ausgesandt, um Eure Mutter zu warnen. Graf Marzeck ((Besseren Namen finden, der richtig böse klingt!)) ist mit seinen Truppen auf dem Vormarsch, ich bin so schnell geflogen, wie ich konnte, aber …«

Prinzessin Liana kam nun auch die letzten Stufen herab, sodass sie direkt vor Kimari stand. Sie waren exakt gleich groß.

»Euch trifft keine Schuld. Es waren nicht Marzecks Truppen, die sie entführt haben, da bin ich mir sicher. Aber lasst uns das nicht hier besprechen. Ich bin froh, dass es Euch gut geht.« Ihre Blicke trafen sich, und für einen kurzen Moment fragte Kimari sich, ob Liana auch an die unbeschwerten Tage ihrer Kindheit dachte. In denen sie zusammen auf dem Königshof gespielt, fechten gelernt und der Hausmutter Streiche gespielt hatten.

»Das bin ich ebenfalls«, erwiderte Kimari und hätte ihre alte Freundin am liebsten umarmt. Stattdessen fiel ihr Blick auf Oharis, der die beiden jungen Frauen nach wie vor argwöhnisch musterte.

»Lasst uns essen«, sagte Liana und drehte sich dann zu ihrem Leibwächter um. »Bringt ein kleines Mahl in ~~mein Zimmer~~ den Salon, heute Abend werde ich mit Kimari speisen.«

»Wie Ihr wünscht, Prinzessin.« Oharis verbeugte sich kurz und verschwand dann aus einer Nebentür.

»Nun, da er nicht mehr hier ist, kann ich Euch richtig begrüßen.« Ehe Kimari wusste, was diese Worte zu bedeuten hatten, zog Liana sie in eine enge Umarmung, sodass ihr das Diadem fast vom Scheitel rutschte. Kimari wusste nicht, wie sie mit der ungewohnten Nähe umgehen sollte. Seit fünf Jahren hatte sie Liana nicht mehr gesehen, damals waren sie noch halbe Kinder gewesen. Nun spürte sie den Körper einer jungen Frau an ihrem, und sie wusste nicht, ob es an der Hitze des Kamins lag oder an der Angst, entdeckt zu werden, aber ihre Wangen glühten flammendheiß.

»*Ihre Wangen glühten flammendheiß.* Ist das ne Art Porno?«

Ich zucke zusammen und schlage so schnell es geht das Notizheft vor mir zu.

»Was!?« Mir schießt das Blut in die Wangen, und ich befürchte, dass sie genauso rot anlaufen wie Kimaris.

Mika mustert interessiert mein Notizbuch. »Nicht schlecht, Schäfer. Das hätte ich dir gar nicht zugetraut.« Täusche ich mich, oder liegt da Anerkennung in ihrer Stimme?

Ehe ich etwas erwidern kann, klopft es. Dankbar, der Situation entfliehen zu können, öffne ich die Tür.

»Hi. Ich hoffe, ich störe nicht?« Toni grinst mir entgegen. Seit unserem nächtlichen Ausflug ist fast eine Woche vergangen, und mittlerweile gehen Mika und Toni wieder ganz normal miteinander um. Vielleicht sogar noch höflicher als sonst. Ich weiß nicht recht, wie ich das deuten soll. Sind die beiden nun befreundet oder verfeindet, weil sie beide in Lukas verliebt sind?

»Was gibt's?«, fragt Mika.

»Ich wollte euch zu meiner Geburtstagsfeier einladen. Also eigentlich feiere ich, dass ich endlich in euren heiligen Club der Sechzehnjährigen eintreten kann. Ihr kommt doch?« Toni hält zwei Briefumschläge in die Höhe.

»Na klar. Wann und wo?« Mika nimmt ihre Einladung entgegen, und Toni reicht mir meine.

»Steht alles da drin. Nächsten Sonntag unten am Strand. Ihr könnt auch eine Begleitung mitbringen.« Bei diesen Worten verfärben sich Tonis Wangen, und sie tritt schnell einen Schritt zurück.

»Also dann, wir sehen uns nachher beim Training.«

Als sich die Tür hinter ihr geschlossen hat, zieht Mika die Einladung aus dem Briefumschlag.

»Bringst du Lukas mit?«, frage ich, ehe ich meinen Mund daran hindern kann.

Mikas Blick trifft mich. »Natürlich. Er ist mein Freund.«

Alles klar, schon verstanden.

»Ich geh joggen«, meint Mika und schnappt sich ihre Laufschuhe. Mittlerweile weiß ich, dass Mikas ›Ich geh joggen‹-Ausrede immer dann kommt, wenn sie einer Situation entfliehen will. Sie läuft wortwörtlich vor ihren Problemen davon. So auch heute. Leider erinnert mich dieser Satz auch daran, dass ich eigentlich schon längst mit ihr hätte laufen gehen sollen. Aber als sie mich gefragt hat, habe ich starke Kopfschmerzen vorgeschoben. Mika hat mir die Ausrede keine Sekunde lang abgekauft, aber da sie auch nicht sonderlich scharf auf gemeinsames Laufen mit mir zu sein scheint, hat sie mich nicht länger gedrängt. Am Mittwoch beim Training hat Frau Nielsen uns allerdings gefragt, wie es denn vorranginge mit meiner Fitness. Und Mika hat geantwortet, dass wir am Sonntag um fünf Uhr aufstehen, um direkt laufen zu gehen. Ich hoffe, das meint sie nicht ernst.

Das Bordsteingespräch mit ihr war zwar schön, aber mir ist klar, dass das eine Ausnahmesituation war. Mika war aufgelöst und verletzt. Jetzt sind ihre Mauern wieder hochgezogen, und das akzeptiere ich. Auch wenn mir diese echte Mika auf dem Bordstein deutlich besser gefallen hat.

Ich lasse mich aufs Bett fallen und starre auf die Einladung. Toni hat sie per Hand geschrieben. Ihre Schrift ist leicht krakelig, aber dennoch hübsch. Die Punkte am Ende jedes Satzes sind bei ihr kleine Kreise, und ihre Unterschrift besteht aus ihrem Namen und einem lächelnden Smiley dahinter. Ich überlege, wann ich das letzte Mal zu einer Geburtstagsfeier eingeladen wurde. Das muss ewig her sein. Sie hat die Karte an meinen Namen adressiert. An den Spitznamen, den sie mir im Training gegeben haben, weil viele in der Mannschaft einen haben, damit sie während des Spiels schneller angesprochen werden können. Deswegen bin ich ab sofort für alle Lou.

Während ich die Einladung zwischen meinen Fingern kreisen lasse, überlege ich, wie schnell die letzten Tage doch vergangen sind. Es kommt mir wie gestern vor, dass ich das Internatsgelände betreten habe und jetzt bin ich schon seit einer Woche hier. Mittlerweile kann ich mir auch alle Namen der anderen Teammitglieder merken. Mit mir zusammen sind wir vierzehn Spielerinnen, davon sieben im Stammkader. Sam spielt allein vorne im Sturm, Fayola und Mika spielen im Mittelfeld und Toni, Caro und Yuki verteidigen mein Tor in der Abwehr.

Mein Tor. Wie vertraut sich das bereits anhört. Gestern habe ich lange mit Peter telefoniert und ihm von der Mannschaft erzählt. Er war ganz begeistert und hat gemeint, dass ich ihm auf jeden Fall Bilder schicken soll. Ich vermisse ihn und meine Großeltern jeden Tag, aber Mika hatte recht: Es wird allmählich leichter.

Später, in der Doppelstunde Deutsch, teilt Theo mir mit, dass meine Anmeldung für das Gespräch mit der Fantasyautorin Simone Frank bewilligt wurde.

»Übernächsten Mittwoch kannst du mit ihr sprechen. Ist das nicht toll?« Theo wirkt fast genauso aufgeregt wie ich. »Euer Termin ist um 16:30 Uhr, ich hoffe, das passt? Früher kann sie leider nicht.«

Mist. »Da habe ich Fußballtraining«, sage ich ganz bekümmert.

»Das kannst du doch sicher einmal ausfallen lassen, oder?«

»Ich weiß nicht, meine Trainerin ist da echt streng …«

»Frag sie, so eine Chance bekommst du vielleicht nie wieder.«

Ich weiß. Aber ich hasse es, andere Menschen zu enttäuschen oder einen bereits ausgemachten Termin nicht wahrnehmen zu können. Aber ich will unbedingt zu diesem Gespräch mit Simone Frank. Sie hat bereits drei erfolgreiche Fantasyreihen veröffentlicht, und in ihrem neuesten Buch geht es sogar um Drachen! Ich könnte mit ihr über meine Geschichte sprechen. Allein bei dem Gedanken, was sie zu meiner Idee sagen könnte, wird mir flau im Magen.

»Okay, ich lass mir irgendetwas einfallen«, sage ich, und Theo lächelt breit.

»Genau das wollte ich hören.«

Den Rest der Stunde konzentrieren wir uns auf Kafka.

MORGENSTUND HAT GOLD IM MUND

Mika macht ihre ›Drohung‹ vom Training wahr. Sonntag früh um kurz nach fünf landen eiskalte Wassertropfen auf meinem Gesicht. Ich zucke nach oben.

»Guten Morgen, Sonnenschein.« Draußen vor dem Fenster ist es noch stockdunkel. Wie kann man um diese unmenschliche Uhrzeit nur schon so wach sein?

Mika trägt bereits ihr Sportoutfit: graue Sportleggins, blaues Top über einem schwarzen Sport-BH. Auch ihr hoher Pferdeschwanz sitzt perfekt, nur die Laufschuhe hat sie noch nicht an.

»Los jetzt, die Sonne geht bald auf«, drängt sie weiter.

Also schäle ich mich aus meinem Schlafanzug, ziehe mein gestreiftes Shirt und die helle Hose an und folge Mika aus dem Zimmer. So richtig wach bin ich immer noch nicht.

Bevor wir das Internat verlassen, halten wir am Wasserspender vor der Kantine, und Mika füllt ihre Trinkflasche auf.

»Normalerweise solltest du dir auch was mitnehmen, aber auf das zusätzliche Gewicht verzichten wir erst mal. Du kannst bei mir mittrinken, wenn du magst.«

»Wirklich nett von dir.«

»Immer wieder gerne.«

Mika nimmt einen großen Schluck aus ihrer Flasche und verstaut diese dann an ihrem Bauchgurt.

»Na dann wollen wir mal.«

Wahrscheinlich sehe ich sehr gequält aus, denn Mika lacht und läuft vor mir in den leeren Innenhof. So früh morgens ist hier draußen niemand zu sehen. Zwischen den dicken Mauern ist es noch dunkel, aber hinter den beiden vorderen Türmen ist der Himmel bereits etwas heller. Bald wird dort die Sonne aufgehen, und so wie es aussieht, haben wir einen schönen, aber kalten Augustmorgen erwischt. Ich fröstle und puste mir warme Luft in die Hände.

»Keine Sorge, dir wird gleich warm.«

Das denke ich mir.

Ich folge Mika durch den runden Torbogen, der in Richtung Meer führt und will gerade loslaufen, als ich bemerke, dass Mika keine Anstalten macht, sich in Bewegung zu setzen. Stattdessen stemmt sie ein Bein gegen die Schlossmauer und beginnt, sich zu dehnen.

Beeindruckt mustere ich, wie gelenkig sie ist. Ich glaube nicht, dass ich mein Bein so gerade ausstrecken könnte. Also führe ich ein paar einfachere Dehnübungen durch, die wir auch im Training immer anwenden und versuche mir das Gähnen zu verkneifen. Es ist einfach zu früh.

»Du hättest gestern eben nicht bis in die tiefste Nacht an deinem Porno schreiben sollen«, meint Mika, als sie sieht, wie ich mir die Hand vor den Mund halte.

»Es ist kein Porno«, sage ich und fühle mich wie eine hängende Schallplatte, die ein und denselben Satz immer und immer wieder abspielt.

»Und was schreibst du dann?«

Sie wirkt interessiert, aber ich kann ihr wohl kaum sagen, dass ich ein Fantasyepos über eine Drachenreiterin und eine

Prinzessin schreibe, die sich ineinander verlieben. Nein, undenkbar.

»Es ist eine Art Fantasygeschichte«, weiche ich aus.

»Wow. Mit Magie und sowas?«

Ich muss lachen.

»Nicht ganz. Die Elfen und ihre Magie haben die Welt schon lange verlassen, aber manche Menschen haben immer noch etwas von ihren Kräften in sich, und die alten Geschöpfe der vorderen Zeit können gewisse ›Dinge‹, die man durchaus als Magie bezeichnen könnte. Leider sterben immer mehr von ihnen aus.«

Mika hat aufgehört sich zu dehnen und scheint meinen Erzählungen aufmerksam zu folgen.

»Du hast das richtig ausgearbeitet, oder?«

Ich weiß nie, wie meine Liebe zum Schreiben auf andere wirkt. Manche halten mich für seltsam, andere machen sich lustig über mich und wieder andere sind wirklich beeindruckt. Keine Ahnung, zu welcher Sorte Mika gehört, also antworte ich eher zögerlich:

»An diesem Konzept arbeite ich seit zwei Jahren, aber das ist noch nichts, es gibt Schreibende, die ihre Welten über Jahrzehnte hinweg erschaffen. JRR Tolkien zum Beispiel.«

»Den kenne ich. Das ist der mit dem Ring, oder?« Mika wirkt stolz, weswegen ich mir ein Lachen verkneife.

»Genau, der mit dem Ring.«

Mika lässt ihren Kopf kreisen und kommt dann zu mir. »Irgendwie schade, die Porno-Geschichte hätte ich auch gern gelesen.«

Auf einmal ist mir nicht mehr kalt, stattdessen scheint mein Gesicht in Flammen zu stehen.

»Also, wollen wir?« Mika zeigt auf einen kleinen Pfad, der sich parallel zum Meer am Strand entlangschlängelt.

Ich nicke schnell, und gemeinsam beginnen wir über das Gras zu laufen und dabei unser Tempo zu steigern.

Als wir den hölzernen Steg erreichen, sind wir in einen lockeren Trab verfallen, der dem Tempo ähnelt, das wir auch zum Aufwärmen im Training einhalten. Ich hoffe nur, dass Mika nicht noch schneller laufen möchte.

»Wie lange joggst du denn immer so?«, frage ich nach den ersten fünf Minuten und versuche, nicht allzu sehr wie ein keuchendes Walross zu klingen.

»So sieben, acht Kilometer. Aber keine Angst, heute laufen wir weniger, ich will ja nicht, dass du mir kollabierst.«

»Sehr gütig von dir.«

»Du klingst schon wieder wie mein Opa, Schäfer.« Ich höre Mikas Lachen, sehe jedoch ihr Gesicht nicht, da sie jetzt vor mir herläuft. Ihr dunkler Pferdeschwanz fliegt von einer zur anderen Seite, und ihre Bewegungen sind perfekt aufeinander abgestimmt. Wenn ich ein keuchendes Walross bin, dann ist sie eine geschmeidige Katze. Okay, ich sollte dringend mit diesen Tiervergleichen aufhören!

Ich spare mir eine Antwort und meinen Atem, um mit ihr mithalten zu können. Nach einer gefühlten Ewigkeit, oder auch nur zehn Minuten, spüre ich einen stechenden Schmerz in der Seite. Bitte nicht. Ich laufe langsamer und versuche meinen Atem zu regulieren, doch es hilft nicht.

»Seitenstechen?«, fragt Mika, als sie einen prüfenden Blick nach hinten wirft.

Ich nicke.

»Da hilft Musik, warte kurz.« Mika trabt zu mir zurück, und während ich stehen bleibe und meine schmerzenden Beine verfluche, läuft sie auf der Stelle weiter und zieht ihr Handy aus dem Bauchgurt.

»Beweg dich am besten weiter, sonst sinkt dein Puls zu

schnell«, rät sie mir, und so sehr meine Beine auch protestieren, befolge ich ihren Rat.

»Ich höre eigentlich immer Musik mit schnellem Beat, weil ich dann mein Lauftempo daran anpassen kann, aber ich denke, für heute wählen wir etwas Langsameres. Das hier sollte passen.« Sie drückt zwei Tasten, und ein Lied startet.

»Das ist langsam?«, frage ich und schaue offenbar sehr entgeistert, denn Mika lacht auf.

»Ja, Roxette ist langsam. Komm, noch zwei Songs, dann können wir umdrehen, das dürften dann so vier Kilometer gewesen sein.«

Es fühlt sich eher wie vierzig an, denke ich, erwidere aber nichts, weil ich versuche, mich auf den Beat des Liedes zu konzentrieren. Tatsächlich fällt es mir so leichter, gleichmäßig zu laufen und zu atmen. Das Seitenstechen lässt nach, und als wir drei Minuten später endlich umkehren und zurücklaufen, fühlt es sich für kurze Zeit sogar ganz okay an. Mein Körper und meine Beine sind im Einklang mit der Musik, zu meiner Linken schlagen die Wellen sacht ans Ufer und Mikas Zopf vor mir fliegt immer noch durch die Luft. Ich folge ihm mit den Augen und passe mich ihrem Tempo an.

Das nächste Lied startet, und ich muss zugeben, dass mir Mikas Musikgeschmack gefällt. Wieder mal kenne ich keinen einzigen Titel, aber es sind allesamt mitreißende Stücke, die sich leicht und warm anfühlen.

Langsam glaube ich zu verstehen, wieso Mika das Joggen so viel Spaß macht. Wir sind komplett allein mit dem Meer und der aufgehenden Sonne.

Es gibt da diesen einen Moment, in dem das Lied in die zweite, ruhigere Strophe übergeht, als Mika sich zu mir umdreht. Die ersten Sonnenstrahlen des Tages lassen das Braun ihrer Haut golden schimmern. Sie sieht so frei und entspannt aus, wie ich sie bisher nur auf dem Fußballplatz erlebt habe. Wir wurden beide dazu gezwungen, zusammen laufen zu gehen, aber gerade habe ich das Gefühl, dass sie es gerne macht. Und so seltsam das klingt: Mir geht es genauso.

»Okay, kurze Trinkpause.« Mika läuft langsam auf der Stelle und holt die Flasche hervor. Ein einzelner Schweißtropfen rinnt ihren Hals hinab, als sie den Kopf anhebt, um zu trinken. Mein ganzer Körper brennt vor Anstrengung, doch das scheine ich vergessen zu haben.

»Langsam verstehe ich, wieso du so gerne laufen gehst«, sage ich und deute auf den Sonnenaufgang vor uns.

Mika reicht mir ihre Flasche und folgt meinem Finger.

»Ich bin einfach gern in Bewegung. Stillstehen kann ich nicht so gut.« Grinsend zeigt sie auf ihre Beine, die nach wie vor auf der Stelle laufen. »Der Ausblick ist also nur Bonus.«

»Also ich stehe gerne, noch lieber sitze ich«, erwidere ich und schlendere in Richtung eines Steins neben mir.

»Wag es ja nicht!« Mika hebt drohend den Zeigefinger. »Dein Puls …«

»Ja, ja, der wird absinken. Ich weiß. Mir egal.«

Ich gehe einen Schritt auf den Stein zu.

»Schäfer«, knurrt Mika nun, was mich irgendwie noch weiter anstachelt.

Als ich den Stein erreicht habe, beuge ich ganz leicht die Knie, sodass mein Po fast die Sitzfläche erreicht.

»Wenn du das machst, dann …«

»Ja?«, frage ich herausfordernd. »Was dann?«

Wieder grummelt Mika etwas Unverständliches vor sich hin, doch ich lasse mich davon nicht beirren und sinke auf dem kühlen Stein nieder. Dabei stoße ich einen dramatischen Seufzer aus.

»Ahhh, tut das gut.«

»Du bist unmöglich. Innerhalb kürzester Zeit wird dein Körper runterkühlen.« Mika stemmt die Hände in die Hüften und sieht auf mich herab.

»Ich denke, das Risiko gehe ich ein«, erwidere ich und grinse ihr breit entgegen.

Louise? Was ist denn jetzt los? Auf einmal höre ich Kimaris Stimme in meinem Kopf, die sich leicht überschlägt.

Was soll sein?

Du flirtest mit ihr!

Tu ich nicht.

Ach ja? Dann sag ihr das mal.

Was? Oh.

Kimari hat recht. Mika sieht komplett verdattert aus, sogar ihr Mund steht leicht offen. Tja, jetzt hat es der Eisprinzessin wohl die Sprache verschlagen.

Schnell rudere ich zurück. »Lass uns nur einen Song lang Pause machen, okay? Dann können wir wieder weiterrennen.«

»Na schön.« Mika seufzt, tippt etwas in ihr Smartphone und setzt sich dann tatsächlich neben mich. »Aber sobald das Lied vorbei ist, laufen wir zurück. Die letzten hundert Meter sprinte ich immer.«

Natürlich macht sie das.

»Kein Problem«, antworte ich, obwohl ich nicht weiß, ob meine Beine heute noch zu mehr im Stande sind. Aber das ist auch egal, denn Mika sitzt hier direkt neben mir, und obwohl mir die Nähe anderer Menschen oft unangenehm ist, fühlt sich ihr warmer Oberschenkel neben meinem gut an.

Das Lied, das läuft, während wir den Sonnenaufgang beobachten, beginnt mit Vogelgezwitscher und schnellen Gitarrentönen, die leise gezupft werden. Es ist ganz anders als die bisherigen Songs und passt perfekt.

»Wie heißt das Lied?«

Mika zieht ihr Handy hervor und zeigt mir den Titel.

»›Running After You‹, wie passend.«

Mika steckt ihr Handy zurück, und die nächsten zwei Minuten sitzen wir schweigend nebeneinander. Lauschen dem Geschnatter der Möwen und dem Rauschen des Meeres. Mikas Beine haben aufgehört zu wippen, sie liegen nun ganz ruhig auf dem Stein neben mir. Ihr Atem geht ebenfalls langsamer. Einzelne Haare haben sich aus ihrem Zopf gelöst und kitzeln meine Wange.

»Danke übrigens, dass du dich bei der Open Mic Night neben mich gesetzt hast.«

Kurz kann ich ihr nicht folgen, weil ich zu sehr damit beschäftigt bin, die Wellen zu beobachten.

»Wir saßen doch an unterschiedlichen Tischen«, sage ich deshalb.

»Ich meine auf den Bordstein.«

»Oh. Ach so. Kein Ding.«

»Wieso hast du das gemacht?« Mika wendet den Blick vom Meer ab und mustert mich. Jedes Mal aufs Neue bin ich überwältigt, wie intensiv sie mich anschaut. Es fühlt sich an, als würden ihre Augen alles von mir sehen. Ganz gleich, was ich versuche zu verstecken. Es ist beängstigend und faszinierend zugleich.

»Keine Ahnung«, antworte ich ausweichend.

»Wirklich?« Ihr Blick wird noch intensiver.

Na schön, wenn sie es unbedingt wissen will. »Weil dir sonst niemand gefolgt wäre …«

Das scheint Mika nicht zu überraschen.

»Tja, dann danke für dein Mitleid.« Sie steht auf und will sich von mir abwenden.

»Ich habe dich nicht bemitleidet. Ich habe mir Sorgen gemacht.«

Mika verharrt auf der Stelle und dreht sich dann langsam wieder zu mir um.

»Wieso? Du kennst mich doch gar nicht.« Es klingt nicht angriffslustig, viel eher verwirrt.

»Ist es so verwerflich, dass ich das gerne ändern würde? Du bist meine Mitbewohnerin.«

Das Lied endet und der nächste schnelle Song reißt uns aus dem Moment.

»Genug gequatscht. Bis zum Schloss ist es noch ein Kilometer, also los.« Mika beginnt langsam anzulaufen, und ich seufze, erhebe mich und schließe zu ihr auf. Ich hätte nichts dagegen gehabt, noch länger mit ihr auf dem Stein sitzen zu bleiben.

Wir laufen hintereinander zurück Richtung Internat, und schon nach der ersten Minute kehrt der Schmerz zurück und wird mit jedem weiteren Schritt schlimmer. Verzweifelt schaue ich in Richtung des Schlosses. Es kommt mir noch ewig weit entfernt vor. Mein Atem geht schwerer und verliert den Rhythmus. Aber ich beiße die Zähne zusammen, weil ich Mika zeigen will, dass ich das hier kann.

»So und jetzt der Sprint!«, ruft Mika mir zu und beginnt im nächsten Moment zu rennen. Ich folge ihr röchelnd und deutlich langsamer.

Es dauert gefühlt eine Stunde, bis wir den Holzpfad hinter uns lassen und auf dem weichen Gras auslaufen. Das macht zumindest Mika. Ich breche einfach auf dem feuchten Grün zusammen, strecke alle viere von mir und atme wunderbar kühle Luft ein, die vom Boden in meine Nase dringt.

»Na, lebst du noch?«, fragt Mika belustigt, als sie neben mir zum Stehen kommt. Immerhin etwas Schweiß glänzt auf ihrer Stirn, und ihr Atem klingt nicht mehr ganz so kontrolliert wie noch zu Beginn, doch sonst steht sie wach und munter vor mir und grinst auf mich herab.

»Ich fühle mich wie nach einem Marathon.«

»Das wird mit der Zeit besser. Komm, steh auf, sonst verkühlst du dich noch. Frau Nielsen rastet aus, wenn du morgen nicht im Training erscheinst.«

Mika reicht mir ihre Hand und zieht mich nach oben. Ich stolpere gegen sie, weil meine Puddingbeine mich nicht wirklich halten können.

»Vorsicht«, meint Mika lachend, und gemeinsam laufen wir zurück Richtung Schloss. Besser gesagt torkle ich neben Mika her. Meine Beine fühlen sich an, als wäre ich drei Tage ununterbrochen gewandert, und als wir die Treppenstufen erklimmen, die uns nach oben in unser Turmzimmer führen, zittern meine Waden bei jeder einzelnen Stufe.

Kurze Zeit später stehe ich im Bad vor einem angelaufenen Spiegel und betrachte mein verschwitztes Gesicht. Meine Wangen glühen feuerrot, mein Zopf hat sich fast vollständig gelöst, und das Shirt klebt an mir wie eine zweite Haut. Ich habe mich lange nicht mehr so sehr auf eine Dusche gefreut. Nach unseren Trainingseinheiten bin ich auch immer verschwitzt, aber nicht so wie heute. Vielleicht liegt es an der frühen Uhrzeit, aber ich bin komplett bedient.

Mika neben mir spritzt sich kaltes Wasser ins Gesicht und löst dann ihren Zopf. Die langen, dunklen Haare fallen ihr leicht über die Schultern.

»Komm schon, nach dem Duschen fühlst du dich wie ein neuer Mensch.« Mit diesen Worten streift Mika ihr Shirt ab und geht zu dem abgeschirmten Duschbereich.

Ich folge ihr auf zittrigen Beinen.

Extrem langsam ziehe ich mich aus und behalte dabei den Blick auf den Boden gesenkt, bis ich das prasselnde Geräusch von Wasser vernehme, das auf die Fliesen trifft. Vorsichtig hebe ich den Kopf und bin erleichtert, dass ich Mika hinter der Milchglaswand kaum erkennen kann. *Wobei ... Bin ich das?*

Ich laufe ebenfalls so schnell es geht in eine der Duschkabinen und drehe das Wasser auf. Es fühlt sich überragend an, den Schweiß und die Hitze abzuwaschen. Gut fünf Minuten stehe ich einfach da und lasse mir das Wasser auf die Haut prasseln, ehe ich nach meinem Duschgel greife. Dabei achte ich peinlich genau darauf, immer mit dem Rücken zu Mika zu stehen. Doch als mir etwas Shampoo in die Augen läuft und ich es auswasche, fliegt mein Blick doch zu ihr. Ich kann es nicht verhindern.

Mika seift sich gerade ebenfalls die Haare ein. Weißer Schaum fließt durch ihre schwarzen Strähnen, über ihren muskulösen Rücken und den Po. Oh Gott! Schnell blicke ich nach unten auf ihre Beine und die durchtrainierten Waden, doch auch das fühlt sich falsch an. Ja, Mikas Körper sieht gut aus. Ganz objektiv betrachtet. Man sieht, dass sie jeden Tag laufen geht und Fußball spielt, natürlich. Ich finde das nur so faszinierend, weil ich mich frage, ob mein Körper nach all dem Training auch so aussehen wird. Genau. Es gibt keinen anderen Grund.

In diesem Moment bewegt Mikas Kopf sich, und ich schnelle so ruckartig zurück zur Wand, dass ich fast auf dem glitschigen Boden ausgerutscht wäre und mich volle Kanne hingelegt hätte. Heilige Scheiße. *Reiß dich zusammen, Louise!*

Ich schaue nicht noch einmal in Mikas Richtung, sondern zwinge mich dazu, das Kachelmuster vor mir anzustarren, die einzelnen Kanten zu zählen und dabei an alles zu denken, nur nicht an ihren nackten Körper, der direkt hinter mir steht.

Irgendwann dreht Mika ihren Wasserstrahl ab, und ich höre ihre tapsenden Schritte, die sich in den Vorderbereich entfernen. Erst jetzt merke ich, wie verkrampft ich die ganze Zeit war. Ich atme tief aus und lehne meine nasse Stirn gegen die kühlen Kacheln.

Hör auf zu denken. Hör auf zu denken!

Ich warte weitere zwei Minuten, dann schalte auch ich das Wasser aus, hülle mich in mein Handtuch und laufe barfuß zurück in den Umkleidenbereich.

Dort sitzt Mika schon in ihrer Jeanshose und einem enganliegenden grünen Top und rubbelt sich die Haare trocken. Ich befehle meinem Kopf, nicht an ihren nackten Körper unter diesen Klamotten zu denken, aber es ist unmöglich.

Ich beiße mir auf die Wange und zwinge mich, zu dem kleinen Klamottenhaufen zu gehen, der neben Mika auf der Bank liegt. Ohne das Handtuch abzulegen, schlüpfe ich umständlich in meine Unterwäsche und kann erst wieder normal atmen, als ich den Hosenbund schließe und das weite Shirt über meine Schultern fallen lasse.

Mika hat sich mittlerweile vor den Spiegel gestellt und tuscht sich die Wimpern. Ihre Haare hat sie kurz angeföhnt, doch noch immer tropfen kleine Wasserperlen hinter ihr auf den Boden.

»Schäfer?«, fragt sie, als sie ihre Mascara zurück in den Kulturbeutel steckt, und dreht sich zu mir um.

»Ja?«

»Darf ich diese Drachengeschichte denn irgendwann mal lesen?« Mist, ich dachte, die Sache wäre nach unserem Gespräch vorhin abgehakt gewesen.

»Nicht in diesem Leben.«

»Wieso? Ich bin gut in Deutsch. Natürlich nicht so wie du, aber ich könnte deine – wie nennt man das? – Testleserin sein.«

»Nein, danke.«

»Ach komm schon.« Jetzt zieht sie doch tatsächlich einen Schmollmund, und ich würde lachen, wenn mein Körper nicht immer noch so unter Strom stehen würde.

»Wieso willst du mir unbedingt helfen?«

Mika verstummt, und für einen winzigen Moment sieht sie tatsächlich unsicher aus, ehe sie sich wieder fängt.

»Ich dachte, wenn du die Sache mit Lukas und mir für dich behältst, kann ich auch etwas für dich tun. Als Gegenleistung sozusagen.«

Daher weht also der Wind. Auf einmal kribbelt mein Körper nicht mehr, stattdessen macht mich ihre Aussage wütend.

»Du denkst also, ich bin bestechlich? Dass du mich bezahlen musst, damit ich dichthalte?«

»Na ja … Irgendwie schon.« Sie fährt sich durch die nassen Haare.

»Machst du das immer so?« Ich kann es echt nicht fassen.

Ihr Schweigen ist Antwort genug, und auf einmal tut sie mir leid. Wie traurig muss es sein, wenn Menschen sich nur mit dir abgeben, wenn sie etwas von dir bekommen? Das ist doch keine Freundschaft.

»Ich will keine Bezahlung oder irgendwelche Gefälligkeiten von dir, Mika.«

»Okay, verstanden.«

»Nein, wir können gerne weiter zusammen joggen gehen. Das würde meiner Ausdauer wirklich helfen. Aber du musst mir nicht anbieten, meine Texte Korrektur zu lesen. Nicht, wenn du denkst, dass du das machen musst.«

»Du willst also, dass ich nur etwas mit dir mache, wenn ich es auch möchte?«

»Ist das so seltsam?«, frage ich.

Mika sieht mich an und zuckt mit den Schultern. »Es klingt erbärmlich, wenn ich ja sage, oder?«

»Nur ein bisschen.«

Sie lächelt.

»Okay, Message angekommen. Ich bin nur noch nett zu dir, wenn ich es will.«

»Klingt nach einem lobenswerten Plan.«

»Na dann kann ich dir ja auch sagen, dass du dringend mit diesen seltsamen Wörtern aufhören musst. Du klingst wie mein Opa.« Sie lächelt immer noch, weswegen ich mir sicher bin, dass sie das nicht böse meint.

»Wenn du aufhörst, mich ständig Schäfer zu nennen.«

»Wie soll ich dich denn nennen?«, fragt sie.

»Wie wäre es mit meinem Vornamen?«, schlage ich vor.

»Ich kann's versuchen.« Sie grinst, steckt sich den Kulturbeutel unter den Arm und tritt zur Tür.

»Dann sehen wir uns beim Frühstück, Schä… Lou.«

»Bis gleich.«

Mika schließt die Tür hinter sich, und zurück bleibt nur das Geräusch des tropfenden Wasserhahns.

Langsam realisiere ich, was hier gerade passiert ist. Mika hasst mich nicht, im Gegenteil. Ich glaube, sie fängt an, mich zu mögen. Das ist schön. Immerhin sind wir Mitbewohnerinnen. Wir sollten befreundet sein, oder? Ich schlucke und sehe in den Spiegel vor mir. Meine graublauen Augen blicken mir fragend entgegen. *Was guckst du denn so? Hier entsteht gerade eine Freundschaft. Was ist falsch daran?*

Nichts. Nichts ist falsch daran. Außer meine absolut nicht jugendfreien Gedanken in Bezug auf Mikas Körper. Ich habe schon ein paar erotische Fanfictions gelesen und mich selbst einmal an einer versucht. Aber damals bin ich schon beim Schreiben rot angelaufen und hatte ständig Angst, dass jemand in mein Zimmer kommt. Ich hatte also auch früher schon solche Gedanken. Aber in denen ging es um Schauspielerinnen, oder auch mal eine junge Lehrerin. Nie um ein Mädchen, das mir so nahe war. Es ging nie um eine Person, mit der es, realistisch gesehen, wirklich zu mehr kommen könnte. Halt, stopp! *Denk gar nicht weiter, das ist doch absurd. Mika ist mit Lukas zusammen und Fake-Beziehung hin oder her, auf Mädchen steht sie ganz sicher nicht!*

Ich wende den Blick vom Spiegel ab, greife nach meinen Schuhen und verlasse so schnell ich kann das Bad.

GEBURTSTAGSVORBEREITUNGEN

Eine weitere Woche am Internat vergeht, und ehe ich mich versehe, ist es bereits Samstag. Ich war noch zweimal mit Mika laufen, und auch, wenn sie nach wie vor blöde Sprüche über meine mangelnde Ausdauer bringt, glaube ich, dass es ihr Spaß macht. Was sie natürlich nie zugeben würde.

Genauso wenig, wie ich es zugeben würde. Wir wurden von Frau Nielsen zu diesem gemeinsamen Lauftraining gezwungen, also machen wir es. Da gibt es keinen anderen Grund.

Jetzt ist Samstagabend, und ich schiebe leichte Panik, weil ich immer noch kein Geschenk für Tonis Geburtstag habe und Mika deswegen nicht fragen will. Glücklicherweise passt Yuki mich nach dem Abendessen ab und fragt, ob ich mich an einem Geschenk beteiligen möchte. Offenbar ist Toni ein Riesenfan von einer deutschen Nationalspielerin und genau von ihr hat Yuki ein Trikot bestellt. Samt Autogramm auf der Rückseite.

»Sie wird sowas von ausrasten!«, verkündet Yuki freudestrahlend, während wir in Caros und Sams Zimmer auf dem Boden sitzen und das Päckchen einpacken. Als Erstes legt Sam eine riesige Tüte veganer Gummibärchen hinein. Ihre

Eltern leben ganz in der Nähe einer Süßigkeiten-Manufaktur. Caro legt ein selbst gezeichnetes Otterbaby obenauf – Tonis absolutes Lieblingstier –, und Yuki steuert noch ein Glas mit all den lustigen Momenten bei, die sie mit Toni in den letzten Jahren erlebt hat.

Als ich auf das Päckchen blicke, fühle ich mich schlecht. Natürlich, ich kenne Toni erst seit kurzem. Es ist ganz normal, dass die anderen persönlichere Geschenke für sie haben, aber dennoch …

»Willst du die Karte schreiben, Lou? Du bist doch unser Deutschgenie«, fragt Yuki in diesem Moment und reicht mir eine runde Karte, auf der ein fußballspielender Otter zu sehen ist, über dem eine Sprechblase verkündet: *Endlich 16!*

»Ich weiß nicht … Wollt ihr das nicht lieber machen?«

»Hast du mal meine Schrift gesehen? Die ist unlesbar!«, meint Caro nur lachend, und auch Yuki und Sam schütteln die Köpfe. Also nehme ich den Kuli in die Hand und überlege fieberhaft, was ich Toni schreiben könnte.

Als ich meine Unterschrift unter die Zeilen setze, weiß ich nicht, ob es gut geworden ist, aber ich habe mein Herz sprechen lassen, wie Opa sagen würde. Wenn ich schreibe, fällt es mir leichter, ehrlich zu sein. Dann kann ich den Menschen offen sagen, dass sie mir wichtig sind und ich sie gernhabe. Auch wenn ich das niemals laut aussprechen würde.

»Wow«, kommt es von Caro und Sam.

»Ab jetzt ist Lou unsere Geburtstagskarten-Schreiberin!«, verkündet Yuki und umarmt mich fest. »Wir freuen uns auch, dich hier bei uns zu haben.«

Im Gegensatz zu mir kann Yuki so etwas wirklich aussprechen.

»Du stehst ja immer noch vor dem Schrank«, kommt es von Mika, als sie durch die Zimmertür tritt. Es ist der nächste Morgen, in zwei Stunden beginnt Tonis Feier, und ich habe absolut keine Ahnung, was ich anziehen soll.

Heute früh waren wir wieder zusammen laufen, und seitdem überlege ich, was man zu einer Strandparty anzieht. Auf so einem Event war ich noch nie.

Mika ist bereits fertig angezogen. Ihre Haare sind noch leicht feucht vom Duschen, und ich kann die Träger ihres Bikini-Tops sehen, das sie offenbar unter ihrem cremefarbenen Crop Top trägt.

»Soll ich dir was leihen?« Mika mustert mich und zieht eine Augenbraue in die Höhe. Sie will mir etwas aus ihrem Kleiderschrank leihen? Ich glaube nicht, dass das eine gute Idee ist. Mikas Stil ist so ziemlich das Gegenteil von meinem. Wo sie gerne ihren Körper zeigt, verstecke ich ihn lieber unter langen Shirts und Hosen.

»Nein danke, ich finde schon was Passendes.«

»Lass mal sehen.« Mika stellt sich doch tatsächlich neben mich, um einen Blick auf meine Klamotten zu werfen. »Darf ich?«, sie deutet mit der Hand auf das Fach mit meinen Oberteilen.

»Klar«, ergebe ich mich, weil ich sonst morgen noch hier stehe.

»Willst du nachher mit schwimmen gehen? Wenn ja, solltest du auf jeden Fall einen Bikini oder Badeanzug drunter ziehen. Sowas hast du doch dabei, oder?«

»Natürlich. Immerhin befinden wir uns hier am Meer.«

Mika übergeht meine genervte Bemerkung und fährt einfach fort: »Immerhin etwas.« Sie wühlt sich durch meine Bikini-Auswahl, die nicht sonderlich groß ist, und stapelt dann Oberteile und Hosen auf meinem Bett.

»Also, Option eins: der blau-weiß gestreifte Bikini mit diesem grauen Surfershirt hier und der kurzen Jeanshose.«

»Das ist kein Surfershirt, das trage ich zu Hause nur, wenn ich den Stall ausmiste«, versuche ich ihr zu erklären, doch Mika scheint mich gar nicht zu hören.

»Option zwei: der dunkelgrüne Bikini mit dem schwarzen Motivshirt und der gleichen Hose wie eben, oder Option drei: der dunkelrote Badeanzug mit einem meiner Röcke. Da bräuchtest du gar kein Oberteil, weil er so schon recht schick aussieht.«

»Ich trage keine Röcke«, sage ich mit Nachdruck.

»Alles klar, dann würde ich dir zu Option eins raten. Dieses Surfershirt ist echt cool.« Sie streicht über den grauen Stoff auf meinem Bettlaken, und irgendwie ist es seltsam, ihre Hand dabei zu beobachten. Ich weiß nicht, wieso.

»Ich habe dir doch gesagt, das ist kein Surfershirt. Das gehört meinem Bruder, ich habe es mir nur geborgt.«

»Dafür sind große Brüder doch da, oder? Ich klaue meinem auch ständig Klamotten.«

»Du hast einen Bruder?«, frage ich. Obwohl ich das ja bereits vermutet hatte, als ich das Familienbild an ihrer Wand gesehen habe.

»Ähm, ja. Was ist daran so besonders?«

Keine Ahnung. Eigentlich nichts. Aber Mika gibt nur wenig von sich preis. Zumindest, wenn es um ihre Familie geht. Dementsprechend überrascht bin ich also.

»Nichts. Geht dein Bruder auch aufs Internat?«

»Er studiert in England. Also, wofür entscheidest du dich?«

Mein Blick wandert wieder zu den drei Klamottenhaufen auf dem Bett. Ich muss Mika recht geben: Die erste Option gefällt auch mir am besten. Ich greife danach und ignoriere ihren triumphierenden Blick.

Während ich mich zur Wand drehe, um mich umzuziehen, höre ich, wie Mika hinter mir durchs Zimmer läuft und alle möglichen Utensilien in ihre Tasche packt. Dabei murmelt sie vor sich hin: »Bürste, Sonnencreme, Sonnenbrille … Ah, das Geschenk!«

Als ich fertig angezogen bin, mustert sie ihr Werk kritisch. »Irgendwas fehlt noch.«

Mit schnellen Schritten kommt sie auf mich zu. Mit einem fragenden Blick hebt sie die Hand und als ich nicke, berührt sie den Stoff meines Oberteils.

»Was soll das werden?« Ich kann nicht verhindern, dass meine Stimme leicht panisch klingt.

»Ich peppe dein Outfit etwas auf. Lass mich nur machen, ich weiß, was ich tue.«

Da bin ich mir sicher. Trotzdem halte ich die Luft an, als sie mit flinken Fingern die Vorderseite des Shirts in meinen Hosenbund steckt und so lange daran herumzuppelt, bis sie mit ihrem Werk zufrieden ist.

Als Nächstes mustert sie meine Haare mit einem prüfenden Blick.

»Okay, wenn ich dir die Haare style?«, fragt sie mit einem Funkeln in den Augen.

Ich seufze, kann mir ein Lächeln aber nicht verkneifen. »Na klar. Solange du nichts abschneidest.«

Jetzt lacht sie doch tatsächlich, und es ist nicht ihr falsches Lachen, das ich manchmal auf dem Schulflur höre, wenn sie mit Lukas und seinen Freunden über den Gang spaziert. Das hier ist echt.

Sie rollt sich ein schwarzes Haargummi vom Handgelenk, greift nach der Bürste in ihrer Tasche und tritt dann hinter mich.

»Sag Bescheid, wenn es irgendwo ziept oder so.«

Und dann fährt sie mit ihren Händen in meine Haare, und mein ganzer Körper beginnt zu kribbeln.

»Okay Schäfer, ich meine Lou, du musst mir dein Shampoo verraten. Deine Haare sind mega weich.«

»Äh, danke?« Die Situation überfordert mich ohnehin komplett, und dann macht sie mir noch ein Kompliment zu meinen Haaren?

Vergiss nicht zu atmen, wäre doch ziemlich blöd, wenn du unter Mikas Händen sterben würdest. Natürlich meldet sich Kimari genau in diesem Moment zurück.

Halt die Klappe.

Wieso? Es wird doch gerade erst spannend.

Ich schaffe es mit einiger Kraftanstrengung, Kimaris Stimme auszuschalten und konzentriere mich stattdessen auf Mikas Hände, die vorsichtig durch meine Strähnen gleiten. Kurz danach bürstet sie sie einmal komplett durch, ehe sie sich einen Großteil nimmt und zu einem Zopf zusammenfasst. Ich kann nicht sehen, was sie da tut, spüre nur ihre Fingerkuppen auf meiner Haut und höre ihren angestrengten Atem, der mir zeigt, wie konzentriert sie ist.

»Fertig«, sagt sie erfreut und tritt wieder vor mich, um ihr Werk zu begutachten. »Perfekt.« Wenn sie halb lächelt, kann man nur ein Stück ihres weißen Schneidezahns sehen, der an einer Ecke abgebrochen ist. Das ist mir bisher nie aufgefallen, und ich habe keine Ahnung, wieso ich ausgerechnet jetzt darauf achte.

»Und, gefällt's dir?«, fragt Mika, als ich mich im Wandspiegel mustere.

Einzelne Strähnen fallen mir ins Gesicht und umspielen meine Wangen, der Rest ist in einem hohen Pferdeschwanz zusammengefasst, sodass mir die Haare leicht in den Nacken fallen.

Ich lächle meinem Spiegelbild entgegen, sodass sich meine Nase leicht kräuselt, dann drehe ich mich wieder zu Mika, die mich immer noch ansieht, nun aber schnell zur Seite blickt, so als habe ich sie bei etwas Verbotenem ertappt.

»Ich wusste gar nicht, dass du professionelle Friseurmeisterin bist.«

»Und ich wusste nicht, dass du Pornos schreibst. Man weiß eben nie alles über die Menschen, mit denen man zusammenlebt, nicht wahr?«

Ich will ihr gerade erklären, dass sich in meinem Notizbuch keine erotischen Geschichten befinden, zumindest nicht hauptsächlich, doch da klopft es an unserer Tür, und als Mika sie öffnet, stehen Lukas und Rick davor.

»Hi Babe, na, bereit für die Feier?« Lukas zieht Mika an sich und küsst sie flüchtig auf den Mund. Schnell wende ich mich ab.

»Sowas von bereit«, meint Mika und strahlt Lukas an, während sie nach seiner Hand greift.

»Kommst du mit, Schäfer?«, fragt sie, und ich schüttle schnell den Kopf.

»Ich muss noch meine Tasche packen, geht ruhig vor.«

»Alles klar, dann bis später.« Sie winkt mir flüchtig zu und greift nach Lukas' Hand, ehe sie den Raum verlässt.

Es ist wieder zurück. Mikas falsches Lachen.

STRANDGEBURTSTAG

Als Caro, Sam und ich an den Strand kommen, werden wir bereits von dröhnender Musik empfangen.

Ich entdecke Toni, die mit Yuki und Rick auf einem großen, bunt gemusterten Strandtuch sitzt und uns freudestrahlend zuwinkt. Mika und Lukas liegen mit einigem Abstand neben ihnen im Sand und lachen über irgendetwas.

Generell ist der Strand gut besucht. Ich entdecke ein Ruderboot weiter draußen auf dem Meer, außerdem einige Standup-Paddle-Boards, auf denen einige Personen sich sonnen oder Selfies machen. Weiter hinten am Strand treten zwei Volleyball-Teams gegeneinander an und werden von einem kleinen Publikum angefeuert. Die Geräuschkulisse ist überwältigend. Da ist die laute Musik, die aus Tonis Lautsprecher dröhnt, das Kreischen der jüngeren Kinder, die sich mit Wasser bespritzen oder sich gegenseitig etwas zurufen, Applaus, wenn die eine Volleyballmannschaft einen Punkt geholt hat und Buuh-Rufe von der gegnerischen Seite. Über allem liegt das sanfte Rauschen des Meeres, das all diese Töne zusammenfügt wie ein großes Orchester. Zuerst bin ich überwältigt davon und kann mich auf nichts anderes konzentrieren, dann steht Toni auf und umarmt mich zur Begrüßung.

»Wie schön, dass du gekommen bist!«

»Alles Gute zum Geburtstag.« Ich erwidere ihre Umarmung etwas überrumpelt, und ehe ich mich's versehe, sitze ich auf dem großen Strandtuch neben Caro und Sam, die sich gegenseitig den Rücken eincremen.

Yuki überreicht Toni unser Geschenk, die direkt das Papier vom Karton reißt. Als sie das Trikot samt Autogramm entdeckt, quietscht sie auf.

»Nein! Ihr seid ja genial!« Sie fällt Yuki um den Hals und strahlt uns an. Ein warmes Gefühl breitet sich in meinem Bauch aus. Die Musik ist zwar immer noch viel zu laut und die vielen Menschen stressen mich, aber hier auf diesem Handtuch kann ich die Umgebung ganz gut ausblenden. Weil ich Toni, Yuki und die anderen gernhabe. Wenn ich mich mit Menschen umgebe, die ich mag, fühlt sich die Welt auf einmal weniger anstrengend an. Dann dreht sich alles etwas langsamer.

Toni ist nun bei der Karte angelangt, die ich geschrieben habe. Als sie fertiggelesen hat, blickt sie auf, und unsere Blicke treffen sich. »Danke«, formt sie still mit dem Mund, dann quietscht sie erneut, als sie den gezeichneten Otter entdeckt.

Insgesamt dauert es ewig, bis alle Geschenke ausgepackt sind. Vor allem, weil immer neue Leute aufkreuzen. Toni scheint einen großen Freundeskreis zu haben, darunter natürlich auch alle aus dem Fußballteam. Mittlerweile ist unser Handtuchlager zu einer riesigen bunten Fläche angewachsen, doch die Musik wurde etwas leiser gedreht, wofür ich sehr dankbar bin.

Yuki verteilt eisgekühlte Limonade, die sie extra in einer kleinen Tiefkühltasche mitgebracht hat, und Caro zaubert mehrere Tupperdosen hervor, in denen sich selbstgebackene Muffins, Obstsalat und Gemüsesticks befinden.

»Unsere Tuppimutti hat mal wieder alles gegeben!«, ruft Fayola und schaufelt sich Obstsalat auf ihren Teller.

»Jetzt lacht ihr noch, aber später kommt ihr alle angekrochen und wollt mein neues Apfelmuffin-Rezept, ich weiß es genau.« Caro grinst und lässt sich dann neben Sam aufs Handtuch fallen. »Ich übe eben schon einmal für all die Ausflüge, die wir später mit unseren Kindern machen werden.«

Sams Wangen verfärben sich rosa, und sie weiß offenbar nicht, was sie darauf erwidern soll. Gott, sind die beiden süß!

»Wie lange seid ihr denn schon zusammen?«, frage ich, ehe ich meinen Mund daran hindern kann.

»Ein Jahr und zwei Monate«, antwortet Caro stolz.

»Woher weißt du das so genau? Wir haben doch gar kein offizielles Datum?«, fragt Sam amüsiert.

»Ach nein? Ich dachte, das ist der Tag unseres ersten Kusses?« Caro blickt in die Ferne und scheint zu überlegen. »Oder warte, da gab es ja mehrere …«

»Ihr hattet mehrere erste Küsse?«, schaltet sich nun auch Fayola ganz interessiert ein.

»Na ja, je nachdem, wie du einen Kuss definierst«, nun wird auch Caro rot, und Sam verschluckt sich an einem Stück Muffin.

»Ach ja, unser altes Ehepaar«, meint Toni lachend. »Jedes Mal, wenn ich mir die beiden ansehe, fühle ich mich ganz besonders single.«

»Wem sagst du das«, erwidert Fayola und beißt in ein Stück Gurke.

»Aber lief da nicht mal was mit … Du weißt schon.« Caro hat sich etwas weiter vorgebeugt und die Stimme gesenkt. Ihr Blick wandert Richtung Meer. Dort stehen zwei Menschen eng aneinandergeschmiegt im Wasser. Lukas hebt Mika in die Höhe und lässt sie vor sich ins Wasser platschen, sodass es zu allen Seiten spritzt. Sie taucht prustend wieder an die Oberfläche und geht lachend zum Gegenangriff über.

»Nein, da lief nichts«, sagt Toni nur, doch ihre Stimme verrät, dass das ein sehr großes Nichts zu sein scheint. Und ich weiß, dass da noch mehr ist. Immerhin habe ich ihr Gedicht im Restaurant gehört.

Das ist so absurd. Ich verstehe einfach nicht, wieso Mika und Lukas eine Beziehung faken. Wieso tut man so etwas? Ich bin mir ziemlich sicher, dass das, worüber Toni nicht sprechen möchte, mit ein Grund dafür ist. Aber ich kann nicht weiterbohren, ohne zu viel zu verraten, und ich habe Mika versprochen, ihr Geheimnis zu bewahren. Also halte ich den Mund und beobachte stattdessen Rick und Yuki, die sich eine Wasserballschlacht gegen Yağmur und zwei weitere Mädchen aus dem Team liefern.

Offenbar hat Caro bemerkt, dass die Stimmung zu kippen droht, denn sie wechselt das Thema und überredet uns zu einer Partie Boule.

Der Mittag vergeht, die Sonne zieht am fast wolkenfreien Himmel vorbei und brennt in meinem Nacken. Jetzt bin ich froh, dass ich vorhin an meine Kappe gedacht habe. Die zerstört zwar Mikas Kunstwerk, schützt jedoch meinen Kopf und meine helle Haut vor der Sonne. Wir spielen zwei Runden, und ich bin absolut schlecht, aber das macht nichts, weil die anderen genauso katastrophal werfen. Nur Sam scheint ein Naturtalent zu sein. Ohne es zu wollen, beobachte ich sie und Caro den ganzen Tag über. Wie sie miteinander umgehen, flüchtig die Hand der anderen berühren oder sich einen Kuss auf die Wange geben. Es sind kleine Gesten, die sicher auch viele beste Freundinnen miteinander austauschen, aber bei den beiden wirkt es vertrauter. Das Leuchten in ihren Augen verrät, wie tief ihre Gefühle füreinander sind. Ich frage mich, ob ich so etwas auch jemals erleben werde. Und ohne es zu wollen, katapultiert mich mein Gehirn wieder auf den Heuboden. Zu Leonie und dem verhängnisvollen Kuss im Mondschein. Ich will nicht daran denken, aber das ist meinem Kopf egal.

»Du bist so still. Alles in Ordnung? Ist die Musik zu laut?« Toni hat sich neben mich gesetzt und lächelt mich an. Ihre blonden Haare und die blauen Augen helfen nicht, die Erinnerung aus meinem Kopf zu vertreiben, denn hier in der hellen Nachmittagssonne sieht sie Leonie erstaunlich ähnlich. Selbst die Sommersprossen auf der Nase stimmen überein.

»Nein, alles okay. Mir ist nur heiß, das ist alles.«

»Da kann ich dir helfen, warte kurz.« Toni springt auf, hinterlässt etwas Sand auf meinem Handtuch und kommt mit einem Sonnenschirm zurück.

»Ich habe ganz vergessen, den hier aufzustellen. Hilfst du mir mal?«

»Klar.« Ich stehe auf und helfe ihr, den Schirm über unseren Köpfen aufzuspannen und die dünne Metallstange möglichst tief in den Sand zu graben. Das ist gar nicht so leicht, doch da kommt uns Lukas zu Hilfe. Weil seine Haare und sein nackter Oberkörper noch nass sind, tropft er mein Handtuch voll, aber mit ein paar schnellen Handgriffen versenkt er den Schirm gut einen halben Meter im Sand, sodass er sicher steht.

»Danke«, sagt Toni kurz angebunden.

»Stets zu Diensten«, erwidert Lukas und verbeugt sich vor uns.

»Er ist so ein blöder Angeber«, murmelt Toni, sieht ihm aber nach, bis er wieder im Wasser verschwindet.

Langsam wandert die Sonne tiefer, und die sengende Hitze weicht einer angenehmen Wärme, die sich auf meine Haut legt. Vorhin war ich kurz mit Toni, Fayola und Yuki im Wasser, aber es war mir zu kalt, also bin ich wieder an Land geschwommen. Jetzt sitze ich eingewickelt in mein Handtuch im Sand und blicke auf das offene Meer hinaus. Der Akku der Musikbox ist leer, und viele der anderen sind bereits wieder ins Internat zurückgekehrt, weswegen es wunderbar ruhig geworden ist. Ich schließe die Augen und lausche den Wellen. Spüre den salzigen Wind auf meinen Wangen. Ich kann es immer noch nicht fassen, dass das hier jetzt mein Zuhause ist.

Jemand tritt neben mich.

»Du hast Salzkörner auf der Nase«, sagt Caro und lächelt. Ihre rosa Strähnen hängen ihr nass ins Gesicht. Sie ist ebenfalls in ein Handtuch gehüllt.

»Darf ich mich setzen?« Sie deutet auf den freien Platz neben mir, und als ich nicke, lässt sie sich in den Sand plumpsen. Eine Zeit lang blicken wir schweigend aufs Wasser hinaus, bis Caro die angenehme Stille unterbricht.

»Hab ich dir eigentlich schon von der AG erzählt, die Sam und ich leiten?«

Okay, seltsamer Gesprächsbeginn. Verwirrt schüttle ich den Kopf.

»Als wir uns damals geoutet haben, hatten wir Angst, dass jemand komisch reagieren könnte oder blöde Sprüche kommen würden. Das war zum Glück kaum der Fall. Trotzdem war es echt schwer für mich, mit meinen Eltern darüber zu sprechen. Die sind eher konservativ eingestellt, wenn du verstehst, was ich meine. Na ja, im letzten Jahr hatten wir dann die Idee von unserer ›Queer & Friends‹-AG. Wir treffen uns einmal im Monat, sitzen zusammen, reden oder helfen uns gegenseitig bei Fragen. Manchmal backen wir auch was. Ist echt toll.«

Dieses Gespräch gefällt mir nicht, und ich spüre, wie sich meine Hand im Sand zur Faust ballt.

»Klingt echt cool. Wieso erzählst du mir das?« Ich kann nicht verhindern, dass meine Stimme sich gegen Ende hin leicht überschlägt.

Caro mustert mich, und wieder liegt da dieses wissende Lächeln auf ihren Lippen. Dann zuckt sie mit den Schultern. »Einfach so. Ich habe deine Blicke bemerkt, wenn ich Sam geküsst habe, und da dachte ich, vielleicht interessiert es dich ja.«

Okay, Alarmstufe rot! Ich möchte jetzt bitte sofort weg von hier. Alles in meinem Körper sträubt sich dagegen, noch länger mit Caro zu sprechen, und offenbar ist mir das anzusehen, denn sie steht als Erste auf und lächelt entschuldigend.

»Tut mir leid. Ich will dich auch gar nicht bedrängen oder so. Die AG ist für alle, also wenn du Lust hast, komm gern mal vorbei.«

Mit diesen Worten verschwindet sie und läuft zurück zu Sam, die bereits mit gepackter Tasche dasteht und auf ihre Freundin wartet. Schnell wende ich meinen Blick von den beiden ab und starre wieder aufs Meer. Scheiße. Scheiße. Scheiße. Ist es denn so offensichtlich? Ich spüre, wie mir der kalte Schweiß ausbricht und meine Haut zu kribbeln beginnt, als würden Tausende von Ameisen über meinen Körper laufen. Ich will dieses Gespräch von eben ungeschehen machen, ich will zurückspulen und erst gar nicht auf diese Feier gehen. Tief in mir drin weiß ich natürlich, dass es lächerlich ist. Vielleicht ist ein winziger Teil von mir auch erleichtert. Das kann ich gerade nur nicht einordnen, weil sich mein Körper anfühlt wie ein lebendiger Ameisenhaufen. Ich springe auf, schmeiße mein feuchtes Handtuch in die Tasche und beginne meine Sachen zusammenzupacken.

»Du gehst?« Das ist Mika. Sie steht hinter mir und hält ihren Sonnenhut in der einen und ihre Strandtasche in der anderen Hand.

»Die meisten sind doch schon lange wieder im Internat.«

»Ich wollte auch eher fragen, ob wir zusammen hochgehen wollen.«

Überrascht ziehe ich eine Augenbraue nach oben. »Gehst du nicht mit Lukas?«

Mika dreht sich um und sieht zurück zum Volleyballfeld, auf dem Lukas gerade zusammen mit Rick und Fayola gegen drei seiner Kumpel spielt.

»Der ist beschäftigt. Also, was ist?«

Ich zucke mit den Schultern. »Klar.«

Schweigend laufen wir zurück in Richtung Schloss, während hinter uns die Sonne im Meer versinkt.

»War 'ne schöne Feier, oder?«, versuche ich die Stille zu durchbrechen.

»Hm.« Seltsam. Den ganzen Tag über wirkte Mika super gut gelaunt, und jetzt ist sie auf einmal so still.

»Alles okay?«

Ein Schnauben ist die einzige Antwort, die ich erhalte. Gut, ich hatte auch nicht damit gerechnet, dass Mika sich mir anvertraut. Keine Ahnung, wieso ich es überhaupt versucht habe.

»Danke nochmal für deine Outfithilfe vorhin.«

»Dafür ist eine Mitbewohnerin doch da.« Jetzt hebt Mika endlich den Blick.

»Außerdem konnte ich es einfach nicht weiter mit ansehen, dass du herumläufst wie mein Großvater.«

»Wow, danke.«

»Das war noch nett formuliert.«

»Ach ja?« Ich mustere ihr Outfit. »Wenn ich ein Großvater bin, dann bist du 'ne Tussi.«

»Autsch. Das hat mich jetzt echt getroffen, Schäfer.«

»Gern geschehen.« Eigentlich sollte ich sie verbessern, weil sie mich schon wieder bei meinem Nachnamen genannt hat. Aber irgendwie mag ich es, wenn sie mich so nennt.

Wir grinsen uns an, und erst jetzt fällt mir auf, dass wir gar nicht mehr laufen, sondern am obersten Ende des Strandes stehen geblieben sind. Der letzte Strahl Sonnenlicht glitzert hinter Mika im Wasser und taucht ihr Gesicht in wunderbar warmes Licht. Ihre Haare fallen in leichten Wellen bis über ihre Brust, und einzelne Salzkristalle haften auf ihren Wangen.

»Du bist echt schräg, Schäfer. Am Anfang habe ich kurz überlegt, dich aus meinem Zimmer zu ekeln, aber so schlimm bist du nicht.«

»Komplimente solltest du nochmal üben«, antworte ich und bin wieder einmal überrascht darüber, wie schlagfertig ich in Mikas Gegenwart sein kann. Wieso hat das in meiner alten Schule nie geklappt?

»Das war kein Kompliment, eher eine Tatsache«, erwidert Mika.

»Na dann, danke. Du bist auch nicht so garstig, wie ich dachte.«

»Garstig? Alles klar.«

Normalerweise würde ich mich in Gedanken jetzt dafür fertigmachen, dass ich wieder eins meiner peinlichen alten Wörter verwendet habe, aber erstaunlicherweise macht es mir heute nichts aus. Vielleicht, weil es Mika zum Lachen gebracht hat und ich irgendwie weiß, dass sie nicht über mich, sondern mit mir gelacht hat. Daran könnte ich mich gewöhnen.

FUSSBALL, ANGST UND AMORS PFEIL

»Lou, hier!« Fayolas Arm wandert nach oben, während sie über die rechte Flanke nach vorne rennt. Ich warte eine Sekunde, dann werfe ich den Ball vor mir in die Luft und schieße ihn über die Hälfte des Spielfeldes zu ihr. Er zerschneidet den blaugrauen Himmel und landet genau auf Fayolas Brust. Sie nimmt den Ball an, legt ihn sich auf den linken Fuß und sprintet weiter nach vorne.

»Spiel ab, ich steh frei!«, ruft Sam von vorne, doch genau als Fayola ihr den Ball zupasst, grätscht Selina ihr dazwischen. Sie ist mindestens einen Kopf kleiner als Sam, aber gerade deswegen sehr wendig. Sie schießt nach vorne, umspielt Fayola und blickt sich suchend nach einer Anspielpartnerin um.

»Sehr gut!«, kommt es von Frau Nielsen, die draußen am Spielfeldrand steht.

Da die gegnerische Mannschaft nun in unserer Spielhälfte ist, mache ich mich auf einen Torschuss gefasst, springe von einem Fuß auf den anderen und verfolge gebannt den Ball vor mir, den Selina nun an Yağmur passt, die ihn wieder zurückspielt, als Yuki sie bedrängt. Selina versucht es nun wieder über die rechte Flanke und rennt wie ein Wirbelwind über das frischgemähte Gras, doch da steht Toni. Mein Fels in der Brandung, wie ich sie gerne nenne. Weil sie einfach jeden Ball abfängt. Doch das weiß Selina und macht sich auf eine Abwehr gefasst, lupft den Ball einfach über Tonis Kopf und sprintet links an ihr vorbei. Wow. Hat sie heute früh drei Energydrinks getrunken, oder was ist mit ihr los?

Das scheint sich Toni auch zu fragen, denn so schnell sie kann, nimmt sie die Verfolgung auf, und nun kommt ihr auch Yuki zu Hilfe. Beide bedrängen Selina so lange, bis diese den Ball verzweifelt Richtung Tor schießt. Yuki erwischt ihn mit dem Schienbein und befördert ihn ins Aus.

Puh. Nochmal gerettet. Ich wische mir den Schweiß von der Stirn und beobachte, wie Caro nun zum rechten Spielfeldrand läuft und den Ball dort direkt auf der Ecke positioniert. Die Gefahr ist noch nicht vorbei, solche Standards können sehr gefährlich sein.

Deswegen kommen auch Fayola und Mika mit in den Strafraum.

Die gegnerische Mannschaft versucht unsere Verteidigung zu durchbrechen. Immer wieder drehen die Spielerinnen bei, bewegen sich vor dem Tor hin und her, um die Abwehr abzuschütteln. Ich sehe, wie Mika ganz verbissen an Selina dranbleibt, um zu verhindern, dass sie einen freien Schuss aufs Tor absetzen kann. Wenigstens vor einem Kopfball muss ich keine Angst haben, größentechnisch sind wir im Vorteil.

Caro nimmt Anlauf und schießt.

Der Ball fliegt direkt vor mein Tor. Aus dem Augenwinkel sehe ich, wie Selina eine Finte macht, rechts ausbricht und Mika abhängt. Ich muss etwas tun. Und auf einmal werde ich ganz ruhig. Es gibt nur mich und den Ball, der jede Sekunde über Selinas Kopf eintreffen wird. Dann muss sie nur noch springen oder das Bein heben und … Aber nein, dazu wird es nicht kommen. Ich nutze die Lücke zwischen Yağmur und Toni, laufe aus dem Tor, balle die Hände zu Fäusten und springe. Ich bin höher als Selina, höher auch als Mika oder Toni. Meine ledernen Handschuhe treffen den Ball mit voller Wucht und befördern ihn weit in Richtung gegnerisches Spielfeld, wo Sam bereits auf ihn wartet.

»Gut gemacht!«, ertönt Frau Nielsens Stimme wieder.

»Sauber«, meint Toni, während Fayola und Mika schon wieder nach vorne sprinten, um Sam zu helfen. Doch das brauchen sie gar nicht. Sam hat die einzigen zwei gegnerischen Spielerinnen bereits ausgedribbelt und hält nun direkt aufs Tor zu. Wenn sie jetzt nicht verschießt, ist uns der Sieg sicher. Denn im Tor steht Anna, die sonst Mittelfeldspielerin ist. Sam schießt, und der Ball landet im linken oberen Eck.

»Ja!«, rufe ich und reiße den Arm in die Höhe. Mika und Fayola klatschen sich ab und laufen dann zu Sam, um ihr zu gratulieren.

Das hier war nur das typische Testspiel, das wir am Ende jeder Trainingseinheit machen, und doch bin ich so energiegeladen, dass ich vor Freude Luftsprünge machen könnte. Dieses Adrenalin, das durch meinen Körper rauscht, fühlt sich großartig an. Ich bin erst seit knapp einem Monat hier, und doch fühlt es sich so gut an, Teil dieses Teams zu sein. Ich weiß nicht, wie es passiert ist, aber ich gehöre dazu.

»Gut gehalten«, meint Mika, als wir kurz darauf am Spielfeldrand sitzen und unsere Flaschen leeren. Ihre Knie sind grasverdreckt und eins blutet leicht, doch das scheint ihr nichts auszumachen, sie gießt nur etwas Wasser über die Wunde.

»Brauchst du ein Pflaster?«

Mika winkt ab. »Ist nur ein Kratzer.«

»Das war ein tolles Training. So langsam spielt ihr euch

ein, das macht Spaß zuzuschauen. Selina, du warst heute große Klasse! Verrate uns gerne, wo du deine Energie hernimmst.«

Selina strahlt und lässt den Ball zwischen ihren Füßen hin- und herwandern. »Ich hab heute früh nur ne extra Portion Müsli gegessen.«

»Na, dann solltet ihr das vielleicht alle machen«, meint Frau Nielsen und lächelt.

»Bis zum Winterturnier in London sind es noch knapp drei Monate. Das klingt erst einmal viel, aber unterschätzt nicht, wie schnell die Zeit rennt! Ich denke, wir sind schon recht gut aufgestellt. Allerdings müssen wir immer noch an unseren Standards arbeiten. Ihr müsst an eurer Frau dranbleiben. Lasst sie nicht weglaufen. Selina hat dich einfach abgehängt, Mika, das darf nicht passieren.«

Mika nickt. »Ich weiß, tut mir leid.«

»Und Louise, wenn du die Möglichkeit hast, den Ball zu fangen, dann tu das. Hätte Sam nicht freigestanden, hätte der Ball bei den Gegnerinnen landen können.«

»Aber das war schon ein hammer Stoß, das müssen Sie zugeben«, meint Toni, und Frau Nielsen lacht.

»Ja, das war er.«

Zufrieden laufen wir vom Spielfeld und unterhalten uns über das heutige Training. Mittlerweile trage ich nicht mehr mein grünes T-Shirt vom ersten Training, sondern mein eigenes Trikot mit einer großen Eins und meinem Nachnamen darauf. Wenn ich auf dem Platz stehe, dann fühle ich mich nicht mehr wie ein Marsmännchen, das nicht dazugehört. Ich bin ein Teil des Teams, und das fühlt sich einfach nur großartig an.

Zwei Tage später sitze ich am runden Turmfenster und beobachte meine Mitspielerinnen, die unten über den Platz dribbeln. Es ist seltsam, jetzt nicht bei ihnen zu sein. Als ich Frau Nielsen gefragt habe, ob es okay sei, wenn ich das Training am Mittwoch ausfallen ließe, fühlte ich mich schrecklich. Ich hatte die unerklärliche Angst, dass sie mich aus der Mannschaft werfen oder mich anschreien würde. Gerade jetzt, wo ich mich dort so wohlfühle, wäre das einfach fürchterlich gewesen. Stattdessen hat sie verständnisvoll reagiert, dabei aber noch einmal betont, dass das nicht zur Gewohnheit werden sollte.

Ich will auch nicht, dass das zur Gewohnheit wird, dafür liebe ich das Training viel zu sehr. Ich merke, wie ich von Mal zu Mal besser werde, und auch das regelmäßige Joggen mit Mika hilft mir. Mittlerweile schaffe ich fünf Kilometer, ohne Atemprobleme zu bekommen. Mika ist zufrieden mit meiner Leistung, und es ist schön, mit ihr in den Sonnenaufgang zu laufen. Oh Gott, wie kitschig das klingt! Aber es ist einfach ein toller Start in den Tag. Nur wir beide, Mikas Sportplaylist und das Meer neben uns. Mittlerweile ist es auch nicht mehr seltsam, mit ihr zu duschen. Wir stehen in zwei unterschiedlichen Kabinen, ich vermeide jeden Blickkontakt und konzentriere mich einfach auf das Wasser, das auf meinen Körper prasselt. Also alles normal. Keine unanständigen Gedanken. Nada.

»Hier bist du ja, ich hab dich schon überall gesucht. Frau Frank kann jeden Augenblick hier eintreffen!« Theo kommt schlitternd vor mir zum Stehen. Seine Brille ist verrutscht und sein kariertes Hemd falsch zugeknöpft.

»Entschuldige, ich habe die Zeit vergessen.«

»Hast du deine Fragen aufgeschrieben?«

Als Antwort halte ich mein Notizbuch in die Höhe. »Selbstverständlich.«

Das scheint ihn etwas zu beruhigen. »Gut, dann folge mir.«

Ich frage mich, wieso ich nicht aufgeregt bin, vielleicht,

weil Theo das bereits für uns beide übernimmt und ich deswegen die Souveräne sein muss.

Wir betreten ein gemütliches, kleines Turmzimmer im zweiten Stock des Schlosses. An den Wänden stehen Bücherregale und rote Samtsofas. Wieso wusste ich nicht, dass solch ein gemütlicher Raum existiert? Doch Theo beantwortet mir meine Frage:

»Das ist eigentlich ein Lernzimmer für die Abschlussklassen, aber wir dürfen es für die Literaturgespräche nutzen. Also, du bist als Erste mit deinen Fragen dran, du hast dreißig Minuten, danach bin ich dran und nach mir Sabrina aus der Zwölf. Klar so weit?«

Ich nicke, und nun werde ich doch unruhig. Simone Frank kann jeden Moment durch diese Tür treten. Hoffentlich kriege ich überhaupt einen geraden Satz heraus!

Theo zeigt mir die Couch, auf die ich mich setzen soll und bringt dann noch ein Tablett mit einer Wasserkaraffe und zwei Gläsern.

»Ich gehe mal nach unten ins Foyer. Nicht, dass sie dort auf mich warten muss! Bleib einfach ganz locker«, rät er mir noch und verschwindet dann mit hochroten Wangen aus dem Zimmer.

Ich glaube, diesen Rat sollte er lieber selbst beherzigen, denke ich und muss lachen.

Dann versuche ich mich zu sammeln, schlage mein Notizbuch auf und überfliege noch einmal die Fragen, die ich in den letzten Tagen ausgearbeitet habe. Eigentlich kann ich sie mittlerweile auswendig, aber auf einmal scheint mein Kopf wie leergefegt zu sein.

Als ich nach der Wasserkaraffe greife, um die Gläser zu befüllen, landet etwas von der klaren Flüssigkeit auf dem Holztisch. Wieso zittern meine Hände denn jetzt?

Schnell stelle ich die Karaffe wieder zurück und überlege gerade noch, welche Sitzposition am lässigsten aussieht, da wird die Tür geöffnet und eine Frau mittleren Alters tritt herein.

»Hallo, bist du Louise?« Ihre Stimme klingt schon einmal sehr nett, und auch ihr Lächeln nimmt mir ein wenig von meiner Anspannung. Nachdem ich sie begrüßt und mich dabei nicht versprochen habe, ist der erste peinliche Moment vorbei, und ich habe die Chance, sie etwas genauer zu mustern.

Ihre hellen Haare sind kinnlang, um ihren blassen Hals hängt eine Lesebrille an einem Stoffband, und sie trägt ein weites Leinenshirt, das sie älter wirken lässt, als sie eigentlich ist. Die stylischen Sportschuhe passen absolut nicht zu ihrem Aufzug, aber das macht sie mir direkt sympathisch. Mika hätte ihr bestimmt ein Umstyling aufgedrängt. Bei dem Gedanken daran muss ich lächeln.

»Also Louise, worüber möchtest du heute sprechen? Theodor hat mir auf dem Weg hierher schon ein wenig über dich verraten. Du hast schon einige Geschichten geschrieben, nicht wahr?«

»Ein paar, das stimmt«, antworte ich und blättere durch das Notizbuch in meinen Händen. Auf einmal fühlen sich all meine Fragen falsch an. Zu oberflächlich und langweilig.

Ich will sie nicht fragen, woher sie die Inspirationen für ihre Geschichten bekommt. Ich will mit ihr nicht über ihren Werdegang sprechen, den kenne ich ja längst.

»Frau Frank … Dürfte ich Ihnen eine Frage zu meiner aktuellen Geschichte stellen?«

»Natürlich. Worum geht es?«

Und wie immer, wenn ich über meine Geschichten spreche, vergesse ich alles um mich herum. Ich habe keine Angst, zu schnell zu sprechen oder zu viel zu sagen. Die Wörter purzeln nur so aus meinem Mund, und als ich mit meiner Zusammenfassung ende, blicke ich zum ersten Mal von meinem Notizbuch auf und sehe Frau Frank in die Augen.

Sie hat sich auf dem Sessel nach hinten gelehnt, die Fingerkuppen aneinandergelegt, und ein Lächeln umspielt ihre Lippen.

»Und wobei kann ich dir helfen? Das klingt für mich so, als hättest du bereits alles sehr gut ausgearbeitet und würdest dich bestens in deiner Welt auskennen. Die, wenn ich das anmerken darf, wirklich bemerkenswert klingt. Als ich in deinem Alter war, hätte ich mich gar nicht getraut, so weit zu denken.«

»Ich … Ich weiß einfach nicht, wie ich die Anziehung zwischen meinen Charakteren vertiefen kann. Ich will, dass sie miteinander sprechen, aber wenn sie sich dann in einer Szene gegenüberstehen, habe ich so etwas wie eine Blockade. Mir fällt nichts ein, was sie sagen könnten. Das macht mich wahnsinnig! Manchmal denke ich, dass ich die Beziehung der beiden einfach weglassen und mich auf den Krieg konzentrieren sollte.«

»Nun, dieses Problem kenne ich sehr gut.«

»Ehrlich?«

»Natürlich.« Jetzt lacht sie. »Wenn es so einfach wäre, würden viel mehr Menschen Bücher schreiben. Charaktere können sehr schwierig sein. Ich erinnere mich an eine ältere Frau aus meinem letzten Roman. Sie wollte aus jeder Szene flüchten. Immerzu lief sie aus dem Zimmer, schlich sich aus jedem Gespräch. Das war lästig, glaub mir.«

»Und wie haben Sie sie dazu bekommen, nicht wegzulaufen?«, frage ich voller Neugierde.

»Gar nicht.«

»Wie bitte?«

»Es hatte einen Grund, wieso sie immerzu weggelaufen ist. Dem bin ich nachgegangen. Wir können unsere Figuren nicht zu irgendwelchen Handlungen zwingen. Genauso wenig, wie wir sie dazu zwingen können, sich zu verlieben.«

»Aber … Entschuldigen Sie die Frage, aber das klingt so, als seien Ihre Figuren real. Als existierten sie wirklich.«

Frau Frank mustert mich durch ihre erstaunlich hellen Augen. »Sind sie das nicht?«

Die Frage schwebt zwischen uns im Raum.

»Ich … Also eigentlich existieren sie doch nur in meinem Kopf.«

»Ja und nein. Sie sind real. Genauso wie du und ich. Sie leben in uns. Wir entscheiden nicht, was sie tun oder lassen. Wir schreiben es nur auf. Natürlich können wir sie in gewisse Richtungen lenken, aber wenn sie etwas absolut nicht wollen, dann würde es sich falsch anfühlen, wenn wir sie dazu zwingen. Das würde man beim Lesen sofort merken.«

Ich kann nicht verhindern, dass ich mit offenem Mund vor ihr sitze. So habe ich das noch nie gesehen.

»Dein, nennen wir es mal ›kleines Problem‹, besteht darin, dass Kimari und die Prinzessin sich nicht annähern wollen. Habe ich das richtig verstanden?«

»Genau. Ich möchte ihre Beziehung auf die nächste Ebene heben. Aktuell sind sie nur alte Freundinnen, die sich wiedergetroffen haben und ganz gut verstehen, aber mehr nicht. Doch jedes Mal, wenn ich das Gespräch vertiefen will oder eine explizitere Berührung einbauen möchte, macht eine von beiden einen Rückzieher.«

»Da hast du deine Antwort«, ruft Frau Frank begeistert aus und klatscht in die Hände.

»Wie bitte?«

»Na deine Figuren haben Angst. Was absolut natürlich ist. Es ist verdammt beängstigend, jemandem seine Gefühle zu gestehen, oder auch nur den sicheren Pfad der Freundschaft zu verlassen. Das wissen deine beiden Figuren. Lass sie darüber nachdenken. Wer von beiden hat mehr Angst? Die andere Person muss demnach diejenige sein, die den ersten Schritt macht. Vielleicht musst du sie da ein wenig schubsen und zu ihrem Glück zwingen, aber hab dabei immer im Hinterkopf, wieso sie so viel Angst hat. Was sind ihre Beweggründe?«

Mein Kopf fühlt sich an wie eine Achterbahn, die durch eine gigantische Bibliothek fährt. An jeder Biegung tauchen neue Regale mit neuen Informationen auf, doch ehe ich auch nur eine davon aufgenommen habe, rast die Bahn weiter. Meine Gedanken kreisen wie wild, versuchen all das zu verarbeiten.

»Konntest du mir folgen? Entschuldige, manchmal rede ich etwas kryptisch.«

»Nein, ich glaube, ich weiß, was Sie meinen.«

»Sehr schön. Wir haben noch drei Minuten, bis Theodor an der Reihe ist. Hast du noch eine Frage?«

Ich überlege kurz, doch ich habe das Gefühl, dass sie meine wichtigste Frage bereits beantwortet hat. Also ziehe ich stattdessen meine Schultasche zu mir und hole das gebundene Buch heraus.

»Es ist nicht wirklich eine Frage, aber könnten Sie mir Ihr Buch signieren?«

»Selbstverständlich.«

Frau Frank setzt die Lesebrille auf, schlägt mein Buch vorne auf und zückt dann einen Stift, um darin zu unterschreiben.

»Vielen Dank. Sie haben mir sehr geholfen.«

»Das freut mich. Schreib mir doch, wenn dein Buch beendet ist. Ich würde Kimaris Geschichte gern lesen. Generell finde ich es toll, wie zwanglos du die Liebe zwischen zwei Frauen angehst. In deiner Welt scheint das absolut normal zu sein, das ist so wunderbar.«

Meint sie das ernst? Ich kann ihren Blick nicht ganz deuten, doch ehe ich sie noch einmal fragen kann, wird die schwere Eichentür geöffnet und Theos Kopf erscheint im Zimmer.

»Seid ihr fertig?«

Ich nicke und stehe auf. Dann verabschiede ich mich von Frau Frank und laufe den leeren Gang hinunter. In meinem Kopf überschlagen sich immer noch die Gedanken. So schnell ich kann laufe ich zurück in mein Zimmer, hole das Notizbuch aus meiner Tasche und setze mich in das große Turmfenster.

Frau Frank hatte recht. Kimari und Liana haben beide Angst, wie zeige ich das am besten? Immerhin kann Kimari nicht in den Kopf ihrer Freundin blicken. Ich probiere verschiedene Szenarien, die sich immer noch zu gezwungen anfühlen. Wieder lege ich den Stift zur Seite und blicke auf die Zeilen vor mir. Wieso ist es so schwer, offen zu schreiben, was Kimari fühlt? Vielleicht, weil sie das selbst noch nicht weiß? Natürlich, da gibt es diese Anziehung zwischen den beiden, aber sie kann sie nicht greifen.

Redest du hier noch von mir oder von dir?, meldet sich Kimari zu Wort. Ich weiß, was ich will, das kann ich dir sagen.

Natürlich rede ich nicht von mir. Hier geht es um deine Geschichte.

Glaub das ruhig, Schätzchen, ich kenne dich besser als du selbst.

Entnervt streiche ich den letzten Satz durch und verfluche Kimaris Stimme. Sie lenkt mich ab, sie bringt mich raus. Und gleichzeitig hat ein winziger Teil in mir Angst, dass sie recht hat. Ich weiß nicht, was ich für Mika empfinde. Klar, es ist schön, mit ihr zu reden, ich liebe unsere morgendlichen Joggingrunden und genieße ihre Nähe, aber das ist doch normal, wenn man befreundet ist. Oder?

Du hast letztens an ihrem Kissen gerochen.

Ich wollte nur wissen, ob es in die Wäscherei muss!

Und dafür brauchst du drei Minuten?

Ich ignoriere Kimari gekonnt. Sie hat keine Ahnung, genauso wenig wie ich.

Ich schaue zu Mikas Bett. Zu besagtem Kissen, dessen Geruch ich immer noch in der Nase habe. Mein Blick gleitet über die ordentlich gefaltete Bettwäsche, über ihr Top, das über dem Schreibtischstuhl hängt.

Mach dir nichts vor, Kleine, du bist verschossen in sie.

Ich bin fast ein Meter achtzig!

Das ist irrelevant. Du bist verknallt in sie, Amors Pfeil hat dich getroffen.

Wow …

Du bist ihr zugetan, leidenschaftlich ergriffen von ihrem Wesen, liebestoll …

Hör auf!

Sie hat etwas in dir entflammt.

Vermutlich glühen meine Wangen mittlerweile knallrot.

»Was muss ich tun, damit du mich in Ruhe lässt?«, frage ich verzweifelt in den leeren Raum hinein. Langsam habe ich das Gefühl, durchzudrehen.

Schreib, Kleine. Schreib das, was du dich nicht traust.

Mit einem leisen Kichern verschwindet Kimari, und auch wenn ich wütend auf sie sein sollte, rastet in meinem Kopf etwas ein.

Als Allererstes gehe ich zurück zu meinem letzten Kapitel. Dem, in dem Kimari und Liana zusammen zu Abend gegessen haben. Was danach kam, kann man jetzt nur noch als Müll bezeichnen. Ich streiche zwei volle Seiten durch und beginne von vorn. Ich habe Angst vor dem, was mein Stift gleich zu Papier bringen wird, doch ich höre nicht auf.

HAUTKONTAKT

»~~Geh~~ Geht noch nicht, bitte«, sagte Liana, und Kimari sah in ihre Augen, die im Schein des Kaminfeuers glänzten.

»Aber ich muss. ~~Deine~~ Eure Mutter schwebt in Lebensgefahr!« Kimari lief im Zimmer auf und ab, ging immer wieder zur Tür, war kurz davor, das Zimmer zu verlassen, und doch zögerte sie.

»Ich frage mich nur, was geschehen wird, wenn Ihr nicht zurückkehrt. Dann wird meine Hoffnung vollends erlöschen.« Liana senkte den Kopf und ließ sich traurig auf ihrem Bett nieder.

Der weiche Stoff schmiegte sich an ihren Körper, wirkte warm und weich, genau wie ihre Haut, deren dunkler Braunton sich von der pfirsichfarbenen Decke abhob. Kimari wäre gern zu ihr gegangen, um sie zu trösten, doch sie blieb stehen. Der Mut schien sie verlassen zu haben.

»Aber ich muss gehen. Wenn ich jetzt bleibe, bedeutet das, dass wir aufgeben. Wollt Ihr das?«

Liana hob den Kopf, und nun umspielte ein trauriges Lächeln ihren Mund. »Von wollen kann hier keine Rede sein, meine liebe Kimari. Sagt mir, wie kann ich etwas wollen und gleichzeitig Angst davor haben?«

Kimari trat nun doch an das Bett. Das Kaminfeuer knisterte in ihrem Rücken.

»Ich habe auch Angst, Liana.«

Liana griff nach Kimaris Hand. Die Hand der Prinzessin fühlte sich kühl an im Vergleich zu der Wärme, die Kimari stets durchströmte. Kühl und stark.

»Setzt Euch zu mir. Ein letztes Mal ehe Ihr aufbrecht. Ich bitte darum.«

»Einer Prinzessin darf man einen Wunsch nicht abschlagen«, erwiderte Kimari und ließ sich neben Liana nieder. Das seidene Bettlaken fühlte sich fremd an unter ihren gebräunten Händen, die sonst nur Drachenschuppen und Feuer kannten.

»Versprecht mir, dass Ihr wohlbehalten zu mir zurückkehrt«, forderte Liana und wandte den Blick nicht von Kimari ab.

»Versprechen kann ich das nicht, Prinzessin. Aber ich will alles mir Mögliche versuchen, um Eurer Bitte nachzukommen.«

»Ich denke, damit muss ich mich begnügen.«

Kimaris Blick löste sich nicht von Liana. Etwas drängte sie, das Zimmer zu verlassen, auf Arokh zu springen und hinfortzueilen, doch ein Gefühl tief in ihr wollte etwas gänzlich anderes tun.

»Würdet Ihr mir auch einen Wunsch erfüllen?«, fragte Kimari, und zum ersten Mal an diesem Tag zitterte ihre Stimme. Sie wusste, dass kein normaler Untertan eine direkte Bitte an das Königshaus richten durfte. Und doch hatte sie es gerade getan. Weil Liana für sie mehr war als eine Prinzessin.

»Um was für einen Wunsch handelt es sich?«, fragte Liana. Ihre Hand lag auf dem Seidenlaken direkt neben Kimaris. Die Drachenreiterin müsste nur einen Finger rühren, um ihre Haut zu spüren.

»Wartet auf mich.«

Liana schien nicht ganz zu begreifen. »Warten? Worauf?«

»Am Tag der Wintersonnenwende. Wartet auf mich, ehe Ihr einen Tanzpartner wählt.«

Langsam schien die Erkenntnis in Lianas Bewusstsein zu sickern. »Darf ich noch einmal fragen, worauf genau ich warte?« Nun umspielte ein seichtes Lächeln ihren schönen Mund. Ihre Lippen waren noch feucht vom Wein, den beide kurz zuvor als Abschiedstrunk zu sich genommen hatten.

»Darauf, dass ich zurückkehre, um Euch zu diesem Ball zu begleiten. Natürlich nur, wenn es in Eurem Interesse wäre.«

»Ihr wollt mit mir auf dem Ball tanzen?« Die Augen der Prinzessin weiteten sich, doch sie stand weder auf, noch rutschte sie einen Millimeter von der Drachenreiterin fort.

Kimari überwand den ängstlichen Drachen in ihrer Brust und beugte sich nach vorn. Legte eine Hand ganz sanft unter Lianas Kinn und strich über ihre Unterlippe.

»Ich möchte noch viel mehr mit Euch tun, Prinzessin. Freilich nur, wenn Ihr Euer Einverständnis dazu gebt.«

Lianas Lippen ~~flatterten~~ bebten unter Kimaris Berührung. Sie schluckte einmal lang, ehe sie den Mund öffnete, um zu sprechen, doch kein Wort entsprang ihrer Kehle. Stattdessen umfasste sie Kimaris Hand mit ihrer und ließ die andere in das hellbraune Haar der Drachenreiterin gleiten.

»Was sagt Ihr, Prinzessin? Möchtet Ihr mit mir ... tanzen?«

Das Knistern des Kaminfeuers klang ohrenbetäubend in dem kleinen Raum. Hitze schwebte zwischen den beiden schönen Gesichtern, die nur eine Ehrenlänge voneinander entfernt waren.

»Ich möchte«, hauchte Liana, ehe Kimaris Lippen auf ihre niedersanken und sich beide Körper der feuchten Hitze hingaben.

Ich greife nach dem Wasserglas neben meinem Bett und leere es in einem Zug. Meine Wangen glühen, mein Herz rast, und ich habe das dringende Bedürfnis, mir die Hand in die Hose gleiten zu lassen. Doch ich widerstehe dem Drang, stehe stattdessen auf und fülle mein Glas erneut. Genug kaltes Wasser sollte dafür sorgen, dass mein Körper abkühlt. Um den Prozess zu beschleunigen, laufe ich zurück zum Fenster und reiße es auf. Kühle Luft umfängt mich, verwirbelt mein Haar und hilft meinem Herzen dabei, wieder langsamer zu schlagen.

Mittlerweile liegt mein Gespräch mit Frau Frank drei Tage zurück. Es ist Samstagabend, und ich sitze allein in unserem

Zimmer. In den letzten Tagen habe ich jede freie Minute genutzt, um diese wichtige Szene zwischen Kimari und Liana immer und immer wieder zu überarbeiten. Nun ist sie fertig.

Langsam lasse ich mich zurück auf den Fenstersims gleiten und öffne vorsichtig das Notizbuch, traue mich kaum, die eben geschriebenen Sätze erneut zu lesen, die den Schluss des Kapitels bilden.

Meine Finger fühlen sich immer noch wund an, so schnell ist der Stift über die Seiten geflogen. Frau Frank hatte sowas von recht! Ich werde ihr diese Zeilen zwar niemals, niemals schicken können, aber wow. Diese Anziehung zwischen den beiden. Dieses Kapitel zu schreiben, hat sich angefühlt, als könne ich sie fast greifen. Als wäre ich selbst mit in diesem Raum. Fast war es zu intim. Weil Kimari und Liana sicher nicht wollen würden, dass ich sie in solch einem Moment beobachten würde, aber wer würde das nicht? *Himmel, ich würde so gerne mit ihnen tauschen.* Habe ich das gerade wirklich gedacht?

Ich fahre mir über die erhitzten Wangen, schließe die Augen und versuche an etwas anderes zu denken. Doch immer wieder schießen mir Bildfetzen ins Blickfeld. Bilder, die ich gesehen habe, während ich die Szene geschrieben habe. Doch sie verändern sich, verwischen, und auf einmal liegen da nicht mehr Kimari und Liana im Bett, sondern ich erkenne meine braunen Haare, mein Gesicht, das sich über ein anderes beugt. Über einen durchtrainierten Körper mit dunklen Augen und schwarzen Haaren … Ich berühre Mikas nackte Haut mit meinen Händen, fahre ihren Hals entlang, küsse sie, während ihre Hand über meine Brüste streicht. Ich löse meine Finger von ihrem Hals und lasse sie tiefer gleiten … Scheiße. Kimari hatte recht.

»Lou, bist du da?« Mika öffnet die Tür, und ich falle vom

Fenstersims. In der Millisekunde vor dem Aufprall habe ich noch den vagen Gedanken, das Notizbuch so schnell es geht zu verstecken, doch das ist unmöglich, denn im nächsten Moment knalle ich volle Kanne mit dem Kinn zuerst auf dem Steinboden auf.

Mika stößt einen erschrockenen Laut aus und rennt zu mir.

»Scheiße, Lou! Alles okay?«, fragt sie und lässt sich neben mir auf den Boden fallen.

Etwas Feuchtes fließt meinen Hals hinab.

»Nichts passiert«, nuschle ich, doch der Schmerz in meinem Gesicht sagt etwas anderes. Ich habe Angst, meinen Kopf zu berühren, also lasse ich mich nur von Mika aufsetzen und gegen die steinerne Wand lehnen.

Besorgt mustert sie mein Kinn und murmelt etwas von Erste-Hilfe-Set.

»Bin gleich wieder da, warte kurz und beweg dich nicht.« Sie verschwindet aus dem Zimmer.

Während sie weg ist, versuche ich aufzustehen, um an das Notizbuch zu gelangen, das zwei Meter vor mir auf dem Boden liegt, doch mir wird sofort schwarz vor Augen, also befolge ich Mikas Anweisung und bleibe sitzen.

Als Mika zurückkommt, ist sie nicht allein. Frau Fuchs folgt ihr auf den Fersen. Sie hat ihre dunklen Haare zu einem hohen Dutt gebunden und sieht mich durch ihre strengen Augen besorgt an.

»Du liebes bisschen. Was ist geschehen? Habt ihr euch etwa gestritten?«

»Nein!«, rufe ich sofort. Weil ich auf keinen Fall will, dass Mika in diesen ganzen Schlamassel mit hineingezogen wird.

»Na schön, dann lass mich mal sehen.« Frau Fuchs kniet sich vor mir hin und befühlt mein schmerzendes Kinn.

»Oh ja, das ist ’ne schöne Platzwunde. Das muss genäht werden. Mika, reich mir bitte den Erste-Hilfe-Kasten.«

Ich sehe aus dem Augenwinkel, wie Mika im hinteren Teil des Zimmers verschwindet und mit einem weißen Koffer zurückkommt.

»Es blutet ganz schön«, kommt es von Mika. Ich kann sie nicht scharf stellen, aber allein der Klang ihrer Stimme sagt mir, dass ich echt übel aussehen muss. Na wunderbar.

»Hier, drück dir das gegen dein Kinn, wir bringen dich jetzt ins Krankenzimmer. Keine Sorge, das wird alles wieder.«

Vielleicht liegt es am Schock, oder an Frau Fuchs’ Anwesenheit, aber ich spüre keinen Schmerz mehr. Nur das Blut, das dann und wann auf mein Sweatshirt tropft, erinnert mich an die Wunde an meinem Kinn.

»Halte am besten ihre Hand, ich werde die Türen öffnen.«

Erst als sich etwas Warmes um meine Finger schließt, merke ich, dass Mika neben mir steht. Ich traue mich nicht, zu ihr zu sehen. Meine Wunde ist mir vollkommen egal, ich will nur nicht, dass Mika bemerkt, an was ich bis gerade eben noch gedacht habe.

»Ich kann auch allein laufen«, bringe ich hervor und entziehe Mika meine Hand. Doch nach nur zwei Schritten verschwimmt der Boden vor meinen Augen und ich taumle leicht.

»Keine gute Idee, Schäfer.« Mika fängt mich auf. Ich spüre ihren Arm, der sich um meinen Rücken legt und ihre Hand, die wieder nach meiner greift. Dieses Mal noch sanfter als zuvor. Na wunderbar. Mein Plan war eigentlich, den Hautkontakt mit ihr zu reduzieren, um die Hitze aus meinem Körper zu verbannen, das hat ja perfekt funktioniert.

Doch mit Mikas Hilfe ist es deutlich einfacher, die Treppe nach unten und in den Nordflügel zu laufen, also sträube ich mich nicht länger und lasse mir von ihr helfen.

Als wir das Krankenzimmer erreichen, helfen mir beide auf eine Liege, und Mikas Hand löst sich von meiner. Mein Körper fühlt sich kalt an, dort wo ihrer meinen nicht länger berührt. Mit der Kälte kommt auch der Schmerz zurück. Mein Kinn brennt wie Feuer, und ich habe das Gefühl, mein Kopf explodiert gleich, so sehr drückt es von innen gegen meine Schläfen.

»Wann kann sie wieder spielen?«, fragt Mika und beobachtet, wie Frau Fuchs eine Decke über meine Beine zieht.

»Ist das gerade wirklich deine einzige Sorge?«, fragt Frau Fuchs streng.

»Nein, natürlich nicht. Ich wollte nur …«

»Du kannst jetzt zurück in dein Zimmer gehen. Louise wird morgen früh sicher wieder fit sein, aber am besten ist es, wenn sie eine Nacht hierbleibt, nur zur Sicherheit.«

Mika sieht zu mir. Bilde ich es mir nur ein, oder will sie nicht gehen? »Alles klar. Dann, ähm, gute Besserung.«

Ich will Danke sagen, doch aus meinem Mund kommt kein Ton, denn in diesem Moment wird mir etwas klar, und dieser Gedanke vertreibt alle Schmerzen aus meinem Körper. Oh nein. Oh nein. Bitte nicht. Ich schließe verzweifelt die Augen und bete, dass ich das alles hier nur träume, doch als ich sie wieder öffne, ist Mika verschwunden, und neben Frau Fuchs steht eine Frau in einem weißen Kittel, die mich freundlich mustert.

»Hi Louise, ich bin Dr. Fazi.« Die Ärztin lächelt immer weiter, während sie beruhigend auf mich einredet, mir irgendetwas spritzt und dann beginnt, mein Kinn zu nähen. Ich spüre nicht einmal die Nadel, die in meine Haut eindringt.

Alles, was ich denke, ist: Mika ist jetzt allein in unserem Zimmer. Dort auf dem Boden liegt mein aufgeschlagenes Notizbuch. Wie wahrscheinlich ist es, dass sie darin lesen wird?

Immer und immer wieder sehe ich Mika vor mir, wie sie sich bückt, das Notizbuch vom Boden aufhebt und nach hinten blättert bis zu dem letzten Kapitel, das ich heute beendet habe. Angst, Scham und etwas anderes rasen durch meinen Körper wie gleißender Schmerz. Das dumpfe Pochen in meinem Kinn ist nichts dagegen. Wenn ich noch einmal eine Platzwunde am Kinn erleiden müsste, damit Mika das Notizbuch nicht sieht, würde ich das jederzeit in Kauf nehmen.

Aber es ist zu spät. Mittlerweile ist Frau Fazi verschwunden, und auch Frau Fuchs hat sich verabschiedet. Ich liege in einem sterilen weißen und recht unbequemen Bett mit einem fetten Verband am Kinn und höre, wie es draußen anfängt zu regnen.

Die Nacht zieht über das Internat. Schwärze wabert vor dem Fenster und hüllt mich ein. Die Tabletten, die Frau Fazi mir gegeben hat, wirken wohl langsam. Sie sorgen dafür, dass mir alles egal ist. Fast alles. Durch den weißen Nebel, der mich und meinen Schmerz umhüllt, dringt immer wieder das dunkelblaue Notizbuch. Ich sehe es so deutlich vor mir wie nichts anderes, und ich weiß, dass morgen alles anders sein wird. Mika wird meine Geschichte lesen, und ich kann nichts dagegen tun.

EIN GELÜFTETES GEHEIMNIS

Ich wache auf, weil mich die Sonne an der Nasenspitze kitzelt und ich niesen muss. Nicht unbedingt angenehm, wenn man am Abend zuvor am Kinn genäht wurde. Dank der Schmerzmittel spüre ich nach wie vor nichts, außer einem Pochen und einer trägen Benommenheit. Dr. Fazi lässt mich im Krankenzimmer frühstücken, und als sie mich für stabil genug hält, darf ich den sterilen Raum verlassen. Ich habe das dringende Bedürfnis, meine Haare zu waschen und neue Klamotten anzuziehen. Alles riecht nach Desinfektionsmittel und Blut.

Doch als ich die Tür hinter mir schließe, springen Toni, Yuki und Fayola hinter einer Säule hervor.

»Du lebst!«, rufen sie im Chor.

»Sieht so aus«, sage ich matt, lächle aber, als alle drei mir entgegenstrahlen.

»Wir haben gesehen, wie Frau Fuchs in euer Zimmer gelaufen ist und später dann Mika auf dem Flur getroffen. Sie hat uns erzählt, dass du die Nacht über hierbleiben musstest. Echt schrecklich!« Yuki sieht mich voller Mitleid an.

»Aber der Verband steht dir«, meint Toni grinsend.

»Schade nur, dass wir darauf nicht unterschreiben können, das ist eine viel zu kleine Stelle«, beschwert Fayola sich.

»Nächstes Mal kann ich mir ja das Bein brechen«, schlage ich vor.

»Gute Idee. Komm, wir bringen dich zurück ins Zimmer. Gefrühstückt hast du schon, oder?«

Ich nicke und folge den dreien nach oben zu unserem Stockwerk.

»Schade eigentlich, dass dir so etwas an einem Samstagabend passiert. Du hast nicht mal Unterricht verpasst«, sagt Toni mit bedauerndem Unterton.

»Tja, sie ist eben die vorbildlichste Schülerin von uns allen«, meint Fayola feixend und hält uns die Tür auf.

Auf dem Weg zu Mikas und meinem Zimmer fragen mich die drei, wie die Nacht im Krankenzimmer war und ob das Nähen sehr wehgetan hat, doch ich bin nur halb bei der Sache. Die ganze Zeit überlege ich, was ich sagen soll, wenn ich gleich auf Mika treffe. Ich habe absolut keine Ahnung.

»Habt ihr Mika heute schon gesehen?«, frage ich beiläufig, als wir schließlich vor meiner Zimmertür halten.

Yuki nickt. »Ja, sie war vorhin kurz beim Frühstück, aber im Bad habe ich sie nicht gesehen. Vielleicht hatte sie heute keine Lust zu joggen. Wieso?«

Sie war nicht joggen? Das hat doch hoffentlich nichts damit zu tun, dass sie die ganze Nacht wach lag und mein Notizbuch gelesen hat? Okay, ich überdramatisiere das hier. *Nein, eigentlich nicht. Es ist dramatisch, dass sie diese Zeilen gelesen hat!*

»Ach, nur so. Ich wollte nur wissen, ob sie schon wieder im Zimmer ist.«

»Na, das können wir gleich herausfinden.« Fayola will schon an die Tür klopfen, da stelle ich mich ihr in den Weg.

»Ich bin noch echt benommen von gestern, seid ihr böse, wenn ich allein reingehe und mich nochmal hinlege?« Es fühlt sich schrecklich an, sie zu belügen, aber anders geht es nicht. Wenn ich gleich auf Mika treffe, dann allein und nicht mit noch drei anderen Menschen, die unser Gespräch mit anhören könnten.

»Klar, das ist doch verständlich. Schlaf dich erst einmal ordentlich aus. Dass du nächste Woche im Training fehlen wirst, haben wir Frau Nielsen schon gesagt«, berichtet Toni.

»Sie wünscht dir gute Besserung«, pflichtet Yuki ihr bei.

»Danke euch«, sage ich und meine es wirklich ernst. Es war unfassbar lieb von ihnen, mich heute früh abzuholen.

»Immer doch. Was nicht heißen soll, dass du dir nochmal ne Platzwunde zuziehen sollst!«, mahnt Fayola mich mit erhobenem Zeigefinger.

»Ich gebe mein Bestes«, meine ich und trete dann endlich durch die Tür.

Im Zimmer ist es still. Kurz habe ich die Hoffnung, dass Mika gar nicht da ist, doch als ich weiter in den Raum hineinlaufe, sehe ich ihre Beine über den Bettrand baumeln. Der Rest ihres Körpers ist bis auf den Kopf unter der Decke vergraben. Schläft sie etwa?

So leise wie möglich laufe ich auf meine Seite und lasse mich auf der Matratze nieder. Am liebsten würde ich meine Lüge von vorhin wahrmachen und mich tatsächlich schlafen legen, doch erst muss ich etwas erledigen. Mein Blick scannt den Zimmerboden ab und sucht nach dem Notizbuch. Vielleicht ist es gar nicht auf dem Boden liegen geblieben, sondern unter eins der Betten gerutscht? Das wäre meine Rettung! Es kann doch sein, dass ich es aus Versehen mit dem Fuß erwischt und in eine Zimmerecke befördert habe. Dorthin, wo Mika es auf keinen Fall finden würde. Ja, das wird es sein!

Neue Hoffnung schöpfend, lasse ich mich vorsichtig auf

die Knie fallen und blicke unter mein Bettgestell. Nichts, außer ein paar großen Staubflusen und einem einzelnen Stift, der wohl dort hingerollt ist, als mir mein Mäppchen auf den Boden gefallen ist. Ich robbe in die nächste Zimmerecke, sehe hinter dem Vorhang nach und auch unter unserem kleinen Waschbecken. Doch nirgends gibt es eine Spur des Buches.

Okay, bleibt nur noch ein Ort. So lautlos wie möglich bewege ich mich auf Mikas Bett zu und versuche, dabei nicht in ihr schlafendes Gesicht zu sehen. Kurz verweilt mein Blick dennoch auf ihren geschlossenen Lidern. Auf den langen Wimpern und den leicht geöffneten Lippen.

Louise, such weiter!, ermahnt Kimari mich.

Ja, mache ich ja schon.

Ich reiße mich von Mikas Anblick los und schaue unter ihr Bett. Anders als ich hat sie dort einigen Krimskrams liegen. Einen kleinen Reisekoffer, zwei rechteckige Kästchen, einen platten, zerlöcherten Fußball und drei oder vier verstaubte Haargummis. Aber weit und breit kein Notizheft. Na toll.

»Suchst du das hier?«

Vor Schreck wäre ich fast mit dem Hinterkopf gegen das Bettgestell geknallt. Das fehlte gerade noch! Langsam und mit pochendem Herzen erhebe ich mich und blicke zu Mika.

Sie sieht noch recht verschlafen aus, was irgendwie seltsam ist, wenn sie heute schon frühstücken war. Danach legt sie sich nie ins Bett, aber darüber kann ich jetzt nicht nachdenken, denn mein Blick wird wie magisch von ihrer Hand angezogen. Zwischen ihren Fingern liegt mein Leben. Nein, das ist nicht zu dramatisch. Sie hält wortwörtlich mein Leben in ihren Händen und weiß es vermutlich nicht mal.

Ich schlucke und weiche Mikas Blick aus. Was soll ich sagen? Sie weiß doch, dass das mein Buch ist.

»Keine Sorge, ihm ist nichts passiert, es hat nur zwei Blutstropfen abgekriegt, die habe ich gestern Abend noch abgewaschen.«

Mika setzt sich auf und reicht mir das Notizheft. Vorsichtig nehme ich es entgegen. Es besteht immer noch die Hoffnung, dass sie es nicht gelesen hat. Ich meine … Eigentlich macht man das ja auch nicht. In fremder Leute Sachen schnüffeln. Aber ich hätte darin gelesen, wenn das hier Mikas Notizbuch wäre. Ich hätte mich nicht davon abhalten können, so sehr ich es auch gewollt hätte.

»Danke«, sage ich schließlich.

»Wie geht's deinem Kopf?«, fragt Mika. Sie sieht tatsächlich besorgt aus.

Ich schwenke ihn hin und her. »Ist noch dran.«

Jetzt lacht sie doch tatsächlich, und obwohl die Angst noch immer durch meinen Körper rast, erfüllt mich dieses seltene Geräusch mit Wärme.

Also schön. Reißen wir das Pflaster lieber schnell ab, ehe es noch schlimmer wird. Ich schließe die Augen, atme einmal tief durch und presse dann hervor: »Hast du gelesen?« Das war nicht mal ein ganzer deutscher Satz, aber mehr bringe ich gerade nicht zustande. Stattdessen halte ich mein Notizbuch hoch, sodass klar sein sollte, was ich meine.

Mika blickt von mir zum Notizbuch und überlegt offenbar, was sie sagen soll. Oh Gott, sie hat es gelesen! Oder?

»Es war nur eine Seite aufgeschlagen. Ich wollte es zuklappen und einfach zurück auf dein Bett legen, aber dann … Ich habe nur einen Satz lesen wollen, aber der hat mich irgendwie voll gefesselt. Also habe ich weitergelesen. Und es ist wirklich richtig gut, Lou! Ich meine, wow. Das ist besser als jedes Deutschbuch, das wir bisher lesen mussten.«

Gegen Ende hin hat sie immer schneller gesprochen. Offenbar fühlt sie sich schlecht, dass sie einfach so meine Texte gelesen hat, und das sollte sie auch. Dennoch kann ich ihr nicht böse sein, weil ich an ihrer Stelle genauso neugierig gewesen wäre.

»Ich weiß, ich hätte das gar nicht lesen sollen, das war super übergriffig. Es war nur so … spannend? Ich konnte nicht aufhören.«

Ich starre sie an wie ein Auto. »Du findest es spannend?« Am liebsten hätte ich sie zu jeder einzelnen Szene befragt, weil dies die einmalige Chance ist, mit jemandem über meinen Text zu sprechen, der ihn auch tatsächlich gelesen hat, aber ich reiße mich zusammen. Darum geht es hier nicht.

»Ich meine, ja, du hättest das nicht lesen sollen.«

Mika wirkt beschämt. Sie weicht meinem Blick aus und zieht die Bettdecke noch etwas enger an sich.

»Aber«, fahre ich fort. »Ich freue mich natürlich, dass es dir gefallen hat.«

Ich nehme das Notizbuch und lege es zurück in meine Nachttischschublade. Wobei das jetzt auch egal ist. Die Katze ist aus dem Sack, wie man so schön sagt.

»Bist du deshalb so müde? Hast du die ganze Nacht gelesen?«, frage ich, nachdem ich mich wieder auf mein Bett gesetzt habe. Ich bin doch noch recht wacklig auf den Beinen.

Mika gähnt ausgiebig. »Vielleicht. Mir ging einfach viel durch den Kopf.«

»Und was?« Ich bin selbst überrascht, dass ich mir diese Frage zutraue.

»Na zum Beispiel, wieso Arokh nicht einfach alle abfackelt. Er hat doch sicher einen riesigen Feuerstrahl, den er benutzen kann, oder?«

Jetzt muss ich tatsächlich lachen, auch wenn mein Kinn dabei schmerzt. »So einfach ist das nicht«, versuche ich zu erklären.

»Oder, was zur Hölle alle immer mit diesem Wein haben! Den trinken ja sogar Kinder, sind die nicht alle ständig besoffen?«

Hm, darüber habe ich noch gar nicht nachgedacht. Ich dachte einfach, das wäre normal, und habe es aus anderen Büchern übernommen. »Berechtigter Einwurf«, meine ich also.

»Und was das Wichtigste ist: Wieso geht Liana nicht einfach mit Kimari? Sie ist doch auch eine Kriegerin. Klar, eine königliche, aber hey, eine Prinzessin auf dem Schlachtfeld, das wäre doch mal was.«

»Das werde ich mir notieren«, sage ich und kann es nicht fassen, dass Mika sich um solche Nebensächlichkeiten Gedanken macht, wenn sie gestern Nacht eine Sexszene zwischen zwei jungen Frauen gelesen hat. Oder überspielt sie das gerade nur? Ich habe absolut keine Ahnung, und ich bin viel zu müde, um klar denken zu können. Wieder muss ich ausgiebig gähnen, und Mika bemerkt es natürlich.

»Sorry, ich will dich gar nicht mit meinen Fragen nerven. Danke, dass du nicht sauer bist.«

»Ich kann gerade nicht sauer sein, das würde meinen Kopf überfordern.«

Wieder lacht Mika, steht auf und schaltet das Deckenlicht aus. »So, damit du auch gut schlafen kannst.«

»Du meinst wohl, damit du gut schlafen kannst.«

»Gar nicht wahr.« Mika läuft zurück zu ihrem Bett und schlüpft unter die Bettdecke. »Ich ruh mich nur ein wenig aus.«

Im Zimmer ist es nun angenehm dunkel, und ich merke, wie mich die Müdigkeit überwältigt. Eine Nacht im Krankenzimmer war wohl noch nicht genug.

»Darf ich dich noch was fragen, Schäfer?«

Meine Antwort ist ein zustimmendes Brummen.

»Diese Sache zwischen Liana und Kimari … Ist das dein Geheimnis?«

Na also. Da ist die Frage, vor der ich mich die letzten zwölf Stunden gefürchtet habe. Ich müsste mich jetzt verkrampfen und Schweißausbrüche bekommen, aber das ist nicht der Fall. Seltsamerweise bleibe ich ganz ruhig. Mika hat meine Geschichte gelesen. Sie hätte längst komisch reagieren können, doch das hat sie nicht.

Also drehe ich mich zur Wand, weil ich ihr dabei nicht in die Augen sehen kann und spreche leise gegen mein Kissen ein einziges Wort aus, das sich anfühlt wie eine langschweifende und extrem wichtige Rede: »Ja.«

Erst ist Mika still, dann höre ich doch noch einmal ihre gedämpfte Stimme, die durch das Zimmer zu mir dringt: »Und du willst nicht, dass es sonst jemand weiß?«

»Genau.«

»Alles klar, dann verrate ich es niemandem.«

Dann ist es still, und kurz darauf höre ich Mikas langsamen Atem. Sie ist eingeschlafen. Und ich bin hellwach.

Ich rolle mich auf den Rücken und starre an die Decke. Mein Herz rast so schnell, dass ich das Gefühl habe, es könnte mir jeden Moment aus der Brust springen. Was habe ich mir nur dabei gedacht?

Die Sache mit dem Coming-out ist die: Eigentlich habe ich keine Angst vor blöden Reaktionen, oder davor, von anderen ausgegrenzt zu werden. Zumindest glaube ich, dass ich damit mittlerweile ganz gut umgehen kann. Nein, ich habe Angst davor, mich zu irren. Was, wenn ich mich oute und später bemerke, dass ich falschlag? Ein Outing fühlt sich an, als würde ich laut in die Welt hinausschreien, wer ich bin. Dabei weiß ich das doch gar nicht. Im Ernst: Wer weiß mit sechzehn denn, wer er ist? Und überhaupt: Ich bin niemand, der etwas in die Welt hinausschreit. Ich bin eine stille Person, die lieber im Hintergrund bleibt. Ich bin nicht so mutig wie Kimari. Ich bin nur Louise.

Und doch: Ich habe mich gerade zum ersten Mal bei jemandem geoutet. Okay, es ist nicht gerade förderlich, dass ich mich einer Person anvertraut habe, die in mir sehr widersprüchliche Gefühle hervorruft. Aber es musste raus.

Die Frage ist nur: Wie geht es jetzt weiter?

WELLEN AM MORGEN

»Lou, nicht nachlassen, das könnte eine neue Bestzeit werden!« Mika joggt rückwärts, damit sie mich auf den letzten Metern anfeuern kann. Heute sind wir sage und schreibe zehn Kilometer gelaufen. Vor zwei Monaten wäre ich schon nach der Hälfte zusammengebrochen.

»Komm schon, noch hundert Meter.« Mika klatscht in die Hände, sieht wieder auf ihre Armbanduhr, die unsere Trainingsleistung misst und lächelt mir ermutigend zu.

Wer würde bei diesem Anblick nicht auch alles geben?

Meine Füße fliegen über die Holzdielen, der Herbstwind brennt kalt in meinem Rachen, doch ich beschleunige noch einmal und achte nicht auf die losen Strähnen, die sich aus meinem Zopf gelöst haben.

Mika hat mittlerweile das Ziel erreicht: eine Bank unter einer großen Eiche direkt vor den Mauern des Schlosses.

Wenige Sekunden später stolpere ich neben sie und schlage in Mikas ausgestreckte Hand ein. Sie stoppt den Timer.

»Yes, neue Bestzeit, Baby!«

»Baby?« Ich huste, weil mein Magen beim Klang dieses Wortes einen Stepptanz aufführt.

»Das ist nur so 'ne Redewendung.« Mika kratzt sich im

Nacken und beginnt hastig etwas auf ihrer Smartwatch zu tippen.

Während ich kleine Schlucke aus meiner Flasche trinke, sehe ich in die Baumkrone über mir und bewundere die vielen bunten Blätter, die in der aufgehenden Sonne glitzern.

Bisher dachte ich, dass mir der Sommer am Meer am besten gefallen würde, doch der Herbst ist mindestens genauso schön. Sicher, es regnet häufiger, und es ist nicht mehr warm genug, um in den Wellen zu baden, aber das Licht steht nun tiefer am Himmel, sorgt für wunderschöne Sonnenauf- und -untergänge, und das bunte Farbenmeer der Bäume um uns herum lässt das Schloss in ganz anderen Farben erstrahlen.

»Das ist der perfekte Ort, um zu schreiben«, sage ich und bin traurig, mein Notizbuch nicht mit nach draußen genommen zu haben.

»Du willst das echt machen, oder?«, fragt Mika, die sich mit ihrer Flasche neben mich gestellt hat und ebenfalls die bunten Blätter über uns bewundert.

»Was meinst du?«, frage ich.

»Bücher schreiben. Also auch nach der Schule.«

Ich zucke mit den Schultern. »Schon. Ich weiß, es ist schwer, damit Geld zu verdienen, und sicher würde mir jeder raten, etwas ›Richtiges‹ zu lernen, aber …«

»Ich würde dir das nicht raten.« Mika sieht mich an. »Wenn du das willst, solltest du es auch machen.«

Jetzt klingt sie wie die Kapitänin Mika, die mich auf dem Platz anfeuert.

»Das sagst du jetzt noch. Wenn ich dann in ein paar Jahren als Taxifahrerin ende …«

»Kannst du mich zu meinen Spielen fahren, wenn ich Teil der Nationalmannschaft bin. Ist doch perfekt.« Sie grinst.

»Wunderbar.« Ich muss ebenfalls lachen.

»Wollen wir noch kurz ans Wasser? Wenn es hier im Herbst mal nicht regnet, muss man jede Sekunde draußen nutzen.« Mika zeigt nach links Richtung Strand. »Nur kurz auslaufen, damit wir nicht überhitzt unter die Dusche springen.«

»Bin dabei«, antworte ich.

Wir lassen die Schlossmauern hinter uns und schlendern in langsamem Tempo durch die Dünen Richtung Wasser. Halbhohe Wellen begrüßen uns, und ein paar Möwen fliegen in die Höhe, als wir ihnen zu nahe kommen.

»Und wie läuft das dann genau ab? Werde ich deine private Taxifahrerin und halte dir die Fangemeinde vom Hals?«, greife ich unser Gespräch von vorhin wieder auf.

Mika lacht. »Das will ich sehen. Dann musst du aber noch eine Zusatzausbildung im Bereich Personenschutz machen.«

»Kein Problem. Bodyguard Schäfer ist stets zur Stelle.«

Mit Mika zu lachen fühlt sich an, als würde man den Sonnenaufgang beobachten. In mir drin wird alles warm und leicht.

»Denkst du denn, dass du überhaupt noch Taxi fährst, wenn du mal Profi bist? Bestimmt hast du dann deine eigene Limousine.«

»Die Mannschaft fährt eigentlich immer in einem Bus oder fliegt zu den Spielen.«

»Also muss ich auch noch Pilotin werden? Na, das wird eine lange Ausbildungszeit.« Ich seufze, und Mika lacht.

»Bleib du lieber bei deinen Büchern, dann fahre ich dich in ein paar Jahren vielleicht zu deinen Lesungen.«

»Ich weiß ja nicht, ob ich mich in ein Auto setzen möchte, das du fährst.«

»Entschuldige mal!« Mika bleibt stehen und sieht mich ganz empört an. »Ich wäre eine fantastische Chauffeurin.«

»Du hast doch noch nicht mal den Führerschein.«

»Ganz genau. Wie kannst du da wissen, dass ich nicht fahren kann?«

Ich bin ebenfalls stehen geblieben. »Ich weiß es eben. Du wärst sicher eine dieser Fahrerinnen, die die ganze Zeit über andere fluchen und viel zu schnell fahren.«

»Da irrst du dich, Schäfer. Ich würde äußerst gewissenhaft fahren.«

»Äußerst gewissenhaft? Pass auf, bald klingst du wie ich.«

Schockiert schlägt Mika sich die Hand vor den Mund. »Oh nein, es ist ansteckend!«

»Tja. Tut mir leid, aber jedes Mal, wenn ich dich berühre, redest du mehr wie eine Oma.« Grinsend strecke ich den Arm aus und mache einen Schritt auf Mika zu, doch die zuckt vor mir zurück. »Komm mir ja nicht zu nah!« Mit diesen Worten dreht sie sich um und läuft über den Sand davon. Ich folge ihr sofort.

Vielleicht ist es albern, wie wir beide über den kühlen Sand rennen. Ich mit ausgestreckter Hand, Mika, die sich immer wieder nach mir umsieht, doch es macht unglaublich Spaß, sie zu jagen. Dabei weiß ich nicht, woher wir beide die Energie nehmen. Nach zehn Kilometern sollten meine Beine nicht mehr in der Lage sein, so zu rennen.

Vielleicht strauchelt Mika deshalb nach kurzer Zeit und landet im weichen Sand. Ich bremse zu spät ab und stolpere über sie.

»Hab dich«, rufe ich, als ich es schaffe, meinen Arm aus dem Sand zu befreien und ihre Schulter zu berühren.

»Das war unfair, auf normalem Terrain hättest du mich niemals eingeholt.« Mika sieht auf den Sand unter ihren Händen, so als habe er sie persönlich im Stich gelassen.

»Das stimmt. Ich bin eben kein Fußballprofi.«

»Das bin ich auch nicht«, sagt Mika leise und lässt Sand durch ihre Finger rieseln. »Das weißt du, oder? Also ich sage das immer so aus Spaß, aber mir ist schon klar, dass ich noch weit davon entfernt bin.«

»Finde ich nicht.«

Mika sieht auf.

»Also wenn eine von uns das Zeug zum Profi hat, dann ja wohl du.«

»Ich träume davon, seit ich vier bin, aber vielleicht sollte ich mich langsam mal der Realität stellen. Ich bin sechzehn und spiele in einer Internatsmannschaft. Ich hätte schon vor Jahren entdeckt werden müssen. Wenn mich die Talentscouts bei diesem Turnier nicht sehen, war's das.«

So offen hat Mika noch nie mit mir über dieses Thema gesprochen. Ich wusste, dass sie sich nichts sehnlicher wünscht, als in einem der Top-Teams zu spielen, aber dass sie selbst so sehr an ihrem Traum zweifelt, ist mir neu.

»Warst du nicht diejenige, die mir vorhin noch gesagt hat, ich soll das machen, was mich glücklich macht?«, erinnere ich sie an ihre Worte.

Jetzt lächelt sie leicht und sieht hinaus aufs Wasser. »Ja, das habe ich gesagt.«

»Na siehst du. Und gibt es etwas anderes außer Fußball, das du gern machen würdest? Ein Studium oder eine Ausbildung?«

Mika blickt noch immer aufs Meer hinaus und lässt die angestaute Luft aus ihren Wangen entweichen. »Keine Ahnung, meinen Eltern sage ich immer, dass ich mich für Sportmanagement interessiere, weil das immerhin etwas mit Sport zu tun hat.«

»Aber willst du das machen?«

Mika schüttelt den Kopf. »Natürlich nicht. Wenn ich das

studiere, sitze ich die nächsten Jahre nur in Lehrsälen.« Sie sieht mich an, als hätte ich ihr vorgeschlagen, eine Karriere als Ballerina zu starten.

»Na dann ist die Sache doch klar. Folge deinen Träumen«, sage ich theatralisch.

»Du solltest Motivationsrednerin werden.«

»Ich schreibe es auf die Liste hinter Taxifahrerin, Bodyguard und Pilotin.«

Eine Zeit lang schweigen wir, bis Mika sich wieder zu mir dreht und fragt: »Woher weißt du, dass du schreiben möchtest? Was ist, wenn es dir irgendwann nicht mehr gefällt?«

Ich überlege, denn darüber habe ich mir noch nie Gedanken gemacht. »Schreiben ist … Wenn ich schreibe, verschwindet alles andere um mich herum. Ich kann unendlich viele Leben leben, ohne mein Zimmer zu verlassen und … Wenn ich schreibe, habe ich keine Angst.«

Ich sehe Mika wieder an. Braun trifft auf Blau. Erde auf Wasser.

»Und vor was hast du Angst, wenn du nicht schreibst?«

Davor, dich anzusehen. Mir vorzustellen, dich zu küssen. Meine Hand auszustrecken und noch einmal deinen Arm zu berühren.

»Vor so ziemlich allem«, antworte ich mit trockenem Mund und weiche ihrem Blick aus.

»Das ist viel.«

»Gut erkannt.«

»Hast du Angst vor mir?«, fragt sie, so leise, dass ich sie kaum hören kann.

»Natürlich nicht, wir schlafen in einem Zimmer. Wenn du mich hättest umbringen wollen, hättest du es schon längst getan.« Ich lache unbeholfen und versuche das laute Pochen meines Herzens zu übertönen.

»Und wovor hast du Angst?«, frage ich, als sich die Stille zwischen uns ausdehnt und nur das Rauschen des Meeres zu hören ist.

Mika zieht mit ihrem Finger Kreise im Sand zwischen uns. »Nicht gut genug zu sein, schätze ich. Alle zu enttäuschen …« Sie wischt mit ihrer flachen Hand über den Kreis, sodass der Sand zwischen uns wieder glatt ist. »Aber eigentlich habe ich nur Angst vor Wespen, die Stiche von denen brennen wie die Hölle.« Im nächsten Moment springt sie auf. »Na dann. Wir sollten zurück ins Schloss. Wenn wir länger hier sitzen bleiben, holen wir uns noch eine Blasenentzündung.«

Mika reicht mir ihre Hand und zieht mich nach oben. Ein bisschen enttäuscht bin ich schon, dass sie unser Gespräch so abrupt beendet, doch so viel wie heute hat sie mir noch nie von sich erzählt. Langsam, aber sicher bröckelt ihre Mauer, und was ich dahinter sehen kann, fasziniert mich mehr, als ich zugeben möchte.

SHE'S THE MAN

»Was machst du später noch so?«, fragt Mika, als wir durch die große Flügeltür treten und die kühle Morgenluft hinter uns lassen.

»Theo und ich treffen uns in der Bibliothek. Er will mir da irgendwas zeigen.«

»Lass mich raten: Bücher?« Mika grinst und hält mir die Tür zum Treppenhaus auf.

»Ganz besondere Bücher.«

»Oho.«

»Wieso fragst du? Willst du mitkommen?«

»Hast du mich schon mal in der Bibliothek gesehen, Schäfer?«

Mir entgeht nicht, dass sie meiner Frage ausweicht, lasse es aber auf sich beruhen. Wahrscheinlich wollte sie nur Smalltalk betreiben.

Wir holen unser Duschzeug aus dem Zimmer und gehen gemeinsam ins Bad. Während Mika direkt unter der Dusche verschwindet, bleibe ich kurz vorm Spiegel stehen und betaste die feine Narbe, die auf meinem Kinn zurückgeblieben ist. Drei Wochen sind seit dem Unfall vergangen. Sie ist gut verheilt, verschwinden wird sie jedoch nicht, und das ist okay.

Sie erinnert mich an den Moment, in dem ich mich endlich jemandem anvertraut habe.

Ich habe nicht wirklich ausgesprochen, was in mir vorgeht, aber dieses einfache ›Ja‹ hat sich verdammt befreiend angefühlt. Ein weiterer Mensch weiß nun, dass ich mich in Frauen verliebe. Der Gedanke daran sollte mir Angst machen, denn als dieses Geheimnis das letzte Mal gelüftet wurde, habe ich all meine Freundinnen verloren. Doch das ist nicht der Fall.

Mika verhält sich mir gegenüber nicht anders. Wenn überhaupt, dann verstehen wir uns jetzt sogar besser. Vielleicht hat Opa recht. Um eine Verbindung zu anderen Menschen aufzubauen, müssen wir etwas von uns preisgeben. Etwas Bedeutendes. Mika und ich kennen beide ein Geheimnis der anderen. So etwas verbindet Menschen.

»Wie lange willst du dich noch im Spiegel anstarren?« Mika tritt, in ein dickes Handtuch gewickelt, neben mich. Wasser tropft aus ihren Haaren, landet auf meinem Arm und lässt mich zusammenzucken.

»Ich habe mir nur meine Narbe angesehen.«

»Dich kann nichts entstellen, Schäfer, keine Sorge.«

Hat sie … War das ein Kompliment? So ganz weiß ich das bei Mika nie. Sie selbst ist sich da wohl auch nicht so sicher, denn sie greift an mir vorbei nach dem Föhn, verteilt noch ein paar nasse Tropfen auf meiner Haut und beginnt ihre Haare zu kämmen.

Okay, das ist mein Zeichen, duschen zu gehen.

Ich lasse mir extra lange Zeit, seife meine Haare zweimal ein und genieße die Hitze des Wassers, doch als ich zurück in den Vorraum laufe, steht Mika immer noch vor dem Spiegel und cremt sich das Gesicht ein.

»Ich hab gesehen, dass heute ›She's the Man‹ im Internatskino läuft. Für den Film hat letztes Jahr die ganze Mannschaft gestimmt, weil sie sonst immer nur Schrott zeigen. Willst du mitkommen?«

Sie überrumpelt mich mit ihrer Frage vollkommen. Mein Kopf war gerade noch damit beschäftigt zu überlegen, wie ich es schaffe, unbemerkt meine Unterhose anzuziehen.

»Ähm … Wann beginnt der Film denn?«, frage ich also und schaffe es endlich, den dünnen Stoff über meine nassen Beine zu ziehen.

»Um fünf. Passt das?«

»Sollte klappen.«

»Perfekt, dann sehen wir uns später. Viel Spaß mit Theo.«

Ehe ich etwas darauf erwidern kann, hat sie bereits das Bad verlassen. Täusche ich mich, oder wirkte sie unsicher? Wobei … Mika und unsicher? Eher friert die Hölle zu.

Eine Stunde später sitze ich zusammen mit Theo an einem kleinen Tisch in unserer Bibliothek und brüte über einem Aufsatz für Kreatives Schreiben. Der Kurs findet nur einmal die Woche statt, ist aber viel praxisorientierter als unser normaler Deutschunterricht, und wir sind nur zu siebt. Die aktuelle Aufgabe macht mir besonders Spaß, fordert mich aber auch heraus. Während Theo immer wieder aufsteht und weitere Bücher auf den Stapel in der Mitte legt, der mittlerweile so hoch ist, dass ich ihn dahinter nicht mehr erkennen kann, überlege ich, wie ich meinen Einleitungssatz noch weiter kürzen kann.

»Wofür brauchst du all diese Bücher? Der Aufsatz soll doch von unserer liebsten literarischen Figur handeln«, frage ich, als er zwei weitere Romane auf den Stapel legt.

Theo beugt sich an den vielen Büchern vorbei, um mich anzusehen. »Ich weiß, aber ich kann mich einfach nicht entscheiden. Außerdem findet in zwei Wochen das nächste Literaturgespräch statt, und diesmal kommt ein internationaler Jugendbuchautor. Ich darf einen Artikel über ihn für die Internatszeitung schreiben und möchte vorher all seine Werke lesen.«

»Die alle?« Ich blicke auf die dicken, teils verstaubten Bände, und Theo nickt.

»Ich dachte mir, vielleicht finde ich darin ja meine liebste literarische Figur. Seine Reihe über die nordischen Götter wird bald auch verfilmt.«

»Hmm.« Ich kenne ein paar der Titel, habe aber keins davon gelesen.

»Findest du die Idee blöd?« Theo sieht besorgt aus. Ich könnte lügen, damit er sich besser fühlt, aber das möchte ich nicht. Immerhin sind wir befreundet.

»Ich verstehe, wieso du das machen willst, aber in zwei Wochen kannst du die hier niemals alle lesen.«

»Ich lese schnell.«

»Das weiß ich, aber … Du hast doch schon so viele Bücher gelesen, gibt es da keine Figur, die dir im Kopf geblieben ist?«

Er zuckt resigniert mit den Schultern. »Keine Ahnung, es gibt so viele. Wieso hast du dich für Katniss entschieden?«

»Das war leicht, nachdem ich die Reihe gelesen habe, hatte ich die Idee für mein erstes Fantasy-Buch.«

»Und deswegen ist sie deine Lieblingsfigur?«

»Denke schon. Ich mag es, wie stark sie ist und wie sehr sie für ihre Familie kämpft und für alle, die sie liebt.«

Theo scheint über meine Worte nachzudenken. »Na ja, das Buch, das mich zum Schreiben gebracht hat, war Winnie Pooh, aber ich kann wohl kaum über einen honigliebenden Bären schreiben.«

Wir müssen beide lachen. Dann habe ich eine Idee.

»Mir hilft es immer, mich mit etwas anderem abzulenken,

wenn ich bei meinem Buch mal nicht weiterkomme. Ein paar aus meiner Mannschaft gehen später ins Kino. Willst du mitkommen?«

Theos Lächeln verschwindet, und ich sehe die Unsicherheit auf seinem Gesicht. Was neue Menschen angeht, ist er immer noch schüchtern.

»Ich will mich nicht aufdrängen, die kennen mich doch gar nicht.«

»Ich habe dich doch eingeladen, du drängst dich nicht auf. Ich würde mich freuen, wenn du mitkommst.«

Bisher habe ich hauptsächlich die Deutschstunden und den Kurs zum Kreativen Schreiben mit Theo verbracht, aber irgendwie fände ich es schön, wenn er meine anderen Freundinnen kennenlernen würde.

»Dann bin ich dabei.«

Ich sage Theo, wann wir uns vor dem Kino treffen, und die nächsten Stunden verbringen wir damit, unsere Lieblingsbücher zu suchen und den anderen dazu zu bringen, diese auszuleihen. Vielleicht findet er in einem meiner liebsten Werke seine literarische Figur.

Erst als Theo sich verabschiedet, um noch ein paar Snacks zu holen, frage ich mich, ob es okay ist, dass ich ihn einfach so eingeladen habe, ohne Mika zu fragen. Aber sie wird sicher nichts dagegen haben, immerhin ist das Kino groß genug für uns alle. Apropos Kino, wie spät ist es eigentlich?

Als ich auf die Wanduhr über dem Bibliothekseingang blicke, zucke ich zusammen. Es ist bereits nach fünf!

So schnell ich kann, räume ich meine Sachen zusammen, stopfe alles in meine Tasche und verlasse die Bibliothek. Hoffentlich hat der Film nicht schon angefangen!

Drei Minuten später erreiche ich keuchend den leeren Gang, der zum Kino führt. Von weitem sehe ich eine einzelne

Person, die neben der Tür steht und wartet. Mika. Ich gehe auf sie zu und frage mich, ob der Rest des Teams schon drinnen ist und wieso sie als Einzige hier draußen wartet. Dann bemerke ich ihr Outfit. Für einen gemütlichen Filmenachmittag ist sie definitiv nicht angezogen. Sie trägt einen weißen Rundhalspulli und einen schwarzen Samtrock über einer ebenfalls schwarzen Strumpfhose und blickt immer wieder auf ihre Uhr.

Das erinnert mich daran, dass ich ohnehin schon zu spät bin, also verdränge ich all die Fragen, die mein Kopf mir entgegenwirft und renne ihr entgegen.

»Sorry, ich habe total die Zeit vergessen.« Schlitternd komme ich vor ihr zum Stehen, und sie sieht von ihrer Uhr auf. »Hi«, sage ich etwas atemlos.

»Hey«, erwidert sie und mustert mich einen Tick zu lang. Erst jetzt fällt mir auf, wie zerknittert mein Sweatshirt ist. Und aus meiner Tasche ragen immer noch lose Blätter, weil ich sie in der Eile nicht richtig einsortiert habe.

»Am Anfang zeigen sie sowieso nur Werbung. Wollen wir reingehen?«

»Sind die anderen schon drin?«

»Die anderen?« Mika scheint verwirrt, was mich wiederum verwirrt, doch ehe wir beide etwas sagen können, stolpert Theo um die Ecke.

»Ich hab Popcorn gefunden!«

Mit einem durchsichtigen Bottich Popcorn und zwei weiteren Tüten kommt er auf uns zugelaufen.

Mika zieht eine Augenbraue in die Höhe, und ich sehe sie entschuldigend an. »Ich hoffe, es ist okay, dass ich ihn gefragt habe? Er hat keinen großen Freundeskreis, und ich wollte ihm schon lange unser Team vorstellen, also …«

»Klar. Kein Problem.« Sie weicht meinem Blick aus.

Oh mein Gott, die Eisprinzessin wollte ein Date mit dir! Kimaris Stimme überschlägt sich fast.

Quatsch.

Und ob! Guck doch, wie unangenehm ihr die Situation ist.

»Die anderen wollten doch auch in den Film, oder?«, frage ich und ignoriere das Flattern in meinem Bauch.

»Klar.« Mika räuspert sich. »Caro und Sam sind schon drin, Lukas und die anderen konnten leider nicht.«

»Oh, okay.«

Siehst du, das hier sollte kein Date werden.

Erzähl das deiner Großmutter.

Ach, halt die Klappe.

Theo hat es zu uns geschafft, stellt den Popcorneimer auf dem Boden ab und hält Mika eine Hand entgegen. »Hi, ich bin Theo.«

»Mika.« Sie schüttelt kurz seine Hand und sieht dann wieder zu mir.

»Wollen wir nicht reingehen?«, fragt Theo.

Mika und ich nicken beide, um dieser peinlichen Situation zu entfliehen und folgen ihm in den dunklen Raum.

Anders als bei der Willkommensfeier ist der Saal nur zu einem Drittel besetzt. Ich erkenne dunkle Schemen, höre leise Unterhaltungen und registriere die Eiswerbung, die gerade über die Leinwand läuft. Caro und Sam winken uns aus einer der hinteren Reihen zu, doch die Plätze neben ihnen sind bereits besetzt, also folge ich Mika, die eine Reihe in der Mitte ansteuert. Sie setzt sich zuerst, doch ich bin nicht schnell genug, sodass Theo den Platz neben ihr einnimmt. Wieso bin ich so traurig darüber?

Der Film beginnt und zieht mich in seinen Bann. Fußballfilme faszinieren mich jedes Mal, und wenn es dann noch um Frauen geht, die Fußball spielen, vergesse ich alles andere um mich herum. So auch Mika. Zumindest bis zur Hälfte des Films, als wir beide gleichzeitig in den Popcorneimer auf Theos Schoß greifen und unsere Finger sich berühren.

»Tschuldige«, murmelt Mika und zieht ihre Hand schnell zurück.

Na toll, jetzt prickelt meine Haut wieder, und ich werde den Rest des Films an nichts anderes denken können.

»Wenn man es so nimmt, ist diese Freundin von Duke doch queer, oder?«, fragt Theo im letzten Drittel des Films.

»Was?«, flüstere ich zurück.

»Na ja, Olivia ist verliebt in Duke, findet aber auch Viola süß und möchte sie küssen.«

»Hmm. Aber sie denkt doch, dass Viola ein Junge ist, weil die sich als einer ausgibt, um in der Jungsmannschaft spielen zu können«, überlege ich und starre wieder auf die Leinwand.

»Stimmt auch wieder. Wobei ich glaube, dass ihr das Geschlecht nicht so wichtig ist …«

»Pscht«, beschwert sich da jemand aus der Reihe hinter uns, und Theo verstummt.

Erst als der Film vorbei ist und wir das Kino verlassen, greift Theo das Thema wieder auf. »Also ich weiß auch nicht, aber ich hätte es cool gefunden, wenn sie daraus eine queere Liebesgeschichte gemacht hätten. Olivia als Charakter hatte echt viel Potenzial.« Theo wird rot, so als habe er zu viel gesagt, und sieht auf seine Schuhspitzen.

Mika und ich schweigen beide, was das ganze Gespräch noch unangenehmer macht.

»Also ja. Ich geh dann mal in die Kantine. Das war schön, müssen wir mal wieder machen. Bis morgen in Deutsch.«

»Tschüss«, sagen Mika und ich gleichzeitig.

Theo winkt uns noch einmal zu und läuft dann schnell den Gang hinunter.

Ich werde das Gefühl nicht los, dass er der Situation entfliehen wollte, und ich kann es ihm nicht verübeln.

Mika betrachtet immer noch äußerst interessiert die Flyer, die neben dem Kinoeingang hängen.

»Wusstest du, dass wir hier eine Astronomie-AG haben?«, fragt sie.

»Nein. Klingt aber cool.«

»Jap.«

Wieder schweigen wir, und die Stille wird mit jeder Sekunde unerträglicher.

»Wie hat dir der Film gefallen?«, frage ich schließlich, um irgendetwas Sinnvolles zu sagen.

»Die Fußballsequenzen waren cool.«

»Ja, fand ich auch.«

Gäääähn, ich schlaf hier gleich ein. Weck mich, wenn es spannend wird, ja?

»Ich sollte dann auch mal los, ich treff mich noch mit Lukas. Ciao.«

Ich dachte, der hat keine Zeit? Doch ehe ich das fragen kann, rauscht Mika an mir vorbei und verschwindet im nächsten Gang.

Oh Schätzchen, da kommt aber jemand gar nicht auf seine Gefühlswelt klar. Kimari klingt tatsächlich betrübt.

Wem sagst du das.

HALLENTRAINING

Die Frage, was mit Mika los ist, verfolgt mich in den nächsten Wochen, doch ich sehe sie auf den Gängen nach wie vor mit Lukas Händchen halten, und den gemeinsamen Kinobesuch erwähnt sie nie wieder. Je länger dieser Abend zurückliegt, desto mehr gerät er in Vergessenheit. Und auch, wenn Kimaris Stimme mir immer wieder zuflüstert, dass es mehr als ein normales Treffen zwischen Freundinnen war, kann ich ihr nicht glauben.

Denn ja, ein Teil von mir wünscht sich genau das. Der Teil, der mittlerweile verstanden hat, dass ich Gefühle für Mika entwickelt habe. Gefühle, die deutlich über das hinausgehen, was ich für andere Freundinnen empfinde. Aber diese Gefühle muss ich vergessen, denn ganz offensichtlich werden sie zu nichts führen. Außer einem gebrochenen Herzen.

Der Herbst neigt sich dem Ende zu, und je näher wir dem Winter kommen, desto stressiger werden meine Wochen, und seltsamerweise bin ich dankbar dafür. Mir fehlt schlicht und ergreifend die Zeit, um über Mikas Verhalten und meine Gefühle ihr gegenüber nachzudenken. Im Dezember stehen die Zwischenprüfungen an, weswegen ich auch noch lange nach Schulschluss in der Bibliothek an meinen Mitschriften sitze. Oft ist Theo mit dabei und leistet mir Gesellschaft, was schön ist, weil er sich im Gegensatz zu mir kurzfassen kann und die besten Lernzettel schreibt.

Mittlerweile ist es Anfang Dezember, und in wenigen Tagen findet das alljährliche Winterturnier statt, für das wir extra nach London fliegen werden. London! Eine Stadt, die ich nur aus Filmen und Büchern kenne und selbst noch nie besucht habe. Es gibt also viele Dinge, die mich ablenken. Dinge, auf die ich mich konzentrieren muss. Das hilft, um Kimaris Stimme in meinem Kopf auszuschalten, die immer wieder unanständige Sätze von sich gibt, sobald Mika in der Nähe ist.

Manchmal frage ich mich, wie die Zeit so schnell vergangen ist. Es kommt mir vor, als hätte ich gestern erst im Zug gesessen und mich vor dem ekelerregenden Parfüm einer Mitreisenden versteckt. Jetzt werde ich so oft mit den unterschiedlichsten Deo- und Schweißgerüchen konfrontiert, dass ich fast sagen würde, dass ich mich daran gewöhnt habe. Fast. Manchmal flüchte ich immer noch schnell vom Platz oder aus der Umkleide. Seit November trainieren wir nämlich nicht mehr draußen, sondern in der großen Sporthalle auf der anderen Seite des Internats.

Heute findet das letzte Training vor dem Turnier statt, gerade sitze ich mit dem Rest der Mannschaft in der kleinen Umkleide und streife mir mein Trikot über. Kurz nach meinem Coming-out dachte ich, dass Mika sich vielleicht nicht mehr vor mir umziehen wollen würde, doch diese Vermutung hat sich nicht bestätigt. Generell verhält sie sich seit dem Kinobesuch völlig normal mir gegenüber. Fast so, als hätte es diese peinliche Situation zwischen uns nie gegeben. Auch deswegen denke ich, dass ich zu viel in ihr Verhalten hineininterpretiert habe. Mika scheint kein Problem damit zu haben, nur in Unterwäsche durch die Umkleide zu laufen. Klar, sie weiß ja auch nicht, was das in mir auslöst. Sie weiß nur, dass ich auf Frauen stehe. Nicht, dass sie es ist, die sich immer häufiger in meine Träume schleicht. Und wenn es nach mir geht, dann wird sie das auch niemals erfahren. Ich will unsere Freundschaft nicht zerstören.

»Hat jemand meine Schuhe gesehen?«, fragt Mika und stülpt ihre Tasche um, um auch wirklich sicherzugehen, dass sie nicht darin sind. Ein einsamer Tampon rollt über den Boden, und ein Paar Tennissocken fällt Mika vor die Füße.

Caro und Yuki schütteln nur die Köpfe, auch die anderen scheinen sie nicht gesehen zu haben. Ich weiß, dass Mika ihre Schuhe heilig sind. Nach jedem Training putzt sie sie und zieht die Stollen mit einem kleinen Werkzeug nach. Die Sohle ihrer Hallenschuhe sprüht sie mit Deo ein. Mika hat mir erklärt, dass es die Sohle griffiger macht und sie so nicht so oft auf dem Hallenboden ausrutscht.

»Hast du sie vielleicht im Bad vergessen? Da hast du sie doch gestern geputzt, oder?«, frage ich.

»Du bist meine Rettung, danke!« Mika strahlt mich dankbar an, dann stürmt sie aus der Umkleide. Ich sehe ihr nach und befehle meinem Herzen, sich zu beruhigen. Doch es flattert schon wieder viel zu verdächtig in meiner Brust. Ich muss das endlich abstellen!

Als Mika kurz darauf mit ihren lilanen Schuhen zurückkommt, laufen wir gemeinsam in die Halle. Unsere Sohlen quietschen auf dem glänzenden Boden. Die Halle riecht neu und sieht auch so aus. Die Wände glänzen in perfektem Weiß, und über den hellgrauen Boden ziehen sich Linien in den unterschiedlichsten Farben, um die verschiedenen Spielfelder abzugrenzen. Frau Nielsen ist schon da und stellt einen Stapel Hütchen neben dem Ballsack ab.

Fayola springt auf der Stelle, um ihre Beine aufzuwärmen, und Sam macht Klimmzüge an der Sprossenwand und wird dabei von Caro angefeuert.

»Willkommen zum letzten Training, allerseits! Dieses Wochenende ist es so weit. Ich bin sehr stolz auf euch und auf alles, was ihr in den letzten Wochen geschafft habt. Ich glaube, dieses Jahr haben wir gute Chancen auf einen der vorderen Plätze.«

»Sie meinen auf den Sieg?«, fragt Yuki grinsend.

»Na klar meint sie das. Wir rocken das Ding!«, ruft Fayola, und die anderen stimmen ihr lauthals zu.

»Ich nehme euch beim Wort.« Frau Nielsen lacht. »Dann bringt eure Energie mal mit aufs Feld. Fünf Minuten warmlaufen, dann eine letzte Torschussübung und den Rest des Trainings möchte ich euch spielen sehen. Immerhin ist das die beste Vorbereitung für das Turnier in London. Hat noch jemand Fragen?«

»Ja, ich«, meldet sich Fayola zu Wort. »Dürfen wir in London auch Jungs mit aufs Zimmer nehmen?« Sie sieht zu Caro und Sam. »Oder generell andere Menschen?«

Frau Nielsen schüttelt frustriert den Kopf. »Überspannt den Bogen nicht.«

»Sie haben gefragt«, murmelt Fayola, während Caro und Sam neben ihr stumm lachen.

Das Training verläuft richtig gut. Ich habe mich mittlerweile an den harten Hallenboden gewöhnt, nur das ständige Quietschen lenkt mich ab. Die Halle scheint jedes Geräusch zu verstärken und es direkt zu mir zurückzuwerfen. Draußen auf dem Platz muss man schreien, um sich Gehör zu verschaffen, hier wird ein Ruf von jeder Wand zurückgeworfen und ist deswegen viel lauter.

Hallenfußball ist in vielerlei Hinsicht anders als der Fußball draußen auf dem Platz. Der Ball beschleunigt viel schneller, prallt höher vom Boden ab, und wenn du hinfällst, tut es leider auch doppelt so weh. Dafür ist mein Tor kleiner und es gibt keinen Wind, der die Flugbahn des Balls verfälschen kann. Generell ist der Spielraum kompakter, weswegen man hohe Bälle vermeiden sollte. Anders als auf dem Rasen kann der Ball binnen weniger Sekunden von der einen zur anderen Spielseite wandern, was für mich bedeutet, dass ich noch besser aufpassen muss und mir nie sicher sein kann, dass kein Torabschluss erfolgt.

Ich schaffe es, mich voll und ganz auf den Ball zu konzentrieren und halte fast jeden Torschuss. Nur Sam erzielt einen Treffer, doch ihr Kopfball war so präzise, dass ich mich deswegen nicht schlecht fühle.

Nach eineinhalb Stunden glühen unsere Wangen, und die Trikots kleben uns nass auf der Haut.

»Gut geschossen«, meine ich zu Mika, als sie sich neben mich auf den Boden setzt, um ihre Schuhe auszuziehen. Einzelne Haare haben sich aus ihrem Zopf gelöst, und auch ihre Stirn glänzt feucht nach all den Sprints, die sie in den letzten Minuten noch zurückgelegt hat. In der Halle spielen wir nur mit fünf Spielerinnen auf dem Feld, weil für mehr einfach kein Platz ist. Das bedeutet für alle natürlich auch, dass sie umso mehr rennen müssen.

»Gut gehalten«, erwidert sie.

Vielleicht hatte ich unrecht und es ist doch nicht alles so normal wie vor unserem Kinobesuch. So oft wie in den letzten Tagen hat Mika mich noch nie angelächelt. Mein flatterndes Herz kann damit nicht umgehen, aber ich möchte auch nicht, dass sie aufhört.

»Okay, kommt noch einmal zusammen«, ruft Frau Nielsen und winkt uns zu sich. Mit müden Beinen laufen wir zu ihr und lassen uns um sie herum auf dem Boden nieder.

»Also, ich möchte euch die finale Aufstellung für die Spiele mitteilen. Natürlich kann sich vor Ort immer noch etwas ändern, aber zumindest ins erste Spiel würde ich wie folgt starten.«

Sie hält ihr Klemmbrett in die Höhe, auf der die Aufstellung mit schwarzem Edding notiert ist. Ganz oben kann ich meinen Namen erkennen. Anna ist zwar die Ersatztorwartin, aber sie soll nur im äußersten Notfall eingesetzt werden. Heißt, wenn ich spielunfähig werde.

»Also, Louise, du stehst im Tor. Vor dir in der Verteidigung möchte ich bitte Caro und Toni sehen. Yuki, du wirst auf jeden Fall eingewechselt, ihr wisst ja, wie anstrengend zwanzig Minuten in der Halle sein können.«

Zustimmendes Gemurmel. Ja, das haben wir vor allem heute im Training deutlich gemerkt. Besonders für den Kopf ist es anstrengend, weil einfach ständig etwas passiert, es keine ruhige Sekunde gibt und man verdammt gut aufpassen muss, den Ball nicht an die Gegnerin zu verlieren. Hier gibt es keine langen Laufstrecken wie draußen auf dem Rasen.

»Im Mittelfeld bleiben wie gewohnt Mika und Fayola, und im Sturm hätte ich für das erste Spiel gerne Selina.«

Überrascht sehe ich zu Sam. Andere folgen meinem Blick, denn diese Aufstellung ist neu. Sam spielt immer im Sturm. Natürlich, Selina ist ebenfalls gut und hat sich vor allem in den letzten Trainingsspielen gesteigert. Das weiß auch Sam, doch sie sieht nicht gerade erfreut aus.

»Jetzt schaut nicht so. Sam wird natürlich auch spielen. Wir haben an beiden Tagen mindestens vier Spiele vor uns, wir müssen durchwechseln können.«

Selina rutscht unbehaglich auf dem Boden hin und her.

»Ich kann auch gerne auf die Bank«, murmelt sie, doch Frau Nielsen winkt energisch ab.

»Kommt nicht in Frage! Du bist in Topform, das wissen die anderen auch. Nicht wahr?« Ihr strenger Blick landet auf Mika, die als Kapitänin der Mannschaft eigentlich dafür sorgen soll, dass ein Gemeinschaftsgefühl entsteht. Daran will sie Frau Nielsen gerade erinnern.

»Du bist echt stark geworden dieses Jahr«, meint Mika und wendet sich Selina zu. »Du wirst super sein auf dem Platz.«

Selina lächelt erfreut. »Danke, Mika.«

»Und Sam, gönn Selina dieses Spiel. Du kannst dich in der Zeit ausruhen, um bei den anderen dein Bestes zu geben.«

Sam grummelt etwas Unverständliches, nickt dann aber.

»Super. Dann mal ab mit euch unter die Dusche. Hier drin riecht es wie im Zoo«, meint Frau Nielsen und schickt uns mit einer Handbewegung in Richtung Umkleide.

In der Umkleide ist die Stimmung ausgelassen.

»Unfassbar, dass in zwei Wochen schon Ferien sind«, meint Yuki, während sie ihre Schienbeinschoner in die Tasche packt.

»Ja, endlich!«, erwidert Fayola. »Das wird ein geiles Weihnachtsfest.«

»Kommen bei dir nicht immer tausend Menschen?«, fragt Yuki sie, doch Fayola winkt ab.

»Nur meine Familie aus Nigeria, aber ist doch geil, das bedeutet mehr Geschenke und vor allem richtig leckeres Essen. Meine Tante macht den besten Jollof Reis.« Fayola leckt sich über die Lippen.

»Und wie verbringst du die Ferien?«, fragt sie dann an Yuki gewandt.

»Wir fahren mit meinen Großeltern in die Schweiz und gehen Ski fahren, wie jedes Jahr. Weihnachten feiern wir ja nicht.«

»Stimmt, da war was. Und wie sieht es bei euch aus?« Fayola hat sich nun zu Mika, Toni und mir umgedreht.

»Wir fahren irgendwo ins Warme und feiern dann dort. Thailand vielleicht oder Australien«, meint Toni, sieht dabei aber niemanden von uns an, sondern stopft ihre Sachen in die Sporttasche. Ist es ihr peinlich, dass sie so teuren Urlaub machen wird? Bis auf mich sind alle in diesem Raum doch mindestens genauso reich. Wenn ich mir allein die teuren Sportklamotten von allen ansehe …

Mika möchte die Frage jedoch offensichtlich genauso wenig beantworten wie Toni. Wie so oft, wenn sie etwas Privates gefragt wird, weicht sie aus.

»Meine Eltern besuchen meinen Bruder in Oxford«, sagt sie also nur und fährt dann fort, ihre Haare zu kämmen.

»Und du, Lou? Lebst du nicht bei deinen Großeltern?«, fragt Fayola.

Ich warte immer eine Weile, bis ich erzähle, dass meine Eltern tot sind. Meistens ernte ich mitleidige Blicke, und darauf habe ich keine Lust, aber mittlerweile wissen meine Freundinnen alle Bescheid und behandeln mich zum Glück nicht anders.

»Ja. Sie haben ihren eigenen Bauernhof. Wir feiern immer zu viert. Mein Bruder Peter, Oma, Opa und ich. Manchmal kommt noch mein Onkel vorbei, aber er beschwert sich immer nur über den Pferdegeruch.«

»Ihr habt Pferde?«, fragt Selina erfreut.

Ich nicke. »Ja, sogar einen ganzen Stall voll. An Weihnachten reiten Peter und ich immer mit ihnen aus. Wenn es geschneit hat, fühlt man sich wie bei einer Szene von ›Drei Haselnüsse für Aschenbrödel‹.«

»Was dann wohl der schnulzigste Weihnachtsfilm ever wäre«, wirft Fayola ein.

»Klar ist er kitschig, aber auch soo schön!«, meldet sich nun Caro zu Wort. »Euer Hof klingt wirklich wundervoll.

Wenn du mir deine Adresse gibst, schicke ich euch ein Päckchen mit Weihnachtsplätzchen«, bietet sie an.

»Oh, das wäre … Danke«, bringe ich nur hervor, weil ich manchmal immer noch nicht weiß, wie ich mit so vielen lieben Gesten umgehen soll.

Erst jetzt fällt mir auf, dass Mika die Umkleide verlassen hat. Seltsam. Ihre Schuhe hat sie allerdings schon wieder vergessen. Behutsam lege ich sie in meine Tasche. Als ich kurze Zeit später durch die Glastür trete, umfängt mich die eisige Winterluft.

Mika läuft gut hundert Meter vor mir über den Rasen auf das Schloss zu. Ich beeile mich, sie einzuholen.

»Du hast deine Schuhe vergessen!«, rufe ich etwas atemlos, als ich sie fast erreicht habe.

Mika dreht sich um, und erst jetzt sehe ich, dass sie telefoniert. Sie bedeutet mir mit einem Finger, kurz zu warten und redet dann weiter mit der Person am anderen Ende der Leitung. Ihre Stimme klingt irgendwie seltsam. Normalerweise strotzt Mika vor Stärke und Selbstbewusstsein, aber jetzt am Telefon wirkt sie fast schüchtern und demütig.

»Nahi Mam. Nahi.« Nun geht sie ins Deutsche über. »Er kommt nicht mit … Mam, ich«, sie bricht ab und wirft mir einen kurzen Blick zu. Ich will nicht lauschen, echt nicht, aber es wäre auch seltsam, wenn ich wieder zurück zur Halle laufen würde. Oder?

»Okay, wie auch immer. Ich muss jetzt auflegen. Ciao.« Mikas Stimme bebt, und sie steckt das Handy so kraftvoll zurück in ihre Tasche, dass ich Angst habe, dass sie ein Loch in den dicken Stoff reißt.

»Alles okay?«

Mika nickt schnell. Zu schnell.

»Das war nur meine Mutter. Sie wollte mit mir die Ferienplanung besprechen.«

Bei ihr hört sich das so an, als wollte sie ihre eigene Beerdigung planen.

»Und das ist schlecht?«, frage ich vorsichtig.

»Wie schon gesagt: Sie wollen meinen Bruder in Oxford besuchen. Das bedeutet Universitätsführungen und ewige Lobeshymnen beim Abendessen, weil er mal wieder irgendeinen Preis gewonnen hat. Wird ein tolles Weihnachten.«

Mika wendet sich ab und geht weiter Richtung Internat. Ich beeile mich, ihr zu folgen und halte meine Mütze fest, damit sie mir bei diesem schnellen Laufschritt nicht vom Kopf geweht wird.

»Oxford soll schön sein, ich habe einmal ein Buch gelesen, das dort gespielt hat«, erzähle ich, als ich sie eingeholt habe.

Mika schnaubt nur.

»Weißt du, du könntest an Weihnachten auch zu uns kommen. Meine Großeltern hätten sicher nichts dagegen. Sie sagen immer, ein voller Tisch ist ein guter Tisch.«

Oh Gott, was tue ich da? Als ob Mika ihre Ferien auf einem Bauernhof verbringen würde! Ich stelle mir vor, wie ich ihr meinen Baum zeige, mit ihr die Hühner füttere oder die Pferdeboxen ausmiste. Dann schüttle ich energisch den Kopf. Nein, undenkbar. Mikas stylische Outfits passen nicht in meine Welt aus Schlamm und Gras.

Mika setzt gerade zu einer Antwort an, als wir das Internatsgelände erreichen und Lukas und Rick durch die Tür treten. Sie tragen ebenfalls ihre Sporttaschen, weil sie direkt nach uns in der Halle trainieren. Lukas trägt einen dicken Parka, und Rick hat sich eine blaue Mütze mit dem Internatslogo tief ins Gesicht gezogen, sodass nur ein paar blonde Strähnen hervorschauen.

»Oh, hallo.« Beide lächeln uns entgegen. »Na, wie war das Training?«, fragt Lukas.

Mika sagt nichts, weswegen ich für uns beide antworte. »Es lief recht gut, würde ich sagen.«

»Das höre ich gerne«, antwortet Rick nun. »Papa wird immer so launisch, wenn es um dieses Turnier geht. Wenn ihr mir einen Gefallen tun wollt, dann gewinnt, ja?«

»Wir geben unser Bestes«, antworte ich lächelnd.

»Alles okay, Mik?«, fragt Lukas und geht einen Schritt auf Mika zu.

»Klar. Ich habe meiner Mutter gerade nur mitgeteilt, dass du Weihnachten nicht mit dabei sein wirst.«

»War sie sehr wütend? Du weißt, ich würde echt gerne mit nach Oxford kommen.« Lukas sieht untröstlich aus.

»Ja, ja, schon okay. Kein Ding.«

Rick sieht etwas hilflos zwischen den beiden hin und her.

»Wir sollten weiter, sonst kommen wir zu spät, Lukas«, sagt er schließlich.

Lukas zieht Mika an sich und murmelt irgendetwas Unverständliches an ihrem Ohr, dann löst er sich wieder von ihr.

»Komm nachher zu mir, okay? Rick, du kannst heute Abend vielleicht länger bei Yuki bleiben.«

»Was?«, Rick sieht verwirrt aus, dann scheint er zu verstehen. »Ah, klar doch. Ich störe euch nicht.« Er zwinkert Mika zweideutig zu.

»Bis nachher.« Lukas küsst Mika kurz und läuft dann zusammen mit Rick in Richtung Halle.

Ich drehe mich zu Mika, doch sie schließt nur die Augen.

»Sag jetzt bitte nichts, okay? Können wir einfach aufs Zimmer gehen?«

»Klar«, antworte ich schnell und folge Mika zurück ins Internat.

NÄCHTLICHE GESPRÄCHE

Fünf Stunden später weckt mich ein Geräusch, und ich schrecke hoch. Es ist stockdunkel im Zimmer, doch meine Augen gewöhnen sich schnell an die Dunkelheit und sehen einen Schemen, der durch das Zimmer huscht.

Geistesgegenwärtig greife ich nach meinem Handy und richte meine Taschenlampe auf den Eindringling.

»Ich bin bewaffnet!«, rufe ich, und die Person vor mir zuckt zusammen.

»Heilige Scheiße, Lou! Erschrick mich doch nicht so.« Mika trägt ein Oversize-Shirt, das definitiv nicht ihr gehört, und ihre Haare sind vollkommen verstrubbelt.

Sie lässt sich auf ihr Bett sinken und glättet den Haarberg etwas.

»Wärst du so nett und würdest mir nicht direkt ins Gesicht leuchten? Das blendet«, meint sie dann und sieht wieder zu mir.

»Entschuldige«, sage ich, lege mein Handy zur Seite und schalte stattdessen mein Nachtlicht an.

»Warst du bis jetzt weg?«

Mika nickt. »Frau Fuchs hätte mich fast erwischt. Sorry, dass ich dich geweckt habe.«

»Schon gut. Ich hoffe, es war schön?« Ich kann nicht verhindern, dass meine Stimme verbittert klingt.

Mika schlüpft aus ihrer Jeans und kriecht unter die Decke. Erst jetzt fällt mir der durchdringende Geruch von After Shave auf. Wie oft muss Lukas sie berührt haben, damit er so sehr an ihr haften bleibt?

»Wir haben nicht miteinander geschlafen, falls du das denkst.«

»Super. Ist mir egal.« Wow, ich bin die schlechteste Lügnerin auf dieser Welt.

Mika schmeißt die Decke zurück, steht aus ihrem Bett auf und läuft direkt auf mich zu.

»Ich hab kapiert, dass du die Sache zwischen mir und Lukas nicht gut findest, okay? Aber wir haben unsere Gründe!« Sie bemerkt, dass sie zu laut geworden ist, sieht schnell zur Tür und fährt dann leiser fort: »Es geht dich eigentlich absolut nichts an, aber wenn es dich beruhigt: Wir haben heute nur zusammen gezockt, nichts weiter.«

Ich würde jetzt gerne etwas Schlagfertiges antworten, aber ich kann nicht. Mika steht nur in Schlafshirt und Unterhose vor mir und sorgt damit in meinem Hirn für einen Totalausfall.

»Ich … Ich hatte nur Angst, dass er dich vielleicht zu etwas drängt, was du nicht willst.« Erst als ich den Satz ausspreche, weiß ich, dass es wahr ist. Ich habe keine Ahnung, was für eine Abmachung die beiden getroffen haben, aber offenbar ist Lukas nicht unschuldig dabei, und ich möchte nicht, dass er Mika verletzt.

Mikas Gesichtszüge werden weicher, und dann lässt sie sich doch tatsächlich auf meiner Bettkante nieder.

»Entschuldige, ich wusste nicht, dass du … also, dass du denkst, wir könnten … oh Mann«, sie fährt sich durch die

Haare und lacht dann unsicher. »Ich hatte noch nie … ich hab noch nie mit jemandem geschlafen. Lukas und ich erzählen das immer nur allen, verstehst du? Weil ein Paar sowas ja macht.«

Sie sieht mir nicht in die Augen, sondern auf einen Fleck auf dem Boden vor ihr.

Ich weiß nicht, was ich darauf erwidern soll. Es ist offensichtlich, dass Mika dieses Detail noch niemandem verraten hat.

»Aber das ist doch nicht schlimm. Ich habe auch noch nie … Na ja, bei mir ist es sowieso nochmal komplizierter.« Ich höre auf zu reden, bevor ich noch mehr sagen kann.

»Wirklich? Ich hatte den Eindruck, du weißt ziemlich gut Bescheid über Frauen, die … na ja, einander näherkommen.« Mikas Blick huscht kurz zu mir, ehe er wieder zu dem Fleck am Boden wandert.

Ich spüre, wie mein Kopf knallrot anläuft. Bisher haben wir nie explizit über diese Szene in meinem Buch gesprochen. Es war nur eine Frage der Zeit, bis sie sie anspricht.

»Sagen wir einfach, ich habe für diese Geschichte sehr gut recherchiert. Und davon abgesehen … weiß ich ja, was mir gefällt.« Wie ich es schaffe, diesen Satz klar herauszubekommen, weiß ich selbst nicht.

»Du hattest also noch keine Freundin?«, fragt Mika und dreht sich zu mir. Ehrliches Interesse liegt in ihrem Blick.

»Nicht so richtig«, antworte ich langsam.

»Das klingt nach einer guten Geschichte.« Mika hat sich nun im Schneidersitz auf meine Bettdecke gesetzt und sieht gespannt zu mir. Während unserer Joggingrunden haben wir uns immer öfter auch über privatere Themen unterhalten und manche Gespräche auch hier in unserem Zimmer fortgeführt, aber auf meinem Bett saß sie bisher noch nie.

»Also, du musst es mir natürlich nicht erzählen«, fügt Mika hinzu.

Doch, ich will. Dieser Fakt überrascht mich selbst, aber ich möchte Mika von Leonie erzählen. Von dem ersten Mädchen, in das ich je verliebt war und davon, wie ein einziger Kuss dafür gesorgt hat, dass ich all meine Freundinnen verloren habe. Ich erzähle ihr das, weil sie die einzige Person ist, mit der ich darüber reden kann. Und weil ich weiß, dass sie mich deswegen nicht auslachen wird.

Mika hört mir aufmerksam zu, und als ich geendet habe, spielt sie wie so oft mit einer Strähne ihres Haars.

»Nach dem Kuss habt ihr nie wieder miteinander gesprochen?«

»Na ja, wir grüßen uns kurz, wenn sie auf den Hof kommt, um nach dem Pferd ihres Vaters zu sehen, aber mehr nicht.«

»Aber ihr wart doch beste Freundinnen.«

»Das dachte ich zumindest.«

»Wow. Das tut mir mega leid, Lou.«

»Ich bin darüber hinweg«, sage ich leichthin, doch ich weiß, dass das nicht stimmt. Ich weiß nicht, ob man jemals über die erste große Verliebtheit hinwegkommt.

»Meinen ersten Kuss hatte ich im Kindergarten«, erzählt Mika.

»Du hast ja früh angefangen«, erwidere ich, und wir fangen an zu lachen.

»Meine Freundin Amelie hat gemeint, dass ich Konrad niemals dazu bringen könnte, mich zu küssen. Er war damals Vorschulkind und super beliebt bei allen.«

»Und? Hast du es geschafft?«

Mika grinst zweideutig. »Was denkst du denn? Ich kann sehr überzeugend sein.«

»Das glaube ich sofort.«

Stille. Wir schauen uns an, und dieses Mal sieht Mika nicht weg. Stattdessen gleitet ihr Blick über mein Gesicht. Ich beiße mir auf die Lippe, etwas, das ich immer tue, wenn ich aufgeregt bin, und Mika schluckt hörbar. Starrt sie gerade auf meinen Mund?

»Soll ich dir was verraten?« Mika rutscht ein Stück näher, so als wären noch andere Menschen in unserem Zimmer, die uns belauschen könnten.

Ich spiele ihr Spiel mit, rutsche ebenfalls zu ihr und flüstere: »Was denn?« Meine Stimme zittert nicht, obwohl mein ganzer Körper unter Strom steht. Mika ist mir nun so nah, dass ich das Mondlicht sehen kann, das sich in ihren Augen spiegelt.

»Er hat grottenschlecht geküsst.«

Wir lassen uns nach hinten fallen und versuchen so leise wie möglich zu lachen. Was uns nur teilweise gelingt.

»Hast du das vorhin eigentlich ernst gemeint?«, fragt Mika, nachdem wir beide unseren Lachanfall wieder unter Kontrolle gebracht haben.

»Was meinst du?«, frage ich.

Mika rollt sich zur Seite, sodass sie nun neben mir liegt. »Dass ich über die Ferien mit auf euren Hof kommen könnte?«

»Klar. Der Hof ist riesig, wir haben genug freie Zimmer. Ich müsste meine Großeltern natürlich erst fragen, aber das sollte kein Problem darstellen.«

Mein einziges Problem wird sein, meine Gefühle für Mika im Zaum zu halten, wenn sie zwei Wochen lang jeden Tag in meiner Nähe ist. Wobei: Das ist hier auf dem Internat ja nicht anders.

»Wenn das wirklich geht, wäre das toll. Ich habe echt keine Lust auf Oxford.«

»Wieso eigentlich nicht? Magst du deine Familie nicht?«

Mika dreht sich zur anderen Seite, sodass ich nur noch ihren Rücken sehen kann. Ich denke schon, dass sie mir nicht antworten, sondern das Thema wechseln wird, doch da beginnt sie zu sprechen: »Doch, schon … Es fühlt sich nur manchmal so an, als gehöre ich gar nicht dazu, weißt du? Sie haben ihr perfektes Leben, in dem alles glattläuft, und dann bin da noch ich.«

Mika verstummt und dreht sich wieder zu mir. »Vergiss, was ich gesagt habe, das war dumm.«

»Das klang eher ehrlich«, erwidere ich.

»Tja, nun, vielleicht, weil es die Wahrheit ist. Klar, ich sollte dankbar sein, dass sie mir all das hier ermöglichen«, sie zeigt mit der Hand einmal durch unseren Raum. »Aber früher hätte ich viel lieber bei ihnen gewohnt als in immer anderen Internaten.«

»Das verstehe ich.«

Mika verstummt. »Tut mir leid. Ich rege mich hier auf, und … Sorry.«

»Schon okay. Ich habe mich auch gefragt, ob ich überhaupt hierhergekommen wäre, wenn meine Eltern noch leben würden.«

»Vermisst du sie? Also du musst nicht drüber reden, ich habe mich nur gefragt, wieso du sie so selten erwähnst.«

Ich starre an die Decke über uns und denke über ihre Worte nach.

»Natürlich vermisse ich sie, aber ich war fünf, als sie bei einem Autounfall gestorben sind, weißt du? Andere erwarten immer, dass ich supertraurig bin, wenn ich über sie spreche, aber mir geht es gut. Oma und Opa sind meine Familie. Und Peter natürlich. Alle denken immer, wenn du deine Eltern verlierst, hast du keine Familie mehr, aber …«

»Familie besteht aus den Menschen, die du dir aussuchst. Wenn man es so nimmt, ist das Team meine Familie. Also ihr alle. Hier im Internat fühle ich mich mehr zu Hause als irgendwo anders.« Mika bewegt sich leicht neben mir, sodass ihr Arm meinen streift. Werde ich mich jemals daran gewöhnen, dass sie meinen ganzen Körper unter Strom setzt? Als ich meinen Kopf zur Seite drehe, begegne ich ihrem Blick. Wärme liegt in ihren Augen. »Danke, dass du mir das erzählt hast.«

Kurz hängen wir beide unseren Gedanken nach, dann spricht Mika weiter. »Ich glaube es ist besser so, dass ich hier bin und nicht bei meinen Eltern. Immer, wenn wir Zeit miteinander verbringen, fühlt sich das an wie ein inszeniertes Theaterstück. Alle sind höflich zueinander und lächeln auf jedem Bild. Sobald die Kamera weggepackt und die Verwandtschaft verschwunden ist, hagelt es dann Vorwürfe.«

»Das klingt schrecklich.«

»Ach, na ja, ich habe mich daran gewöhnt. Ich dachte nur, es wäre ganz schön, Weihnachten mal woanders zu verbringen.«

»Und sie werden nicht traurig sein, wenn du nicht da bist?«

»Machst du Witze?« Nun lacht Mika trocken. »Sie werden es genießen, mal nicht mit mir darüber diskutieren zu müssen, dass Fußball in ihren Augen nur ein lächerliches Hobby ist. Wenn es nach ihnen ginge, hätten sie mich schon längst in irgendein Eliteinternat im Ausland gesteckt. Ohne jegliche Sportkurse, wohlgemerkt.«

»Aber du bist so gut! Vielleicht müssen sie nur einmal zu einem Spiel von dir kommen, und …«

Mika winkt ab. »Hab ich alles schon versucht. Toni hat ihnen sogar ein paar meiner besten Spielzüge abgefilmt und geschickt. Zurück kam ein Flyer für ein Business-Internat mit

Fokus auf internationalen Beziehungen.« Die letzten beiden Worte spuckt sie förmlich aus. »Wenn ich ehrlich bin … diese Sache zwischen Lukas und mir. Er ist gewissermaßen der Grund, wieso ich überhaupt noch hier bin.«

Überrascht sehe ich sie an.

»Lukas ist … Also meine Eltern halten ihn für eine sehr gute Partie, mehr kann ich dir leider nicht sagen. Aber solange ich mit ihm zusammen bin, darf ich hierbleiben, verstehst du?«

»Sonst würden sie dich wegschicken?«, frage ich mit erstickter Stimme.

»Ja, am liebsten auf ein Internat im Ausland. Natürlich ohne Fußballmannschaft, damit ich mich auf den Unterricht konzentrieren kann, um einen perfekten Abschluss zu machen«, fügt sie verbittert hinzu.

»Aber hast du ihnen denn nicht gesagt, dass du gar nicht studieren willst?«

»Natürlich nicht. Deswegen ist das Winterturnier für mich auch so wichtig. Dort sitzen meistens Talentscouts im Publikum. Wenn ich entdeckt werde und einen Vertrag mit einer Bundesliga-Mannschaft bekomme, nehmen sie mein ›Hobby‹ vielleicht endlich ernst.«

Ich versuche all diese Informationen zu verarbeiten. Mika hat noch nie so offen mit mir gesprochen. Ich weiß nicht, ob sie diese Sache überhaupt irgendjemandem hier am Internat erzählt hat. Wie verzweifelt muss man sein, wenn man eine Beziehung fakt, nur um nicht die Schule wechseln zu müssen? Und wieso macht Lukas bei alldem mit? Da ist noch mehr, das weiß ich, aber ich will Mika nicht drängen. Es ist schön, dass sie nun so offen mit mir spricht.

»Dann ist die Sache klar: Wir anderen müssen einfach alle dafür sorgen, dass du auf dem Platz in Bestform bist.«

Mika erwidert mein Lächeln und nickt. »Das wäre lieb. Ich trainiere seit Monaten extrem hart, wenn das klappen sollte ... Ich könnte nächstes Jahr schon in der U17-Mannschaft spielen, wie krass wäre das bitte?«

Sie dreht sich auf den Rücken und starrt an die Decke. Vermutlich träumt sie gerade von ihrer Profi-Karriere. Ich stelle mir vor, wie Mikas Bild in ein paar Jahren auf kleine Abziehbildchen gedruckt wird. Wie dutzende Mädchen ein Trikot mit ihrem Namen drauf tragen und sie bei der nächsten WM anfeuern. Vielleicht wäre ich eine von ihnen.

Aber wenn Mika beim Winterturnier tatsächlich entdeckt wird, bedeutet das auch, dass sie das Internat verlassen wird, oder? Wie würde es sich wohl anfühlen, wenn sie auszieht und ich eine neue Mitbewohnerin bekomme? Die Vorstellung ist grauenvoll.

»Gibt es denn auch die Möglichkeit, dass du erst nach der Schule ein Profi wirst?«, frage ich deshalb.

»Sag bloß, du willst mich als Mitbewohnerin nicht verlieren?« Ich sehe, wie Mikas Mundwinkel zucken.

»Bild dir nicht zu viel drauf ein, aber du bist schon ganz okay.«

Als Mika sich wieder zu mir dreht, bin ich überfordert damit, wie nah sie mir ist. Ihre Wimpern sind nur eine Handlänge von meinen entfernt. Bilde ich mir das nur ein, oder geht ihr Atem schneller als sonst? Mikas Blicke sind immer intensiv, aber dieser hier ist anders. In ihren Augen liegt eine Hitze, die ich sonst nur vom Spielfeld kenne. Wieso schaut sie nicht weg? Wieso schaue ich nicht weg? Weil es unmöglich ist.

»Das Gleiche kann ich über dich sagen, Schäfer. Entschuldige, Lou.« Mika schluckt, und ich höre dieses leise Geräusch viel zu laut in meinen Ohren.

»Sollten wir nicht langsam schlafen?«, frage ich und rutsche ein paar Zentimeter zurück. Ich muss ganz dringend Abstand zwischen Mika und mich bringen.

»Du hast recht. Lass uns morgen erst um sieben joggen gehen, dann können wir ausschlafen.«

»Sieben ist für dich ausschlafen?«

Mika rollt sich von meinem Bett und läuft gähnend zu ihrem. »Na klar. Was dachtest du denn?«

Wir schalten unsere Nachttischlampen aus, und für einen kurzen Moment genieße ich die Stille. Dann drehe ich mich zur Seite und bemerke Mikas Duft, der noch immer an meiner Bettdecke haftet. Sofort wünsche ich mir, dass sie noch hier neben mir liegt. Aber was dann? Dann könnte ich sie an mich ziehen, durch ihre Haare streichen und … *Stopp! Hör sofort auf!*, warnt mich meine innere Stimme, doch es ist zu spät. Das Kopfkino ist bereits im vollen Gange.

Mikas langsamer Atem verrät mir, dass sie bereits eingeschlafen ist, doch das macht es nicht besser. In meinem Kopf klingt ihr Atem nämlich anders. Schneller, tiefer und so nah an meinem Ohr, als läge sie immer noch hier. Ich wälze mich hin und her, versuche die Gedanken woanders hinzulenken, obwohl ich genau weiß, was mein Körper will.

In der Schule habe ich manchmal die Jungs dabei belauscht, wie sie über Masturbation gesprochen haben. Manche von ihnen haben damit angegeben, dass sie es sich fünfmal am Tag besorgten und sich gegenseitig ihre liebsten Pornos geschickt. Bei den Mädchen wurde darüber kein Wort verloren. Deswegen fühle ich mich immer noch schlecht, wenn ich mich selbst berühre. Aber es nicht zu tun, fühlt sich genauso falsch an. Wie kann etwas eklig sein, das sich so gut anfühlt? Das deinen Kopf ausschaltet, deinen Körper vollkommen entspannt und dich danach gut schlafen lässt?

Mir ist schnell klargeworden, dass die klassischen Pornos bei mir irgendwie nicht funktionierten. Und wenn doch, dann starrte ich dabei nur auf die Frau. Den Mann und sein ewiges Rumgerammel fand ich eher abturnend. Ich weiß nicht, wann ich meinen ersten Porno mit zwei Frauen gesehen habe. Ich hatte Angst, darauf zu klicken. Etwas in mir wusste, dass mir das viel mehr gefallen würde, und genau deswegen sträubte ich mich so davor. Ich wollte ›normal‹ sein, und wenn ich schon so etwas Verbotenes tat, dann wenigstens so, wie alle anderen es auch machten.

Doch auch die Pornos mit zwei Frauen fühlten sich seltsam an. Weil meistens ein Mann dabei war, der die beiden beobachtete. Wie seltsam ist das denn? Können zwei Frauen keinen Sex haben, ohne dabei für einen Mann gut auszusehen? Irgendwann entdeckte ich andere Seiten mit echteren Videos, die mir das zeigten, nachdem ich unterbewusst gesucht hatte: Zwei Frauen, die miteinander schliefen. Echt, verwackelt und roh, aber voller Lust und Liebe. Ich habe nie mit jemandem darüber gesprochen, weil ich mich nach wie vor dafür schäme. Aber jetzt in diesem Bett und mit Mikas Geruch in meiner Nase, werde ich fast wahnsinnig. Sie liegt nur drei Meter neben mir, ich muss mich zusammenreißen!

Irgendwann verschwindet das ziehende Gefühl in meinem Unterleib, und erschöpft wie nach einem Zehn-Kilometer-Sprint lasse ich mich in mein Kissen sinken.

Mit Mikas Atem im Ohr schlafe ich ein.

EINE BUSFAHRT, DIE IST LUSTIG

Arokhs Schwingen durchschnitten die Wolken wie weiße Butter. Kimari lag an seinem Hals und sah auf die Welt unter sich. In Gedanken war sie noch immer in Lianas Gemächern, spürte ihre Lippen auf ihrer Haut. Die Luft roch nach Rauch und Fisch, doch noch immer haftete Lianas ~~Geruch~~ Duft an ihren Haaren.

Kimari versuchte sich auf ihre Mission zu konzentrieren. Lianas Mutter zu retten hatte oberste Priorität. Sie lenkte Arokh nach Westen und spornte ihn an, schneller zu fliegen, während unter ihr schwarze Punkte über die Erde rannten. Ob Freund oder Feind war nicht zu erkennen.

Vor ihnen teilte sich die dichte Wolkendecke und brachte eine steile Klippe zum Vorschein, die sich am tiefschwarzen Meer brach und majestätisch in den Himmel ragte. Dort, an der höchsten Spitze im Gestein, befand sich das Verlies. Das wusste sie durch ihre Kundschafter, die Adler. Doch wie könnte sie ungesehen dorthin gelangen?

Je näher sie kam, desto gewaltiger wirkte die Klippe. Gischt spritzte ihr in Gesicht und Haare. Wischte den letzten Rest von Lianas Duft fort. Kimari erkannte drei Wachen, die oben auf der Klippe patrouillierten und duckte sich schnell hinter Arokhs Flügel. Noch hatten sie ihn nicht gesehen, aber näher konnte er nicht fliegen, das wäre Selbstmord gewesen. Sie konnte die riesige Waffe auf dem Gesteinsbrocken nur allzu gut erkennen. Ein hölzerner Speer mit einer silbernen Spitze, die doppelt so groß wie ihr Kopf war, war in ~~die Schleuder~~ das Katapult eingespannt.

»Du musst mich nach unten fliegen, Freund«, flüsterte sie Arokh ins Ohr. »Bring mich so nah an den Felsen heran, wie du kannst, ich werde klettern.«

Arokh schnaubte und sah sie vorwurfsvoll aus seinen bernsteinfarbenen Augen an.

»Schau nicht so, ich schaffe das.«

Arokh schnaubte noch einmal und stieß dabei zwei dunkelgraue Wolken aus seinen Nüstern, doch er folgte ihrem Befehl und segelte in die Tiefe auf den schmalen Sandstreifen zu. Nun befand sich die Wolkendecke zwischen ihr und den Wachleuten.

Kimari stieg von Arokhs geschupptem Rücken, schlang sich ein Seil um die Hüfte und sprang in den Sand.

»Warte hier auf mein Zeichen. Wenn du es hörst, flieg so schnell du kannst in die Höhe. Verweile nicht an der Klippe, ich werde auf dich springen. Wenn ich es nicht schaffe, dreh bei und flieh. Ich will nicht, dass du ein zweites Mal zur Klippe fliegst, verstanden?«

Arokh nickte zögerlich und legte ihr seine klauenbesetzte Pfote auf die Schulter. Kimari wurde einen halben Meter in den Sand gedrückt, legte ihre Hand dennoch auf seine Klaue.

»Wir sehen uns wieder, mein Freund. Wenn nicht in diesem Leben, dann in einem anderen.« ((Zu viel Pathos?))

Sie stieg aus dem Sandloch, legte ihre Stirn an seine und lief dann den Strand entlang auf die Klippe zu.

Als sie sich umdrehte, blickte Arokh ihr nach. Er hatte sich in dem flachen Wasser zusammengerollt. Sie erreichte den schwarzen Stein und blickte ((Wortwiederholung!)) in die Höhe. Noch nie zuvor war sie so hoch geklettert, aber sie verspürte keine Angst. Nur Zuversicht und Hoffnung. Das hier war nicht ihr letzter Tag auf dieser Welt.

Als sie die ersten Meter geschafft hatte und ihre Hände an dem scharfkantigen Stein aufrissen, schluckte sie den Schmerz einfach hinunter. Für einen kurzen Moment schloss sie die Augen und sah Liana vor sich. Sie trug ein wundervolles Kleid und ihren goldenen Reif in den Haaren. Sie streckte ihr die Hand entgegen und forderte sie zum Tanz auf.

Kimari kletterte weiter und dachte an den Ball zur Wintersonnenwende. »Wenn ich das hier überlebe, habe ich mir meinen Tanz redlich verdient«, murmelte sie, während der Schweiß ihr über die Stirn rann.

Heute ist der fünfte Dezember. Seit zwei Stunden sitzen wir in dem großen blau-weißen Teambus auf dem Weg nach London. Bis eben war ich vollkommen vertieft in meine Geschichte, doch jetzt nehme ich die Straße draußen vor dem Fenster wahr. Wir sind direkt nach dem Frühstück um acht Uhr losgefahren und seitdem ohne Pause unterwegs Richtung Calais. Die französische Stadt werden wir in knapp sechs Stunden erreichen. Von dort aus geht es weiter mit der Fähre an die englische Küste und von dort nach London. All das hat Frau Nielsen uns vorhin erklärt, doch die meisten von uns waren noch viel zu müde und haben nur mit halbem Ohr zugehört.

Ich lasse meinen Blick durch den Bus schweifen, während meine Kopfhörer dafür sorgen, dass alle Geräusche um mich herum gedämpft werden. Das störende Zischen und Rattern des Busses, die zu lauten Gespräche der anderen, das Knistern von Chipstüten und das schrille Radio der Busfahrerin. Ich weiß nicht, was ich ohne diese Kopfhörer machen würde. Caro und Sam haben ebenfalls Kopfhörer auf, allerdings hat jede nur einen Stecker im Ohr. Wahrscheinlich hören sie gerade wieder eine ihrer Playlisten. Caro hat ihren Kopf an Sam angelehnt, und beide haben die Augen geschlossen. Neben ihnen spielen Toni und Yuki Uno, und eine Reihe weiter hat Fayola ihre langen Beine auf den freien Sitz neben sich ausgestreckt. Frau Nielsen hat uns vorhin lang und breit darauf hingewiesen, dass wir angeschnallt bleiben sollen, doch das interessiert sie offensichtlich nicht.

Selina und Martha machen sich einen Spaß daraus, Memes aus Fotos der schlafenden Fayola zu erstellen, die sie in unsere Mannschaftsgruppe schicken.

In diesem Moment fährt der Bus um eine Kurve, und mein Stift fliegt mir aus der Hand.

Mika bückt sich und reicht ihn mir. Dabei sagt sie etwas, das ich dank meiner Kopfhörer nicht verstehe, also ziehe ich sie mir von den Ohren.

»Wie bitte?«, frage ich, und sie wiederholt ihren Satz:

»Irgendwie wird das hier zur Gewohnheit«, meint sie schmunzelnd.

Ich nehme den Stift entgegen und blicke dann wieder auf das offene Heft vor mir. Doch die Konzentration ist weg. Ich spüre Mikas Anwesenheit viel zu deutlich neben mir. Ihr Geruch erinnert mich an mein Bett und an Dinge, die ich dort getan habe und für die ich mich nun schäme. Wenn Mika je erfährt, dass ich an sie gedacht habe, während ich … Ich atme schnell durch den Mund ein und drehe mich dann möglichst gleichgültig zu Mika um.

Diese wiederum tut schnell so, als habe sie nicht auf meinen Text geschielt.

»Hast du gerade mitgelesen?«, frage ich.

»Hey, ich will nur wissen, wie es mit den beiden weitergeht.«

»Gerade gar nicht. Kimari ist hunderte von Kilometern von Liana entfernt.«

»Das ist traurig. Sie sollten zusammen sein. Wehe, du tötest eine von beiden!«, meint sie dann und sieht mich so ernst an, dass ich lachen muss.

»Und was, wenn ich genau das vorhabe?«

»Dann muss ich dir leider all deine Stifte klauen.«

»Wow, mir schlottern schon die Knie vor Angst.«

Mikas Grinsen wird breiter. »Da ist sie wieder. Großmutter Schäfer.«

Ich boxe sie leicht in die Seite, versuche die Stimme in meinem Kopf zu unterdrücken, die sich über diesen Körperkontakt freut, und schlage mein Heft zu.

»Willst du nicht weiterschreiben?«, fragt Mika enttäuscht.

»Damit du mir wieder über die Schulter schauen kannst?«

»Ich kann mich wegdrehen.«

»Klar.«

»Wirklich.«

»Meine Hand braucht sowieso mal eine Pause.« Ich schüttle mein Handgelenk, um die Verspannungen zu lösen und strecke dann den Rücken durch. Er knackt verdächtig.

»Da sage noch einmal einer, schreiben sei kein Sport. Brauchst du eine Handmassage?«

Ihre Frage erwischt mich eiskalt. Sie will meine Hand massieren?

»Geht schon«, weiche ich also aus.

»Ehrlich? Das sah aber eben nicht so aus«, meint Mika.

»Kannst du das denn?«, frage ich, um Zeit zu schinden. Währenddessen versuche ich Kimaris Stimme in mir zu ignorieren, die fortwährend schreit: Massage, Massage, Massage! Na los, lass Mika deine Hand massieren!

Gott, mein Hirn dreht wirklich noch durch …

»Na klar. Ich bin quasi professionelle Masseurin.«

Belustigt ziehe ich eine Augenbraue in die Höhe. »Ach ja? Du bist also professionelle Friseurin, Stylistin, Fußballerin UND Masseurin?«

Mika grinst. »Ich habe viele Talente, Schäfer.«

»Es macht dir echt Spaß, mich so zu nennen, oder?«

»Vielleicht.« Mika lächelt so unschuldig, dass ich einfach nicht anders kann, als ihr meine rechte Hand zu reichen. Obwohl ich ganz genau weiß, dass das absolut nicht förderlich für mein Gefühlschaos ist. *Reiß dich zusammen, Louise, sie massiert nur deine Hand!*

Mika umfasst meine Finger mit ihren und dreht sie dann so, dass meine Handfläche nach oben zeigt. Während sie den Handrücken mit den Fingern ihrer linken Hand abstützt, drückt ihr Daumen auf genau die richtigen Stellen. Wow. Ich habe überhaupt nicht gemerkt, wie verspannt ich eigentlich war, und ich konnte ja nicht wissen, wie geschickt Mikas Hände sind.

Na dann denk mal daran, was sie noch alles mit diesen Fingern anstellen könnte …

Ruhe da drin!

»Soll ich fester drücken, oder ist es gut so?«, fragt Mika.

»Nein, es ist perfekt, danke.« Ich kann nicht verhindern, dass meine Lider sich senken.

»Das sehe ich«, kommt es belustigt von ihr.

Sofort reiße ich wieder die Augen auf, und ich entziehe ihr meine Hand. »Das reicht, danke.«

»Hab ich dir wehgetan?«, fragt Mika besorgt.

»Nein, die Verspannung ist weg.«

»Ich könnte dir auch mit deinem Rücken helfen. Der hat vorhin echt ungesund geknackt.«

Wieso will sie mich unbedingt massieren?

»Meinem Rücken geht es gut, danke.«

Ertappt sieht Mika zur Seite. »Ich wollte nur helfen«, murmelt sie und flüchtet sich in ihre Sportzeitschrift.

Ich wollte sie nicht so schnippisch abweisen, aber ich will mir nicht ausmalen, was passiert wäre, wenn Mika tatsächlich meinen Rücken massiert hätte. Das ist einfach zu viel Körperkontakt.

Weitere zwei Stunden vergehen, und so langsam bekomme ich Hunger. Wir halten in der Nähe von Dortmund auf einem Rastplatz, und alle packen ihre Lunchpakete aus, die wir vorhin in der Kantine erhalten haben. Da die Sonne scheint und die Picknicktische draußen trocken sind, entscheiden wir auszusteigen und dort die Pause zu verbringen.

Als ich den Inhalt auf dem kalten Holztisch ausbreite, finde ich eine belegte Laugenstange, einen Apfel, eine Tüte mit Nüssen und Karottensticks. Extrem gesund, aber gerade würde ich alles essen, also mache ich mich über die Laugenstange her.

Mika neben mir hat sich außerdem noch eine Tüte Trockenfrüchte mitgenommen, das ist ihre Art von ungesundem Snack.

»Du hast echt wieder dein Trockenfutter dabei?«, fragt Caro belustigt, als sie und Sam sich zu uns an den Picknicktisch setzen.

»Das sind Trockenfrüchte.«

Caro schüttelt nur den Kopf und zieht drei große Tupperboxen aus ihrem Jutebeutel. »Also, wenn ihr auch noch Lust auf was Richtiges habt: Ich habe kleine Pizzabrötchen mit veganem Käse und selbstgemachter Tomatensauce, frische Trauben und Blaubeermuffins dabei.« Sie öffnet die Tupperdose mit den Muffins, und sofort läuft mir das Wasser im Mund zusammen. Ich habe mich schon öfter gefragt, wie Caro es schafft, im Internat so viel zu backen. Wir haben zwar eine Gemeinschaftsküche, aber dort sieht man sie fast nie. Insgeheim vermute ich ja, dass sie sich bei dem Küchenpersonal eingeschleimt hat und die Kantinenküche mitbenutzen darf.

»Die sehen fabelhaft aus«, sage ich und nehme mir einen Muffin.

Mika mustert die Muffins und sieht dann wieder zu ihrem Obst. »Na schön, ich nehme einen, danke.«

Caro reicht ihr die Dose und beißt dann genüsslich in ein Pizzabrötchen. »Echt schön hier, oder?«

Mika zieht eine Augenbraue in die Höhe. »Du meinst den nach Abgasen stinkenden Seitenstreifen neben einer viel befahrenen Autobahn im Ruhrgebiet?«

»Du siehst immer alles so negativ.« Caro lacht. »Ich meine das Wetter. Für Dezember ist das richtig gut, schaut euch den blauen Himmel an! Und kalt ist es dank der Sonne auch nicht. Außerdem sind wir heute Abend in London, das macht alles sowieso noch mal schöner.«

»Bei den Muffins hast du dich wieder mal selbst übertroffen«, lobt Sam ihre Freundin und küsst sie. Ich wende mich schnell ab und knabbere an meinem Karottenstick. Aus dem Augenwinkel kann ich genau sehen, dass Mika mich beobachtet.

»Habt ihr Lust auf ein Spiel, solange wir noch frische Luft atmen können?«, fragt Caro, und Mika verzieht das Gesicht. Wenn es nach ihr ginge, würde sie wohl lieber eine Runde laufen gehen. Dass sie das heute früh nicht konnte, scheint sie ganz unruhig zu machen. Unter der Bank sehe ich, wie sie immer wieder mit dem Bein wippt.

»Was für ein Spiel?«, frage ich eher aus Höflichkeit. Ich würde auch lieber in Ruhe essen und meine sozialen Batterien nicht schon jetzt aufbrauchen. Immerhin werde ich die nächsten drei Tage ständig unter fremden Menschen sein, der Gedanke daran stresst mich schon jetzt, obwohl ich mich auch auf die Zeit freue. Es ist einfach anstrengend. Ich mag es, mich mit lieben Menschen zu umgeben und Dinge mit ihnen zu erleben, gleichzeitig sind es genau solche Momente, die mich am meisten Kraft kosten.

»Wir sind durch TikTok drauf gekommen. Guck nicht so, Lou, das ist wirklich cool. Man testet, wie gut man befreundet ist. Sam und ich haben vorhin schon angefangen und bisher alles richtig.«

»Das ist nicht gerade schwer, wir kennen uns seit Ewigkeiten.« Sam lächelt ihre Freundin an.

»Also, was sagt ihr? Machst du mit, Mika?«

Ich bin mir ziemlich sicher, dass sie nein sagen wird. Denn wenn es darum geht, persönliche Dinge zu teilen, ist Mika die Letzte, die freiwillig mitmacht, doch zu meiner Überraschung setzt sie sich aufrechter hin und sieht Caro herausfordernd an. »Okay. Wenn ich gewinne, darf ich mir nachher das Bett aussuchen.«

Caro zieht scharf die Luft ein. »Gerissen. Aber gut, ich nehme an.«

»Warte mal, worum wettet ihr hier gerade?«, frage ich.

»Darum, ob ich Sam besser kenne oder Mika dich. Immerhin wohnt ihr in einem Zimmer.«

»Keine Sorge, ich kenne dich gut«, meint Mika und zwinkert mir doch tatsächlich zu.

»Also los, wir spielen fünf Fragen und sehen dann, wer vorne liegt. Erste Frage: Wann haben Sam und Lou Geburtstag?«

»Easy. Am dreiundzwanzigsten Juni«, antwortet Mika wie aus der Pistole geschossen. Wir haben beim Training mal darüber gesprochen, was unsere Sternzeichen sind und in diesem Zusammenhang auch unsere Geburtstage genannt, aber ich hätte nicht gedacht, dass Mika sich das merken würde.

»Krebs und Widder, hier sind Spannungen vorprogrammiert«, zitiert Mika Fayolas Worte von damals und zwinkert mir erneut zu. Ich bin so perplex, dass ich einfach nur dasitzen und weiter zuhören kann.

Auch die nächsten drei Fragen beantwortet Mika ohne Probleme: »Lou hat noch nie ein Instagrambild hochgeladen. Sie hat nicht einmal einen Account dort. Lous Traumjob ist Autorin. Ihr Lieblingsfilm ist ganz klar ›Spirit‹.«

Auch Caro hat jede dieser Fragen über Sam richtig beantwortet, doch die beiden sind ein Paar. Ich wusste nicht, dass Mika all das über mich weiß. Dass sie sich all diese Informationen gemerkt hat.

»Und hier kommt die letzte Frage«, verkündet Sam. »Was würde die jeweilige Person mit einer Million Euro machen?«

Ha, das kann sie nicht wissen, darüber haben wir nie gesprochen!

Caro überlegt kurz und antwortet dann: »Ein Haus am See kaufen, in dem wir dann mit unseren Hunden und Katzen wohnen können?«, fragt sie. Sam schüttelt den Kopf. »Das würdest du mit einer Million Euro machen.«

Caro lacht. »Stimmt. Aber gut, wenn Mika das auch nicht beantworten kann, sind wir gleich gut.«

»Wer sagt, dass ich die Frage nicht beantworten kann?«, fragt Mika und sieht kurz zu mir. In ihrem Kopf scheint es zu arbeiten. Doch genauso selbstsicher wie zuvor beantwortet sie auch diese Frage: »Sie würde einen Großteil an einen Gnadenhof spenden, von dem sie ihre Hühner und Katzen adoptiert haben und den Rest dafür verwenden, ihr Buch selbst herauszubringen, falls es kein Verlag möchte. Habe ich recht?« Mika sieht mich erwartungsvoll an.

»Ja. Ja, tatsächlich«, sage ich vollkommen fassungslos. »Woher weißt du das?«

»Reine Intuition. Ich habe geraten, Kinderspiel.«

Mika wirft eine Traube in die Höhe und fängt sie mit ihren Lippen auf. Sie kaut, schluckt und sieht dann triumphierend in die Runde: »Also wäre das geklärt, ich hab nachher freie Bettwahl?«

»Sieht wohl so aus«, meint Caro, und nun mustert sie uns beide interessiert. Ich habe keine Ahnung, was sie denkt, aber für meinen Geschmack bleibt ihr Lächeln etwas zu lange auf ihren Lippen.

Nach einer ausgiebigen Mittagspause geht es zurück in den Bus. Mittlerweile sind wir doch alle recht durchgefroren, weswegen es schön ist, von der warmen Heizungsluft empfangen zu werden. Nach all dem Essen fühle ich mich schläfrig und kuschle mich in meinen Sitz. Sofern man sich in einen unbequemen Bussitz eben kuscheln kann.

Der Bus setzt sich in Bewegung, und das stetige Ruckeln lullt mich ein. Doch schlafen kann ich nicht. Ich frage mich immer noch, wie Mika all das über mich wissen konnte. Sicher, in all der Zeit habe ich auch viel über sie gelernt. Vermutlich hätte ich ebenfalls auf jede Quizfrage eine Antwort gehabt, aber ich dachte, das liegt daran, dass ich alle Informationen über sie aufsauge wie ein Schwamm. Ich hätte nicht gedacht, dass Mika das ebenfalls macht.

Neben mir höre ich leise Musik aus Mikas Kopfhörern dringen. Das Lied erkenne ich nicht, aber es klingt schön und nicht so schnell wie der Rest ihrer Laufplaylist. Sie hat die Augen geschlossen und den Kopf nach hinten gelegt. Ich will sie nicht anstarren, aber wann bin ich ihr schon einmal so nah und kann jedes Detail in mich aufnehmen, ohne dass sie es mitbekommt?

Mein Blick wandert über ihre hohe Stirn, die perfekt nachgefahrenen Augenbrauen, die langen, dunklen Wimpern, ihre süße Nasenspitze und ihre Lippen. Immer wieder habe ich sie angesehen und mich gefragt, wie es sich wohl anfühlen würde, Mika zu küssen. Rein theoretisch natürlich. Zwischen uns wird es niemals zu einem Kuss kommen, aber man darf ja träumen …

Mikas Lippen bewegen sich leicht, und ihr Kopf fällt zur Seite. Ich zucke zurück, weil ich Angst habe, dass sie wach ist und mich beim Starren bemerkt, doch sie scheint zu schlafen. Ich kann dabei zusehen, wie ihr Kopf immer weiter nach unten sinkt, und es ist klar, was gleich passieren wird. Ich könnte mich zum Fenster drehen oder meine Schulter wegziehen, stattdessen bleibe ich stocksteif sitzen und beobachte Mikas Kinn, das Millimeter für Millimeter auf meine Schulter zukriecht.

Als ihr Kopf sanft gegen mich fällt, rasen prickelnde Blitze durch meinen Körper, und ich habe Angst zu atmen. Was, wenn sie das weckt? So flach wie möglich hole ich Luft und bemühe mich, meine Schulter ja nicht zu bewegen.

Oh Gott, Mika schläft auf deiner Schulter!, schreit Kimari mir zu.

Ja, ich weiß!

Das ist sooo süß!

Reiß dich endlich mal zusammen.

Ich weiß nicht, wie lange Mikas Kopf auf meiner Schulter liegen bleibt, aber ich hätte nichts dagegen, wenn sich das den Rest der Fahrt über nicht mehr ändert. Also bleibe ich sitzen, bewege mich nicht und genieße still Mikas Wärme, die sich auf meiner Haut ausbreitet und bis in mein Herz wandert.

Morgen werde ich vollkommen verspannt sein, denke ich noch. *Egal, das ist es wert.*

SEEKRANK

Gegen Nachmittag kommen wir endlich in Calais an. Wobei ich nicht so erfreut darüber bin wie die anderen. Denn Mika wird durch den Lärm im Bus geweckt und sieht verschlafen zu mir.

Als sie realisiert, dass sie auf meiner Schulter geschlafen hat, schreckt sie hoch.

»Habe ich dich vollgesabbert?«, fragt sie.

»Nein, alles gut.«

»Du hättest mich wecken können«, fügt sie peinlich berührt hinzu. Mika ist peinlich berührt? Weil sie an meiner Schulter geschlafen hat?

»Ich weiß, aber das wollte ich nicht, es war eigentlich ganz bequem«, antworte ich.

Jetzt lächelt sie mich doch tatsächlich unsicher an. Ich sterbe hier gerade ein bisschen.

»Mika, Lou, kommt ihr? Die Fähre fährt in zehn Minuten ab!«, ruft Frau Nielsen von vorne, und wir fahren auseinander, als hätten wir uns verbrannt.

»Wir kommen sofort!«, ruft Mika und springt auf den Gang hinaus.

Ich greife nach meinem Notizheft, hänge mir die Kopfhörer um den Hals und schlüpfe in meine dicke Winterjacke. Dann folge ich Mika nach draußen und versuche zu ignorieren, dass da gerade etwas in Mikas Augen war, das ich noch nie zuvor gesehen habe.

Das bildest du dir sicher nur ein.

Und was, wenn nicht?

Die Fähre legt ab, und das ganze Team steht an der Reling und beobachtet, wie das Festland vor uns immer kleiner wird.

Yuki bittet Toni, ein paar Fotos von ihr mit dem Meer im Hintergrund zu machen, und Fayola geht mit ein paar anderen nach drinnen, um sich einen Kakao zu holen.

Als ich sehe, wie Mika auf dem Deck Runden läuft, muss ich schmunzeln. Vorhin hat sie sich dauernd darüber beschwert, dass ihre Beine einschlafen und sie sich bewegen muss, jetzt kann sie endlich ein wenig laufen. Ich beobachte, wie sie ihre Kreise zieht, als Frau Nielsen sich zu mir stellt.

»Bist du so nett und passt auf, dass sie nicht über Bord geht?«

»Klar, Coach.«

Sie lächelt. »Du hast dich gut in die Mannschaft eingefunden, oder?«

Ich denke an das katastrophale erste Training und nicke kräftig.

»Auf jeden Fall. Ich fühle mich wohl mit den anderen.«

»Das ist schön. Nun, ich werde mir mal einen Platz suchen. Das Schiff schaukelt ganz schön.«

Frau Nielsen sieht tatsächlich recht blass um die Nase herum aus. Sie verschwindet im Innenbereich der Fähre, und ich lasse mir die eiskalte Meeresbrise durch die Haare wehen. Nun stehe ich allein hier und genieße den Moment der Stille. Zu hören ist nur das entfernte Schnattern der Möwen, das

Rauschen des Wassers, das einige Meter unter uns liegt und sich am Bug des Schiffes bricht. Weiße Gischt schwimmt obenauf, sonst ist das Wasser tiefschwarz. Genau wie in meiner Geschichte. In solchen Momenten versuche ich mir alles ganz genau einzuprägen. Die Gerüche und Geräusche, die Farben und Formen um mich herum. Ich überlege, wie ich die schiere Macht des Wassers beschreiben könnte. Oft fällt es mir schwer, Naturphänomene mit Worten zu betiteln. Wie beschreibt man Gerüche? Wie gebe ich die Farbe von Wasser wieder, die sich jede Sekunde ändern kann? Genau über diese Fragen haben wir im Kurs zum Kreativen Schreiben gesprochen. Unsere Kursleiterin hat uns das Buch ›Das Parfüm‹ empfohlen. Sie meinte, dass Gerüche nirgendwo sonst so treffend beschrieben werden.

Mika hat mich gefragt, woher ich wüsste, dass ich schreiben möchte. Die Sache ist die: Ich weiß es nicht. Es ist vielmehr ein Gefühl. Durch das Schreiben sehe ich die Welt mit anderen Augen, und ich lerne immer dazu. Es gibt so viele Wörter, die ich noch nie verwendet habe. So viele Begriffe, um die Welt um mich herum zu beschreiben.

»Na, träumst du schon von unserem Sieg?«

Mika hat aufgehört, sich die Beine zu vertreten und steht nun neben mir an der Reling.

»Eigentlich habe ich gerade die Ruhe genossen.«

»Verdammt, Schäfer, das war ein echt guter Konter. Übst du sowas, wenn du allein im Zimmer bist?« Ihre braunen Augen mustern mich belustigt.

Als ich daran denke, was ich tue, wenn sie nicht da ist, spüre ich, wie die Hitze in meine Wangen steigt. Also weiche ich schnell aus. »Du färbst eben ab.«

»Wusste ich doch, dass es an meinem guten Einfluss liegt.« Jetzt lacht sie und beugt sich weit über die Reling. Dabei breitet sie die Arme aus, sodass ihre Winterjacke vom Wind aufgeblasen wird und ihre Haare durch die Luft wirbeln.

»Pass auf, du fällst noch runter!«, sage ich und greife nach ihrer Jacke. Jetzt erst merke ich, wie stark der Wind ist. Er zerrt nun auch an meinen Klamotten, und ich schließe den Stoff von Mikas Jacke noch fester in meine Hand und stelle mich direkt hinter sie, sodass ich sie aufs Schiff zurückziehen kann, sollte sie doch fallen.

»Ich passe schon auf«, antwortet Mika. »Ich habe nicht vor, hier auf dieser Fähre zu sterben. Immerhin würde ich meinen Eltern dann die Möglichkeit geben, zu sagen, der Fußball habe mich umgebracht. Das gönne ich ihnen nicht. Weißt du, was ich ihnen echt gerne mal sagen würde?«

Ich habe keine Ahnung, was ich darauf erwidern soll, doch Mika scheint auch keine Antwort zu erwarten. Stattdessen streckt sie sich noch etwas mehr dem Wind entgegen und schreit auf den Ozean hinaus: »FUCK YOU!«

Dann stolpert sie zurück, sodass sie unweigerlich gegen mich knallt und mich mit ihr zu Boden zieht. Mein Rücken landet dank der gefütterten Jacke weich auf dem Boden, doch Mikas Gewicht liegt schwer auf mir. Auf einmal kann ich nicht mehr atmen. Mikas Gesicht ist nur Millimeter von meinem entfernt, ihre Haare kitzeln meine Wangen, und selbst durch die Jacken spüre ich, wie schnell sich ihr Brustkorb hebt und senkt.

»Scheiße, das hat gutgetan.« Sie lacht einmal trocken auf und macht keine Anstalten, aufzustehen. Es fühlt sich eher so an, als sinke sie noch weiter auf mich.

»Danke fürs Auffangen«, bringt sie schließlich hervor und grinst auf mich herab. Ich entdecke den Schneidezahn, dem eine Kante fehlt. Umgeben von ihrem Duft bringe ich keinen klaren Satz heraus.

Mikas Grinsen ist mittlerweile verschwunden. Stattdessen stützt sie sich mit einer Hand neben mir ab und starrt auf mich hinab, so als scanne sie jeden Zentimeter meines Gesichts. Ich kann nichts weiter tun, als zurückzublinzeln und flach zu atmen.

»Leute, Frau Nielsen kotzt sich gerade die Seele aus dem Leib!« Fayola kommt aufs Deck gerannt und stoppt direkt neben uns.

»Was macht ihr denn da auf dem Boden?«, fragt sie verwirrt, und offenbar ist das das Stichwort für Mika, denn sie springt innerhalb einer Millisekunde auf und hält mir dann die Hand hin, um mir hochzuhelfen.

»Bin auf dem nassen Deck ausgerutscht und auf Lou gelandet«, erklärt sie Fayola, doch die hört ihr schon nicht mehr zu.

»Kommt ihr jetzt? Sie sieht echt übel aus.«

»Wer?«, fragt Mika verwirrt.

Fayola verdreht genervt die Augen. »Frau Nielsen, sie ist auf der anderen Seite des Schiffs.«

Ich stehe endlich auch wieder aufrecht und klopfe mir den Dreck von der Jacke. Mikas Hand, die mir aufgeholfen hat, hat sich so vertraut in meiner angefühlt. Kalt und rau, wie Salz auf der Haut. Wie das Meer um uns herum.

Fayola führt uns durch das Innere der Fähre auf die andere Seite und das offene Deck. Dort lehnt Frau Nielsen über der Reling, und schon von weitem sehe ich, dass ihr Gesicht nun einen beunruhigenden Grünton angenommen hat.

»Scheiße, was machen wir jetzt?«, fragt Yuki, die neben Toni, Caro und Sam ebenfalls auf dem Deck steht und aus einiger Entfernung zu Frau Nielsen sieht.

»Keine Ahnung, aber ich habe Mika geholt«, erklärt Fayola.

»Aber wie soll ich ihr denn helfen?«, fragt Mika und sieht besorgt zu unserem Coach.

»Du hast letztes Jahr doch diesen Erste-Hilfe-Kurs gemacht. Außerdem bist du die Kapitänin«, meint Fayola, so als erkläre das alles.

Mika sieht nicht gerade erfreut aus.

»Na gut. Ich brauche Feuchttücher, eine Zitrone und eine große Flasche stilles Wasser«, sagt sie schließlich und dreht sich zu uns um.

»Holen wir sofort!«, rufen Toni und Yuki und laufen schlitternd über das feuchte Deck.

Mika sieht wieder zu Frau Nielsen und scheint zu überlegen. Mittlerweile ist auch mir etwas flau im Magen, doch Fayola neben mir geht es offensichtlich nicht anders.

»Ich glaub, ich kotz auch gleich«, sagt sie und fächelt sich frische Luft zu.

Mika seufzt, setzt sich dann aber in Bewegung und stellt sich mit geringem Abstand neben Frau Nielsen. Ich sehe, wie sie auf sie einredet und Frau Nielsen etwas antwortet. Toni und Yuki kommen mit dem Wasser, der Zitrone und den Feuchttüchern zurück. Ich folge ihnen, als sie die Sachen zu Mika bringen. Je näher ich Frau Nielsen komme, desto unangenehmer wird der Geruch. Zum Glück weht hier draußen so ein starker Wind, aber vermutlich hat sie die Schiffswand getroffen.

»Hier ist das Wasser«, sagt Yuki und reicht Mika die Flasche.

»Und die Feuchttücher«, Toni hält sie Frau Nielsen hin, die sie dankend annimmt. Ein paar ihrer roten Strähnen hängen ihr in das nach wie vor grünliche Gesicht.

»So etwas ist mir noch nie passiert«, bringt sie hervor, ehe sie sich wieder über die Reling beugt und Toni und Yuki schnell einen Schritt zurücktreten.

»Das ist vollkommen normal, der Wellengang ist heute echt stark«, meint Mika und öffnet die Wasserflasche.

»Hier, trinken Sie. Immer in kleinen Schlucken.«

Dann holt sie ein kleines Taschenmesser aus ihrem Rucksack und schneidet die Zitrone in vier Hälften.

»Haltet die unter eure Nase, das neutralisiert den Geruch.« Mika verteilt die Zitronenschnitze an uns, und ich sehe sie bewundernd an. Wo hat sie das denn gelernt? Sie bemerkt meinen Blick und grinst. »Tja Schäfer, du bist nicht die Einzige, die viel Zeit mit ihren Großeltern verbracht hat.«

Frau Nielsen hat die Flasche mittlerweile zur Hälfte geleert, und ihre Gesichtsfarbe neutralisiert sich allmählich.

»Wie lange sind wir noch auf diesem Schiff?«, fragt sie leicht benommen.

»Wir sollten in ein paar Minuten ankommen, ich kann schon die englische Küste sehen.« Toni deutet auf den Horizont vor uns.

Tatsächlich. Dort zwischen den feuchten Nebelschwaden sind kleine Lichtpunkte zu erkennen. Wir sind in England.

HOTEL CHELSEA

Vom Hafen in Dover aus geht es mit unserem Bus, der ebenfalls mit der Fähre nach England gekommen ist, weiter nach London. Die zwei Stunden Fahrt ziehen an mir vorbei wie im Flug. Frau Nielsen hat sich mit einer Augenmaske, auf die kleine Fußbälle gedruckt sind, nach vorne neben die Busfahrerin gesetzt und eine Tablette gegen Übelkeit geschluckt. Hoffentlich geht es ihr morgen wieder besser.

»Willkommen in London!«, verkündet unsere Busfahrerin, als wir über eine altertümlich wirkende Brücke fahren. Draußen vor den Fenstern ist es mittlerweile dunkel geworden, doch ich erkenne die Themse unter uns, weil sich das Licht vieler Laternen in ihr spiegelt. Riesige, wunderschöne Gebäude ragen in den dunklen Himmel, rote Doppeldeckerbusse fahren über die Straße, und als wäre das nicht genug, fängt es auch noch an zu schneien. Kleine weiße Flocken fallen auf die schwarzen Straßen und bleiben für kurze Zeit an den Busfenstern kleben.

Dieses wundervolle Schauspiel wird nur davon getrübt, dass der Schnee fast alle im Bus dazu veranlasst, ihre Handys zu zücken, ihn zu fotografieren und sich lauthals darüber zu freuen. Ich habe noch nie verstanden, wieso man versucht, solche Naturphänomene festzuhalten. In echt sehen sie viel einzigartiger aus. Ein Handy kann all die Farben und Formen niemals perfekt einfangen. Statt durch ihre Augen beobachten die meisten Menschen die Welt nur noch durch einen Sucher. Oma hat gesagt, wenn ich mich so sehr über die neuen Technologien aufrege, werde ich selbst noch zur Großmutter. Aber dabei lag ein Schmunzeln auf ihren Lippen.

Während ich Selina und Caro dabei beobachte, wie sie förmlich an der Scheibe kleben, dreht Mika sich zu mir. Sie hält kein Handy in der Hand.

»Bescheuert, oder? Wieso fotografieren sie alle den Schnee? Das werden doch sowieso nur verwackelte Bilder mit gräulichen Punkten«, sagt sie.

»Sie wollen den Moment festhalten, denke ich.«

»Und wieso schauen sie dann nicht einfach aus dem Fenster?«

Früher wäre ich überrascht über diese Aussage gewesen. Als ich Mika noch nicht gut genug kannte und dachte, dass sie eins dieser oberflächlichen Mädchen sei, die ihre tollen Urlaube und schicken Klamotten auf Instagram teilen. Doch mittlerweile kenne ich sie besser. Opa hat mir immer geraten, nicht auf das Äußere von Menschen zu achten.

Welche Klamotten wir tragen, sagt viel weniger über uns aus als das Funkeln in unseren Augen, wenn wir über die Dinge reden, die wir lieben, lauteten seine Worte. *Schau, wie die Menschen um dich herum mit Tieren umgehen, ob sie das Gänseblümchen am Straßenrand platttreten oder umsichtig daran vorbeilaufen. Achte auf die kleinen Dinge.*

Wieder sehe ich zu Mika. Sie blickt gedankenverloren aus dem Fenster und trommelt den Takt eines Liedes auf ihre Armlehne, das ich nicht hören kann. Opa hatte recht, doch das Problem ist: Ich will bei Mika nicht auf die kleinen Dinge achten. Weil es dann einfacher ist, sie aus meinem Kopf zu verbannen. Ich will nicht wissen, ob sie auf ein Gänseblümchen treten würde oder nicht. Denn wenn sie vorsichtig daran vorbeigehen würde, würde mein Herz sie noch weiter an sich heranlassen. Und das darf nicht passieren. Mein Glück, dass zu dieser Jahreszeit in London sicherlich kein einziges Gänseblümchen zu finden sein wird.

»Und hier wären wir. Hotel Chelsea. Bitte steigt nacheinander aus, und achtet darauf, eure Koffer nicht in Pfützen zu stellen, die Straßen sind aktuell voll davon.« Die Busfahrerin steigt aus, um die Gepäckausgabe zu koordinieren, und Mika und ich sammeln unsere verstreuten Habseligkeiten zusammen.

Als wir vorne bei Frau Nielsen ankommen, lächelt sie uns matt entgegen.

»Wie geht es Ihnen?«, fragt Mika.

»Es ging schon besser.« Frau Nielsen versucht zu lachen, doch es endet eher in einem Husten. »Bis morgen bin ich wieder fit, aber ich werde mich direkt schlafen legen. Kann ich mich darauf verlassen, dass du die Belegung der Zimmer kontrollierst, Mika? Wie vorhin besprochen: Alle gehen in Vierergruppen zusammen. Um spätestens elf ist das Licht aus. Was das Abendessen angeht …« Sie scheint den Faden verloren zu haben.

»Keine Sorge, ich kümmere mich darum«, erwidert Mika.

»Danke«, antwortet Frau Nielsen und steht langsam auf, um unsere Ankunft im Hotel anzukündigen. Dabei schwankt sie noch leicht, hält sich an der Wandhalterung fest und schafft es schließlich nach draußen.

»Sie sieht eher so aus, als hätte sie 'nen echt schlimmen Kater«, meint Mika besorgt.

»Bestimmt braucht sie einfach nur eine Mütze voll Schlaf.«

»Hoffentlich.«

Nachdem wir ins Hotel eingecheckt und unsere Koffer in den vier Zimmern verteilt haben, essen wir im hoteleigenen Restaurant zu Abend – es gibt ein ausladendes Buffet mit allerlei Köstlichkeiten, aber auch typische englische Speisen wie gebackene Bohnen und Würstchen. Ich habe noch nicht oft in einem Hotel geschlafen, genau genommen erst einmal und das war ein günstiges Bed & Breakfast, als Oma und Opa mit uns ein Wochenende in München verbracht haben. Im Gegensatz dazu kommt mir dieses Hotel wie ein Palast vor. Alles glänzt, und es gibt eine Kleidervorschrift für den Speisesaal. Das verrät ein kleines Schild neben der Rezeption: *Gehobene Kleidung ist erwünscht.*

»Was soll das sein?«, hat Toni gefragt und auf ihren »Green Day«-Pullover gezeigt; »Darf ich damit jetzt nicht essen?«

»Doch«, hat Yuki geantwortet. »Ich finde, diese Band zählt auf jeden Fall zu den gehobeneren.«

Auch nach dem Essen sehen wir Frau Nielsen nicht wieder. Fayola meint, sie habe mitbekommen, wie sie in ihrem Zimmer verschwunden sei und dabei immer noch recht blass aussah.

Jetzt stehen wir in dem piekfeinen Flur und überlegen, ob wir uns wirklich an die Zimmerbelegung halten wollen.

»Frau Nielsen ratzt bestimmt wie Dornröschen, die kriegt nichts mit«, sagt Fayola.

»Ich glaube nicht, dass Dornröschen ›geratzt‹ hat«, wirft Sam ein, doch Fayola ignoriert sie und dreht sich zu uns.

»Also Leute, was ist? Steigt heute Nacht 'ne Party?«

Toni und Selina sehen begeistert aus, genau wie ein paar andere des Teams.

»Wir könnten uns Snacks beim Zimmerservice bestellen«, schlägt Selina vor.

»Ja, Eis für alle! Draußen habe ich einen Kiosk gesehen, vielleicht kann jemand Getränke besorgen?«, schlägt Yağmur vor.

»Meinst du Alkohol?«, fragt Toni überrascht.

»Wir sind alle minderjährig«, wirft Caro ein. »Wobei ich zu einer Hotelzimmerparty auch nicht nein sagen würde.«

Immer mehr Ideen kommen auf, die Stimmen werden lauter und klirren in meinem Kopf. Wie können all diese Menschen jetzt an Party denken? Ich bin so müde, dass ich hier fast im Stehen einschlafe. Ich wünsche mir nichts sehnlicher als ein bequemes Bett in einem ruhigen Zimmer. Überfordert schließe ich die Augen, konzentriere mich auf meine Atmung und beginne langsam zu zählen.

Als ich bei neun angelangt bin, höre ich Mikas Stimme, die die anderen zum Schweigen bringt.

»Seid doch mal ruhig! Wir werden natürlich keine Party veranstalten. Morgen ist der erste Turniertag, schon vergessen?« Ich öffne die Augen und sehe zu ihr. Sie hat sich vor die Hotelzimmertür mit der Nummer 117 gestellt. Ihre Stimme klang hart, und ihr Blick ruht nun vorwurfsvoll auf Fayola, die etwas Unverständliches murmelt. Ein paar andere sehen ebenfalls betreten zu Boden.

»Ich kann echt nicht fassen, dass ihr vor so einem wichtigen Tag Alkohol trinken wollt!« Ich habe Mika schon oft wütend gesehen, aber nie so. Wahrscheinlich liegt es an der langen Busfahrt und der Müdigkeit, die sich bei uns allen bemerkbar macht. Aber ich weiß, dass es ihr noch um etwas anderes geht. Morgen werden Talentscouts anwesend sein. Natürlich will sie sich von ihrer besten Seite zeigen. Was nur geht, wenn wir als Team gut funktionieren. Und Mika ist die Kapitänin. Es ist ihre Aufgabe, unsere Mannschaft zusammenzuhalten. Deswegen gibt es auch keine Widerworte, sondern Fayola entschuldigt sich sogar.

»Du hast recht, sorry Mik. Keine Ahnung, ich war nur so froh, endlich hier zu sein.«

»Das bin ich auch«, erwidert Mika. »Und ich werde noch froher sein, wenn wir morgen auf dem ersten Tabellenplatz stehen. Dann können wir meinetwegen ein bisschen feiern. Aber ohne Alkohol.« Sie lächelt in die Runde und erntet begeistertes Klatschen.

»So, jetzt ab mit euch in die Zimmer. Nach elf will ich niemanden mehr auf den Gängen sehen!«

»Sie klingt fast wie Frau Nielsen«, flüstert Toni mir zu, was mich zum Schmunzeln bringt.

Nach und nach leert sich der Flur, und es kehrt endlich Ruhe ein. Ich bin Mika dankbar, dass sie Ordnung in dieses Chaos gebracht hat. Vielleicht halten sie andere aus der Mannschaft jetzt für spießig, aber ich finde es toll, wie sie sich durchgesetzt hat. Hätte ich mich um diese Chaostruppe kümmern müssen … Nun, ich hätte mich einfach in meinem Zimmer verbarrikadiert und die anderen machen lassen, was sie wollen, um Konflikten aus dem Weg zu gehen.

»Toni, Sam und Lou, ihr seid mit mir in einem Zimmer«, verkündet Mika gerade und hält die Schlüsselkarte in die Höhe.

»Ja, genau darüber wollte ich mit dir reden«, meldet sich nun Caro zu Wort und stellt sich vor Mika.

»Toni und ich dachten, wir könnten Plätze tauschen … Damit, du weißt schon, Sam und ich zusammen sein können.« Sie setzt ihren Rehblick auf und lächelt Mika zuckersüß an.

Mika lacht. »Das funktioniert bei mir nicht.«

»Schade, hab ich mir fast schon gedacht. Lou, willst du sie nicht mal so ansehen?«

Ich schrecke aus meinen Gedanken hoch und bin auf einmal wieder hellwach. »Wie bitte?«

Auch Mika scheint dezent verwirrt.

»Ist auch egal. Komm schon, Mik, lass uns tauschen. Wir machen auch nichts Verbotenes, versprochen! Ich will nur neben meiner Freundin einschlafen, das ist alles.«

Caro stellt sich demonstrativ neben Sam und schlingt den Arm um sie.

Mika fährt sich genervt durch die Haare, gibt sich dann aber geschlagen. Bestimmt ist sie genauso müde wie ich und will einfach nur ins Bett.

»Na schön.«

»Danke.« Caro strahlt Mika an und geht los, um ihr Gepäck aus einem der anderen Zimmer zu holen.

»Dann wäre das ja geklärt«, Mika atmet langsam aus, hält die Schlüsselkarte an die Tür und drückt sie auf, als ein leiser Piepton erklingt.

Wir folgen ihr durch den kurzen Flur in ein recht großes Zimmer mit jeweils zwei Betten an jeder Seite. Vorhin haben wir nur kurz unsere Koffer in den Flur geschoben und das Zimmer nicht weiter begutachtet, weil wir so hungrig waren.

Toni läuft an mir vorbei, greift sich ihren Seesack und winkt uns an der Tür noch einmal zu. »Gute Nacht, Ladys.«

»Bis morgen«, erwidere ich, während Mika zielsicher an mir vorbeiläuft und auf das Bett zugeht, das direkt am Fenster steht. Dort lässt sie ihre Tasche auf den Boden fallen und wirft sich mit Schuhen und Klamotten auf die Matratze.

»Ein Hoch auf die freie Bettwahl!«, ruft sie feierlich, während Sam sie belustigt mustert.

»Wollen wir die beiden nehmen?«, fragt Sam, als Caro wieder im Zimmer auftaucht, und zeigt auf die Betten, die näher an der Tür liegen.

Nun bleibt nur noch ein Bettgestell übrig. Das direkt neben Mika. Na wundervoll.

Das Hotelzimmer ist im Vergleich zu dem pompösen Eingangsbereich recht schlicht gehalten. Es gibt ein großes, abstraktes Bild an der Wand gegenüber dem Fenster, zwei Kleiderschränke und einen kleinen Nachttisch mit messingfarbener Lampe neben jedem Bett.

Eine Tür führt zurück auf den Flur, hinter der anderen befindet sich unser Bad.

Während Sam und Caro ihre zwei Betten so nah es geht aneinanderschieben, sodass sie ein großes Doppelbett bilden, räume ich meine Tasche aus und verschwinde im Bad, um mir den ekligen Busgeruch abzuwaschen. Und vielleicht auch, um Mika und den anderen zu entfliehen. Ich habe ganz einfach das dringende Bedürfnis, allein zu sein. Als ich die Badezimmertür hinter mir verriegle, kann ich wieder leichter atmen.

Das heiße Wasser prasselt auf meinen Körper, spült die Kälte der Straße und den muffigen Busgeruch von mir ab. Ich schließe die Augen, lege den Kopf in den Nacken und lasse die warmen Tropfen eine endlos lange Zeit auf mein Gesicht prasseln.

Als ich später vor dem riesigen runden Spiegel stehe und mir das Gesicht eincreme, frage ich mich, wie ich die Nacht überleben soll. Sam und Caro schlafen nur einen Meter neben mir und Mika … Das ist seltsam, superseltsam. Und dann Caros komischer Kommentar vorhin. Wieso sollte es anders sein, wenn ich Mika mit dem Rehblick anschaue?

Ich trockne mir die Hände ab und versuche, die Badeinrichtung zu bewundern, um mich auf andere Gedanken zu bringen. Aber goldene Wasserhähne und eine gigantische Regendusche können mich nicht davon ablenken, dass Mika und ich – mal wieder – in einem Zimmer schlafen.

Und es sollte doch normal sein. Wir schlafen seit Schulbeginn in einem Zimmer. Aber irgendwie fühlt es sich hier anders an. Da ist weniger Platz zwischen unseren Betten und gleichzeitig mehr Abstand zwischen hier und der Realität im Internat.

Zurück im Zimmer lasse ich mich aufs Bett fallen und wünsche mir, dass endlich das Licht ausgemacht wird.

Ich weiß nicht, wann ich das letzte Mal so müde gewesen bin. Aber das Duschen hat gutgetan, mein Körper fühlt sich ruhig und warm an, nicht mehr gestresst wie noch vor einer halben Stunde.

Sam und Caro verschwinden kichernd im Bad.

»Soll ich das große Licht ausmachen?« Mika hat sich bereits ihren Schlafanzug angezogen. Ein altes Trainingsshirt und die graue Jogginghose, auf der das Schullogo prangt.

»Das wäre ein Träumchen.«

»Okay, Schäfer.« Mika lacht und läuft zur Tür, neben der sich der Lichtschalter befindet. Ich knipse mein Nachtlicht an, damit sie den Weg zurück zu ihrem Bett findet.

Ich habe keine Ahnung, wie viel Uhr es ist. Haben wir hier nicht auch eine Zeitverschiebung? Egal, es ist spät. Mehr muss ich nicht wissen.

»Und, bereit für den großen Tag morgen?«, fragt Mika und setzt sich im Schneidersitz auf ihr Bett. Ich drehe mich zu ihr, auch wenn ich nicht weiß, ob ich jetzt noch zu einem Gespräch in der Lage bin.

»Keine Ahnung. So müde wie ich gerade bin, schlafe ich morgen im Tor bestimmt ein.«

»Ach was, nach acht Stunden Schlaf bist du wieder fit wie ein Turnschuh.«

»Jetzt klingst du wie meine Oma.«

»Ich wollte deine altertümliche Sprache eben auch mal ausprobieren«, sie schmunzelt.

»Und, bist du aufgeregt?«, frage ich nach einer kurzen Pause.

»Wieso?«

»Wegen den Talentscouts. Du hast gesagt, vielleicht sitzen welche im Publikum.«

Mika winkt ab. »An die denke ich gar nicht.«

Ich ziehe eine Augenbraue in die Höhe.

»Na schön, vielleicht ein bisschen. Aber oberste Priorität ist es, das Ding zu gewinnen. Für uns alle. Wenn wir als Team den Sieg holen, bedeutet das immenses Ansehen für unsere Schule, bessere Sportgeräte und vielleicht den ein oder anderen neuen Sponsor. Aber in erster Linie geht es einfach nur darum, den Pokal nach Hause zu holen.«

»Ich habe noch nie einen Pokal in der Hand gehalten«, sage ich. »Dürfen wir den behalten?«

»Wenn wir im nächsten Jahr nicht wieder gewinnen, dann nicht. Aber jede Spielerin bekommt eine Medaille, die dürfen wir behalten.« Mika lächelt selig und stellt sich in Gedanken sicher schon vor, wie ihr die Medaille um den Hals gehängt wird.

»Das stelle ich mir schön vor«, meine ich und gähne einmal herzhaft.

»Schlaf du mal, Schäfer, ich bring die anderen beiden schon ins Bett.« Sie grinst.

»Du meinst, du passt auf, dass sie hier drin keinen Sex haben?«

»So kann man es auch nennen. Ich pups einfach unter ihre Decke.«

Ich stimme in Mikas Lachen mit ein, und für einen kurzen Moment ist die Müdigkeit verschwunden. Hier sind wir. In einem Hotelzimmer irgendwo in London und lachen über billige Pupswitze. Aber es fühlt sich gut an. Mikas Lachen sorgt für eine Wärme in meiner Brust, die mich vollkommen ausfüllt.

Doch dann kommen Caro und Sam aus dem Bad, und der Moment ist vorbei. Ich knipse mein Nachtlicht aus, drehe mich zur anderen Seite, und sobald ich die Augen geschlossen habe, umfängt mich erneut die Müdigkeit. Ich schaffe es nicht einmal mehr, zu antworten, als Caro mir eine gute Nacht wünscht. Ich bin vollkommen erschlagen, aber auf eine gute Art.

DIE KLEINEN DINGE

Als ich aufwache, dringt fahles Licht durch die Vorhänge und fällt auf das leere Bett neben mir. Mika ist nicht hier.

Ich richte mich auf und sehe Caro und Sam nebeneinander im Bett liegen. Sams Arm liegt auf Caros Rücken, ihre Beine sind in der Bettdecke verknotet. Sams dunkle Locken stehen hinten am Kopf ab, während Caros helle Strähnen auf ihrem Gesicht liegen. Beide sehen unglaublich friedlich im Schlaf aus. Ihre Finger berühren sich leicht, fast so, als seien sie Hand in Hand eingeschlafen. Mein Herz versetzt mir einen Stich.

Hier vor mir sehe ich etwas, das ich niemals erleben werde.

Ach wirklich? Du könntest genau das und noch viel schönere Dinge erleben. Da ist Kimaris Stimme wieder. Ich hatte sie nicht vermisst.

Sei leise.

Du kannst deinem Kopf nicht befehlen, die Klappe zu halten, so funktioniert das nicht.

Ich setze mich seufzend auf, fahre mir durch die Haare und greife dann nach dem Wasserglas, das ich gestern Nacht neben mein Bett gestellt habe. Die kalte Flüssigkeit rinnt durch meinen Körper und erweckt ihn zum Leben.

Wieder fällt mein Blick auf Mikas leeres Bett. Sie wird doch nicht etwa allein in London joggen gegangen sein? Ihr könnte sonst etwas passieren! Ein Blick aus dem Fenster verrät mir, dass der Schnee von gestern Abend wieder geschmolzen ist. Auf dem dunklen Schieferdach liegt nur noch Schneematsch, und unten fahren Autos über die feuchte Straße.

Der Blick auf mein Handy zeigt mir, dass es erst kurz vor acht ist. Um zwölf beginnt das Turnier, wir haben also noch genug Zeit, zu frühstücken und alles zu packen. Ich könnte mich wieder hinlegen und noch ein wenig dösen oder lesen. Aber irgendetwas zieht mich nach draußen. Ich war noch nie in einer so großen Stadt. Wer weiß, ob ich nach den anstrengenden Turniertagen noch einmal die Möglichkeit haben werde, durch Londons Straßen zu streifen.

So leise wie möglich laufe ich zu meiner Tasche, ziehe eine Jeans, den warmen Schulpullover und meine Mütze heraus und verschwinde im Bad, um mich umzuziehen.

Kurze Zeit später stehe ich bereits im spärlich beleuchteten Flur und ziehe mir meinen dicken Parka über. Und was mache ich jetzt?

Ein Abenteuer erleben, was denn sonst?

Klar, dass solch ein Vorschlag von Kimari kommt. Aber ich folge ihr, steige in den Fahrstuhl und fahre fünf Stationen abwärts, bis ich in der Eingangshalle ankomme. Hier herrscht schon reger Betrieb. Bedienstete laufen mit Tabletts aus der Küche in den Speiseraum, an der Rezeption streiten sich zwei Angestellte über eine stornierte Buchung, und zwei Gäste sitzen auf den Ledersesseln im Eingangsbereich.

Niemand bemerkt mich, als ich aus der Eingangstür schlüpfe. Immerhin bin ich sechzehn. Wir sollen das Gebäude zwar nicht allein verlassen, aber Frau Nielsen schläft sicher noch. Sie wird es nicht bemerken.

Eines wird mir sofort klar: London ist riesig. Die Doppeldeckerbusse, die Menschenmassen auf den Straßen, die blinkenden Lichter und Geräusche an jeder Ecke. All das trifft mich unvorbereitet und überrollt mich wie eine große, laute Welle.

Meine rettenden Kopfhörer liegen oben im Zimmer, doch ich kann jetzt nicht zurückgehen und sie holen. Was, wenn Caro und Sam mittlerweile aufgewacht sind? Nein, ich muss irgendwie damit klarkommen. Also stelle ich mich an eine Litfaßsäule, die mit dutzenden Plakaten beklebt ist und schließe die Augen. Ich lasse alle Reize auf mich einprasseln. Alle Geräusche und Gerüche, die diese Großstadt zu bieten hat. Ich empfange sie mit offenen Armen und achte dabei auf eine normale Atmung. *Es ist okay. Du kommst damit klar. Das hier bedeutet keinen Stress, es ist toll, hier zu sein.*

Und es hilft. Ich spüre, wie ich ruhiger werde, und nach zehn weiteren Sekunden öffne ich die Augen und konzentriere mich nur auf die visuellen Reize. Das tiefe Rot der Busse, die gelben Blinklichter der Taxis, die Regenmäntel der Vorbeilaufenden und die weihnachtlich dekorierten Schaufenster auf der anderen Straßenseite.

London sieht aus wie in den Filmen und doch wieder nicht. Es wirkt echter und gleichzeitig wie eine meiner Vorstellungen.

Vor mir hält quietschend ein Taxi, und als mir klar wird, dass die Frau im Inneren mich auf Englisch fragt, wo sie mich hinbringen darf, trete ich schnell einen Schritt zurück und winke ab. Einen Satz bekomme ich zwar nicht heraus, dennoch bin ich stolz auf mich, dass ich die Taxifahrerin nicht komplett verwirrt angesehen habe.

Und wo gehe ich jetzt hin? Allzu weit darf ich mich nicht vom Hotel entfernen, am Ende verlaufe ich mich und schaffe es nicht rechtzeitig zurück zum Turnier. Das wäre der absolute Supergau!

Aber Mika ist auch irgendwo hier draußen. Zumindest war sie nicht in unserem Zimmer, und an der Rezeption oder im Speisesaal habe ich sie auch nicht gesehen. Wo würde sie hingehen? Blöde Frage. Natürlich würde sie sich irgendeine schöne Joggingroute raussuchen und laufen gehen. Sie in dieser großen Stadt zwischen all den Menschen zu finden, scheint mir unmöglich, also lasse ich mich einfach treiben.

Ich folge einem jungen Skater nach rechts, laufe an einer Bäckerei vorbei, in der es fantastisch gut riecht und springe schnell zur Seite, als ein Bus vor mir zum Stehen kommt und Schneematsch auf die umstehenden Menschen spritzt. Mich erwischt nur ein Tropfen an der Wange, ich wische ihn schnell ab und lache dann doch tatsächlich. Denn ich kann nicht fassen, dass ich wirklich hier bin. Allein in London.

Der Skater dreht sich zu mir um. Überrascht stelle ich fest, dass er kaum älter ist als ich. Seine Haare hat er unter einer Mütze versteckt, doch seine Augen leuchten erstaunlich hell, und ein sympathisches Lächeln liegt auf seinen Lippen.

»Das war knapp, die Busse hier fahren immer rücksichtsloser«, sagt er auf Englisch.

»Ist zum Glück nur Schnee«, erwidere ich so selbstsicher, dass ich für einen Moment verwundert über mich selbst bin. *Wer bist du, und was hast du mit Louise gemacht?*

»Oh, eine Touristin.« Er grinst. »Dann willkommen im dreckigen London. Ich bin Will, und wie heißt du?«

»Lou.«

»Schön, dich kennenzulernen, Lou.« Sein Lächeln verschwindet nicht, es wird nur noch breiter. Flirtet er gerade mit mir? Ich spüre, wie meine Wangen sich verfärben, und hoffe, dass es nicht auffällt, weil sie wegen der Kälte sowieso schon rot leuchten.

»Äh, danke«, erwidere ich etwas stockend, weil mir auf die Schnelle nichts anderes einfällt.

»Man sieht sich. Und steh nicht zu nah am Bordstein. Du weißt ja: Die Busse sind gefährlich.«

Er fasst sich an die kastanienfarbene Mütze, greift dann nach seinem Skateboard und fährt damit um die nächste Ecke.

Während ich ihm hinterhersehe, wird mir klar, was da gerade passiert ist: Ich habe mit einem wildfremden Jungen geredet. In einer anderen Sprache. So ganz kann ich das noch nicht glauben.

Ich drehe mich zur Seite, versuche mich an den Rückweg zum Hotel zu erinnern, und da sehe ich sie.

Ein vertrautes Paar Augen, das mich durch die angelaufene Scheibe eines Cafés anstarrt. Mika sitzt nur wenige Meter von mir entfernt an einem Tisch und winkt mir. Was macht sie hier?

Ich laufe über die Straße, betrete das Café und gehe direkt zu dem runden Tisch, an dem sie sitzt.

»Habe ich gerade richtig gesehen? Du hast jemanden aufgerissen?« Mika schmunzelt und nippt an ihrem Tee.

Sie trägt ihre Sporthose und die grauen Laufschuhe, also war sie wirklich joggen.

»Nein, ich wurde nur vor den gefährlichen Bussen gewarnt«, sage ich und setze mich auf den freien Stuhl neben ihr. »Warst du laufen?«

»Hatte ich vor, ja. Aber weit bin ich bei dem Verkehr nicht gekommen. Also dachte ich mir, ich starte den Tag typisch englisch.« Sie hebt die Tasse Tee in die Höhe.

»Und … Wie war er so?«, fragt sie bemüht beiläufig.

»Wer?«

»Na der gutaussehende Skater …«

»Ach so. Ich weiß nicht …«

»Du weißt nicht?« Mika zieht eine Augenbraue in die Höhe, und ich zucke mit den Schultern.

»Bisher habe ich noch nie … Also auf diese Art mit Jungs geredet.« Wieso erzähle ich ihr das?

»Verstehe.« Mika nippt wieder an ihrem Tee. Eine Bedienung kommt und fragt mich, ob ich auch etwas möchte. Ich bestelle mir ebenfalls einen Tee, weil mich der Spaziergang durch Londons Straßen komplett ausgekühlt hat.

Als meine Tasse vor mir abgestellt wird, drehe ich mit dem Löffel Kreise durch die dunkle Flüssigkeit und atme den angenehmen Fruchtduft ein.

Zwei junge Frauen betreten das Café. Ihre Wangen sind gerötet von der Kälte, doch das ist es nicht, was mich auf sie aufmerksam werden lässt. Es sind ihre Hände, die ineinander verschlungen sind. Die braunen Haare der größeren Frau fliegen durch die Luft wie flüssige Seide, und die roten Locken der kleineren wippen auf und ab, als sie gemeinsam einen Tisch hinter uns ansteuern. Ich kann nicht verstehen, was sie sagen, weil in dem Moment bereits eine Kellnerin an ihren Tisch tritt und mir die Sicht versperrt, doch als sie den Tisch wieder verlässt, haben beide ihre Jacken ausgezogen und sich über die Speisekarte gebeugt. Die Rothaarige trägt eine feine goldene Brille und spielt mit einer ihrer Locken, während die Braunhaarige etwas auf ihrem Handy checkt, es dann weglegt und sich wieder zu ihrer Freundin beugt, um sie auf die Wange zu küssen. Ich habe das Gefühl, ihr Gesicht schon einmal irgendwo gesehen zu haben, kann mich aber nicht daran erinnern, wo.

Ich merke erst, dass ich die beiden anstarre, als Mika sich neben mir räuspert.

»Du siehst aus, als würdest du gleich platzen«, merkt sie belustigt an.

Ich löse meinen Blick von den beiden Frauen, aber noch immer spüre ich ihre Anwesenheit in meinem Rücken.

»Wenn du sie so anglotzt, denken sie noch, du hast etwas gegen Lesben.«

Das wirkt. Ich konzentriere mich wieder auf die Tasse Tee vor mir. »Entschuldige, es ist nur … Siehst du manchmal etwas und weißt, dass du das nie haben wirst?« Hat es etwas zu bedeuten, dass ich innerhalb von einer Stunde gleich zweimal dasselbe denke?

Mikas Blick wandert nun ebenfalls zu den beiden Frauen. Sie schluckt und nickt.

»Jeden Tag.«

Wie bitte?

»Ich sehe Fayola und beneide sie darum, dass ihre Eltern zu fast jedem unserer Turniere kommen und sie von klein auf unterstützt haben. Ich beneide Toni, weil ihre Freundschaft mit Yuki so echt ist. So etwas hatte ich noch nie. Und ich beneide Caro und Sam, weil sie so glücklich zusammen sind. Bei ihnen sieht Liebe so leicht aus.«

Mika sieht mich an. Noch nie habe ich sie so traurig gesehen. Was erwidert man darauf?

»Also erst einmal: Deine Eltern wissen nicht, was sie an dir haben. Du bist die krasseste Fußballspielerin, die ich kenne. Wenn sie das nicht sehen, dann tun sie mir leid. Was die Freundschaft zwischen Toni und Yuki angeht: Du hast doch mich. Klar, ich bin nur eine Art Trostpreis, aber besser als nichts, oder? Und das Wichtigste: Liebe ist nicht leicht.«

»Wem sagst du das?« Jetzt lacht Mika wieder. »Und du bist kein Trostpreis. Du bist eine tolle Mitbewohnerin und … irgendwie auch meine beste Freundin.«

Ich sehe sie an, und mein Herz schlägt mir bis zum Hals.

Ihr Lächeln ist so ehrlich, dass ich vor ein paar Wochen vor Freude durch die Gegend gesprungen wäre, doch jetzt …

Ich will nicht ›irgendwie eine beste Freundin‹ sein.

Wieder sehe ich zu den beiden Frauen.

Ich werde so etwas nie haben. Nicht, wenn ich immer weglaufe, wenn es schwierig wird. Nicht, wenn ich den Menschen, für die ich etwas empfinde, nie etwas davon erzähle.

Und *so* unwahrscheinlich ist es nicht, dass Mika auch etwas für mich empfindet, oder? Wieder muss ich an unseren gemeinsamen Kinobesuch denken. Daran, wie überrascht sie wirkte, als Theo neben mir auftauchte. Sie wollte diesen Film mit mir allein sehen, auch wenn sie das abgestritten hat, da bin ich mir fast sicher. Und dann ihr Blick gestern auf der Fähre …

Was ist, wenn es Mika genauso geht wie mir? Wenn sie ebenfalls Angst hat, über ihre Gefühle zu sprechen? Dann ist es das gleiche Dilemma wie damals bei Liana und Kimari. Und was hat Frau Frank mir geraten?

Finde heraus, wer von beiden mehr Angst hat. Die andere Person muss demnach diejenige sein, die den ersten Schritt macht.

Wieder sehe ich Mika an. Sie war für mich immer die Stärkere von uns beiden. Aber was ist, wenn ich in diesem Fall die Furchtlosere bin?

Auf einmal fühle ich mich beflügelt. Vielleicht ist es die Hitze des Tees, das Pärchen neben uns oder der Fakt, dass ich mich hier in London so mutig wie noch nie fühle, aber ich nehme all meinen Mut zusammen, schließe die Augen.

»Mika, ich –«

»Shit, es ist fast schon neun! Wir müssen zurück ins Hotel.« Mika springt hektisch auf und wirft die Vase mit der Trockenblume um.

»Scheiße«, murmelt sie, bückt sich und hebt den Stängel auf.

Mika drapiert die Blume sorgsam wieder in der Vase und sieht dann zu mir. »Kommst du?«

»Klar«, antworte ich, doch mein Blick ist immer noch auf die Vase geheftet. Das kann nicht sein. Wer stellt denn solche Plastikblumen in sein Restaurant?

Aber dort ist es. Ein überdimensionales Gänseblümchen beugt sich direkt in meine Richtung, so als würde es mich anlächeln.

Mein Blick streift Mikas Finger, die es vom Boden aufgehoben und zurück in die Vase gestellt haben.

Achte auf die kleinen Dinge, sagt Opas Stimme wieder in meinem Kopf, und diesmal kann ich sie nicht überhören. Ich sehe das Gänseblümchen. Ich sehe es direkt vor mir.

DREI, ZWEI, EINS, MARE!

»Dort hinten ist eure Umkleide, ich warte hier auf euch. Ihr habt zehn Minuten!«, ruft Frau Nielsen, während Selina und Fayola schon in Richtung Umkleide stürmen. Wir anderen bleiben kurz in der riesigen Halle stehen und bewundern den glänzenden Boden.

»Habt ihr an das Deo gedacht?«, fragt Mika.

»Habe sogar zwei Dosen dabei«, ruft Yuki.

»Gut, dieser Boden sieht extrem rutschig aus, ich will kein Risiko eingehen. Mika mustert die Halle von links nach rechts, dann wandert ihr Blick zu der Tribüne, die sich einmal rund um den Hallenboden erstreckt. Auf mehreren erhöhten Reihen haben bereits die Familien der Spielerinnen Platz genommen. Fayolas Mutter sitzt dort genauso wie die Eltern von Selina und Yağmur. Doch ich weiß, dass Mika nicht nach ihren Eltern Ausschau hält, sondern nach den Talentscouts, die sich heute ebenfalls hier befinden. Aber zwischen all den umherlaufenden Menschen ist schwer zu erkennen, wer ein Talentscout ist und wer die Mutter einer Spielerin.

»Dann los, ziehen wir uns um!«

Wir folgen Mika in die Umkleide. Hellgraue Betonwände, granitfarbener Boden. Der Raum wirkt steril wie ein Gefängniszimmer. Aber der Geruch nach Deo und Schweiß ist mir vertraut.

Wir ziehen uns schweigend um. Die Anspannung ist nun auch bei den anderen zu bemerken. Fayola und Toni, die sonst immer für Späße sorgen, sind still und offensichtlich in Gedanken versunken, genauso wie Mika, die verbissen ihr Trikot überstreift und ihre Schuhsohlen mit Deo besprüht, um sie griffester zu machen. Sie reicht die Dose an mich weiter und tritt dann vor den Spiegel, um sich ihren typischen, hohen Pferdeschwanz zu binden. Ich habe ihr schon hunderte Male dabei zugesehen, weil es mich immer wieder fasziniert, wie ihre Finger durch die dunklen Strähnen fahren, doch heute konzentriere ich mich auf andere Dinge.

Dieses erste Spiel ist wichtiger als meine Gefühle. Ich darf mir keinen Fehler erlauben!

Während ich meine neuen Handschuhe weichknete, die Peter mir als vorzeitiges Weihnachtsgeschenk ins Internat geschickt hat, fokussiere ich meine Gedanken auf ein Ziel: Gewinnen.

Statistisch gesehen hat das Team, das das erste Spiel in einem Turnier gewinnt, bessere Chancen auf den Sieg. Das ist gut. Daran sollte ich mich festhalten.

Wir laufen als geschlossene Mannschaft zurück in die Halle und stellen uns in einem Halbkreis vor Frau Nielsen auf.

Unsere Trainerin sieht uns nacheinander durchdringend an. Als sie mich anschaut, kann ich ihrem entschlossenen Blick kaum standhalten.

»Ich bin stolz auf euch«, beginnt sie ihre Ansprache. »Hier heute mit euch stehen zu dürfen, erfüllt mich mit Freude. Weil ich weiß, wie hart ihr trainiert habt. Jede Einzelne von euch liebt diesen Sport und dieses Team. Wenn ihr zusammenhaltet und euren Ehrgeiz mit auf diesen Platz tragt, dann könnt ihr alles schaffen! Geht dort raus und zeigt es ihnen! Ich möchte ein gutes, faires Spiel sehen, verstanden?«

»Verstanden!«, erwidern wir.

»Schön«, Frau Nielsen tritt zur Seite, um sich mit einer anderen Trainerin zu unterhalten, während Mika mich anstupst und so darauf aufmerksam macht, dass nun unser Schlachtruf folgt. Stimmt, da war ja was.

Etwas unbeholfen reihe ich mich in den Kreis ein. Die anderen kennen den Ablauf schon, ich habe dieses Ritual noch nie miterlebt. Es ist ein überwältigendes Gefühl. Ich spüre Mikas und Tonis Arme auf meinem Rücken, sehe die Schuhspitzen von den anderen, die in einem perfekten Kreis auf dem Hallenboden stehen. Ich nehme die aufgeladene Stille wahr, den lauten Atem, und rieche den unverkennbaren Deogeruch, der an uns haftet.

»Frau Nielsen hat recht: Wir können stolz auf uns sein«, höre ich Mikas Stimme neben mir. »Wir stehen hier und sind so viel stärker als letztes Jahr. Ihr habt alle so hart dafür gearbeitet. Lasst uns dieses Ding gewinnen. Lasst uns zeigen, wie viel in uns steckt! Drei, zwei eins, MARE!«

Das letzte Wort schreien wir alle gemeinsam. Adrenalin rauscht durch meinen Körper, bringt meine Fingerspitzen zum Bitzeln und sorgt dafür, dass ich nicht länger ruhig auf der Stelle stehen kann. Ich hüpfe hin und her, während die Auswechselspielerinnen sich zu Frau Nielsen auf die Bank am rechten Spielfeldrand setzen.

Dann laufe ich zum Tor. Zu meinem Tor. Es ist genauso groß wie das in der Internatshalle. Die metallenen Streben fühlen sich hart unter meinen Handschuhen an.

»Enttäusch mich nicht«, raune ich den Metallstangen zu,

während ich Toni, Caro und die anderen beobachte, die sich vor mir postieren.

Sam hat sich zwischen Yağmur und Frau Nielsen auf die Bank gesetzt und beobachtet uns mit gebanntem Blick. An ihrer Stelle steht Selina vorne im Sturm. Ich weiß, dass Sam das sicherlich nicht gefällt, aber sie zeigt es nicht. Sie ist eine Teamplayerin.

Unsere Gegnerinnen betreten ebenfalls das Spielfeld. Ihre Trikots leuchten in einem bissigen Orange. Sie kommen aus den Niederlanden, und die meisten von ihnen überragen Selina um einen Kopf. Sie wirkt dort vorne auf einmal ganz klein. Ich schlucke.

Okay, ruhig bleiben. Größe sagt im Fußball absolut nichts aus. Außer, du stehst im Tor, dann ist es von Vorteil, groß zu sein. Auf dem Platz haben kleinere Spielerinnen sogar oft die besseren Chancen.

Ich atme dreimal ein und aus, klopfe auf meine Handschuhe und tausche Blicke mit Toni und Caro, die mir versichern, dass sie alles tun, um mein Tor frei zu halten. Ich nicke nur und sehe nach vorne zur Hallenmitte. Mika schaut zu mir und reckt einen Daumen in die Höhe. Ich versuche mich an einem Lächeln, doch gerade ist mir so schlecht vor Aufregung, dass mein Blick eher einer Grimasse gleichen muss.

Die Schiedsrichterin betritt das Feld und schüttelt Mika und der Kapitänin des gegnerischen Teams die Hände. Dann wirft sie eine Münze, um zu entscheiden, welches Team Anstoß hat. Ich fluche, als die Wahl zu Gunsten der anderen ausgeht, doch dann bleibt keine Zeit mehr für wütende Gedanken, denn der Ball wird in die Mitte des Feldes gelegt, die Schiedsrichterin pfeift, und das Spiel beginnt.

Das Spiel zieht an mir vorbei wie eine viel zu schnelle Abfolge von Bildern. Es ist so verdammt schnell, dass ich das Gefühl habe, immer eine Sekunde zu spät zu sein. Ich hechte zwischen den beiden Torseiten hin und her, beobachte die Pässe der anderen, höre ihre Rufe und sehe, wie Fayola über den Hallenboden rutscht und Caro einer Gegnerin zwischen die Beine grätscht, um einen Angriff zu verhindern.

Gefühlt geht der Ball alle paar Sekunden ins Aus, was bei dem kleinen Hallenfeld nicht ungewöhnlich ist. Was auch normal ist und was Frau Nielsen immer wieder angesprochen hat: Im Hallenfußball fallen definitiv mehr Tore als auf dem großen Rasenplatz.

Dennoch fühle ich mich schlecht, als neun Minuten nach Anpfiff bereits ein Ball in meinem Netz gelandet ist. Die zweite Halbzeit beginnt und Selina schafft es in den ersten Minuten den Ausgleich zu schießen, aber ich merke, dass mein Team müde wird.

Die Schiedsrichterin pfeift und wechselt zwei neue Spielerinnen für die gegnerische Mannschaft ein. Na wundervoll.

Fayola winkt in Frau Nielsens Richtung, doch die schüttelt den Kopf. Wieso wechselt sie Sam nicht endlich ein?

Die sitzt mittlerweile auf ihren Händen und wippt angespannt hin und her, während sie dem Spiel mit den Augen folgt. Ich kann mir nur vorstellen, wie schlimm es für sie sein muss, nicht mit uns auf dem Platz zu stehen.

»Foul!«, schreit Toni, als Fayola zu Boden geht, und kurz darauf wird endlich gepfiffen. Fayola erhält einen Freistoß, doch die gegnerische Torwartin segelt ganz leichtfüßig in die Luft und fängt den Ball sicher in ihren Händen. Ich kann nicht anders: Ich bin beeindruckt.

»Kommt schon, noch fünf Minuten durchhalten!«, ruft Frau Nielsen.

»Die hat gut reden, Selina kippt gleich um«, meint Caro und sieht besorgt zu unserer kleinsten Spielerin.

Da Selina unsere Stürmerin ist, wird sie von dem gegnerischen Team besonders in die Mangel genommen. Ich habe aufgehört zu zählen, wie oft sie heute schon auf dem Boden gelandet ist.

Vier Minuten vor Ende kommen die beiden frisch eingewechselten Spielerinnen auf mich zu. Sie wirken riesig neben den anderen und preschen nur so nach vorne. Selina hängen sie direkt ab, doch auch an Mika und Fayola ziehen sie einfach vorbei. Caro wirft sich ihnen vergeblich in den Weg, und auch Tonis Dribbelkünste nützen nichts. Dann ist da niemand mehr zwischen mir und dem Ball.

Die blonde Spielerin passt zu ihrer Teamkollegin, die den Ball im perfekten Winkel trifft und ihn ins linke obere Eck schießt.

Gut für mich, dass ich damit gerechnet habe. Besser gesagt: dass ich richtig gewettet habe.

Ich springe nach links oben und fange den Ball. Während ich mit ihm zusammen auf dem Boden lande, pocht mein Herz lautstark gegen das aufgeheizte Leder meiner Handschuhe.

Ich höre entferntes Jubeln von der Bank, nehme es jedoch kaum wahr, sondern spiele den Ball an Toni und beobachte gebannt, ob sie es schafft, das Mittelfeld der Gegnerinnen zu durchbrechen.

Es gelingt ihr, doch kaum ist der Ball bei Selina gelandet, wird diese erneut gefoult.

Noch drei Minuten zu spielen, und endlich wechselt Frau Nielsen Sam ein.

Sam rennt aufs Feld und stellt sich direkt vor die Gegnerin, die Selina eben gefoult hat.

Ein erneuter Pfiff der Schiedsrichterin, und das Spiel geht weiter.

Noch zwei Minuten.

Die letzten hundertzwanzig Sekunden ziehen sich wie Kaugummi. Mika und auch Sam haben mehrere Torchancen, doch immer wieder wird der Ball abgefangen. Ich muss noch einmal in die Luft hechten, um ein Tor zu vereiteln, doch dieses Mal fühle ich mich dabei schon sicherer.

Komm schon, komm schon! Stumm feuere ich Mika an, während sie weiter vorne mit Fayola und Sam durch die Abwehr prescht. Mika beim Spielen zu beobachten ist fantastisch. Sie spielt so gut! Ihre Füße kleben am Ball, fliegen über den Boden, schlagen Haken um die Gegnerinnen und bei alldem lässt sie sich nicht verwirren, wenn sie gefoult wird oder auf dem Boden landet. Sie steht direkt wieder auf und rennt weiter.

So auch jetzt. Die Digitalanzeige verrät, dass das Spiel nur noch 30 Sekunden läuft, und gerade liefern sich Sam, Fayola und Mika einen erbitterten Kampf mit den zwei eingewechselten Spielerinnen. Sam wird von einer Abwehrspielerin zur Seite gedrängt, und auch Fayola kommt nicht an der dichten Mauer vorbei, doch Mika duckt sich links an einer Spielerin vorbei und spielt zurück zu Toni, die ihr bis über die Mittellinie gefolgt ist. Normalerweise ist ihr Platz vor meinem Tor, doch jetzt haben wir nichts mehr zu verlieren. Jetzt zählt nur noch, endlich den Siegestreffer zu schießen.

Noch zehn Sekunden.

Toni nimmt den Ball aus der Luft an und passt ihn direkt zu Mika. Die schlägt einen Haken um die Mittelfeldspielerin, die sie angreifen will und schießt. Schießt den Ball zu Sam.

Sam springt in die Höhe, sie ist nun weiter oben als alle anderen Spielerinnen.

Noch drei Sekunden.

Sams Kopf trifft auf das weiße Leder, ruckt zur Seite und befördert ihn direkt in Richtung Tor.

Bitte. Bitte. Bitte, flehe ich, während ich nichts weiter tun kann, als mit dem Blick dem Ball zu folgen. Wie alle anderen auch. Das Spiel hat angehalten. Alle sind erstarrt. Jetzt zählt nur noch der Ball und die gegnerische Torwartin.

Sam hat die rechte Ecke gewählt, anders als bei ihren bisherigen Schüssen. Ich sehe es eine Millisekunde vor allen anderen: Wir haben gewonnen.

Der Ball streift den Handschuh der Torwartin, doch sie kriegt ihn nicht ganz zu fassen, und er fliegt hinter ihr ins Netz.

Stille.

Und dann eine Explosion.

Ich höre Stimmen, Schreie, Jubelrufe, und dann springen Toni und Caro auf mich zu und umarmen mich, während Mika und Fayola fast auf Sam springen und sie mit Lob überschütten.

»Das war erst das erste Spiel!«, versuche ich Toni zu beschwichtigen, doch sie winkt ab.

»Scheiß drauf, das hat sich angefühlt wie das verdammte Finale!«

»Ja Mann«, pflichtet ihr Yuki bei, die von der Ersatzbank zu uns auf den Platz gerannt ist. »Und schaut mal, wer Mikas und Sams Glanzauftritt beobachtet hat.«

Sie zeigt auf die Tribüne rechts von uns.

Dort sitzt eine Frau mit kurzen braunen Haaren und notiert sich etwas auf ihrem Klemmbrett. Ihren Blick kann ich nicht deuten, aber sie sieht ganz klar zu Mika.

Ich weiß, dass es nicht immer darauf ankommt, wer das Tor geschossen hat, sondern vielmehr darauf, wer es vorbereitet hat. Und Mikas Vorlage war spitzenklasse. Das habe ich selbst aus einer Hallenlänge Entfernung gesehen.

Ich sollte mich für sie freuen, aber das beklemmende Gefühl in meinem Hals sorgt eher dafür, dass ich kaum atmen kann. Was, wenn Mika wirklich abgeworben wird? Dann könnte sie schon im nächsten Halbjahr das Internat verlassen. Und das will ich nicht. Ich will meine Mitbewohnerin nicht verlieren. Dabei habe ich mir zu Beginn meiner Zeit am Internat nichts sehnlicher gewünscht. Wie sich manche Dinge doch ändern können.

»Was soll die Trauermiene, Schäfer? Wir haben gewonnen!« Mika läuft auf mich zu und zieht mich in eine so enge Umarmung, dass alle anderen Gedanken in den Hintergrund rücken. Mikas Haare kitzeln meine Wange, und ihre Hand liegt heiß auf meinem Rücken.

»Gute Vorlage«, gratuliere ich ihr, als sie sich von mir gelöst hat.

»Gut gehalten«, gibt sie zurück und strahlt mich an. Dabei wirkt das Braun ihrer Augen weniger dunkel, viel eher leuchtet es in allen Farben, die auf dem bunten Hallenboden zu finden sind.

»Aber das war erst das erste Spiel. Vier kommen noch, also versuch dich nicht zu früh zu sicher zu fühlen«, fügt sie noch hinzu. Da ist sie wieder. Die alte Mika.

»Klar«, erwidere ich und folge ihr zurück auf die Tribüne.

»Puuh, jetzt haben wir erst mal zwei Spiele Pause. Ich glaub, ich penn ’ne Runde«, meint Fayola und sinkt wie ein nasser Sack auf die Tribünenbank. Selina reicht ihr ein Handtuch und wischt sich dann selbst den Schweiß von der Stirn.

Ich lasse mich neben Toni auf der Bank nieder und spüre erst jetzt, wie die Anspannung von mir abfällt. Toni gibt mir meine Wasserflasche, die ich dankbar annehme.

Mika hat recht. Ich muss mich auf die nächsten Spiele konzentrieren. Noch ist alles offen. Am ersten Turniertag gibt es vier Gruppen. Wir befinden uns in Gruppe B. Nur die zwei besten Mannschaften aus jeder Gruppe kommen weiter. Wenn wir also nicht auf dem ersten oder zweiten Gruppenplatz landen, brauchen wir morgen gar nicht mehr anzutreten. Da starten dann die Viertelfinale. Die vier Mannschaften, die dort gewinnen, steigen ins Halbfinale auf und die beiden Siegerteams kämpfen schließlich im letzten Spiel des Tages um den Pokal.

Also verbanne ich die strahlende Mika aus meinen Gedanken, leere meine Flasche in schnellen Zügen und konzentriere mich auf das Spiel vor uns, das nur wenige Minuten nach unserem begonnen hat. Das Team eines Internats aus Schweden spielt gegen die Mannschaft aus Portugal. Ich versuche mich auf die einzelnen Spielzüge zu konzentrieren und mir zu merken, wer welche Ecke des Tores bevorzugt. Blöd nur, dass ich immer wieder Mika spüre, die direkt hinter mir sitzt und sich mit Frau Nielsen über die nächsten Spiele unterhält. Ich höre ihre Stimme, rieche ihren Duft, und alles andere wird unwichtig.

»Gruppenerste!«, grölen Fayola, Selina und Caro, als wir aus der überhitzten Halle treten. Meine Haare sind noch leicht feucht vom Duschen und kühlen meine glühenden Wangen. Mein ganzer Körper fühlt sich wund und müde an. Aber auch verdammt gut. Weil wir kein Spiel verloren haben. Ich kann es noch immer nicht fassen.

Während wir über die Straße Richtung Busparkplatz laufen, ist die Stimmung aufgeheizt und fröhlich. Weiße Rauchschwaden bilden sich über unseren Köpfen und fliegen in den dunklen Nachthimmel hinauf. Durch das grelle

Neonlicht in der Halle habe ich gar nicht bemerkt, wie spät es eigentlich ist.

»Mann, hab ich nen Kohldampf! Dürfen wir zu McDonalds und uns Pommes bestellen?«, fragt Selina und sieht Frau Nielsen flehentlich an.

»Ihr hättet drinnen doch etwas essen können.«

»Da gab es doch nur belegte Brote und Gemüsesticks. Nicht gerade die Art von Essen, die eine ausgehungerte Sportlerin benötigt«, echauffiert Selina sich.

»Ausgehungerte Sportlerin, so, so.« Frau Nielsen lacht.

»Na schön. Wie wäre es damit: Zur Feier des Tages dürft ihr euch Pizza auf eure Zimmer bestellen.«

Lautes Jubeln ist die Antwort.

»Aber um elf liegt ihr im Bett, haben wir uns verstanden? Morgen müsst ihr genauso gut spielen wie heute.«

»Ich achte darauf, dass alle rechtzeitig schlafen gehen«, antwortet Mika.

»Das tut sie leider wirklich«, murmelt Caro neben mir.

»Sie ist eben eine verantwortungsvolle Kapitänin«, erwidere ich.

»War das gerade ein Kompliment?«, fragt Mika, die stehen geblieben ist, um auf uns zu warten.

Ich kann nicht verhindern, dass ich rot anlaufe. Hoffentlich fällt es in der Dunkelheit nicht auf.

»Nein, das war nur eine solide Feststellung.«

Mika grinst und hakt sich doch tatsächlich bei mir unter.

»Ich mag deine Feststellungen, Schäfer.«

Wir laufen weiter Richtung Bus, und Mika bemerkt nicht, wie mein ganzer Körper unter ihrer Berührung erbebt.

ZWEI LIEBENDE

»Dunkelheit zieht über Düsterwald. Amor erwacht und wählt zwei Liebende aus, die von diesem Zeitpunkt an miteinander verbunden sind. Stirbt eine von ihnen, sterben beide. Also Amor, zeige auf zwei Personen und schließ dann bitte die Augen. Nun werde ich die beiden Liebenden antippen. Ihr öffnet kurz eure Augen, sucht die jeweils andere, verliebt euch unsterblich ineinander und geht wieder schlafen.«

Ich spüre ein leichtes Rascheln neben mir, dann Yukis warme Hand, die meinen Rücken antippt. Als ich die Augen öffne, muss ich mehrmals blinzeln, ehe ich im schummrigen Licht des Hotelzimmers etwas erkennen kann. Wir alle sitzen auf dem weichen Teppichboden in einem Kreis. Yuki, als Spielleiterin und Bürgermeisterin von Düsterwald, lässt sich wieder auf ihrem Platz nieder. Wen hat sie noch angetippt? Mein Blick schweift über die geschlossenen Augen der anderen. Nur ein Paar leuchtet mir entgegen.

Das ist doch wohl ein Witz.

Mika sieht ebenso überrascht aus wie ich, überspielt dies allerdings schnell mit einem Grinsen. Langsam hebt sie ihre Karte in die Höhe, damit ich sehen kann, wer sie ist. Eine

Werwölfin, natürlich. Ich hebe ebenfalls meine Karte. Als Mika liest, dass ich die Jägerin bin, wird ihr Grinsen nur umso breiter. Sicher freut es sie, dass ich, sollte ich getötet werden, mit meinem letzten Schuss noch jemanden mit in den Tod reißen kann.

»Habt ihr euch gefunden?«, fragt Yuki und sieht Mika und mich an.

Wir nicken leicht, damit die anderen nicht merken, dass wir wach sind.

»Sehr gut. Dann schließt wieder die Augen.«

Ein letztes Mal sehe ich Mika an. Wir beide. Die zwei Liebenden. Ich frage mich, wer Amor ist und uns somit verkuppelt hat. Ich tippe sehr stark auf Caro.

»Das Dorf erwacht. Leider hat uns in dieser Nacht eine friedliche Dorfbewohnerin verlassen. Sie wurde von einer Werwölfin getötet.« Yuki zeigt auf Fayola, die in der Ecke sitzt und über ihren Tod nicht allzu traurig zu sein scheint. Stattdessen macht sie sich über die kalten Pizzareste her.

»Sie ist die Hexe, ich weiß es!«, ruft Caro auf einmal und zeigt anklagend auf Toni. »Sie hat Fayola vergiftet, weil sie dachte, dass sie eine Werwölfin ist!«

»Gar nicht wahr, ich hab doch genau gespürt, dass du dich letzte Nacht neben mir bewegt hast. Ich wette, du bist eine Werwölfin!«, verteidigt Toni sich.

»Ruhe, hier spricht eure Bürgermeisterin. Fayolas Mord muss gerächt werden. Also rufe ich euch dazu auf: Findet die Werwölfinnen! Wer von euch klagt Caro an?«

Vier Hände werden gehoben. Toni steht auf und hebt ihre Hand so hoch, dass sie fast die Decke berührt.

»Und wer von euch denkt, dass Toni ein falsches Spiel mit uns treibt und eine Werwölfin ist?«, fragt Yuki.

Fünf Hände schießen nach oben. Darunter auch meine.

Weil ich nun die Geliebte einer Werwölfin bin – oh Gott, das klingt so falsch!

Toni sieht entsetzt in die Runde. »Das war ein großer Fehler!«, ruft sie theatralisch, wirft ihre Karte auf den Boden zwischen uns und lässt sich dann auf ihr Bett sinken.

Wir anderen blicken auf die Karte.

»Sie hat nicht gelogen, sie war die Hexe«, haucht Sam und hebt die Karte vom Boden auf.

»Ihr wolltet ja nicht hören«, meldet sich Toni leidklagend vom Bett hinter uns.

»Ruhe, du bist tot!«, ruft Yuki belustigt und wendet sich wieder an uns.

»Na dann: Es wird Nacht im Dorf, alle Bewohnerinnen legen sich schlafen.«

Mika und ich gewinnen diese Runde nicht. Sie wird als Werwölfin enttarnt und in der vierten Nacht umgebracht. Zusammen mit ihr stürze ich in den Tod. Mein letzter Pfeil trifft Caro und zieht sie mit uns hinab ins Land der Dämonen. Somit herrscht immerhin etwas Gerechtigkeit. Doch sie war nicht Amor. Wer Mika und mich miteinander verkuppelt hat, erfahren wir erst ganz am Ende der Runde.

»Sam?«, frage ich überrascht. »Wieso hat Sam uns zu Liebenden gemacht?«

Darauf hat Mika wohl auch keine Antwort. »Willst du noch Pizza?«, fragt sie stattdessen und hält mir einen Karton entgegen, in dem noch eine halbe Pizza Funghi liegt.

»Wenn ich noch einen Bissen esse, rolle ich morgen über den Platz und nicht der Ball.«

Mika lacht und stellt den Karton wieder auf dem Boden ab.

»Der war gut, Schäfer. Und du hast recht. Wir sollten dieses Gelage so langsam auflösen.«

Sie sieht sich im Zimmer um, doch im Gegensatz zu ihr scheinen alle anderen noch lange nicht genug zu haben. Die Werwolf-Karten liegen verstreut auf dem Boden, stattdessen flicht Yuki Selina und Martha gerade Zöpfe, und Fayola trägt einen Liegestützenwettbewerb mit Caro aus, während die anderen sie anfeuern.

»Es ist erst kurz nach zehn«, sage ich vorsichtig.

»Ich weiß. Aber wir müssen morgen topfit sein. Die anderen können von mir aus noch weiter feiern, aber ich brauche meinen Schlaf.«

Ich muss lachen. »Jetzt klingst du wie meine Oma.«

Mika nimmt einen großen Schluck aus ihrer Wasserflasche, streicht sich die Haare aus der Stirn und imitiert dann ziemlich gut die Stimme einer alten Frau.

»Ach Kindchen, komm erst einmal in mein Alter. Dann weißt du, was Rückenschmerzen sind. Und diese Gicht bringt mich noch um!« Sie streicht sich über die Handgelenke und macht dann einen Schritt zur Seite, den Rücken hält sie dabei gebeugt.

»Ich werde mich nun zur Ruhe legen. Meine Nachthaube wartet auf mich.«

Lachend folge ich ihr bis zur Tür.

»Ich denke, ich begleite dich. Nicht, dass du auf dem Flur noch umkippst oder dein drittes Gebiss nicht findest.«

»Sehr freundlich. Sehr freundlich.«

Mika winkt einmal in die Runde, erinnert alle noch einmal daran, in spätestens einer Stunde ins Bett zu gehen und wünscht ihnen eine gute Nacht, dann tritt sie auf den leeren Flur.

»Himmlisch, diese Ruhe! Da kann ich meine Hörgeräte doch glatt wieder anschalten.«

»Du bist genial. Ist deine Oma echt so drauf?«

Ich öffne unsere Zimmertür, während Mika hinter mir wieder eine gerade Haltung annimmt.

»Ziemlich genau so läuft jede Unterhaltung mit ihr ab.« Sie lacht und läuft an mir vorbei ins Bad.

Später, als wir beide unsere Zähne geputzt und die Schlafanzüge angezogen haben, löscht Mika das große Deckenlicht und streckt sich auf ihrem Bett aus. »Meine Oma ist wirklich cool, weißt du? Als die Gicht noch nicht so schlimm war, hat sie immer Tischkicker mit mir gespielt.«

»Deine Oma spielt Tischkicker?«, frage ich und schalte meine Nachttischlampe an, die das ganze Zimmer in einen gemütlichen Goldton taucht.

»Früher, ja. Sie und mein Opa waren sogar richtig gut. Das liegt daran, dass sie auf jeder Spendengala Billard spielen mussten.«

»Den Zusammenhang verstehe ich nicht ganz.«

»Na ja. Sie haben es gehasst und sind immer abgehauen, um in irgendeiner Kneipe Tischkicker zu spielen.«

»Das klingt wirklich nach coolen Großeltern.«

»Schon seltsam, oder? Dass sie so cool und meine Eltern so verklemmt sind. Die sind in ihrem ganzen Leben noch von keiner Spendengala abgehauen. Im Gegenteil: Meine Mutter reißt sich förmlich darum, die Gastgeberin zu sein.«

Sofort habe ich ein Bild vor Augen, wie in diesen alten Schwarz-Weiß-Filmen. Mika, in ein schickes Kleid gezwängt, in dem sie sich offensichtlich nicht wohlfühlt, läuft durch einen Flur mit hohen Decken und tritt auf eine Terrasse, die in einen riesigen Garten führt. Dort flanieren Bedienstete über das perfekt gestutzte Gras, servieren Champagner und Canapés, während sich ihre Eltern mit den wichtigsten Menschen aus ganz Europa unterhalten.

»Sind diese Veranstaltungen so langweilig, wie man sie

sich vorstellt?«, frage ich und lasse mich nun ebenfalls auf meinem Bett nieder.

»Noch langweiliger«, antwortet Mika. »Wobei, einmal hat mein Bruder ein paar Kumpels eingeschleust, die im Pool einen Weitsprungwettbewerb veranstaltet haben. Ausgerechnet an einem Abend, an dem es um Papas Beförderung ging. Das Wasser hat den ganzen feinen Damen die Kleider ruiniert und ungefähr fünf Oldtimer Cabrios, die in dem Moment offen im Garten geparkt haben. Mein Vater war puterrot im Gesicht, ich dachte, er würde jeden Moment platzen.«

»Du hast recht. Das ist nicht langweilig.«

Mika dreht sich zu mir. »Das war, bevor mein Bruder Papas Nachfolger werden wollte. Ein Jahr nach diesem Debakel hat er sich nur noch mit uncoolen Leuten getroffen, ständig Hemden getragen – selbst zu Hause! – und mir von seinen Traumunis vorgeschwärmt. Keine Ahnung, ob er wirklich dorthin wollte oder ob er nur unserem Vater gefallen wollte.«

»Aber ich dachte, in Oxford ist er glücklich?«, frage ich.

Mika zuckt mit den Schultern. »Scheint so. Vielleicht, weil er nicht mehr zu Hause wohnt. Das macht es leichter.«

Zeit, das Thema zu wechseln. Jedes Mal, wenn es um ihre Eltern geht, wird Mika traurig. Und ich will nicht, dass sie sich später an diesen Abend hier in London erinnert und er von negativen Gefühlen überschattet ist. Also überlege ich fieberhaft, was ich sagen könnte.

»Ich glaube, meinen Bruder wirst du mögen.«

»Ach ja?«

»Er ist ein Profi im Tischkicker, aber er kann auch Traktoren fahren und spielt recht passabel Fußball.«

Mika grinst. »Also besser als du?«

»He!« Ich schleudere mein Kissen nach ihr. Mika rollt sich lachend zur Seite.

»Das klingt fast so, als wolltest du mich mit deinem Bruder verkuppeln, Schäfer.«

Ich hatte gerade nach meinem zweiten Kissen gegriffen, um es ebenfalls nach ihr zu werfen, doch nun verharre ich in der Bewegung.

»Was? Nein, nein …«

»Dabei sind wir zwei doch die Liebenden, schon vergessen?«

Ihr Kissen trifft mich so unvorbereitet, dass ich seitlich vom Bett kippe.

»Shit, sorry, ich dachte nicht, dass das Kissen so ne Wucht hat«, Mikas Gesicht erscheint über mir. »Alles gut bei dir?«

»Klar«, bringe ich erstickt hervor und wünsche mir gerade einfach nur, im Hotelboden versinken zu können. Wieso kann ich meine Gefühle für Mika nicht abschalten?

»Hier, nimm meine Hand.« Mika zieht mich nach oben, sodass ich gegen ihren Körper taumle.

»Uff.« Mika entweicht ein überraschter Laut. Ihr Atem streift meine Wange, und ich rieche Pfefferminze.

»Sorry«, sage ich und will mich zur Seite drehen, doch ich kann nicht. Mikas Hand hält meine noch immer fest.

Hitze schießt durch ihre Finger in meine Haut und bringt meinen Körper dazu fast überzukochen.

Was tue ich jetzt?

Keine Ahnung, atmen wäre eine Idee, antwortet mir Kimaris selbstgefällige Stimme.

Atmen, okay. Und dann?

Woher soll ich das wissen?

Keine Ahnung, du bist hier das Genie mit der heißen Prinzessinnenfreundin.

Ja, ein Genie, das du erfunden hast.

Mist.

»Was hast du gesagt?«, dringt Mikas Stimme an mein Ohr. Ich habe keine Ahnung, wie viel Zeit vergangen ist, doch wir stehen immer noch hier. Dicht aneinandergepresst. Ihre Hand in meiner. Ist das einer von diesen seltsamen Tagträumen, die sich nur so lange real anfühlen, bis man erwacht? Bin ich vorhin auf dem Bett vielleicht eingeschlafen?

»Louise?« Mikas Stimme klingt unsicher. Mika ist unsicher?

»Ja?«, hauche ich.

»Du riechst nach Äpfeln.«

»Das ist mein Shampoo«, antworte ich, obwohl ich gerade vollkommen neben mir stehe.

Küss sie!, ruft Kimari.

Küss sie!, meldet sich nun auch meine normale innere Stimme zu Wort.

Ach, dabei seid ihr euch also einig?

Wie viele verschiedene Stimmen hörst du denn?

Im Ernst, ich würde das mal untersuchen lassen.

Ja, ja, untersuch das. Aber zuerst: Küss sie!

Aber was, wenn sie es nicht will?

Wieso steht sie immer noch vor dir?

Und hält deine Hand?

Sie will es auch!

Ja?

Ja!!!

Ich nehme all meinen Mut zusammen und hebe den Blick. Mikas Pupillen sind geweitet, sodass sie unendlich wirken, wie die Tiefe des Ozeans. Ihr Gesicht ist meinem so nah, dass ich es fast nicht scharf stellen kann. Ich höre nur ihren Atem, der schnell gegen meine Lippen schlägt. Sehr schnell.

Okay. Ich tue es.

Halleluja!!

Gratuliere, du bist also doch keine Memme.

Aber ihr müsst still sein. Wenn ich Mika gleich küsse, will ich keinen Mucks hören, verstanden?

Klaro. Unsere Lippen sind versiegelt. Deine dann hoffentlich auch.

Okay. Einatmen, ausatmen. Du schaffst das. Bloß nicht hyperventilieren. Es ist nur ein Kuss. Zwei Lippen, die sich berühren.

Hör auf zu denken!

Ist ja schon gut.

Wieder sehe ich in Mikas Augen. Dann intensiviere ich den Druck auf ihre Hand und beobachte, wie sie reagiert. Sie tritt nicht zurück, sondern bleibt genau hier. Bei mir.

Kann es wirklich sein?

Ich zwinge mich, die Augen nicht direkt zu schließen und nähere mich ihrem Gesicht ganz langsam. Sodass sie jederzeit einen Rückzieher machen oder ich weglaufen kann, wenn doch etwas nicht stimmen sollte. Doch nichts dergleichen passiert.

Es läuft ganz anders ab.

Mikas Kopf neigt sich ebenfalls in meine Richtung.

Ihre Nasenspitze berührt meine. Ich schließe die Augen und bete, dass das hier kein Traum ist.

Dann berührt etwas meine Lippen, und im ersten Moment weiß ich nicht mehr, wo oben und wo unten ist. Bis etwas in meinem Kopf einrastet, und ein Schriftzug in Neonbuchstaben vor meinem inneren Auge leuchtet:

ICH KÜSSE MIKA. MIKA KÜSST MICH!

Die ersten zwei Sekunden sind der pure Schock, dann reagiert mein Körper und tut Dinge, die ich nicht einmal im Traum tun würde. Bin das noch ich, oder ist das Kimari, die die Zügel übernimmt? Ist das meine Hand, die in Mikas Nacken fährt und in ihre Haare greift? Sind das meine Lippen, die sich öffnen? Bin das gerade ich?

Das bist du, Dummkopf!

Du solltest doch leise sein.

Du hast gefragt ... Grummelnd verschwindet Kimari wieder.

Mikas Mund schmeckt nach Zahnpasta, ihre Haare riechen nach dem teuren Shampoo, das sie immer benutzt. Ich kenne all diese Gerüche, und doch waren sie noch nie so intensiv.

Das hier ist nichts im Vergleich zu dem Kuss auf dem Heuboden. Das damals war wenn überhaupt FSK6, das hier … Ich spüre Mikas Finger an meinem Unterarm, die nach oben streichen und für eine Gänsehaut an meinem ganzen Körper sorgen. Spüre sie so dicht an mir wie nur irgend möglich. Kann es sein, dass sie sich diesen Moment genauso sehr gewünscht hat wie ich?

Das vermittelt zumindest ihre Körpersprache.

Während Mikas Hand immer wieder meinen Nacken hinauf und in meine Haare hineinfährt, streicht irgendein komplett verrückt gewordener Teil von mir über ihre Taille und weiter nach oben. Mikas Atem setzt kurz aus, ich habe Angst, zu weit gegangen zu sein, doch dann zieht sie mich nur noch enger an sich.

Wir küssen uns. Diesen Satz zu denken fühlt sich an wie Geburtstag und Weihnachten zusammen. Ich hatte so viel Angst vor diesem Moment. Ich habe nicht damit gerechnet, dass er jemals eintreten wird. Und doch habe ich ihn mir immer und immer wieder ausgemalt. Aber es war nie so gut wie jetzt. Weil das hier real ist.

Weil wir uns tatsächlich küssen.

Erst ist es nur ein knarzendes Geräusch, dann strömt Kälte in unser Zimmer. Ich realisiere, was passiert ist, als Mika nicht mehr direkt vor mir steht. Sie ist fast einen Meter nach hinten gesprungen und glättet sich panisch die Haare.

Die Hotelzimmertür ist offen. Caro und Sam sehen uns an.

»Was ist denn hier los?«, fragt Caro amüsiert.

»Nichts!«, ruft Mika etwas zu laut, etwas zu atemlos.

Ihre Lippen sind verräterisch rot. Sehen meine genauso aus?

Sam und Caro werfen sich wissende Blicke zu.

»Es ist nichts passiert. Ich wollte gerade duschen gehen«, sagt Mika und verschwindet im Bad.

»Aber wir haben doch gerade erst nach dem Turnier geduscht«, sagt Sam.

»Lass sie, Schatz«, meint Caro und legt Sam ihre Hand auf den Arm. »Sie muss dieses Nichts erst einmal verarbeiten.«

Ich taumle zwei Schritte zurück und lasse mich mit zittrigen Knien aufs Bett sinken.

Im Bad geht die Dusche an. Wasser prasselt auf den Marmorboden.

Nichts. Das war es also für dich, Mika?

WIE DURCH EINEN SCHLEIER

Am nächsten Morgen habe ich keine Möglichkeit, mit Mika zu sprechen. Ständig sind andere Leute um uns herum. Sowieso habe ich das Gefühl, dass Mika nicht mit mir reden will. Ständig weicht sie meinem Blick aus, und beim Frühstück unterhält sie sich extrem lange mit Frau Nielsen. Mir ist klar, dass sie sich auf den zweiten Turniertag konzentrieren will, aber wir haben uns gestern geküsst. Das ist doch nichts, was man so einfach beiseiteschieben kann. Oder?

Frustriert stochere ich in meinem Obstsalat herum.

»Schlecht geschlafen?«, fragt Yuki. »Toni hab ich auch kaum aus dem Bett bekommen.«

»Ich bin wach!«, protestiert Toni. Was nicht wirklich glaubhaft wirkt, da sie die Augen kaum offen halten kann und sich gerade Joghurt in ihr Wasserglas füllt.

»Das sehen wir«, meint Yuki kichernd, dann wendet sie sich wieder mir zu: »Mach dir keine Sorgen, gestern lief es doch auch super. Wir holen uns den Pokal.«

Ihren Optimismus hätte ich gerne mal. Aber es ist nett, dass sie mich aufheitern will, also zwinge ich mich zu einem Lächeln. Yuki kann nicht wissen, dass ich mir keine Sorgen um das Turnier mache, sondern stattdessen immer wieder diesen Moment in unserem Zimmer vor mir sehe. Mika hat mich geküsst. Ohne Frage. Ich bin gestern Abend jede Sekunde noch einmal durchgegangen. Ja, ich habe ihre Hand gedrückt und mich zu ihr gebeugt, aber sie hat mich zuerst geküsst. Sie war es! Wieso tut sie jetzt also so, als wäre ich Luft? Oder ein besonders durchsichtiges Insekt?

Ein Teil von mir, der, der immer noch mit Bauchweh an die Nacht auf dem Heuboden zurückdenkt, fragt sich, ob ich etwas falsch gemacht habe. Ob sich jetzt alles von damals wiederholt. Doch ein anderer Teil, der, der sich hier im Internat geformt hat, lässt diese Gedanken nicht zu. Dieser Teil weiß, dass es nicht an mir liegt. Dass es nie an mir lag. Als Leonie und ich uns damals geküsst haben, hatte sie Angst. Sie war es, die mich gemieden hat. Und Mika? Ich weiß nicht, was in ihr vorgeht, kann mir aber gut vorstellen, wie verwirrend die Situation für sie sein muss. Ich bin das erste Mädchen, das sie geküsst hat. Zumindest denke ich das. Klar, diese Beziehung mit Lukas ist nicht echt, aber nach allem, was ich aus unseren Gesprächen heraushören konnte, ist sie bisher davon ausgegangen, auf Jungs zu stehen. Wenn es mich nicht so sehr verletzen würde, könnte ich sie fast verstehen.

»Sind alle fertig?« Frau Nielsens Stimme holt mich zurück aus meiner Gedankenspirale.

Einstimmiges Murmeln ist die Antwort. Tatsächlich sehen die meisten so müde aus wie Toni. Wie lange waren sie gestern bitte noch wach?

»Ich kann euch nicht hören«, mahnt Frau Nielsen.

»Jaha«, antworten wir einstimmig.

»Gut. Auch wenn ihr gerade wie eine Packung Schlaftabletten ausseht, hoffe ich doch sehr für euch, dass ihr in einer Stunde munter in der Halle steht.«

»Natürlich, wir geben unser Bestes!«, ruft Fayola und sieht dabei fast wach und motiviert aus.

Frau Nielsen schüttelt frustriert den Kopf. »Enttäuscht mich nicht, okay? Und Mika, bleib du bitte noch einen Moment hier.«

Mika nickt stumm, während wir anderen aufstehen und den Frühstücksraum verlassen. An der hölzernen Schwingtür drehe ich mich noch einmal um. Ha, sie hat mir nachgeschaut! Ihr Blick fliegt schnell zurück zu Frau Nielsen, doch zu spät. *Ich habe dich gesehen, Mika.*

Eine Stunde später sitzen wir fertig angezogen in der Umkleide und warten auf Mikas Ansprache, doch die kommt nicht. Nur ein halbherziges »Gebt alles, Leute« bekommen wir, mehr nicht. Und auch, wenn ich weiß, dass es nicht meine Schuld ist, habe ich ein schlechtes Gewissen. Ich hätte vor so einem wichtigen Tag nicht auf Mika zugehen sollen. Hätte ich gewusst, dass sie ein Kuss so aus der Bahn wirft … Ich muss mit ihr reden!

»Mika, kann ich kurz mit dir sprechen?«, frage ich, als der Rest der Mannschaft schon auf dem Weg nach draußen ist.

Langsam dreht Mika sich zu mir um. Ich sehe die gelbe Kapitäninnenbinde an ihrem Arm, das leicht zerknitterte Trikot und die winzigen Härchen, die sich aus ihrem Zopf gelöst haben. Sie sieht mich nicht an, stattdessen fixiert sie einen Punkt irgendwo rechts über meiner Schulter.

»Was gibt's, Schäfer? Wir müssen gleich auf dem Platz stehen.«

Schäfer. Jetzt bin ich also wieder Schäfer und nicht Lou.

»Ich weiß. Ich wollte nur … Also wegen gestern … Du hast mich … Und dann die Tür … Aber ich …«

»Was soll das Gestammel, Schäfer?« Noch immer sieht sie mich nicht an.

»Ich … Ach scheiße, ich will nur …« Ja, was will ich eigentlich?

»Wieso siehst du mich nicht an?«, bringe ich endlich einen klaren Satz hervor.

Mika zuckt unmerklich zusammen. Dann trifft mich ihr eiskalter Blick.

»Jetzt sehe ich dich an. Können wir also endlich in die Halle gehen?«

Wie kann sie so mit mir reden? Wie kann sie mich ansehen und dabei das komplette Gegenteil von dem ausstrahlen, was sie mir gestern gezeigt hat? Ich will nicht weinen, und doch spüre ich, wie meine Augen sich mit Tränen füllen. Scheiße. Reiß dich zusammen, Louise! Wo ist Kimari, wenn man sie einmal braucht? Aber sie bleibt stumm. Offenbar weiß selbst sie nicht, wie sie auf solch eine Situation reagieren soll.

»Ich dachte … ich dachte, du magst mich.« Wie erbärmlich sich dieser Satz anhört, aber ich kann es nicht ändern. Eine Sekunde vergeht, dann noch eine. Mein Satz hängt zwischen uns in der Luft. Als Mika nicht antwortet, wische ich mir über die Augen und richte mich zu meiner vollen Größe auf. Irgendwie befriedigt es mich, dass ich sie nun um fast einen Kopf überrage.

»Aber das habe ich mir dann wohl nur eingebildet«, werfe ich ihr entgegen, dann rausche ich aus der Umkleidekabine.

Da wir es gestern auf den ersten Tabellenplatz geschafft haben, spielen wir im Viertelfinale gegen die Mannschaft aus Italien, die den zweiten Platz in Gruppe D erlangt hat. Wobei man nicht wirklich von spielen reden kann. Es ist das reinste Rumgestochere. Ich war noch nie so schlecht, und das Schlimmste daran ist: Es ist mir egal. Ich greife nur halbherzig nach den Bällen, habe keine Kraft, mich auf den Boden zu werfen und verfolge das Spiel vor mir wie durch einen Schleier. Dabei weine ich nicht einmal, es zieht einfach alles an mir vorbei.

Wie durch ein Wunder gewinnen wir dennoch das erste Spiel mit einem knappen 2:1 und steigen ins Halbfinale auf. Doch freuen können wir uns nicht darüber, denn der Sieg ist nicht verdient. Die zwei besten Mittelstürmerinnen aus Italien liegen mit einer Grippe im Bett. Wären sie heute gegen uns angetreten, hätten wir keine Chance gehabt.

Frau Nielsen steht am linken Tribünenrand und tobt. Nach den schlechtesten vierundzwanzig Minuten meiner Fußballkarriere nimmt sie mich zur Seite.

»Was ist los, Louise? So kenne ich dich gar nicht.«

Tja, Überraschung, ich mich auch nicht. Ich fühle mich nicht mehr wie ich selbst. Das hier ist nur eine Hülle. Die echte Louise liegt im Hotelzimmer in ihrem Bett und heult. Wenn ihnen diese Hüllenversion nicht gefällt, dann kann ich es leider auch nicht ändern. Ich sehe nur Frau Nielsens Gesicht vor mir, das auf mich einzureden versucht, doch das Gesagte dringt nicht zu mir durch. Stattdessen wandert mein Blick zu unserer Bank. Zu meinen Freundinnen, die dort sitzen. Sie sehen genauso müde aus, wie ich mich fühle. Tatsächlich war ich nicht einmal die schlechteste Spielerin auf dem Platz. Mika war grauenvoll, Toni und Caro viel zu langsam und auch der Rest … Es ist, als wäre die Luft raus.

»Hörst du mir eigentlich zu?« Frau Nielsen wird nun wirklich wütend.

Ich kann es ihr nicht verübeln.

Und dann stehen wir im Halbfinale. Etwas, worauf wir uns seit Monaten gefreut haben. Doch das Spiel gegen England läuft nicht weniger katastrophal ab. Da Mika partout jeden Ballwechsel mit mir vermeidet und nicht einmal zu mir sieht, ist das Mittelfeld permanent offen und die gegnerische Mannschaft kann einfach hindurchspazieren. Fayola flucht und beschimpft schließlich die Schiedsrichterin, als diese ein Foul pfeift. Sie wird mit einer gelben Karte verwarnt.

Die zweite Halbzeit bricht an. Noch zwölf Minuten. So kann es nicht weitergehen! Ich erhebe meine Stimme und schreie aufmunternde Worte über den Platz. Versuche das Team daran zu erinnern, wieso wir hier sind. Es scheint zu funktionieren. Zumindest Caros und Tonis Gesichter zeigen wieder den gewohnten Kampfgeist, und Frau Nielsen und die Auswechselspielerinnen auf der Ersatzbank feuern uns ebenfalls an.

Ich werde keinen Ball in dieses Tor lassen. Das nehme ich mir fest vor.

Nicht für Frau Nielsen oder Mika, sondern für den Rest der Mannschaft. *Wir werden dieses Spiel gewinnen!* Also hechte ich nach jedem Ball und schleudere ihn wieder hinaus aufs Feld. Fünf Minuten vergehen, in denen Fayola fast ein Tor erzielt und wir ordentlich Druck auf die Gegnerinnen ausüben. Doch dann prescht die Stürmerin mit der Nummer neun über die linke Flanke auf mich zu. Toni, die dank zwei Energydrinks wieder etwas fitter zu sein scheint, stellt sich ihr entgegen, wird aber ausgedribbelt.

Nummer neun hält direkt auf mich zu. Ich sehe ihre hellen Augen, die das Tor suchen, ihr Blick wandert von der linken zur rechten Ecke. Schweiß glänzt auf ihrer hellen Stirn, und eine Haarsträhne hat sich aus ihrem Dutt gelöst, das scheint sie jedoch nicht zu stören. Sie beschleunigt ein letztes Mal, gleich wird sie abbremsen, sich für eine Ecke entscheiden und schießen. Das kann ich nicht zulassen!

Also bleibt nur noch eins: Ich werfe mich vor ihre Füße, um den Ball sicher in meinen Armen zu fangen, verschätze mich um ein paar Zentimeter und sehe nur noch, wie ihr knallgrüner Schuh auf mich zurast. Dann wird alles schwarz.

Als ich erwache, liege ich auf einer kühlen Unterlage in einem sterilen Raum. Es ist vollkommen ruhig. Wieso höre ich das jubelnde Publikum nicht mehr oder Frau Nielsens Schreie?

»Ah, there you are.« Eine blonde Frau beugt sich über mich und lächelt mich lieb an.

Ist sie ein Engel?

Nein, Dummkopf, das ist eine Medica.

Ich bin im Krankenhaus?

Woher soll ich das wissen, ich lebe in deinem Kopf!

»Kannst du mich hören, Louise?« Ich nehme wahr, dass sie nun gebrochen deutsch spricht und bin sehr dankbar darüber, weil mein Gehirn gerade nicht in der Lage ist, zu übersetzen.

»Louise? Du kannst einfach mit den Augen blinzeln. Einmal bedeutet ja, zweimal nein. Kannst du mich hören?«

Ich blinzle einmal, woraufhin das Lächeln der Ärztin breiter wird.

»Sehr gut. Kannst du mir sagen, wie viele Finger ich zeige?« Sie hält ihre Hand hoch. Wow, das ist ja leicht.

»Fünf«, will ich sagen, aber es kommt nur »Mpf« heraus.

»Ist ihr Gehirn beschädigt?«, höre ich da eine besorgte Stimme rechts neben mir. Als ich den Kopf leicht drehe, sehe ich Frau Nielsen auf einem Metallstuhl sitzen. Ihre Wangen sind fleckig und ihre Haare eine einzige Katastrophe. Was macht sie hier?

»Das denke ich nicht. Die Beruhigungsmittel können manchmal auch die Zunge lähmen. Das gibt sich in einer halben Stunde wieder.«

Eine halbe Stunde? So lange kann ich nicht sprechen?

»Keine Sorge, Louise. Du warst nicht lange weg. Es ist zum Glück nur eine Platzwunde, wir haben sie genäht, da bleibt nur eine kleine Narbe. Und du hast Glück, wenn du keinen Mittelscheitel trägst, wird man sie bald gar nicht mehr sehen.«

Was redet sie da von Mittelscheitel?

»Louise, es tut mir so leid!«, kommt es nun von Frau Nielsen neben mir. »Ich hätte dich nicht so drängen dürfen. Ihr wart heute alle müde, und ich habe so lange auf dich eingeredet …« Sie vergräbt das Gesicht zwischen den Händen. Weint sie etwa?

»Wo sind die anderen? Spielen sie immer noch?«, will ich fragen, doch aus meinem Mund kommt nur: »Fo annen? Spiel sno?«

Sie weiß offensichtlich trotzdem, was ich meine.

»Das Turnier ist längst vorbei. Wir …« Sie stockt kurz und scheint sich etwas zu sammeln. »Nach deinem Unfall waren nur noch fünf Minuten zu spielen. Anna ist für dich im Tor eingesprungen und … Wir haben verloren, aber fühl dich deswegen bitte nicht schuldig. Es sah ohnehin schlecht für uns aus. Aber das ist nebensächlich. Wichtig ist nur, dass es dir gut geht!«

»Da bin ich mir sicher. Diese tapfere Spielerin wird in ein paar Wochen sicher wieder auf dem Platz stehen. Nur Kopfbälle sollte sie für längere Zeit vermeiden.«

In ein paar Wochen? So lange kann ich nicht spielen? Geschockt sehe ich Frau Nielsen an, die mir nur beruhigend zulächelt.

»Das kriegen wir alles hin, Louise. Es sind doch ohnehin bald Weihnachtsferien. Ach, da fällt mir ein: Mit deinen Großeltern habe ich schon telefoniert, sie wollten direkt zu dir kommen, aber ich habe ihnen gesagt, dass du hier in den besten Händen bist. Du kannst nachher mit ihnen facetimen, okay?«

Ich nicke nur, weil sich in meinem Kopf alles dreht. Ich will so viel fragen, doch selbst wenn ich aktuell sprechen könnte, mein Mund fühlt sich viel zu müde an.

»Lassen wir ihr etwas Ruhe«, höre ich noch die Stimme der Ärztin, dann drifte ich auch schon ab.

GAY PANIC

Erst am nächsten Tag darf ich das Krankenhaus verlassen. Die Ärztin wollte sichergehen, dass ich keine Gehirnerschütterung erlitten habe, was glücklicherweise nicht der Fall ist. Wobei, vielleicht hätte so ein kurzzeitiger Gedächtnisverlust ja auch etwas Gutes. Eventuell hätte ich den Kuss zwischen Mika und mir dann einfach vergessen. Aber ich weiß nicht, ob ich das will.

Als ich zurück ins Hotel komme, wartet das Team schon im Foyer auf mich. Toni begrüßt mich als Erste mit einer vorsichtigen Umarmung, offenbar hat sie Angst, etwas kaputt zu machen.

»Freshe Kopfbedeckung«, meint Yağmur und zeigt auf meinen Verband. Tatsächlich sieht mein Kopf aus wie ein runder Marshmallow, bestimmt der letzte Schrei auf den diesjährigen Fashionshows.

»Alle Achtung, Lou, zwei Kopfverletzungen im ersten Halbjahr, das dürfte neuer Internatsrekord sein.« Fayola nickt mir anerkennend zu, und würde ich mich nicht so elend fühlen, könnte ich fast über diesen Witz lachen.

Selina und Martha überreichen mir einen neongrünen Hallenschuh, dessen Spitze seltsam eingedellt ist.

»Ist das …?«, frage ich.

Martha und Selina grinsen sich an. »Wir dachten, du möchtest vielleicht ein kleines Souvenir mitnehmen. Dem Schuh hast du's auf jeden Fall gegeben.« Sie überreichen ihn mir kichernd, und ich begutachte die Delle noch einmal genauer.

»Du hast eindeutig einen Dickschädel, das ist dann wohl klar«, meint Caro und umarmt mich ebenfalls. »Schön, dass es dir wieder gut geht.«

»Ich darf vier Wochen lang nicht ins Training«, sage ich betrübt.

»Was?«, rufen Toni und Yuki erschrocken. Auch die anderen sehen mich geschockt an.

»Anordnung der Ärztin«, meine ich schulterzuckend.

»Das ist übel«, sagt Toni.

»Aber«, versucht Fayola mich aufzumuntern, »so sparst du dir das Training direkt nach Weihnachten. Da rollen alle sowieso nur über den Platz und sind vollgefressen.«

»Auch wieder wahr, danke, Leute.«

Ich merke, dass mir all die Aufmerksamkeit zu viel wird und ich jetzt gerne einen Moment für mich hätte. Auch vor meiner Kopfverletzung stand ich nicht gerne im Mittelpunkt, aber jetzt belasten mich die vielen Geräusche und Blicke noch mehr.

»Ich geh mal hoch meine Sachen packen«, sage ich also.

»Soll ich dir helfen?«, bietet Toni sofort an, doch ich winke ab. Das schaffe ich schon allein.

Langsam steige ich die Treppen nach oben. Fahrstuhl fahren traue ich mich noch nicht, da ist mir vorhin im Krankenhaus schon ganz schwummrig geworden. Als ich auf unserem Stockwerk rauskomme, ist es komplett still. Selbst meine Schritte werden durch den roten Teppich gedämpft. Ich öffne unsere Tür mit der Chipkarte und trete in das leere Zimmer. Doch dort sitzt schon jemand.

»Hi«, begrüßt Mika mich. Ihr Blick fliegt von meinem Kopfverband zu meinem Handgelenk, an dem noch immer das Krankenhausbändchen hängt. »Dein Kopf ist noch dran?«, fragt sie und lächelt gequält, so als wüsste sie selbst, wie bescheuert diese Frage war.

Ich weiß nicht, was ich darauf antworten soll, also nicke ich nur leicht in ihre Richtung und laufe dann zu meinem Bett, um den Koffer darunter vorzuziehen. Ich will einfach meine Sachen packen und dann so schnell wie möglich wieder nach unten zu den anderen gehen. Eben war mir ihre Anwesenheit zu viel, aber alles ist besser, als allein in einem Zimmer mit Mika zu sein. Ich weiß nicht, wie ich damit in Zukunft umgehen soll. Wie kann ich mir nach all dem noch ein Internatszimmer mit ihr teilen?

»Das sah gestern echt übel aus«, kommt es nach einiger Zeit wieder von Mika. Ich stopfe gerade meine Socken in den Koffer und schmeiße meinen Schlafanzug darüber. Ich will nicht mit ihr reden, merkt sie das denn nicht? Statt ihr also zu antworten, laufe ich zum Schrank, ziehe meine zweite Jeans und die Regenjacke heraus und falte beides ordentlich zusammen. Fehlt eigentlich nur noch mein Kulturbeutel und mein Notizbuch. Suchend sehe ich mich danach um.

»Redest du jetzt nicht mehr mit mir?« Sie versucht den Satz ganz harmlos klingen zu lassen, doch ich höre die Trauer, die darin mitschwingt.

Genervt fahre ich zu ihr herum. Vielleicht etwas zu schnell für meinen Kopf, denn es dauert ein paar Sekunden, bis meine Augen sie scharf stellen.

»War es das nicht, was du wolltest?«

»Nein, ich … Keine Ahnung, also …« Sie kann mir immer noch nicht in die Augen sehen.

»Das gestern war … falsch. Ich bin doch mit Lukas zusammen und … Unser Kuss, das …« Nun klingt sie wirklich verzweifelt und merkt nicht einmal, wie ihre Hand an ihren Mund wandert. Ich folge ihren Fingern und kann nicht anders, als an das Gefühl zu denken, das ihre Lippen auf meinen hinterlassen haben. Es ist wie ein Reflex. Ich gehe einen Schritt auf sie zu, weiß selbst nicht, was ich gleich tun werde, doch Mika zuckt erneut vor mir zurück und versetzt meinem Herz einen weiteren Stich.

Der verletzliche Zug auf ihrem Gesicht verschwindet, und als sie nun weiterspricht, klingt ihre Stimme hart: »Es hat diesen Kuss nie gegeben, okay?«

Ich schnaube genervt auf, weil ich all das so leid bin. Weil ich Mitleid mit Mika habe und gleichzeitig unfassbar wütend auf sie bin. Alles in mir schreit danach, sie in den Arm zu nehmen, doch das kann ich nicht. Weil ich uns beide damit nur weiter verletzen würde. Es ist offensichtlich, dass sie gerade eine »full on gay crisis« hat. Ich weiß das, doch Mika steht gerade noch ganz am Anfang, und offensichtlich will sie nicht, dass ich ihr dabei helfe.

»Schön, dann lassen wir es einfach.« Ich bin selbst überrascht, wie abgeklärt meine Stimme klingt.

»Wie meinst du das?«, fragt Mika. Sie sitzt immer noch auf ihrem Bett vor ihrem geöffneten Koffer. Dabei ist er schon lange fertig gepackt. Was macht sie also hier? Mir kommt der Gedanke, dass sie vielleicht extra auf mich gewartet hat, aber wofür? Um mich erneut zu verletzen? Das hat sie geschafft.

Ich warte mit meiner Antwort, hole in der Zwischenzeit meinen Kulturbeutel aus dem Bad, lege ihn auf die restlichen Klamotten und setze mich dann auf meinen vollen Koffer, um ihn schließen zu können. Wer hätte gedacht, dass man für einen Kurztrip nach London so viele Sachen benötigt?

Erst als ich den Koffer aufgerichtet und mir meine warme Jacke übergezogen habe, drehe ich mich wieder zu Mika.

»Ich meine, dass wir es einfach dabei belassen. Du hast recht: Dieser Kuss zwischen uns ist nie passiert, du kannst weiterhin so tun, als wären wir nur Zimmermitbewohnerinnen, mit deinem Fake-Freund, oder was auch immer er ist, herumknutschen, und ich …« Hier hadere ich kurz. Ja, wie will ich mit der ganzen Situation umgehen? »Ich konzentriere mich endlich auf die Sache, wegen der ich eigentlich ans Internat gekommen bin: das Schreiben.«

»Okay«, sagt Mika nur, nichts weiter.

»Gut, dann wäre das ja geklärt. Wir sehen uns im Bus.«

Ich schaffe es mit nach oben gerecktem Kinn und selbstbewusstem Blick an Mika vorbei und auf den Gang hinauszulaufen. Erst als die Tür hinter mir zufällt, breche ich in Tränen aus.

WIE WELLEN IM STURM

Es war der Tag der Wintersonnenwende. Weiße Eiskristalle verzierten die gläsernen Fenster des Palastes. Kimari stand seit einigen Minuten davor und sah durch das beschlagene Glas.

Dahinter waren dunkle Schemen zu erkennen, die sich zum Takt der Musik bewegten. Flackerndes Kerzenlicht erhellte den Ballsaal. Der Krieg war vorbei, Kimari hatte die Königin gerettet und wohlbehalten nach Hause zurückgebracht. Dies hatte ihr die Einladung zu dem ehrwürdigen Ball eingebracht ((Ähnliches Wort, neues überlegen!)). Doch sie wusste nicht, ob sie durch die Tür treten sollte. Ihr Outfit war nicht festlich, nicht so wie das der kichernden Damen, die vorhin an ihr vorbeigelaufen waren. Sie trug ein dunkelblaues Samthemd mit silbernen Knöpfen und bastfarbenem Kragen, dazu ihre lederne Drachenreiterhose. Weil sie keine andere zur Hand hatte und sich darin am wohlsten fühlte. Ihre Schuhe waren zerkratzt von Arokhs ~~harten~~ Schuppen und glänzten schon lange nicht mehr. Sie überlegte, wieder umzukehren und trat von dem Fenster zurück.

Arokh hatte seine Freundin beobachtet. Ganz sacht stupste er sie mit seiner Nase in Richtung Palast.

»Ich weiß nicht, Arokh, ich gehöre nicht dorthin.«

Wieder stupste er sie an und blies warme Luft aus seinen Nüstern, die ihre Wangen wärmten.

»Na schön, aber du wartest hier auf mich. Wenn ich aus dieser Tür stürmen sollte, musst du mich wegbringen, verstanden?«

Arokh nickte und blinzelte ihr vertrauensvoll zu. Sie strich ein letztes Mal über seine raue Nase, dann wandte sie sich der steinernen Flügeltür zu.

»Miss ((Anrede überlegen)) … Wir haben Euch bereits erwartet.«

Ein Soldat geleitete Kimari in den Ballsaal und wünschte ihr einen vorzüglichen Abend. Kimari sah sich um. Klirrende Champagnergläser, lachende Frauen und ihre zurechtgemachten Gatten, die über die Tanzfläche schwebten. Die Musik war ~~okay~~ angenehm. Nicht zu langsam, nicht zu leise.

Nun packte Kimari doch die Vorfreude. Sie hatte Liana seit Wochen nicht gesehen und wünschte sich nichts sehnlicher, als mit ihr zu sprechen, ja, sogar den ein oder anderen Tanz mit ihr zu wagen und dann zu später Stunde vielleicht in ihren Gemächern zu verschwinden. Am heutigen Tag tranken sowieso alle so viel Wein und Champagner, dass es niemanden kümmern würde.

Als Kimari Liana erblickte, war sie für einen kurzen Moment sprachlos. Lianas hellblaues Kleid funkelte von hunderten kleinen Steinchen, die in dem Stoff verwoben waren. Ihre dunklen Haare waren zu einer raffinierten Hochsteckfrisur geflochten, doch ein paar lange Strähnen fielen dennoch auf ihre Schultern und das entblößte Dekolleté, auf dem eine Kette mit dunkelblauem Diamant ruhte. Das silberne Diadem rundete ihr Winteroutfit ((Zu umgangssprachlich?)) exzellent ab.

Kimari trat einen Schritt vor und überlegte, wie sie ihre Prinzessin begrüßen könnte. Doch in diesem Moment trat ein Ritter aus dem Schatten und verbeugte sich vor Liana. Seine Hand steckte in einem weißen Handschuh, und sein ganzer Aufzug könnte nicht ritterlicher sein. Über und über Silber mit weißen und goldenen Verzierungen.

Kimari hatte keine Ahnung, wer das war, doch als Liana seine Hand ergriff und sich von ihm auf die Tanzfläche geleiten ließ, brodelte ein Feuer in ihrer Brust, das sie sonst nur aus Kriegssituationen kannte.

Liana und der fremde Prinz tanzten in der Menge. Die Umstehenden machten ihnen Platz, beobachteten die beiden ehrfürchtig, und nun sah Kimari auch die Königin, die ihre Tochter nicht aus den Augen ließ. Ein zufriedenes Lächeln umspielte ihre Lippen.

Das Orchester stimmte ein neues Lied an, und die Tanzenden formierten sich. Kimari nutzte ihre Chance und sprang auf Liana zu. Als diese sich drehte, um sich mit dem Prinzen abzuklatschen, stand Kimari an dessen Stelle und reichte ihr die Hand.

»Hallo, meine Prinzessin.« Sie verbeugte sich leicht, ließ Liana dabei aber nicht aus den Augen.

»Ich wusste nicht, dass Ihr kommt.« Lianas Stimme klang kühl und ~~zurückhaltend~~ distanziert. Der fremde Prinz beobachtete Kimari mit wutverzerrtem Gesicht.

»Das war mein Tanz!«, rügte er nun und versuchte Kimari wegzudrängen, doch diese vollführte eine elegante Drehung und bugsierte den Prinzen ins Aus.

»Eure Mutter hat mich eingeladen. Nachdem ich ihr das Leben gerettet habe«, fügte Kimari hinzu. Ihr schien es wichtig, diesen Fakt zu erwähnen.

»Nun gut, Ihr seid hier. Ich hoffe, Ihr amüsiert euch.«

Liana wollte sich wegdrehen, doch Kimari hielt ihre Hand fest umschlossen. Das Lied wurde langsamer, und Kimari trat näher an sie heran.

»Liana, was ist mit Euch? Wieso seid Ihr so kühl?«

»Wie könnt Ihr es wagen? Ich bin Eure Prinzessin!«, zischte Liana zurück. Dabei flackerte ihr Blick nach vorne zum Thron, auf dem ihre Mutter saß und die beiden jungen Frauen mit Argwohn musterte.

Kimari bemerkte den Blick und zog Liana noch enger an sich. »Was ist es? Erpresst Eure Mutter Euch? Wer ist dieser Ritter?«

»Das geht Euch nichts an. Herr von Knodderick ist ein guter Freund der Familie.«

»Knodderick? Was für ein Name soll das sein?« Kimari spuckte ihre Worte nun fast vor Lianas Füße. Sie hatte sich dieses Aufeinandertreffen und diesen Ball gänzlich anders vorgestellt.

»Ein edlerer als Eurer, meine Freundin.«

Lianas Worte verfehlten ihr Ziel nicht. Kimaris Hand sackte nach unten, sie tanzte nicht länger, sondern stand stocksteif in der Menge.

»Aber im Herbst in Euren Gemächern ... Da sagtet Ihr mir, dass wir uns an der Wintersonnenwende wiedersehen. War das alles gelogen?«

Liana lächelte die vorbeiziehenden Tanzenden an, um nicht aufzufallen und drehte sich weiter im Takt. »Wir haben uns wiedergesehen.« Ihre Worte klangen endgültig, doch Kimari konnte noch immer nicht aufgeben.

»Wieso habt Ihr mich dann geküsst?«, fragte sie, und Liana schnappte nach Luft. Mit ängstlichem Blick sah sie sich um, vergewisserte sich, dass sie auch ja niemand gehört hatte.

»Wie könnt Ihr es wagen, solche Lügen zu verbreiten? Schert Euch fort von hier, sofort!« Liana stieß Kimari von sich, eilte dann über die Tanzfläche hinweg zu Ritter Knodderick und fädelte sich im nächsten Moment wieder in die Tanzenden ein.

Kimari versuchte zu begreifen, was hier gerade passiert war, doch es das war ~~ihr~~ nicht möglich. Wut und Trauer brodelten in ihr wie flüssige Lava. Sie musste den Ball verlassen, ehe sie überschwappte. Sie machte auf dem Absatz kehrt und eilte durch den steinernen Gang zurück zur Flügeltür. Als sie an dem netten Soldaten vorbeirauschte, tat es ihr fast leid, dass sie ihn gegen die Wand stieß. Fast.

Bei Arokh angekommen, sprang sie ohne ein Wort auf seinen Rücken, vergrub den Kopf in seinen Schuppen und die Füße in seinen Flanken. Arokh wusste ohne ein Wort, wohin er nun fliegen sollte. Er hob vom vereisten Boden ab und flog hinaus in die eiskalte Nacht.

Draußen tobt ein Sturm. Nasse Tropfen rinnen neben mir am Fenster herab, während ich auf das Notizheft vor mir starre. Ich kann die Wut fast greifen, die in diesen Zeilen steckt. Ist das Kimaris Wut oder meine? Ich kann es nicht sagen.

Ich schlage das Notizheft zu, weil ich gerade nicht weiterschreiben kann. Oder will. Es fühlt sich gut an, wütend zu sein. Gut ist vielleicht das falsche Wort, aber es ist definitiv besser, als traurig zu sein.

Ich blicke aus dem Fenster und hinaus aufs Meer. Auf die großen Wellen, die sich dort am grauen Strand brechen. Hoch und stark rollen sie heran und fallen in sich zusammen, sobald sie auf Festland treffen. Ich verfolge zwei besonders große Wellen, die sich fast zeitgleich auf den grauen Sand zubewegen. Kurz bevor sie das Land erreichen, treffen sie aufeinander, schlagen in einer hohen Fontäne zusammen. Weiße Gischt spritzt auf das umliegende Wasser, von den hohen Wellen ist nichts mehr zu sehen.

Quälend langsam reiße ich meinen Blick von diesem Naturschauspiel und sehe stattdessen auf Mikas leeres Bett und die Teamfotos, die darüber hängen. In wenigen Minuten beginnt das Training, dann werden Mika und die anderen durch den Regen zur Halle laufen, um wenig später zusammen zu trainieren. Ich will mir nicht vorstellen, wie sie lachend über den Hallenboden rennen, während ich hier oben sitze und nicht bei ihnen sein kann.

Beschissene Platzwunde!

Mittlerweile ist es Mitte Dezember, ich war seit einer Woche nicht mehr beim Training, und es fühlt sich an wie eine Ewigkeit. Sicher, bei diesem Wetter ist es kein Genuss, über den schlammigen Rasen zur Halle zu laufen, aber alles ist besser, als hier drinnen zu sitzen. Allein mit meiner Wut. Ich weiß nicht einmal, weswegen ich so wütend bin. Natürlich gilt Mika ein großer Teil meiner Wut. Müsste ich es in Tortenstücke einteilen, bekäme sie sicher ein Drittel des Kuchens. Das zweite Drittel schenke ich der Welt und der allgemeinen Ungerechtigkeit. Und das letzte. Das letzte gehört mir. Weil ich Mitschuld daran habe, dass wir aus dem Turnier geschieden sind. Weil ich mein Team im Stich gelassen habe. Ich weiß, dass wir alle unseren Teil dazu beigetragen haben, aber hätte ich mich der Gegnerin nicht so waghalsig in den Weg geworfen, hätte ich mir keine Platzwunde zugezogen, Anna hätte nicht für mich spielen müssen und … Ich will nicht schon wieder daran denken. Das habe ich die letzten Tage ununterbrochen getan. Ich kann es nicht ändern. Aber ich kann auch die Wut nicht abstellen. Es ist das eine, sauer zu sein und seine Wut rauszulassen, aber auf sich selbst wütend zu sein ist schwierig. Weil ich mich nicht anschreien oder meiden kann. Weil ich unweigerlich mit mir leben muss. Und dann bin ich wütend, dass ich wütend auf mich bin, und der Kreis dreht sich weiter, es ist zum Verrücktwerden!

Vor lauter Frust werfe ich meinen Füller auf den Boden und fühle mich für einen winzigen Moment besser. Dann springe ich vom Fenstersims und eile zu ihm. Hoffentlich ist nichts abgebrochen! Erleichtert atme ich aus. Er ist noch ganz, was für ein Glück.

In einer Woche beginnen die Weihnachtsferien. Darauf habe ich mich seit Wochen gefreut, und das tue ich auch jetzt noch. Aber etwas ist anders. Ich freue mich, endlich wieder auf dem Hof zu sein, mit Oma, Opa und Peter zu Abend zu essen und all unsere Tiere zu streicheln, aber eine Person wird nicht dort sein. Als ich Mika damals zu mir nach Hause eingeladen habe, war das eine ganz fixe Idee. Niemals hätte ich damit gerechnet, dass sie ja sagt. Und dann tat sie es. Ich habe mir ausgemalt, wie wir zusammen auf dem Heuboden übernachten und sogar schon eine Liste mit Geschenkideen für sie angelegt. Nur werde ich Weihnachten nicht mit Mika feiern. Wir haben zwar nicht darüber gesprochen, aber es ist offensichtlich.

Als wir aus London zurückkamen, hat sie sich dem wartenden Lukas in die Arme geworfen und ist kurz darauf mit ihm in seinem Zimmer verschwunden. Die Schmerzen in meinem Schädel waren nichts gegen die in meinem Herzen.

Hörst du jetzt endlich auf, Trübsal zu blasen?, höre ich Kimaris Stimme in meinem Kopf.

Oh, du meldest dich auch mal wieder zurück?

Ja, aber offensichtlich zur denkbar schlechtesten Zeit. Dieses Gejammere ist ja nicht auszuhalten!

Das musst du gerade sagen, du hast dich die letzte Stunde über nichts anderes aufgeregt als über deine Prinzessinnenfreundin.

Wechsel jetzt nicht das Thema.

Ich seufze. *Wann ist es so weit gekommen, dass ich in meinem Kopf Gespräche führe? Ist das noch normal?*

Hallo? Ich kann dich hören! Natürlich bist du nicht normal, ist doch offensichtlich. Da wir das jetzt geklärt hätten: Gedenkst du, mir und Liana ein Happy End zu schenken?

Keine Ahnung, dazu bin ich gerade nicht in Stimmung.

Typisch. Die Autorin fühlt sich nicht gut, also müssen die Charaktere darunter leiden. Wirklich wundervoll.

Schreib dir dein Happy End doch selbst! Schon wieder spüre ich die Wut in mir hochkochen.

Ich besitze keinen Stift.

Wow.

Komm schon, nur ein klitzekleines Happy End. Ich stelle mir Liana und mich auf Arokhs Rücken vor, wie wir gemeinsam in den Sonnenuntergang reiten ...

Ich muss gleich brechen.

Warte, warte, jetzt kommt doch erst der spannende Teil!

Der da wäre?

Also, wir sitzen auf Arokhs Rücken, er fliegt uns zu meiner Lieblingsbucht am Hilmar Strand, du weißt schon, der mit dem schwarzen Sand. Liana trägt ihr hellblaues Kleid von der Wintersonnenwende und ich mein ledernes Drachenreiterinnen-Wams. Ich helfe ihr herunter, geleite sie zum Strand, Arokh verzieht sich und gibt uns etwas Freiraum und dann …

Dann küsst ihr euch im Sonnenuntergang?

Nur ein Kuss?

Was willst du denn bitte noch?

Ich hatte da an etwas Expliziteres gedacht, wenn du verstehst, was ich meine. Nach all dem, was Liana und ich durchgemacht haben, steht uns ein bisschen Entspannung doch zu …

Sex am Strand? Ich dachte immer, das soll super unangenehm sein wegen all der Sandkörner?

Kimari freut sich offenbar darüber, endlich meine volle Aufmerksamkeit zu haben. Du hast es nur noch nie ausprobiert … Mit einer großen Decke geht alles.

Also ich weiß ja nicht …

Na schön, dann lass uns eben rumknutschen, ist mir auch recht. Und was machst du mit deiner Prinzessin?

Sie ist keine – Ich will jetzt nicht über sie sprechen.

Auch gut, ich wollte nur höflich sein.

Und dann lege ich doch los und lasse all meinem Frust freien Lauf. Ich weiß nicht, wie lange ich Kimari, aka meinen eigenen Kopf, mit meinen Gefühlen vollheule, doch als ich meinen Monolog beende, hat es aufgehört zu regnen, und winzige Sonnenstrahlen brechen sich an der feuchten Fensterscheibe. Dieses Schauspiel wird nur noch schöner durch meine ohnehin verheulten Augen. Tausende Lichtreflexionen brechen sich vor mir, verschwimmen miteinander und bilden neue.

Willst du meine Meinung hören?, fragt Kimari.

Du meinst, ob ich die Meinung meines Gehirns zu dem Chaos in meinem Herzen hören möchte?

Drück es doch nicht immer so kompliziert aus. Also, ich würde folgendermaßen vorgehen: …

Nachdem Kimari mir ihren grandiosen Plan geschildert hat, weiß ich nicht, ob ich mich vollends für verrückt erklären oder meinem Gehirn dankbar sein soll. Offenbar funktioniert es nach der Platzwunde noch besser als vorher. Dabei ist es nicht einmal ein Plan. Kimari hat mir nahegelegt, Mika ganz einfach aus dem Weg zu gehen und ihr damit zu zeigen, wie verletzt ich bin. Wenn sie das denn versteht. Immerhin habe ich versucht mit ihr zu reden, und das hat nicht geklappt. Was kann ich also sonst noch tun? Bei Mika konnte mir Kimari also nicht helfen, dafür aber bei der Wut, die sich gegen mich selbst richtet. Endlich weiß ich, worauf ich eigentlich so wütend bin. Aber darum kümmere ich mich nächsten Donnerstag, jetzt muss ich dringend für die Zwischenprüfungen lernen. Theo hat mich gestern daran erinnert, dass wir nur noch dieses Wochenende haben, bis wir an vier Tagen in Folge in all unseren Fächern geprüft werden. Ich würde mir ja Sorgen machen und Angst haben, nicht zu bestehen, aber sind wir ehrlich: Dazu reichen meine Kräfte nicht aus. Also suche ich meine Lernsachen zusammen und laufe in Richtung Bibliothek, wo ich mich mit Theo zum Deutschlernen verabredet habe.

DIE »QUEER & FRIENDS«-AG

»Ist das denn zu fassen? Morgen beginnen einfach schon die Ferien!« Yuki richtet ihre gelbe Bommelmütze. Toni und ich folgen ihr über den feuchten Steg. Vor einer halben Stunde haben wir unsere letzte Klausur geschrieben. Zwei Stunden mathematische Gleichungen. Mir raucht immer noch der Kopf, und ich bin mir nicht sicher, ob ich alle Fragen richtig beantwortet habe, aber immerhin konnte ich mich voll und ganz auf die Aufgaben konzentrieren.

Theo saß in der Deutschprüfung gestern neben mir und hat drei Glücksbringer vor sich aufgereiht: Besonders schöne Steine, die er am Strand gefunden hat.

»Wenn ich sie zwischen uns lege, reicht ihr Glück sicher für uns beide«, meinte er und lächelte mich an.

Ich bin nicht abergläubisch, aber in diesem Moment war ich einfach nur froh, Theo neben mir zu haben. Wir haben die Prüfung gemeinsam überstanden, und als es an den mündlichen Teil ging, fiel alle Aufregung von mir ab. Vielleicht habe ich vor vielen Dingen Angst, aber wenn es darum geht, über Literatur zu sprechen, bricht etwas in mir auf. Frau Förster musste mich nach zwanzig Minuten sogar stoppen, weil ich immer weiterredete. Was Deutsch angeht, mache ich mir also keine Sorgen, und auch bei den anderen Fächern habe ich ein gutes Gefühl. Es ist schon seltsam, wie gut man funktionieren kann, obwohl man innerlich ein Wrack ist.

»Wollen wir wieder zurückgehen? Meine Hände sind Eiszapfen«, beschwert Toni sich. Anders als Yuki und ich trägt sie keine Handschuhe, sondern nur einen zerschlissenen Wintermantel. Ihrer Meinung nach ist Second Hand der neueste Modetrend.

»Können wir nur noch einmal ans Wasser? Die nächsten drei Wochen werde ich nur Schnee und Berge sehen«, fleht Yuki, also folgen wir ihr hinunter an den vereisten Strand.

Ich erinnere mich an den Tag meiner Ankunft, an den warmen Sand unter meinen Füßen und die Sonne in meinem Gesicht. Als Toni mich zum ersten Mal mit hierher genommen hat, war ich überwältigt. Heute ist der Strand nicht weniger schön. Das Meer ist rauer, die Wellen dunkler, aber die unendliche Weite und der wunderbare Duft von Meerwasser haben sich nicht geändert.

»Ich werde das Wasser auch vermissen. Auf unserem Hof gibt es zwar jede Menge Felder und Wiesen, aber dieser Ausblick hier ist einmalig.« Ich nehme die Mütze ab, um die Meeresbrise in meine Haare zu lassen. Der dicke Kopfverband ist verschwunden, jetzt erinnert nur noch ein eckiges Heftpflaster an den Unfall vor zwei Wochen. Schmerzen habe ich keine mehr, nur ein dumpfes Pochen, das mich nachts wachhält.

Es ist schon seltsam. Zu Beginn meiner Zeit hier hätte ich alles dafür gegeben, das Internat direkt wieder zu verlassen, und jetzt fühlt es sich komisch an, zu gehen. Dabei ist die Stimmung zwischen Mika und mir nach wie vor kühl und angespannt. Etwas Unausgesprochenes liegt zwischen uns, das ich nicht benennen kann. Aber ich bin nicht mehr wütend auf sie.

»Lasst uns ein Foto machen. Als Erinnerung an Lous erstes Halbjahr hier bei uns«, schlägt Toni vor und holt ihr Handy aus der Manteltasche.

»Gute Idee.« Yuki rückt näher zu uns und blickt mich lächelnd an. »Okay, wenn ich den Arm um dich lege?«

Ich habe es endlich geschafft und ihnen gesagt, dass mich zu viel Körperkontakt manchmal überfordert. Seitdem fragen beide immer nach, bevor sie mich berühren, was ich unfassbar zu schätzen weiß.

»Kein Problem«, antworte ich also.

Während Toni und Yuki mir jeweils einen Arm um die Schulter legen und in Tonis Handy grinsen, fühle ich mich zum ersten Mal seit unserer Rückkehr aus London wirklich gut. Es ist schrecklich, nicht trainieren zu können, aber meine Angst, die anderen könnten mich für das Ausscheiden aus dem Turnier verantwortlich machen, hat sich nicht bewahrheitet. Im Gegenteil: Wir haben noch mehr Zeit miteinander verbracht als vorher. Und das, obwohl wir alle für die Prüfungen lernen mussten.

Als ich ebenfalls in die Handykamera blicke, liegt ein aufrichtiges Lächeln auf meinen Lippen. Weil ich so dankbar bin, Freundinnen gefunden zu haben.

»Wir schreiben uns über die Feiertage, oder? Anders halte ich meine Verwandtschaft nicht aus«, meint Toni, woraufhin Yuki und ich nicken.

»Wenn es dir zu viel wird, kannst du auch mit uns Ski fahren kommen«, schlägt Yuki vor, doch Toni winkt ab.

»Nein, nein, das kann ich meiner Mum nicht antun. Sie besteht auf gemeinsames Plätzchenbacken und Weihnachtslieder-Karaoke.«

»Das klingt *wirklich* grässlich.« Yuki lacht.

»Ich schicke euch Bilder von unserem Baum. Meine Großeltern wollen sich jedes Jahr selbst übertreffen. Vor drei Jahren haben sie es doch tatsächlich geschafft, mit ihren vielen Lichterketten einen Kurzschluss auszulösen«, erzähle ich und muss bei der Erinnerung daran schmunzeln.

Wir laufen zurück in Richtung Internat und lassen das eisige Meer hinter uns. Es fühlt sich seltsam an, nicht mehr mit Mika am Steg entlangzujoggen. Manchmal beobachte ich sie morgens heimlich durchs Fenster, ich kann es nicht verhindern. Mir weiterhin das Zimmer mit ihr zu teilen funktionierte in den letzten zwei Wochen nur, weil ich mich schlafend gestellt habe, wenn Mika abends ins Zimmer kam und sie bereits weg war, wenn ich morgens aufgewacht bin. Wenn wir doch einmal zur gleichen Zeit im Zimmer waren, bin ich in die Bibliothek geflüchtet, um zu lernen. *Ob sie die Nachmittage bei Lukas verbringt?* Diese Frage kam immer wieder auf, doch ich habe sie gekonnt verdrängt. Ich weiß nicht, ob sie ihm von unserem Kuss erzählt hat, und eigentlich will ich es auch gar nicht wissen. All das sollte mir vollkommen egal sein.

Wenn es dir so egal ist, wieso denkst du dann jeden Tag mehrere Stunden darüber nach?

Ich habe keine Lust, Kimari zu antworten, also ignoriere ich sie einfach und sehe wieder zu meinen Freundinnen.

Wie gerne hätte ich offen mit Toni und Yuki über alles geredet.

Durch Sam und Caro weiß ich, dass niemand aus dem Team etwas gegen queere Menschen hat, im Gegenteil: Alle gehen damit super offen um. Na ja, Mika und mich einmal ausgenommen. Ich sollte keine Angst davor haben, über meine Gefühle zu reden. Aber das habe ich.

Doch ich möchte nicht, dass mich diese Angst mein Leben lang begleitet. Also habe ich mir selbst ein Ultimatum gestellt. Ich werde mich bei ihnen outen. Und zwar noch in diesem Jahr. Aber vielleicht ist es weniger beängstigend, wenn ich dabei hunderte Kilometer von ihnen entfernt bin und es ihnen einfach schreibe. Damit fühle ich mich sicherer.

»Ich wollte mit Rick, Lukas und Mika einen Kakao in der Mensa trinken, kommt ihr mit?«, fragt Yuki, als wir durch die Flügeltür treten und von wohliger Wärme umfangen werden. Selbst wenn Mika nicht mit dabei wäre, könnte ich nicht. Ich habe schon einen anderen wichtigen Termin, zu dem ich nicht zu spät kommen darf.

»Ich hab leider schon etwas vor«, rede ich mich also raus und überprüfe auf meinem Handy, wie viel Zeit ich noch bis zum Treffen habe.

»Schade, aber kein Problem. Kommst du mit, Toni?«

»Ich muss noch super viel packen«, weicht Toni aus und sieht ihrer Freundin dabei nicht in die Augen. Uns allen ist klar, dass sie lügt, aber niemand spricht es an. Ich gehe Mika aus dem Weg und Toni Lukas. Es ist wirklich verzwickt.

Zehn Minuten später komme ich schlitternd vor dem Klassensaal zum Stehen. Mein Herz pocht wie wild gegen meine Brust, und alles in mir schreit danach, auf der Stelle umzukehren. Doch das will ich nicht. Die letzten drei Jahre bin ich immer weggerannt, damit ist jetzt Schluss. Zumindest schreit Kimari mir das schon seit Tagen ins Ohr. Und sagen wir es mal so: Es ist ziemlich schwer, die Stimme in seinem Kopf stumm zu schalten.

Als ich die kleine Regenbogenflagge auf der Holztür erkenne, fühle ich mich direkt etwas besser. Okay, Augen zu und durch. Das ist nur eine typische Schul-AG, kein öffentliches Coming-out. Auch wenn es sich genauso anfühlt.

Ich drücke die Klinke der Tür herunter und trete über die Schwelle. Anders als in meiner Vorstellung richten sich nicht alle Blicke auf mich und das leise Stimmengewaber verstummt auch nicht. Vor mir im Raum befindet sich ein lockerer Stuhlkreis mit einigen Holzstühlen, aber auch bequemen Sitzsäcken. An den Wänden hängen Plakate, die über Gender-Identitäten, unterschiedliche sexuelle Orientierungen und die richtige Verwendung von Pronomen aufklären. Jemand hat das Internatslogo gemalt und dabei die Welle mit den Farben der Trans-Pride-Flagge versehen, eine andere Flagge, deren Bedeutung ich nicht kenne, hängt zu meiner Linken und sieht schon etwas mitgenommen aus. Ich erblicke einige Unterschriften, die wohl mit Edding darauf verewigt wurden.

»Lou, hi!« Caro hat sich von der Tafel abgewandt und mich entdeckt. »Wie schön, dass du uns beim letzten Vorweihnachtstreffen besuchst.« Sie kommt etwas näher und senkt die Stimme. »Gute Wahl übrigens, heute gibt es Plätzchen.« Sie zwinkert mir zu und zeigt dann auf die anderen Menschen, die vor uns im Stuhlkreis sitzen oder sich an dem Tisch an der rechten Seite aufhalten, auf dem ich erst jetzt die großen Teller mit Plätzchen erkenne.

»Wir machen zu Beginn immer eine Vorstellungsrunde, aber ein paar Gesichter kennst du vielleicht schon.«

Tatsächlich, viele der Anwesenden habe ich schon einmal auf dem Flur gesehen, mit manchen habe ich sogar einige Fächer. Sam kenne ich natürlich, sie ist nicht zu übersehen, weil sie einen übergroßen und extrem kitschigen Weihnachtspulli trägt und uns zuwinkt. Doch auch ein anderes Gesicht lächelt mir schüchtern entgegen. Theo.

Theos Anwesenheit gibt mir ein warmes Gefühl. Ich lächle zurück und hebe vorsichtig die Hand.

»So Leute, ich denke wir sind vollzählig. Wenn sich alle Plätzchen genommen haben, würden wir gern mit der Vorstellungsrunde beginnen. Immerhin gibt es drei neue Gesichter.« Drei? Wer ist denn heute noch zum ersten Mal hier?

Unsicher und mit schwitzigen Handflächen lasse ich mich neben Caro auf einem der Holzstühle nieder. Von den Sitzsäcken sehe ich ab, da ich Angst hätte, darin zu versinken.

Sam hat diese Bedenken offensichtlich nicht, sie lässt sich locker in den Stoff neben Caro fallen.

»Schön, dass ihr alle gekommen seid. Morgen geht es für die meisten von uns nach Hause, und wir wissen, dass das nicht für jeden hier einfach ist.« Sam macht eine Pause und sieht zu Caro, die traurig nickt.

»Nicht alle haben das Glück, von ihrer Familie akzeptiert und geliebt zu werden. Deswegen wollten wir euch noch einmal auf unsere WhatsApp-Gruppe hinweisen. Sam und ich feiern zwar auch und werden nicht immer am Handy sein, aber bitte schreibt dort, falls es bei euch Probleme geben sollte. Das hat im letzten Jahr schon so gut geklappt. Irgendjemand ist immer online und kann euch zuhören. Und vergesst nicht: Ihr müsst euch nicht alles gefallen lassen. Es ist vollkommen okay, wenn ihr eine Situation verlasst und euch die Beine vertretet. Manche Aussagen können ziemlich … wehtun.«

Einige der Anwesenden nicken, so als würden sie sich gerade an vergangene Weihnachtsfeste erinnern.

»Aber lasst uns jetzt nicht die Stimmung trüben, fangen wir mit einer kurzen Vorstellungsrunde an, ihr müsst euch aber nicht vorstellen, wenn ihr das nicht wollt. Also nur, wer möchte. Und dann sprechen wir darüber, was wir in diesem

Jahr alles erreicht haben. Und reden über diesen neuen Netflix-Film. Leute, ich habe Gesprächsbedarf!« Caro grinst in die Runde und schafft es so, die getrübten Mienen etwas aufzuhellen.

»Ich fange an«, beginnt Sam und stellt sich vor. »Ich heiße Sam und bitte darum, die Langfassung meines Namens hier nicht zu verwenden, danke. Meine Pronomen sind sie/ihr und meine Sexualität würde ich als queer beschreiben. Ich liebe Schildkröten, das war's.« Caro lächelt ihre Freundin liebevoll an und übernimmt dann. »Ich bin Caro, oder auch Carolin, wenn meine Eltern wütend auf mich sind.« Die Gruppe lacht. »Meine Pronomen sind ebenfalls sie/ihr, und ich definiere mich als lesbisch. Und als wundervoller Zusatzfakt: Ich liebe es zu backen.«

»Davon profitieren wir alle«, meint eine Person rechts von mir und schiebt sich genießerisch ein Marmeladenplätzchen in den Mund.

Reihum stellen sich die weiteren Mitglieder vor. Als Theo an der Reihe ist, wischt er sich verstohlen Puderzucker von der Lippe und läuft rosa an. »Hi. Das hier ist mein erstes Treffen, deswegen wollte ich erst einmal danke sagen, dass ich hier sein darf.« Er lächelt unsicher in die Runde, woraufhin einige Anwesende ihm aufmunternd zulächeln. »Ich bin … Also ihr kennt mich alle als Theo, aber ich überlege schon länger, mir einen neuen Namen zu geben, aktuell ist Theo aber noch okay, denke ich. Meine Pronomen sind er und dey, und ich weiß nicht, was meine Sexualität ist und auch meine Identität … Alles noch etwas schwammig.«

Theo sieht nicht in die Gruppe, sondern knetet nur die Weihnachtsserviette auf seinem Schoß. Ich habe schon von Neopronomen gehört, jedoch ist es mir neu, dass Theo sie für sich benutzt. Sofort fühle ich mich schlecht, dass ich in der

Vergangenheit immer davon ausgegangen bin, dass er/ihn-Pronomen in Ordnung sind.

Ich nehme mir vor, nachher nochmal dieses eine Youtube-Video zu suchen, in dem die richtige Verwendung von Neopronomen erklärt wird.

»Das ist auch vollkommen okay, an diesem Punkt waren viele von uns schon«, meint Caro beruhigend. »Was deinen neuen Namen angeht: Sag uns gerne Bescheid, sobald du dich für einen entschieden hast. Und was ist dein Zusatzfakt?«

Theo sieht sie erschrocken an. »Ich weiß nicht? Ich kann ganz gut schreiben, glaube ich.«

Mehr als gut, denke ich, traue mich aber immer noch nicht, meinen Mund zu öffnen. Nur noch drei andere, dann bin ich dran. Oh Gott, ich glaube, ich schaff das nicht!

Der Junge neben Theo stellt sich als Maximilian vor, er ist ein Jahr unter mir, bi und möchte später einmal Modejournalist werden. »Wenn mich meine Eltern nicht vorher umbringen, weil ich es gewagt habe, auf Großtante Bettys Geburtstagsfeier Nagellack zu tragen. Das hat bei ihr letztes Jahr fast einen Herzinfarkt ausgelöst.« Er schnaubt wütend auf, und die anderen Mitglieder der Gruppe sehen ihn mitfühlend an.

»Kommt Betty denn zu eurer Weihnachtsfeier?«, fragt Theo vorsichtig.

»Zum Glück nicht! Sie ist über eine ihrer fetten Katzen gestolpert und hat sich den Knöchel verstaucht. Ich will ja nicht schadenfroh sein, aber vielleicht lege ich dieses Jahr sogar Lidschatten auf, um ihre Abwesenheit zu feiern.«

Die Person neben Maximilian ist gerade erst neu ans Internat gekommen und bringt kaum einen Ton heraus. Caro erklärt ihr noch einmal mit ruhiger Stimme, dass sie gerne auch nur hier sitzen und zuhören kann. Das scheint die Person sichtlich zu erleichtern.

Natürlich könnte ich auch als stumme Zuhörerin Teil des Treffens sein, aber deshalb bin ich nicht hier. Ich möchte mich vorstellen. Ich möchte … endlich aussprechen, was ich noch nie zuvor laut gesagt habe.

Als Vorletztes ist ein groß gewachsenes Mädchen mit dunklen Locken dran. Ich habe vorhin schon ihre Schuhe bewundert, die sie offenbar selbst bemalt hat. Der Sternenhimmel sieht verdammt echt aus! An ihrer Bluse haftet ein ›sie/ihr‹-Pronomen-Pin.

»Hi, ich bin Katie. Ich war länger nicht mehr bei den Treffen, das tut mir leid. Manche von euch kennen vielleicht noch meinen alten Namen, aber es wäre lieb, wenn ihr diesen nicht mehr benutzen würdet. Ich habe mich in den Sommerferien bei meiner Familie geoutet und nun ja, ich lebe noch«, schließt sie mit einem Lachen. »Also es war wirklich nicht so schlimm, wie ich es mir immer ausgemalt hatte. Meine Mutter hat sich schon vor einigen Jahren ihren Teil gedacht, und mein Vater hat zwar lange gebraucht, bis er die richtigen Pronomen verwenden konnte, aber seit ein paar Wochen läuft es ganz gut. Danke auch nochmal an alle, denen ich in der Zeit privat schreiben konnte. Das hat mir echt geholfen. Das wollte ich nur sagen, also eure Gruppe hier ist wirklich toll.«

Katie sieht Caro und Sam an, und ich erkenne Tränen in ihren Augen. Eilig wischt sie sich übers Gesicht und setzt wieder ein Lächeln auf.

»Wow, das ist … Das freut mich so, Katie! Darf ich dich umarmen?«

Als Katie nickt, steht Caro auf und zieht Katie in eine enge Umarmung. Auf einmal schluchzen beide los, und Sam übernimmt für Caro. »Nun gut, dann bleibst nur noch du übrig. Möchtest du dich vorstellen?« Sam sieht zu mir.

Katie und Caro haben sich wieder etwas beruhigt und sind

auf ihre Plätze zurückgekehrt. Jetzt bin also ich an der Reihe. Oh Gott, ich kann das nicht!

Doch, du kannst. Wow, ausgerechnet jetzt meldet sich Kimari wieder zu Wort.

Es ist gar nicht so schwer, du musst nur den Mund aufmachen.

Haha.

Na komm schon, es ist wie schreiben, nur ohne Stift.

Ich weiß nicht.

Ich bin bei dir, die ganze Zeit. Hab keine Angst.

Und ich weiß nicht, woran es liegt, aber auf einmal werde ich ganz ruhig. Ich habe mich Jahre vor genau solch einem Moment gefürchtet, aber wieso eigentlich? In diesem Raum wird mich niemand auslachen. Hier versteht mich jeder. Weil sie alle auf die ein oder andere Weise das durchgemacht haben, was ich erlebt habe. Ist das nicht etwas Wunderschönes? Dass wir uns verstehen, obwohl wir alle so unterschiedlich sind?

»Ich bin Louise, werde aber meist Lou genannt. Über meine Pronomen habe ich ehrlich gesagt noch nie nachgedacht, aber ich denke mal, sie und ihr ist okay. Und was meine Sexualität angeht …«

Sehr gut, nur weiter so, spornt Kimari mich an.

Und auf einmal sehe ich Mika wieder vor mir. Der warme Ausdruck in ihren Augen, kurz bevor wir uns geküsst haben. Ihr durchtrainierter Körper unter der Dusche. Ihr Lachen, wenn wir allein waren. Ihre Oma-Imitation und das Taschentuch, das sie mir in meiner ersten Nacht hier gereicht hat.

»Ich bin in ein Mädchen verliebt.«

Pause. Mein Herz schlägt so hart in meiner Brust, dass ich jeden einzelnen Schlag als Echo in meinen Ohrmuscheln spüren kann. Mein Hals zieht sich zusammen, mein ganzer Körper ist aufs Äußerste gespannt. Und dann … Dann kann ich auf einmal wieder atmen.

Und ich lache. Es ist das seltsamste und gleichzeitig befreiendste Gefühl, das ich je gespürt habe.

»Ich habe keine Ahnung, was für eine Sexualität ich habe, das ist alles, was ich weiß«, bringe ich noch hervor, bevor ich mich gegen die Stuhllehne fallen lasse.

»Dann sage ich mal im Namen aller: Willkommen, Lou.« Caro lächelt mich so warmherzig an, dass ich am liebsten vor Erleichterung geweint hätte. Das ist doch bescheuert! Das hier sollte kein großes Ding sein, sondern völlig normal. Wir leben schließlich im 21. Jahrhundert. Aber das ist egal.

Denn es ist eine große Sache für mich. Und das ist eigentlich alles, was zählen sollte.

ZURÜCK NACH HAUSE

Als ich mich am nächsten Morgen vor dem Internat von den anderen verabschiede, bin ich immer noch randvoll mit Glücksgefühlen. Ich kann es nicht beschreiben, aber das gestrige Treffen hat mir so viel gegeben. Ich, Louise, die Introvertiertheit in Person, bin in einen Raum voller Menschen gegangen, von denen ich die meisten nicht kannte. Ich habe zwei Stunden mit ihnen geredet, gelacht, Plätzchen gegessen und mich über alles Mögliche unterhalten. Nicht ein Mal hatte ich das Gefühl, aus dem Raum rennen zu wollen. Die Geräuschkulisse war mir nicht zu viel, das Gleiche gilt für die sozialen Eindrücke.

Erst am Abend, als ich allein im Bett lag, schwirrte mein Kopf von all den tollen Gesprächen. Es war kein unangenehmes Gefühl, nein, es hat sich lange nicht mehr so gut angefühlt, ich zu sein.

Ich weiß nicht, wann Mika ins Zimmer kam und ob sie etwas von meiner veränderten Stimmung mitbekommen hat. Ich habe mich an einem neuen Kapitel für Kimari und Liana versucht, doch das richtige Ende wollte mir immer noch nicht einfallen. Aber das ist okay, Theo hat mir erzählt, dass es demm hilft, seine Geschichten ein paar Wochen ruhen zu lassen. »Das ist wie guter Wein, um richtig reifen zu können, braucht es eben Zeit.«

Jetzt ist es neun Uhr früh, und Ole steht schon bereit, um mich und ein paar andere zum Bahnhof zu fahren. Ich habe keine große Lust auf die Bahnfahrt mit all ihren Gerüchen und Menschen, aber das ist nicht der Grund, wieso ich noch nicht ins Auto gestiegen bin. Ich kann meine Freundinnen ganz einfach nicht verlassen. So dramatisch das auch klingen mag, sie werden mir furchtbar fehlen.

»Hier, ich hab dir eine Tüte für die lange Fahrt gepackt, damit du mir nicht verhungerst.« Caro streckt mir eine Plätzchentüte entgegen. »Die mit Nougat habe ich extra aufgehoben, sonst wären die gestern beim Treffen schon verputzt worden.«

Sie hat nicht so laut gesprochen, dass die anderen sie hören konnten, aber selbst wenn … Ich glaube, ich hätte kein Problem mehr damit, wenn der Rest des Teams es wüsste. Gestern habe ich lange mit Caro und Sam über meinen Plan gesprochen, mich in unserer WhatsApp-Gruppe zu outen. Einfach, weil mir schreiben schon immer leichter fiel als reden. Die beiden fanden die Idee gut. Sam hat sich damals ebenfalls per Nachricht geoutet, und es hat wunderbar geklappt.

»Mach einfach das, womit du dich am wohlsten fühlst«, hat Caro mir geraten.

»Und vergiss nicht das Bild von eurem Baum zu schicken!«, ruft Toni mir zu, ehe sie noch einmal zurück ins Internat rennt, weil sie ihre Tasche im Zimmer vergessen hat.

»Und schick auch eins von deinem süßen Bruder mit«, wirft Fayola ein.

»Ich versuche es«, gebe ich nach.

»Gute Heimfahrt«, wünscht Yuki mir und umarmt mich ein letztes Mal. »Ich grüße die Berge von dir.«

Auf sie wartet eine schwarze Limousine mit einem Chauffeur, der die Tür aufhält. Aber das ist hier nichts Ungewöhnliches. Der Internatsparkplatz steht voll von teuren Autos.

»Schöne Weihnachten«, wünscht Lukas uns. Er steht neben Rick, der Yuki ein letztes Mal an sich zieht und leidenschaftlich küsst. Seine Haare sind durch den feuchten Nebel noch gelockter als sonst, und sein Samtmantel wirkt besonders edel. Sein Vater, der Internatsleiter, steht auf der Treppe hinter uns und winkt uns zu.

»Ich schicke dir Fotos von den Malediven«, ruft Rick Yuki noch zu, ehe er zurück zu seinem Vater läuft.

»Holt dich denn niemand ab?«, frage ich, weil Lukas nun etwas verloren neben mir steht. Mika ist nirgendwo zu sehen. Verabschiedet sie sich nicht einmal von ihm?

»Oh doch. Ich nehme einfach den Bus in die Stadt, dort wartet meine Mutter auf mich. Also keine teure Limousine für mich.« Er lacht.

»Kommt Mika gar nicht, um sich von ihrem Traumprinzen zu verabschieden?«, fragt Fayola, und Lukas zuckt unmerklich zusammen.

Etwas überfordert kratzt er sich am Hinterkopf, sodass seine braunen Haare unter der hellen Mütze hervorschauen.

»Nein, wir haben uns vorhin schon verabschiedet. Ich wollte eigentlich nur herkommen, um euch schöne Ferien zu wünschen.«

Dabei sieht er jedoch nicht uns, sondern Toni an, die gerade mit ihrer Tasche im Arm auf Yuki zurennt, um sich ein drittes Mal von ihr zu verabschieden, bevor diese in die Limousine einsteigt.

»Ist klar«, erwidert Fayola mit hochgezogener Augenbraue.

»Seid ihr fertig? Wir müssen los, sonst verpassen wir den Zug!«, ruft Ole und winkt in meine Richtung.

»Also dann, bis nächstes Jahr!«, rufe ich den anderen zu, dann steige ich in Oles Auto ein und sehe, wie das Internat hinter dem beschlagenen Fenster immer kleiner wird.

Die Fahrt nach Hause ist still. Dieses Mal macht das Ruheabteil seinem Namen wirklich alle Ehre. Niemand, der viel zu laut auf seinem Laptop tippt oder telefoniert. Nicht einmal schreiende Kinder oder stark parfümierte Menschen. Ich sollte die Fahrt also vollkommen genießen können, doch das kann ich nicht. Während am Fenster neben mir die Landschaft vorbeizieht und es irgendwann sogar anfängt zu schneien, spielt sich jeder einzelne Moment, den ich mit Mika erlebt habe, noch einmal vor meinem geistigen Auge ab. Unser erstes katastrophales Aufeinandertreffen, das gemeinsame Joggen am Morgen, das Duschen danach … Unsere nächtlichen Gespräche, dieses Fast-Date im Kino und ihre Begeisterung für meine Geschichte. Dann die Fahrt nach London, unser Herumgealbere auf der Fähre, der Kuss … Mika hat sich in all den Monaten von meiner nervigen Mitbewohnerin in ein Mädchen verwandelt, das mir einfach nicht mehr aus dem Kopf geht.

Ich sehe sie neben mir am Gleis entlangjoggen. Schneeflocken in ihren Haaren und Hitze in ihren Augen. Die weißen Felder verwandeln sich in rauschende Wellen, die sich aneinander brechen wie in einem großen Sturm. Mika wird langsamer, sodass ich mein Gesicht gegen das kalte Fenster pressen muss, um sie nicht aus den Augen zu verlieren. Die Wellen schlagen immer höher, begraben sie fast unter sich. Ihre Füße werden von der weißen Gischt überrollt, und eine Sekunde später ist Mikas Traumgestalt verschwunden. Zurück bleiben vereiste Schneeflocken am Zugfenster.

»Louise, hier sind wir!« Oma winkt so energisch, dass ich sie wohl auch aus hundert Metern Entfernung gesehen hätte. Sie trägt ihren selbstgestrickten Winterpullover und ein Stirnband. Opa hat noch die Gummistiefel an, an denen Heu haftet, und sein Wintermantel weist ein paar neue Flicken auf. Peter winkt ebenfalls in meine Richtung. Seine Kappe sitzt schief auf seinen Haaren, die in den letzten Monaten ein ganzes Stück gewachsen sind.

Meine Familie wiederzusehen, live und in Farbe, überrumpelt mich. Die Freude ist überwältigend, und als ich die letzten Schritte auf sie zulaufe, den Koffer stehen lasse und Oma ihre Arme um mich schlingt, fließen doch einige Tränen. Sie riecht nach Wolle und Keksen, mit Sicherheit hat sie die Weihnachtsbäckerei schon eröffnet.

»Du bist groß geworden«, begrüßt mich mein Bruder, dann hebt er mich ganz locker vom Boden und wirbelt mich einmal durch die Luft.

Einen kurzen Moment erlaube ich es, dass er sich aufführt, als wäre ich sieben, dann protestiere ich doch: »Lass mich runter, ich bin kein Kleinkind mehr!«

Peter lacht und setzt mich auf dem dreckigen Bahnsteig ab.

Opa ist der Letzte, der mich an sich zieht, doch seine Umarmung ist nicht weniger herzlich. »Du hast uns gefehlt, Küken.«

Am liebsten würde ich sofort wieder losheulen, doch ich reiße mich zusammen.

Als wir kurz darauf in Opas klapprigem Transporter sitzen, wird mir bewusst, dass ich wirklich wieder hier bin. Ich bin zu Hause. Die Straßen draußen kenne ich in- und auswendig, ich entdecke sogar zwei Leute aus meiner alten Klasse, die gerade volle Einkaufstüten über die Straße tragen und die nette Frau aus dem Kiosk neben der Schule.

Je näher wir dem Hof kommen, desto aufgeregter werde ich. Vier Monate war ich nicht mehr hier. Ich hoffe, es hat sich nichts verändert.

Oma und Peter fragen mich über meine Zeit im Internat aus, obwohl ich ihnen das meiste bereits am Telefon erzählt habe. Noch einmal erzähle ich von unserer Zeit in London und lasse Peter meine Kopfnarbe bewundern, die gut zu verheilen scheint.

»Steht dir, lässt dich richtig hart aussehen«, meint er schließlich.

»Na danke, das ist genau das, was ich immer wollte.«

Er lacht und fährt dann fort, mich auf den neuesten Stand zu bringen, was das Dorfleben angeht. Wer jetzt mit wem zusammen ist und wer bei der letzten Party vom Krankenwagen abgeholt werden musste. Üblicher Dorftratsch eben. So gesehen unterscheidet sich das Internat nicht wirklich von einem kleinen Ort, das hier ist fast ein genauso kleiner Kosmos. Nur, dass es hier in diesem Dorf keine »Queer & Friends«-AG gibt. Und kein Meer.

»So, da wären wir. Willkommen zu Hause«, sagt Opa feierlich, während er in die Einfahrt fährt.

Auf dem Hof erwarten mich weiß gepuderte Stalldächer, zwei Hühner, die der Kälte trotzen und versuchen, auf dem gefrorenen Boden etwas zu essen zu finden, und eine weihnachtlich dekorierte Eingangstür. In den Fenstern hängen die üblichen Lichterketten und Windowcolor-Bilder, die Peter und ich vor vielen Jahren in der Grundschule gemalt haben. Oma hängt sie immer noch jedes Jahr auf.

Sobald ich die Autotür öffne, dringt mir der bekannte Geruch nach Heu, Pferden und Kräutern in die Nase. Wobei dieses Mal der typische Geruch von Winter noch hinzukommt.

»Wir wussten nicht, ob du erst einmal ankommen und

deine Sachen auspacken willst oder direkt mit den Plätzchen starten möchtest«, beginnt Oma, als sie die Haustür hinter sich geschlossen hat. Sofort lasse ich meinen Koffer stehen und renne in die Küche. Wenn es um Weihnachten geht, bin ich tief in mir drin immer noch das kleine Kind, das es liebt, Kekse zu backen und sie mit den unterschiedlichsten Dingen zu verzieren.

»Gute Antwort«, Opa gluckst und folgt mir in die Küche. Er und Peter essen zwar immer mehr Teig, als dass sie uns helfen, aber auch das gehört dazu.

»Ich hole die Musikbox!«, ruft Peter und rennt nach oben in sein Zimmer.

»I'm driving home for Christmas«, ertönt es kurze Zeit später im Treppenhaus.

Es ist, als wäre ich nie weggewesen. Während Oma den Teig knetet, ich die Ausstechförmchen nach Größe sortiere und die Arbeitsplatte mit Mehl bestreue, tanzt Peter durch die Küche und setzt Opa den hässlichen Weihnachtshut auf, mit dem er uns früher weismachen wollte, dass er der Weihnachtsmann ist.

Wie sehr ich dieses Gefühl vermisst habe. Ich kann nicht einmal benennen, was es genau ist. Heimat vielleicht. Geborgenheit. Sicherheit. Familie. Alle Wörter sind zutreffend, aber keines passt perfekt. Das habe ich ebenfalls im Kurs zum Kreativen Schreiben gelernt: Manchmal gibt es nicht das eine perfekte Wort für eine Situation. Manchmal muss man ein Gefühl umschreiben, damit es richtig rüberkommt.

Dieses Gefühl liegt jedenfalls den ganzen Abend über unserem Haus. Als die erste Fuhre Plätzchen später im Ofen ist und einen wunderbaren Geruch im ganzen Haus verströmt, überlege ich kurz, nach oben zu gehen und meine Sachen auszupacken, doch etwas hält mich zurück.

Hier in unserer Küche denke ich nicht an das Internat oder Mika. Ich genieße jede Sekunde mit meiner Familie und bin vollkommen glücklich. Das möchte ich nicht zerstören. Ich will nur noch ein wenig von diesem Gefühl in mich aufsaugen. Für die Realität ist später immer noch Zeit.

WEIHNACHTEN AUF DEM BAUERNHOF

Den Weihnachtsmorgen habe ich schon immer geliebt. Wenn der Duft von Plätzchen noch in der Luft liegt und sich mit dem des Kamins vermischt. Dieses Jahr haben wir Glück, denn über Nacht ist Neuschnee gefallen, der nun all unsere Felder und den Hof mit einer weißen Decke überzieht.

Gemeinsam mit Opa füttere ich die Pferde und verbringe so viel Zeit in Fredericks Box, bis Opa mich fragt, ob ich ausreiten wolle. Eigentlich ist er das Pferd des Bürgermeisters, doch über die Feiertage kommt er nicht zum Stall, also muss Frederick von einem von uns bewegt werden. Ich kann mein Glück kaum fassen.

Bevor ich mich in meine Reitkleidung werfe, sorge ich noch schnell dafür, dass bei den Hühnern genug frisches Korn im Verschlag liegt, dann laufe ich Richtung Stall.

»Willst du nicht erst einmal frühstücken?«, ruft Oma mir hinterher, doch ich winke ab. Das kann ich später immer noch.

Obwohl ich so lange nicht mehr geritten bin, fühlen sich bereits die ersten Meter an, wie nach Hause kommen. Frederick reagiert perfekt auf jede meiner Berührungen. Er scheint den Ausritt genauso sehr zu genießen wie ich. Von außen betrachtet sieht es sicherlich märchenhaft aus, wie der

Schnee hinter uns durch die Luft fliegt und in der Morgensonne glitzert. In echt ist er arschkalt und brennt auf meinen Wangen, doch das nehme ich gern in Kauf.

Wir besuchen meinen Baum, und ich streiche liebevoll über die kalte Rinde. »Hi, alter Freund. Schön zu sehen, dass du nach wie vor voll im Leben stehst.«

Ich stelle mir vor, wie Mika sich über diesen schlechten Witz echauffieren würde und muss lachen. Na toll, jetzt denke ich schon wieder an sie.

Kurz verweile ich an dem alten Baum, dann lasse ich Frederick wenden und reite in einem großen Bogen zurück zum Hof. Meine Wangen prickeln immer noch von der Kälte, als ich mit einem heißen Kakao und meinem Marmeladentoast am Frühstückstisch sitze.

Weihnachten ist in vielen Familien mit Ritualen verbunden. So auch bei uns. Früher, als meine Eltern noch lebten, hatten wir andere, aber ich kann mich kaum noch daran erinnern. Oma und Opa haben sich ihre eigenen ausgedacht, die vielleicht etwas speziell sind, aber ich liebe sie.

Drei Geschenke werden über Nacht im Haus versteckt und am nächsten Tag nach dem Frühstück gesucht. Wer das erste findet, darf sich den Nachtisch wünschen, wer das zweite findet, darf den Weihnachtsfilm aussuchen, den wir schauen, während wir den Baum schmücken und wer das dritte findet, darf später am Abend das erste auspacken.

Die alljährliche Weihnachtsgeschenkesuche startet wie üblich mit Opas Startschuss: Eine besonders rockige Version von *Last Christmas*, die er auf seinem Handy abspielt. Oma, Peter und ich stehen schon in den Startlöchern. Da Opa die Geschenke versteckt hat, genießt er die Rolle des Spielmachers.

Als nur zehn Minuten später Peters triumphierender Schrei

durch die Wohnung hallt, ist klar, dass er das erste Geschenk gefunden hat. Mist! Also gibt es wieder Kartoffelpuffer mit Apfelmus, menno.

Ich krieche in den Verschlag unter der Treppe und achte nicht darauf, dass meine Haare sich dabei in den Spinnenweben verfangen, dort hinten im Dunkeln habe ich nämlich etwas glitzern sehen. Und tatsächlich, da ist ein winziges Viereck zu sehen.

»Ich hab das Zweite!«, rufe ich und höre Oma im Arbeitszimmer fluchen.

»Immer bin ich die Letzte«, beschwert sie sich.

Peter kommt aus dem Obergeschoss zu uns nach unten.

»Und, für welchen Film entscheidest du dich, Schwesterherz?«

»Nichts da, Schwesterherz, du kannst mich nicht bestechen.«

»Versuche ich doch gar nicht«, sagt er mit seinem liebsten Rehgesicht.

»Du willst doch nur wieder ›Drei Haselnüsse für Aschenbrödel‹ gucken …«

»Das ist ein sehr guter Film!«

»Ich sage auch gar nichts anderes. Aber ich dachte mir, dieses Jahr schauen wir mal etwas Neues.«

Peter und Oma sehen nicht überzeugt aus. Etwas Neues an Weihnachten auszuprobieren kann auch in die Hose gehen, aber ich habe mir das hier gut überlegt.

Eine Stunde später sitzen wir auf dem Wohnzimmerboden zwischen unzähligen Kisten mit Kugeln und selbstgebastelten Holzfiguren. Die anderen schmücken den Baum, während ich mich etwas zurückziehe, um den Fernseher einzuschalten.

»Also, welchen Film willst du uns jetzt zeigen?«, fragt Peter.

»Lass dich überraschen«, antworte ich nur.

Kurz bevor ich auf Start drücke, schreibe ich Theo eine Nachricht:

Lou: *Operation Weihnachts-Coming-out startet gleich. Wie läuft's bei dir?*

Theo antwortet fast sofort:

Theo: *Meine Daumen sind gedrückt! Ich hatte schon einen halben Nervenzusammenbruch heute früh, so langsam geht es wieder. Ist das wirklich eine gute Idee? Meine Eltern sind sowieso schon so gestresst, weil sie für meine Großeltern alles perfekt dekorieren wollen.*

Lou: *Das wird schon! Und wenn nicht, versteck dich in deinem Zimmer und ruf mich an, okay?*

Theo: *Mach ich, danke, Lou* 😊

Theo möchte heute Abend ebenfalls mit deren Eltern sprechen. Aktuell fühlt dey sich mit diesen Pronomen am wohlsten. Aber ob Theos Eltern das Ganze verstehen werden, ist eine andere Frage. Ich habe ein paar Videos auf YouTube gefunden, die gut erklären, was es bedeutet, nicht binär zu sein, und Theo war mir dafür sehr dankbar. So kann dey diese Videos an deren Eltern schicken, wenn sie es doch nicht verstehen sollten.

Ich starte den Film und lege die Fernbedienung so weit wie möglich von mir weg. Nicht, dass ich doch noch kalte Füße bekomme und den Film ausschalte.

Schon als die ersten Töne des Liedes erklingen, bekomme ich Gänsehaut. Vielleicht hätte ich den Film vorher allein schauen und nicht nur die Zusammenfassung im Internet lesen sollen? Aber Caro hat ihn mir wärmstens empfohlen, und ich vertraue ihr.

Eine junge Frau mit dunklen Haaren beobachtet eine Spielzeugeisenbahn dabei, wie sie über die Gleise rauscht. Wir befinden uns in einem Einkaufshaus kurz vor Weihnachten. Die Spielzeugabteilung ist gut besucht, und es dauert nicht lange, bis die zweite Frau auftaucht. Die, deren Name dem Film seinen Titel gibt: *Carol.*

Während Oma, Opa und Peter weiter den Baum schmücken, lasse ich mich auf die Couch sinken und verfolge wie gebannt Carols und Thereses erstes Aufeinandertreffen.

»Louise, willst du uns nicht mehr helfen?«, fragt Opa nach kurzer Zeit.

»Nein, ich … Wollen wir nicht lieber den Film schauen? Der Baum glitzert doch schon an jedem Ast.«

Damit habe ich eindeutig recht, noch ein paar mehr Kugeln und der Baum bricht unter dem Gewicht zusammen.

Also gibt sich meine Familie geschlagen und setzt sich neben mich auf die Couch. Oma holt noch vier Tassen mit heißem Bratapfeltee und einen Teller voller Plätzchen, dann bittet sie mich, den Film von vorne zu starten, weil sie sonst doch das Wichtigste verpassen würde, also tue ich ihr den Gefallen.

Und das ist es nun. Mein Weihnachts-Coming-out.

Selbst Peter zieht der Film in seinen Bann. Er kaut sogar an seinen Fingernägeln, was er sonst nur bei Actionfilmen tut. Carols Exmann ist abscheulich. Am liebsten würde ich ihn aus dem Fernseher verbannen, so wütend bin ich auf ihn.

Und dann kommt es zu einer Sexszene. Vielleicht hätte ich Caro vorher fragen sollen, wie explizit dieser Film ist, doch nun ist es zu spät. Während sich beide Frauen vor mir auf dem Fernseher entkleiden, sich gegenseitig an den Brüsten berühren und sich leidenschaftlich küssen, spüre ich, wie meine Wangen von Sekunde zu Sekunde röter werden. Bald werde ich sicherlich als Bratapfel durchgehen. Die Szene ist heiß, keine Frage, und ich werde sie mir bei Gelegenheit sicher noch einmal allein in meinem Zimmer ansehen, aber zusammen mit meinen Großeltern und meinem Bruder? Am liebsten würde ich nach der Fernbedienung greifen und vorspulen, doch das geht nicht. Also sitze ich stumm da und lasse die nächsten Minuten über mich ergehen.

»Na, das war ja mal ein Film«, fasst Opa unsere Stimmung am Ende perfekt zusammen. Während die Credits über den Bildschirm laufen, bin ich voller Adrenalin. Einerseits wegen des Films, andererseits wegen der Worte, die ich gleich aussprechen werde. Und doch ist es einfacher als gedacht. Vielleicht, weil Oma einen Freudenschrei losgelassen hat, als Carol und Therese sich zum ersten Mal geküsst haben, oder weil Peter Carols Exmann so laut verflucht hat.

»Ihr könnt euch vielleicht schon denken, wieso ich diesen Film ausgewählt habe«, fange ich an.

»Weil du einen Hang zur Dramatik hast und dir normale Weihnachtsfilme viel zu kitschig sind?«, schlägt Peter vor.

»Nein. Weil ich Therese sehr gut verstehen kann. Ich bin … war nämlich auch schon mal in ein Mädchen verliebt.«

»Na sapperlott, das sind ja mal Neuigkeiten.« Opa ist der Erste, der etwas sagt, ehe er den Rest seines Bratapfeltees in einem Schluck leert.

»Kenn ich sie?«, fragt Peter mit einem verschmitzten Grinsen. Normalerweise hätte ich ihm jetzt ein Kissen über den Kopf gebraten, aber diese normale Frage freut mich so sehr, dass ich nicht sauer auf ihn bin.

»Also deshalb spielst du so gerne Fußball«, bringt Oma schließlich hervor.

»Nein, Oma. Eine Sportart hat doch nichts damit zu tun, in wen man sich verliebt.«

»Ach, ich weiß ja nicht, bei mir im Häkelverein sind sicher nicht so viele knackige Mädchen wie in deiner Mannschaft.«

»Oma!«, bringt Peter bestürzt hervor, doch Oma lacht nur.

»Ich mach doch nur Spaß, ihr Pappnasen! Und jetzt komm mal her Maus, du bist ja ganz blass.«

Oma zieht mich an sich und umarmt mich. »Ich bin so stolz auf dich«, höre ich ihre Stimme leise an meinem Ohr. Dann spüre ich etwas Feuchtes an meiner Wange.

»Oma, weinst du?«, frage ich bestürzt.

»Nein, das sind diese blöden Kerzen, ich vertrage den Ruß nicht.«

»Meine Mädchen.« Und dann sind da Opas Arme, die uns beide umarmen, und auf einmal muss ich auch weinen, weil eine riesige Last von mir abfällt.

»Hallo? Darf ich auch mitmachen?«, meldet Peter sich zu Wort. Also öffnen wir unsere Umarmung etwas, und er füllt die entstandene Lücke mit seiner Wärme.

»Ich hab euch lieb«, sage ich, und als wir uns kurz darauf

aus der Umarmung lösen, antwortet Oma: »Wir lieben dich, Küken. Egal, wen du liebst.«

Opa schnäuzt sich geräuschvoll die Nase.

»Aber glaub jetzt bloß nicht, dass du den Nachtisch aussuchen darfst!« Peter zwinkert mir zu, und alles ist wie immer. Mit dem kleinen, aber feinen Unterschied, dass ich mich nie wieder vor ihnen verstellen muss.

Lou: *Ich lebe noch!!!*

schreibe ich Theo, als ich kurze Zeit später auf dem Klo sitze und erst einmal darauf klarkommen muss, was gerade passiert ist.

Lou: *Du auch?*

frage ich, als nach ein paar Minuten noch keine Antwort kommt. Mittlerweile habe ich mich in mein Zimmer zurückgezogen. Ich lasse mich auf mein Bett sinken und berichte Caro, wie es gelaufen ist. Sie freut sich sehr für mich, was die beachtliche Menge an Herzaugen-Emojis zum Ausdruck bringt.

Caro: *Und was machst du wegen des Teams? Postest du deinen Text heute noch? Ich könnte es total verstehen, wenn dir ein Coming-out am Tag ausreicht.*

Lou: *Nein, den poste ich trotzdem. Ich möchte einfach, dass sie es wissen. Außerdem kann ich dann beruhigt den Weihnachtsbraten essen. Wenn bis dahin mein Appetit wiedergekommen ist.*

Caro: *Keine Sorge, der wird wiederkommen. Das Team wird super reagieren. Und wenn nicht, kümmere ich mich drum.*

Der Muskelarm-Emoji am Ende ihres Satzes bringt mich zum Lachen. Okay, dann mal los.

Ich klicke mich in meine Notizenapp, kopiere den vorgeschriebenen Text heraus und füge ihn in unsere Team-WhatsApp-Gruppe ein. Für drei Sekunden schließe ich die Augen, atme tief ein und aus, dann drücke ich auf *Senden.*

Lou: *Hey, ich weiß, ihr feiert gerade alle Weihnachten, Chanukka oder seid irgendwo sonst auf der Welt im Urlaub, aber ich wollte euch kurz etwas mitteilen. Ihr seid in den letzten Monaten so ein großer Teil meines Lebens geworden, dass ich es komisch fände, das vor euch zu verheimlichen. Dabei ist es nicht einmal etwas Schlimmes. Ich denke, ich bin lesbisch oder queer, so ganz festgelegt habe ich mich da noch nicht, es gibt so viele Bezeichnungen. Jedenfalls bin ich nicht hetero. Ja, das war es auch schon. Ich* *wünsche euch allen einen wunderschönen Abend und freue mich drauf, im neuen Jahr endlich wieder mit euch auf dem Platz zu stehen! Meiner Platzwunde geht es auch super. Alles Liebe, Lou*

Okay, einatmen, ausatmen. Handy aus und weglegen. Ich habe mir selbst geschworen, erst in einer Stunde wieder nachzusehen, was die anderen geantwortet haben, also lege ich das Handy unter mein Kopfkissen. Als ich danach beschwingt die Treppe nach unten hüpfe, fühle ich mich so leicht wie noch nie. Es ist raus. Es ist draußen. Jetzt wissen es all die Menschen, die mir etwas bedeuten. Ich habe immer noch etwas Angst vor den Reaktionen des Teams, aber allein diese Nachricht abzuschicken und mit meiner Familie zu sprechen, war so ein riesiger Schritt. Ich habe das Gefühl, als würde ich jeden Moment vom Boden abheben, so leicht fühle ich mich.

Nach der Geschenkesuche-Tradition und dem gemeinsamen Baumschmücken steht das Kochen des Abendessens auf dem Plan. Bei uns gibt es wie jedes Jahr Braten, Knödel, Rotkraut und Pilzsauce. Alles regional und das meiste aus unserem eigenen Anbau. Nur das Fleisch holt Opa von einem befreundeten Metzger. Weihnachtslieder summend bereiten Oma und ich den Knödelteig vor, während Peter sich um die Sauce und Opa sich um den Braten kümmert. Nach all den Jahren sind wir ein eingespieltes Team, und jeder hat seine Komponente des Essens perfektioniert.

»Begleitet ihr uns nachher in die Christmette?«, fragt Oma, als der Braten endlich im Ofen ist.

Peter sieht nicht begeistert aus, er hat die Kirchgänge schon immer gehasst. Seiner Meinung nach riecht es dort immer nach abgestandenem Wein und Tod. Ich mag den Geruch der Kirche eigentlich. Es gibt keinen anderen Ort, der so riecht.

»Ich komme gern mit«, erwidere ich also. Für mich ist dieser alljährliche Kirchgang genauso eine Tradition wie das Geschenkesuchen. Ich bete nicht und kenne auch keine Psalmen auswendig, aber ich mag das Gefühl an diesem Abend. Mit all den Menschen zusammen Lieder zu singen und das Krippenspiel zu beobachten. Keine Ahnung, dort hat es mir noch nie etwas ausgemacht, dass so viele Menschen um mich herum waren. Vielleicht, weil sich dort generell jeder höflich verhält und ich den genauen Ablauf und dessen Vorhersehbarkeit mag.

Um sechs decken wir den Tisch und essen kurze Zeit später unser selbstgekochtes Mahl. Nach dem Hauptgang läutet Opa im Wohnzimmer mit einem Glöckchen die Bescherung ein. Ich habe Peter einen neuen Fußball aus dem Internat mitgebracht. Als ich Frau Nielsen gefragt habe, ob ich einen Ball kaufen könne, war sie erst verwirrt, doch als ich Peters leuchtende Augen sehe, weiß ich, dass es die richtige Idee war. Oma bekommt einen Fotokalender, in den ich Bilder von mir, dem Team und der Natur rund um das Internat geklebt habe.

»Damit du nicht vergisst, wie ich aussehe, wenn ich wieder zurückfahre.«

»So schlecht ist mein Gehirn auch noch nicht, junge Dame!«

Opas Geschenk ist das kleinste. Als er das Packpapier zur Seite schlägt, kommt ein kleines dunkelblaues Notizbuch zum Vorschein. »Damit du all deine Weisheiten aufschreiben kannst«, sage ich und beobachte zufrieden, wie er ehrfürchtig über den Einband streicht.

»Gute Geschenke macht derjenige, der stets mit offenen Ohren durch die Welt geht«, gibt Opa sofort einen seiner Lieblingssprüche zum Besten.

Oma verdreht die Augen. »Na, da hast du was angerichtet. Jetzt darf ich mir jeden Tag seinen Schmarrn anhören.«

Nun sind Peter und ich an der Reihe. Ich erhalte das gewünschte Paar neue Fußballschuhe – sie sind in einem kräftigen Blau mit silbernen Streifen darauf, die fast aussehen wie Wellen.

Das alljährliche Selfie vor dem Tannenbaum darf genauso wenig fehlen wie Omas selbstgestrickte Socken, die jedes Jahr noch schöner aussehen, weil sie immer neue Techniken erlernt. Meine sind dunkelgrün und haben kleine Fußbälle am Saum. Ich liebe sie.

Nach der Bescherung essen wir Peters Wunsch-Dessert, und so sehr ich mich auch darüber beschwert habe: Kartoffelpuffer sind doch gar nicht so übel.

Um kurz nach neun gehe ich nach oben in mein Zimmer, um mich für die Christmette schick zu machen. Schick bedeutet in diesem Fall, die Jogginghose und Kuschelsocken gegen eine normale Jeans und weiße Sneaker zu tauschen. Früher habe ich mir sogar mal ein weißes Rüschenhemd angezogen. Das Teil hat grässlich gekratzt.

Erst als ich mich aufs Bett fallen lasse, um die Socken überzustreifen, fällt mir mein Handy wieder ein. Wie konnte ich das nur vergessen?

Ich rolle mich zur Seite, entsperre das Smartphone mit zitternden Fingern und werde überrollt von Liebe.

Caro hat als Erste auf meine Nachricht geantwortet.

Caro: *Bin so stolz auf dich!*

Plus ungefähr hundert Herzen in Regenbogenfarben.

Danach folgt Sam mit einer Pride-Flagge:

Sam: *Willkommen im Club :D*

Da sind so viele Herzen, Zuspruch und lächelnde Smileys, dass ich gar nicht mehr hinterherkomme.

Fayola hat ein Gif von einem Einhorn gesendet, das einen Fußball mit seinem Horn fängt und dazu geschrieben:

Fayola: *So stehst du dann bitte nächstes Jahr immer auf dem Platz :D <3*

Toni hat ebenfalls eine Reihe von Herzen geschickt und mir privat geschrieben, dass sie mich als Freundin unfassbar schätzt und ich immer mit ihr reden kann. Jetzt schießen mir doch wieder Tränen in die Augen. Oh Mann! Wieso habe ich es ihnen nicht schon viel früher gesagt? Weil ich noch nicht bereit war. Jetzt bin ich das. Glaube ich zumindest.

Yukis und Selinas Nachrichten überfliege ich nur, denn da steht Mikas Name. Sie hat meine Nachricht gelesen, und auch wenn es zumindest für sie nichts Neues war, hatte ich nicht mit einer Antwort gerechnet:

Mika: *Du kannst dir sicher sein, dass das ganze Team hinter dir steht! Unsere Mannschaft ist und war schon immer eine Gruppe voller toleranter, liebevoller Menschen, und das schätze ich sehr. Danke für deine Offenheit! <3*

Wow, doch so förmlich? Ich weiß nicht, was ich erwartet habe. Vielleicht eher etwas in die Richtung:

Lou, es tut mir schrecklich leid. Mein Verhalten war ein Fehler. Kannst du mir verzeihen?

Oder auch ein einfaches: *Ich liebe dich.*

Jaaaa, ganz sicher nicht.

Ohne nachzudenken klicke ich Mikas neues Profilbild an. Es zeigt sie in unserem Trikot auf dem Platz, wie sie einen Fallrückzieher vollführt. Perfekte Körperspannung, fliegende Haare. Obwohl ihr Gesicht auf dem Bild kaum zu erkennen ist, sehe ich ihre warmen Augen direkt vor mir.

»Wovor hast du Angst?«, frage ich ihr Profilbild. »Du siehst doch, dass die Mannschaft kein Problem damit hat. Wieso weichst du mir dann immer wieder aus?«

Weil es vielleicht nicht nur darum geht? Ich verstehe immer noch nicht, wie Lukas in all das hineinpasst, aber irgendetwas hat er damit zu tun, da bin ich mir sicher. Ich würde Mika so gerne schreiben, sie fragen, wie es ihr geht. So oft hat sie davon gesprochen, wie sehr sie es hasst, Weihnachten mit ihrer Familie zu verbringen. Was sie jetzt gerade wohl macht? Ich stelle mir vor, wie sie mit ihren Eltern an einem riesigen Tisch voller Köstlichkeiten sitzt und eine einsame Kartoffel auf dem Teller hin und her schiebt, während ihre Eltern mit ihrem Bruder über seine Collegekurse sprechen. Ach Mika …

Wieder sehe ich ihr Profilbild an. Nehme jedes noch so kleine Detail in mich auf. Scheiße, ich hatte gedacht, ich käme damit klar. Aber Fakt ist: Ich vermisse sie unheimlich.

Eine Nachricht von Theo reißt mich aus meinen Gedanken. Sofort klicke ich sie an:

Theo: *Würde sagen, es lief mittelmäßig. Mum versucht damit klarzukommen, Dad leugnet es, und meine Schwester ist vollkommen verwirrt, hat aber versprochen, sich die Videos anzusehen. Keine Ahnung, fühle mich gerade echt mies. Hätte ich es lieber nicht sagen sollen?*

Lou: *Das tut mir so leid.* ☹ *Ich würde am liebsten zu dir kommen und ein Wörtchen mit deinen Eltern reden! Aber leider reagieren sie genauso, wie man es im Internet immer wieder liest. Ist es blöd, wenn ich jetzt sage, lass ihnen Zeit? Vielleicht brauchen sie nur eine Weile, um das alles zu verstehen?*

Theo: *Nein, das ist nicht blöd, das denke ich ja auch. Ich hätte mir nur gewünscht, dass sie es einfach akzeptieren und keine Ahnung, mir sagen, dass es okay ist?*

Lou: *Du bist okay. Mehr als das!*

Theo: *Danke <3 Aber heute ist auch etwas Gutes passiert: Meine Eltern haben mir eine Neuausgabe von Herr der Ringe geschenkt. Und als ich es aufgeschlagen habe, ist mir ein Wort sofort aufgefallen: Istari – ein altes Wort für Zauberer. Eine meiner liebsten Figuren, Gandalf, ist ein Istari. Ich glaube, ich habe einen Namen gefunden, der mir gefällt. Du weißt ja, ich würde das T gerne behalten und da dachte ich … Tari passt. Also bisher hat mich noch niemand so genannt, aber als ich den Namen vorhin aufgeschrieben habe, hat er sich so richtig angefühlt.*

Als ich diese Worte lese, wird etwas in mir auf einmal ganz warm. Ich kann zwar nicht nachempfinden, was genau in Tari vorgeht, aber dieser Name passt. Er passt so viel besser. Also klicke ich auf das kleine Bearbeiten-Symbol neben deren Namen und ändere ihn. Dann mache ich einen Screenshot, schicke Tari das Bild und schreibe dazu:

Lou: *Ich mag deinen neuen Namen sehr! <3*

Tari: *Wirklich? Er klingt nicht zu seltsam?*

Lou: *Nein, absolut nicht. Und selbst wenn: Ich habe letztens ein Buch beendet, da hieß eine Figur Eitelfritz Krautwurm.*

Tari schickt mehrere Lach-Emojis.

Tari: *Das Buch musst du mir unbedingt ausleihen. Wobei ich fürs Erste versorgt bin. Ich habe genug Bücher geschenkt bekommen, um mich einen Monat in meinem Zimmer zu verkriechen. Ist vielleicht gar keine so schlechte Idee. Mama ruft zum Dessert, ich melde mich, falls es was Neues gibt.*

Lou: *Du kannst mir auch so jederzeit schreiben.*

Tari: *Danke, aber ich will dich nicht nerven.*

Lou: *Du nervst nicht, Tari! <3*

Tari: *Okay. Hab noch einen schönen Abend* 😊

Lou: *Lass den Kopf nicht hängen, das wird schon!*

Tari: *Du klingst wie einer dieser dämlichen Kalendersprüche.*

Lou: *Ich lebe bei meinen Großeltern, die lieben solche Kalender.*

Tari: *Stimmt, das hatte ich vergessen :D*

»Louise, wo bleibst du denn? Wir kommen noch zu spät«, ruft Oma von unten und holt mich damit zurück ins Hier und Jetzt.

DAS HEUBODEN-MÄDCHEN

Es ist stockdunkel, doch der Weg zur Kirche wird von einigen Laternen beleuchtet. Es schneit nicht, aber ein paar gefrorene Schneereste liegen auf den dunklen Büschen, die das Tor der Kirche flankieren. Es ist nur ein kleines, hohes Steingebäude mit einem einfachen Turm. Keine pompöse altertümliche Kirche.

Vor der alten Eichentür tummeln sich bereits die Menschen. Die meisten von ihnen kenne ich, immerhin sind sie jedes Jahr hier. Der Pfarrer steht draußen vor der Tür und begrüßt die Gemeindemitglieder. Opa bleibt stehen, um sich mit jemandem zu unterhalten. Als ich mich umdrehe, erkenne ich ihn sofort.

Unser Bürgermeister ist ein hochgewachsener Mann mit graumelierten, aber vollen Haaren und einer runden Brille. Er hat seinen besten Mantel angezogen und wirkt souverän wie eh und je. Hinter ihm entdecke ich seine Frau, die sich mit einer Freundin unterhält und daneben, etwas im Schatten, so als wolle sie gar nicht hier sein: Leonie.

Sofort flackern die Bilder wieder vor mir auf. Der Heuboden. Unsere Schlafsäcke. Der Kuss.

Was macht sie hier? Eigentlich besucht sie schon seit Jahren nicht mehr den Gottesdienst. Vielleicht hat ihr Vater sie dazu gezwungen.

Ich will mich abwenden und Oma und Opa bitten, doch endlich reinzugehen, doch da entdeckt sie mich. Offenbar ist sie genauso überrascht, mich hier zu sehen, wie ich es bin. Vielleicht dachte sie, ich würde die Ferien im Internat verbringen. Jedenfalls scheint sie nicht zu wissen, ob sie etwas sagen oder mich generell begrüßen soll. Also entsteht eine ziemlich unangenehme Situation, in der wir uns einige Sekunden lang ansehen, halb den Mund öffnen, um dann schließlich doch den Kopf abzuwenden.

Als wir kurz darauf endlich das Kirchentor durchschreiten und das warme Kerzenlicht uns im Inneren empfängt, spüre ich Leonies Blicke so deutlich im Rücken, als würde sie mich mit Eiszapfen durchbohren.

Den Gottesdienst kann ich nicht genießen. Nicht einmal das schöne Krippenspiel und die Performance der dorfeigenen Band, die den klassischen Kirchenliedern einen modernen Anstrich verpasst. Immer wieder flackert mein Blick zu Leonie.

Mit ihr verbunden sind all die schlechten Erinnerungen der letzten Jahre. All die blöden Sprüche auf dem Schulflur, all die abschätzigen Blicke ihrer Clique. Wie naiv ich doch war, zu ihnen gehören zu wollen. Was ich nicht alles getan habe, um ein Teil von ihnen zu sein.

Jetzt weiß ich, wie sich richtige Freundschaft anfühlt. Wie es ist, wenn man füreinander da ist und einem die andere Person wichtig ist. Das hätte ich in Leonie und ihren Freundinnen niemals gefunden. Und doch ist da immer noch etwas Unausgesprochenes zwischen uns. Etwas, das nicht weggehen wird, ehe wir nicht endlich miteinander geredet haben. Ich war noch nie jemand, der einfach so auf Menschen zugegangen ist und sie angesprochen hat. Schon gar nicht so jemanden wie Leonie. Aber als der Gottesdienst vorbei ist und meine Großeltern schnell den Heimweg antreten wollen, weil Opa beim letzten Lied schon eingenickt ist, sage ich, dass ich noch kurz bleiben möchte.

Was genau ich mir von dem Gespräch erhoffe, weiß ich auch nicht. Aber so kann es nicht weitergehen. Ich will keine Angst haben, wenn ich Leonie oder ihren Freundinnen in Zukunft begegne. Ich will mich nicht klein und minderwertig fühlen, denn das bin ich nicht.

»Leonie, kann ich kurz mit dir sprechen?«

Ich erwische sie und ihre Eltern, kurz bevor sie in ihr Auto steigen.

»Louise, das ist ja eine Überraschung. Wie ist das Internat?« Der Bürgermeister sieht mich höflich lächelnd an, dennoch ist klar, dass er gern in sein warmes Auto steigen würde.

»Das Internatsleben ist eine komplett neue Erfahrung. Ich will Sie gar nicht lange aufhalten, dürfte ich nur kurz mit Leonie sprechen?«

Er tauscht einen Blick mit seiner Tochter und nickt dann.

»Natürlich. Aber macht nicht zu lange, deine Mutter muss sich hinlegen.«

Leonie tritt zu mir. Ihre blauen Augen mustern mich argwöhnisch. So als hätte sie Angst, ich würde sie hier in einen Hinterhalt locken.

»Hi«, sage ich und verfluche mich, weil ich nicht mehr herausbekomme. Dabei hatte ich mir extra die richtigen Sätze zurechtgelegt.

»Hi?« Sie sieht nun wirklich verwirrt aus.

»Okay, bringen wir es hinter uns.« Ich hole tief Luft und balle die Hände zu Fäusten. Das hier fühlt sich an, als würde ich in die Schlacht ziehen. Wer weiß, vielleicht bin ich mittlerweile ja genauso mutig wie Kimari.

»Also, ich wollte nur mit dir sprechen, um etwas klarzustellen. Denn wir beide wissen, dass es extrem seltsam zwischen uns ist, seit diese Sache auf dem Heuboden passiert ist. Und ich will das endlich aus der Welt schaffen.«

Leonies Augen haben sich geweitet, und sie wirft einen raschen Blick auf das Auto hinter sich. Offenbar hat sie Angst, dass ihre Eltern uns hören könnten. Sie greift meine Hand und zieht mich auf die andere Straßenseite.

»Nicht vor meinen Eltern!«, zischt sie, während ihre Wangen sich in der Kälte dunkelrot färben. Nach all den Jahren ist ihr unser Kuss immer noch peinlich? Ich spüre einen Stich in meiner Magengegend, aber ich kann jetzt keinen Rückzieher mehr machen.

»Ich rede von unserem Kuss, Leonie.«

»Das weiß ich doch, bin ja nicht blöd«, sagt sie schließlich und wirft immer wieder Blicke zu dem Auto ihrer Eltern.

»Das ist fast vier Jahre her. Vier. Ich habe nie verstanden … Ich will nur wissen, wieso du danach nie wieder mit mir gesprochen hast.«

Wieder muss ich an Mika denken und daran, dass mit ihr fast genau das Gleiche passiert ist. Aber vor vier Jahren war ich gelähmt vor Angst und habe die Schuld bei mir gesucht. Das ist jetzt anders.

»Also, kannst du mir eine Antwort geben?«

Zu meiner Überraschung sacken Leonies Schultern nach unten, und ihre blonden Haare fallen ihr ins Gesicht.

»Nein.«

Was soll das jetzt? Kann sie mir keine Antwort geben, oder will sie nicht?

»Ich meine, es gibt keine Antwort. Ich … Es tut mir leid, Louise, wirklich.«

Leonies Stimme ist so leise, dass ich sie kaum hören kann.

Ich erkenne Teile des Mädchens von damals wieder. Ihre Stupsnase, der Duft ihres Shampoos, ja selbst die Form ihrer Lippen hat sich nicht geändert. Nur war die Leonie von damals stets fröhlich und liebenswert. In der Schule gibt sie sich nun selbstbewusst und distanziert, aber hier, vor mir, wirkt sie einfach nur unfassbar traurig.

Ich weiß nicht, was ich sagen soll, doch das ist egal, denn auf einmal redet Leonie weiter.

»Als ich nach unserem Kuss nach Hause kam, habe ich es direkt in mein Tagebuch geschrieben. Immerhin war das mein erster Kuss, und ich wollte festhalten, wie er sich angefühlt hat. Ich wusste nicht, dass meine Mutter das lesen würde, aber irgendwie hat sie das Buch wohl gefunden und es dann meinem Vater erzählt und …« Wieder wandert ihr Blick zurück zum Auto.

»Der hat nicht gerade begeistert reagiert. Und Mama auch nicht. Sie waren angewidert und haben mir verboten, dich weiterhin zu treffen.«

»Wie bitte?« Ich kann es nicht fassen. Nicht nur, dass ihre Eltern einfach so ihr Tagebuch gelesen haben, nein, dieser verlogene Mistkerl hat mich jahrelang höflich gegrüßt, wenn er auf den Hof kam. Dabei wusste er ganz genau, was zwischen seiner Tochter und mir vorgefallen war. Meine Hände verkrampfen sich zu Fäusten.

»Ich weiß, ich hätte mit dir sprechen sollen, aber ich hatte Angst. Die anderen haben sich auch so seltsam verhalten. Ich glaube, Chayenne hat uns damals beobachtet. Sie meinte zumindest, dass sie die ganze Nacht nicht schlafen konnte, und … Das alles ist keine Entschuldigung, das weiß ich.«

Ich stehe immer noch fassungslos vor ihr. Vor dem Mädchen, das so viele Monate in meinem Kopf herumgespukt ist. An das ich selbst jetzt noch ab und zu denke. Jedes Mal, wenn ich auf dem Heuboden bin oder Apfelmus esse. Ich habe keine Gefühle mehr für sie, aber die Erinnerung an die Gefühle von damals wird wohl nie ganz verschwinden.

Vielleicht greife ich deshalb nun nach ihrer Hand und sehe ihr fest in die Augen. Weil ich ihr nun nicht mehr böse sein kann. Denn ich verstehe, wieso sie auf Abstand gegangen ist. Ich verstehe es viel zu gut.

»Danke. Ich dachte immer, du hasst mich. Keine Ahnung, ich habe geglaubt, ich hätte mit diesem blöden Kuss unsere Freundschaft zerstört …«

»Das hast du nicht! Und es war kein blöder Kuss.« Leonie sieht mir nun wieder in die Augen und erwidert den Druck meiner Hand. »Es war der perfekte erste Kuss.«

Nun lächelt sie sogar.

»Leonie, kommst du jetzt bitte?« Die Stimme ihres Vaters durchschneidet die Nacht, und ihre Hand zuckt zurück und lässt meine fallen.

»Entschuldige, aber ich muss. Danke für das Gespräch und … Es war schön, dich wiederzusehen.«

Ich nicke nur und hebe die Hand zum Abschied. »Frohe Weihnachten.«

Sie schenkt mir ein letztes gehetztes Lächeln, dann steigt sie in das schwarze Auto ein, und kurze Zeit später bin ich allein.

Ich weiß nicht, ob ich jemals wieder mit Leonie befreundet sein kann. Dafür ist einfach zu viel vorgefallen. Aber ich verstehe endlich, wieso sie damals den Kontakt abgebrochen hat. Außerdem hat ihr der Kuss gefallen. So blöd das klingt, das zu wissen, macht mich glücklich.

Ich würde Leonie gerne helfen und ihr zeigen, dass man auch mit einer weniger toleranten Familie zu sich selbst stehen kann, aber ich weiß nicht, ob sie das möchte. Wäre das Internat nicht so weit entfernt, würde ich sie zu einem »Queer & Friends«-Treffen einladen. Aber vielleicht würde es ihr schon helfen, online mit anderen zu schreiben. Ich könnte sie fragen, ob sie in unsere WhatsApp-Gruppe möchte. Zumindest bei Facebook bin ich noch mit ihr befreundet. Ja, das ist eine gute Idee.

Während ich nach Hause laufe, wird mir klar, was heute alles passiert ist. Ich habe mich bei meiner Familie und beim gesamten Team geoutet, und ich habe mit dem Mädchen geredet, das mir während all der Jahre nicht aus dem Kopf gegangen ist. Ich habe offen ausgesprochen, was ich denke und fühle und mich dabei so vielen Ängsten gestellt, dass es kein Wunder ist, dass sich mein Körper nun anfühlt, als wäre ich einen Marathon gelaufen.

Das Letzte, was ich denke, als ich endlich in meinem Bett liege, ist: Ich war noch nie in meinem Leben so müde.

DIE GESCHICHTE VOM PRINZEN

Die nächsten Tage vergehen wie im Flug. Ich verbringe viel Zeit mit Peter, weil es schön ist, ihn wieder jeden Tag um mich zu haben. Er nimmt mich mit auf den Bolzplatz, wo ich überraschte Blicke ernte, als ich jeden Ball fange.

»Da habt ihr's, Leute«, meint Peter, als ich einen besonders schwierigen Torschuss vereitle. »Meine Schwester stellt uns alle in den Schatten.« Anerkennend nickt er mir zu, und als ich den Ball in einem hohen Bogen zurück aufs Feld schieße, fühle ich mich so leicht, als würde ich selbst durch die Luft segeln.

Am dreißigsten Dezember fahre ich mit Oma und Peter in den Großmarkt in der nächsten Stadt, um alles für das Silvesteressen einzukaufen. Nach den recht ruhigen Tagen auf unserem Hof habe ich das Gefühl, von all den Menschen und Geräuschen erschlagen zu werden, sobald wir den Laden betreten. Wieder einmal bin ich sehr dankbar, dass Oma und Peter merken, wenn mir alles zu viel wird. Peter schlägt vor, dass ich mir den Einkauf einfach als Mario-Kart-Challenge vorstellen soll.

»Siehst du diese Banane da auf dem Boden? Fast wie im

echten Spiel«, meint er, als wir durch die Obst- und Gemüseabteilung laufen und bringt mich damit in all der Hektik tatsächlich zum Lachen. Während ich mich also am Wagen festklammere und ihn durch die Gänge manövriere, laden Oma und Peter all die wichtigen Items ein, die wir brauchen, um das Spiel zu gewinnen. Ich konzentriere mich nur auf den Gegenverkehr und wütende Mitspielende und schaffe es so bis ans Ziel: die zwanzig Meter lange Schlange. Die Endgegnerin.

Nachdem wir sie besiegt haben, gönnen wir uns ein Siegesmahl bei Subway. Eine von den Fastfoodketten, die Oma verteufelt, aber dann doch einmal im Jahr mit uns hinfährt, weil die Kekse dort ganz passabel sind.

Und dann ist der einunddreißigste Dezember.

Wir sitzen bei einem späten Silvesterbrunch und hören kitschige Schlagermusik aus dem Radio. Oma fährt total darauf ab, wir anderen eher weniger. Opa wirft mir über den Tisch hinweg einen gequälten Blick zu und tut so, als halte er sich mit den zwei Tomaten in seiner Hand die Ohren zu. Peter prustet in seinen Kaffee, doch Oma bekommt nichts von alledem mit. Sie schunkelt leicht auf ihrem Stuhl hin und her und summt die Melodie mit, während sie ihr Brötchen mit Honig beschmiert.

Draußen vor dem Fenster fallen kleine weiße Flocken herab, und ich überlege gerade, wie ich die letzten Stunden in diesem Jahr nutzen will, als es an der Tür klingelt.

»Ach, das wird Holger sein. Ich hatte ihn gebeten, uns frischen Käse vorbeizubringen«, meint Opa.

»Ich geh schon«, sage ich, weil es ewig dauert, wenn er sich mit seinem Bruder verquatscht.

Ich öffne die Tür, und mein Herz setzt aus. Das ist nicht Holger.

»Hi, ich weiß, ich bin zu spät, aber …« Dort, auf unserer Türschwelle, steht Mika. Die Haare vom Wind zerzaust, die Wangen feucht vom geschmolzenen Schnee. Ihre grüne Winterjacke ist ebenfalls nass, genauso wie ihre Hose und die schwarzen Stiefel, die noch dazu voller braunem Schlamm sind.

Sie hat gesagt, sie ist zu spät? Zu spät für was?

»Was machst du hier?«, bringe ich erstickt hervor.

»Weißt du nicht mehr? Du hast mich zu euch eingeladen.«

Doch, natürlich weiß ich das noch. Aber das war, bevor wir uns geküsst und danach ignoriert haben. Das war in einem anderen Leben.

»Entschuldige, dass ich dir nicht vorher geschrieben habe, mein Handyakku ist schon seit Stunden leer. Wenn die Einladung nicht mehr gilt oder ich störe, gehe ich wieder.« Mika dreht sich auf dem Absatz um, schultert ihre Reisetasche und macht Anstalten, durch den Schnee zurückzustapfen.

»Warte!«, rufe ich, weil ich bei diesem Wetter niemanden wegschicken würde. Nicht einmal das Mädchen, das mir das Herz gebrochen hat.

»Komm rein«, sage ich also und trete zur Seite.

Als Mika tropfend unseren Flur betritt und die matschigen Schuhe auszieht, frage ich mich, wie sie überhaupt hierhergekommen ist.

Auf dem Hof sind keine Reifenspuren zu sehen. Ist sie den ganzen Weg vom Bahnhof zu Fuß hierhergelaufen?

»Louise, wer ist denn da?«, kommt die Stimme meines Opas aus der Küche. Na wunderbar. Was sage ich denn jetzt?

Hi Oma, Opa, das hier ist Mika. Ihr kennt sie nicht, aber ich habe sie schon vor Wochen zu uns nach Hause eingeladen und euch nie um Erlaubnis gefragt. Ach so, und außerdem bin ich bis über beide Ohren in sie verliebt. Also war ich. Bin ich. Was auch immer.

Nein, so kann ich sie auf keinen Fall vorstellen.

Doch zu meiner Überraschung läuft Mika einfach an mir vorbei und stellt sich selbst vor.

»Hallo Herr und Frau Schäfer. Ich bin Mika Barendorf. Louise und ich teilen uns ein Zimmer im Internat. Meine Eltern sind über die Feiertage bei meinem Bruder in Oxford, deswegen war Louise so nett, mich hierher einzuladen. Ich hoffe, ich mache Ihnen keine Umstände?«

Ich bin Mika gefolgt und stehe nun etwas perplex hinter ihr in der Küchentür. Ich wusste ja, wie geschwollen Mika reden kann, aber das hier übertrifft alles. Außerdem habe ich sie noch nie so oft meinen Namen sagen hören. Ich will nicht, dass es mir gefällt. Ich will mich nicht darüber freuen, dass sie wie aus dem Nichts hier aufgetaucht ist, doch das tue ich.

»Ach, wie schön. Hallo. Natürlich macht das keine Umstände, wir freuen uns, wenn der Tisch voll besetzt ist.« Oma lächelt Mika liebevoll an.

»Ich bin Herbert, das hier ist Helga, du kannst uns gerne duzen«, kommt es von Opa.

»Und falls es irgendjemanden interessiert, ich bin der coole Bruder von der da.« Peter zeigt grinsend auf mich und prostet Mika dann mit seiner Kaffeetasse zu.

»Peter, oder?«

Er nickt erfreut.

Ich kann es immer noch nicht fassen, dass sie hier vor mir steht. Dass ich nur die Hand ausstrecken müsste, um sie zu berühren.

»Louise, willst du Mika nichts zu trinken anbieten?«, rügt Oma mich für meine schlechten Manieren.

»Natürlich. Ähm, willst du Tee, Kaffee oder so? Wir haben auch Säfte.«

Mika dreht sich um und ist mir auf einmal so nah, dass ich

den Geruch des Schnees riechen kann, der an ihren Haaren haftet.

»Tee wäre super, danke.«

Ich zwänge mich an ihr vorbei in die Küche und suche im Schrank nach einer Tasse ohne Tiermotive oder peinlichen Spruch. Währenddessen höre ich, wie Oma Mika einen Stuhl anbietet.

Sie ist hier, wiederhole ich immer wieder in meinem Kopf, und doch kommt die Information nicht bei mir an. Vielleicht bin ich auch deswegen nicht wütend. Weil das alles so unwirklich ist. Als ich Mika das letzte Mal gesehen habe, war sie kalt und abweisend zu mir, und ich habe dieses Verhalten erwidert. Jetzt ... sitzt sie in meiner Küche und unterhält sich mit meiner Familie über das Wetter.

Bin ich im falschen Film?

Mein Kopf ist vollgestopft mit Fragen. Wie ist sie hierhergekommen? Wieso hat sie mir nicht vorher geschrieben? Was will sie hier? Und die wichtigste Frage: Was will sie von mir? Am liebsten hätte ich alle auf einmal gestellt, doch das muss warten. Fürs Erste beobachte ich Mika dabei, wie sie ihre eisigen Finger um die heiße Tasse Tee legt und sich ein wenig von Omas selbstgemachter Marmelade aufs Brötchen schmiert.

Opa wirft mir einen fragenden Blick zu, und mir ist klar, dass er nachher von mir wissen will, wieso ich Mikas Besuch nicht angekündigt habe. Tja, das dürfte eine längere Geschichte werden.

Mika wirkt in meinem Zimmer wie ein Fremdkörper. Sie gehört ins Internat, nicht auf unseren Bauernhof. Und doch ist sie hier und probiert das Paar Socken an, das ich ihr eben aus meinem Schrank geholt habe. Nicht nur ihre Schuhe waren durchweicht, sondern auch ihre Socken. Als Oma gesehen hat, wie durchgefroren Mika ist, hat sie sie quasi dazu gezwungen, erst einmal heiß zu duschen.

Jetzt sitzt Mika in meinem Lesesessel, hat die nassen Haare mit einem Handtuchturban nach oben gebunden und trägt einen alten Pullover aus meinem und eine Jogginghose aus Peters Schrank. Offenbar hat sie in ihrer Tasche keine Wechselklamotten mitgebracht, sondern nur ihren Kosmetikbeutel und die Laufschuhe, die für diese Jahreszeit eigentlich viel zu dünn sind. Ich frage mich, wieso die sonst so modebewusste Mika keine Klamotten dabei hat, entscheide mich aber dagegen, den Gedanken laut zu äußern.

»Schönes Zimmer«, ist das Erste, was Mika sagt, seit sie aus dem Bad gekommen ist. Sie mustert die gerahmten Bilder auf der Kommode und die vielen Bücher in dem Regal neben meinem Bett.

Ich lasse mich auf meiner Matratze nieder und stelle dann die Frage, die mich einfach nicht loslässt:

»Was machst du hier, Mika?«

»Dich besuchen?« Sie weiß selbst, dass diese Antwort nicht reichen wird. Schließlich ist es nicht so, dass wir gerade die besten Freundinnen wären. Sie hat mich in den letzten drei Wochen komplett ignoriert. Die Antwort auf mein Comingout in der Mannschaftsgruppe einmal ausgenommen.

»Mich besuchen, aha«, antworte ich also nur.

»Lukas und ich haben Schluss gemacht.«

Sie sieht mich nicht an, als sie das sagt, sondern starrt stattdessen aus dem Fenster. Denkt sie, dass das eine Art Entschuldigung ist? Wow, sie hat sich von ihrem Fake-Freund getrennt. Wunderbar.

»Schön für euch«, antworte ich und kann nicht verhindern, dass meine Stimme nur so vor Sarkasmus trieft. Das passt so gar nicht zu mir. Ich bin Louise, ich bin immer nett und entschuldige mich sogar für Dinge, für die ich absolut nichts kann. Aber Mika hat mich verletzt. Mehr als das. Sie hat einen Stachel in mein Herz gebohrt, und ihre Anwesenheit hier in meinem Zimmer sorgt nur dafür, dass er sich immer tiefer in mein Fleisch gräbt.

»An dem Tag, als wir aus London zurückgekommen sind. Da habe ich mich von ihm getrennt.«

Warte, was? Aber sie ist ihm doch so stürmisch in die Arme gefallen. Meine Verwirrung muss mir anzusehen sein, denn Mika setzt zu einer Erklärung an:

»All das, diese Fake-Beziehungs-Sache war eine absolut bescheuerte Idee, das weiß ich. Am Anfang haben wir beide alles nur gespielt, und es war auch ganz lustig, aber dann … Wir haben so viel Zeit miteinander verbracht, und ich glaube, ich habe mich wirklich in ihn verliebt. Verstehst du? Er ist ein wundervoller Mensch, und niemand am Internat kennt mich so gut wie er, deswegen … Es hat sich angefühlt, als würde ich ihn betrügen, wenn ich … Wenn ich an dich gedacht habe.«

Stille. Ich hatte keine Ahnung, dass sie so fühlt. Sicher, ich habe mich oft gefragt, was das zwischen ihnen ist, aber damit hatte ich nicht gerechnet.

»Und hat Lukas deine Gefühle erwidert?«, frage ich.

»Nein, er liebt eine andere.« Wir wissen beide, von wem sie redet, sprechen Tonis Namen aber nicht aus.

»Wir haben die Beziehung trotzdem weitergeführt, weil wir beide sonst Probleme bekommen hätten. Aber dann kamst du ans Internat, und alles hat sich geändert.«

»Ach ja?«

»Ja. Auf einmal wusste jemand von unserem … Arrangement. Wir hatten Angst, dass du uns verraten könntest.«

»Was ich nicht getan habe.«

»Nein, und das hat mich total überrascht. Zu Beginn fand

ich dich seltsam und auch etwas nervig, aber du hast dichtgehalten. Was kaum jemand an dieser Schule getan hätte.«

Was soll ich darauf erwidern? Ich war noch nie eine große Freundin von Lästereien, und was hätte es mir gebracht, Mikas Geheimnis zu verraten? Nur eine angefressene Mitbewohnerin, nein danke.

»Das ist ja alles schön und gut, aber wenn Lukas nicht in dich verliebt war, wieso seid ihr dann zusammengeblieben? Was für Probleme hättet ihr bekommen? Du meintest mal, deine Eltern würden dich auf ein anderes Internat schicken, aber wieso hat Lukas da mitgemacht? Ich versteh es einfach nicht.«

Mika seufzt und lässt sich nach hinten in den Sessel fallen. Auf einmal wirkt sie unfassbar müde.

»Im Nachhinein war es so dumm. So eine unglaublich dumme Idee … Willst du die Kurzfassung?«

»Wenn die Langfassung bis nach Mitternacht dauern würde, dann ja. Immerhin würde ich das neue Jahr gern ohne dramatische Enthüllungen starten.«

Mika lächelt müde und überlegt dann offensichtlich, wie sie am besten anfangen soll.

»Letztes Jahr im Winter waren meine Eltern bei Lukas' Familie zu Gast. Er lebt nicht in Deutschland, und seine ganze Familie ist auch etwas spezieller … Jedenfalls verbrachten wir ein ganzes Wochenende zusammen. Seine Eltern hatten zu einer großen Spendengala geladen, und uns war langweilig. Später am Abend wurde dann der Ball eröffnet, und Lukas wurde von immer neuen Mädchen zum Tanzen aufgefordert. Er ist in seiner Heimat ein begehrter Junggeselle.

Irgendwann war er so genervt davon, dass er mich angefleht hat, doch mit ihm zu tanzen, damit er endlich Ruhe habe. Also tat ich ihm den Gefallen. Und es machte Spaß.

Wir lachten viel und verbrachten den Rest des Abends auf der Tanzfläche. So kam es, dass seine Eltern und meine annahmen, wir würden uns daten.

Du musst wissen, sie sind generell sehr darauf bedacht, mit wem Lukas seine Zeit verbringt, und ich bin in ihren Augen … Wie sagt man so schön? Eine gute Partie.«

»Eine gute Partie? Das klingt ja so, als sei er ein Prinz.« Mein Lachen erstirbt sofort, als ich Mikas Gesichtsausdruck sehe.

»Warte mal, er *ist* ein Prinz!?«

»Lukas zu Dänemark, ja. Zwar nur Platz vier in der Thronfolge, aber da seine Geschwister aktuell vergeben sind, versuchen trotzdem ständig irgendwelche einflussreichen Leute, ihre Töchter mit ihm zu verkuppeln.«

»Ich komm nicht ganz mit. Lukas ist ein dänischer Prinz?«

Nicht zu fassen. Und ich habe mit ihm über so belanglosen Kram wie Currywurst geredet.

»Genau wegen so einer Reaktion hält er das am Internat auch geheim. Nur sein engster Kreis weiß Bescheid, also Rick, natürlich auch sein Vater, immerhin ist er der Schuldirektor, und ich. Und Toni …«

»Toni weiß es?«

»Lukas' Status ist sozusagen der Grund dafür, weshalb sie keine Beziehung eingehen dürfen.«

»Aber wieso das denn? Toni ist doch genau so eine Internatsschülerin wie du.«

Mika rutscht unruhig auf dem Lesesessel herum und springt dann plötzlich auf, um in meinem Zimmer umherzutigern. Wenn sie mir jetzt verrät, dass sie die Prinzessin von Indien ist, dann springe ich aus dem Fenster! Gibt es in Indien überhaupt Prinzessinnen? Keine Ahnung.

»Ich dürfte dir das alles eigentlich gar nicht sagen.«

»Und wieso tust du es dann?« Das interessiert mich wirklich.

»Weil ich …« Sie hört auf, wild in meinem Zimmer hin und her zu laufen und bleibt vor mir stehen. »Weil ich hoffe, dass du das alles dann besser verstehst.«

»Also bisher verstehe ich nur Bahnhof.«

Das erste Mal an diesem Tag lacht Mika. Und es ist ihr echtes Lachen. Ich kann nicht verhindern, dass es mein Herz wärmt.

»Tonis Familiensituation ist etwas heikel … Ihr Vater saß mehrere Jahre im Gefängnis, und ihr Bruder hat ebenfalls einen Eintrag, weil er mit Drogen gedealt hat.«

Das kann nicht stimmen. Irgendetwas in mir sträubt sich dagegen, dieser Aussage zu glauben. Doch dann fällt mir ein, wie Toni jedes Mal ausgewichen ist, wenn ich mehr über ihre Familie erfahren wollte. Offenbar hat auch sie dicke Mauern um sich aufgebaut, und ich habe sie nicht einmal bemerkt.

»Du musst versprechen, das niemandem zu sagen, okay? Auch nicht Toni. Sie versucht alles, um das am Internat geheim zu halten.« Mika sieht mich durchdringend an, und ich kann nur nicken.

»Also können sie deswegen nicht zusammen sein? Weil ein Prinz keine Beziehung mit jemandem eingehen kann, der aus solch einer Familie kommt?«

»Das trifft es sehr gut, ja.«

»Scheiße.« Die arme Toni. Ich hatte ja keine Ahnung.

»Lukas und ich wurden von unseren Eltern also als das Traumpaar schlechthin auserkoren. Als ich meinen Eltern erklärt habe, dass wir nur gut befreundet sind, haben sie gelacht. Und dann gemeint, dass ich mir noch einmal gut überlegen sollte, was für Chancen mir eine Beziehung mit ihm bringen würde. Dass er der Grund dafür ist, dass ich überhaupt am Internat bleiben darf, weißt du ja bereits.«

Stimmt, das hat sie mir schon vor Wochen erzählt. Ich hatte nur keine Ahnung, was dahintersteckt.

»Aber …« In meinem Kopf rasen so viele Informationen gleichzeitig umher, dass es mir schwerfällt, klar zu denken, doch eine Sache bleibt dann doch hängen.

»Wenn ihr nicht mehr zusammen seid, nehmen dich deine Eltern jetzt vom Internat?«

Mika, die bis eben noch vor mir stand, dreht sich um und läuft zurück zum Sessel. Offenbar will sie sich nicht neben mich aufs Bett setzen.

»Kann sein, ja. Ich … Deshalb musste ich da raus. Ich habe ihnen gestern beim Frühstück erzählt, dass Lukas und ich kein Paar mehr sind. Sie haben einfach nicht aufgehört, danach zu fragen. Tja, und dann ging es los.«

Mikas Blick verdüstert sich. »Ich erspare dir die Details, aber ich konnte keine Sekunde länger dort bleiben, deswegen habe ich nur das Nötigste zusammengesucht und bin in den Flieger gestiegen.«

Mein Blick fällt auf ihre kleine Reisetasche. Das erklärt die fehlenden Klamotten.

»Und es ist absolut scheiße von mir, hier einfach so bei dir aufzutauchen, das ist mir klar. Du hättest mir die Tür vor der Nase zuschlagen können. Ehrlich gesagt habe ich damit gerechnet, dass du genau das tust. Aber …« Sie hebt ihren Kopf, und unsere Blicke treffen sich. »Ein winziger Teil von mir hat gehofft, dass du das nicht machst.«

Ich bin wie erschlagen. Mika ist von ihren Eltern abgehauen und zu mir geflüchtet? Lukas ist ein Prinz und Tonis halbe Familie vielleicht kriminell? Dass mein Kopf noch nicht geplatzt ist, wundert mich wirklich.

»Tut mir leid, ich weiß, das sind sehr viele Informationen auf einmal, und ich will dich auch nicht mit meinen Problemen vollladen.«

»Was willst du dann?«, frage ich, doch meine Stimme klingt nicht mehr so hart wie noch vor wenigen Minuten.

»Dich um Entschuldigung bitten. Dafür, dass ich dich ignoriert habe. Und dafür, dass ich so getan habe, als hätte mir unser Kuss nichts bedeutet.«

Bei dem Wort ›Kuss‹ zuckt mein Blick zu ihren Lippen. Ich kann mir nicht helfen.

»Aber er hat dir etwas bedeutet?« Wieder sieht Mika mich an. Lange, durchdringend. »Sonst wäre ich nicht hier.«

Stille. Ich höre ihren Atem, der genauso schnell geht wie meiner.

»Ich weiß nicht, ob ich wirklich in Lukas verliebt war, aber ich habe mich von ihm getrennt, weil ich gemerkt habe, dass ich für dich viel mehr empfinde.« Sie schluckt. »Das hätte ich schon früher tun sollen.«

Nun ist es an mir zu schlucken, mein Mund fühlt sich an wie eine Wüste. »Was …?«, ich räuspere mich. »Was meinst du damit, du hättest es früher tun sollen?«

Mika spielt mit einer meiner Tintenpatronen, die sie auf dem Schreibtisch gefunden hat. Stupst sie mit einem Finger an, sodass sie sich im Kreis dreht.

»Ich hätte mich früher von ihm trennen sollen. Als ich gemerkt habe, was ich für dich empfinde, war es mir eigentlich klar, aber … Hey, wenn Lukas ein Prinz ist, dann bin ich die Königin des Verdrängens.« Sie versucht einen Witz zu machen, doch wir können beide nicht darüber lachen. Weil das hier gerade zu ernst ist. Weil mir mein Herz bis zum Hals schlägt.

»Wann hast du das gemerkt?«, frage ich, und meine Stimme

zittert. Gleichzeitig frage ich mich, wann ich zum ersten Mal dachte, dass meine Gefühle für Mika mehr als nur freundschaftlich sind.

»An diesem Morgen am Meer. Als wir zusammen joggen waren und du mir von deinen Ängsten erzählt hast.«

Dieser Tag liegt Monate zurück.

»Wobei …« Nun scheint sie zu überlegen. »Vielleicht auch schon vorher …« Verlegen sieht sie zur Seite und streicht sich eine ihrer langen Strähnen hinters Ohr.

»Und was hat Lukas dazu gesagt?« Es ist das Einzige, was mir darauf einfällt, weil mein Gehirn immer noch nicht verarbeiten kann, was sie mir da gerade gebeichtet hat.

»Er hat es sich schon gedacht.« Jetzt lächelt sie leicht und zwirbelt die Strähne in ihrer Hand weiter um ihren Finger. »Ich habe bei unseren Treffen meistens über dich geredet. Also anfangs natürlich, weil ich mich über dich aufgeregt habe, aber dann …«

Meine Wangen glühen nun feuerrot bei dem Gedanken daran, was sie und Lukas bei ihren vielen Treffen beredet haben. Und ich dachte, sie spielen das knutschende Pärchen.

»Als ich ihm von unserem Kuss erzählt habe, hat er sich sehr für uns gefreut und na ja, dann haben wir eigentlich gleichzeitig gesagt, dass wir uns trennen müssen. Egal, was für Konsequenzen das hat.«

»Aber wieso hast du mich dann in den letzten Schulwochen ignoriert?«, frage ich.

Die Tintenpatrone dreht sich nicht länger, stattdessen lässt Mika sie zwischen ihren Fingern vor und zurück wandern. »Ich habe gesehen, wie sehr ich dich verletzt habe, das wollte ich auf keinen Fall wiederholen, also musste ich mir zu hundert Prozent sicher sein, was meine Gefühle angeht. Außerdem standen die Zwischenprüfungen an. Ich hatte Angst, dass ich dich mit all dem überfordere und du am Ende dein Stipendium verlierst.«

»Glaub mir, von dir ignoriert zu werden, hat mich auf jeden Fall mehr überfordert.«

»Das weiß ich jetzt auch, es war ein bescheuerter Plan.«

»Aber hat es funktioniert? Bist du dir jetzt sicher?«

Die Tintenpatrone rutscht aus Mikas Fingern und rollt über meinen Tisch. Kurz bevor sie herunterfällt, schließt Mika ihre Hand darum, hält sie fest. »Deswegen bin ich hier.«

Ihr Blick ist so entwaffnend, dass mein Kopf auf einmal wie leergefegt ist. Befänden wir uns in einem Manga, würden neben mir nun kleine rosa Herzchen herumschwirren.

Reiß dich zusammen!, ermahne ich mich und verbanne die Herzchen in eine Ecke.

»Ich … Ich bin gerade etwas überfordert«, gebe ich ehrlich zu. »Ist es okay, wenn ich über all das nachdenke?«

Mika nickt sofort. »Klar. Ich habe ja auch ein paar Wochen gebraucht.« Sie lächelt vorsichtig, und so langsam sickern ihre Worte zu mir durch:

Sie ist hier, weil sie Gefühle für mich hat. Sie hat mit Lukas Schluss gemacht, *weil sie in mich verliebt ist*!

Heiliger Pantoffelritter. Kimari klingt genauso überfordert wie ich.

Du sagst es.

AUF DEM HEUBODEN

Zwei Stunden später bin ich immer noch überfordert von der ganzen Situation. Mika und Peter spielen im Keller Tischkicker, ich höre sein Fluchen bis in mein Zimmer. Offenbar schlägt Mika ihn in jedem Spiel. Das überrascht mich nicht.

Ich tigere durch mein Zimmer und weiß nichts mit mir anzufangen. Runtergehen kann ich nicht, denn da warten Oma und Opa, die sicher Fragen stellen würden. Also laufe ich in meinem Zimmer auf und ab und werfe immer wieder verstohlene Blicke auf mein Notizbuch, so als wüsste Kimari eine Antwort auf all die Fragen, die durch meinen Kopf schwirren.

Frustriert lasse ich mich auf meinem Schreibtischstuhl nieder und schlage das Heft auf. Doch statt nach meinem Stift zu greifen, umschließen meine Finger auf einmal die blaue Tintenpatrone, mit der Mika während unseres Gesprächs gespielt hat. Es ist absurd, aber zu wissen, dass ihre Finger dieses kleine Etwas berührt haben, bringt meine Hand zum Kribbeln. Gedankenverloren streiche ich über die winzige Plastikkugel am einen Ende der Patrone und sehe aus dem Fenster. Noch immer schneit es, und einzelne Eiskristalle haben sich am Glas festgesetzt.

Was mache ich nur?, richte ich eine stumme Frage ans Universum.

Aufstehen, runtergehen, sie gegen die Kellerwand drücken und …

Nein!

Schätzchen, ich spreche nur deine Gedanken aus.

Ich will Mika jetzt aber nicht küssen.

Wer's glaubt, wird selig.

Spar dir die blöden Sprüche. Ich bin gerade komplett überfordert von allem!

Klar. Trotzdem willst du sie gegen die Wand drücken.

Mein Kopf beginnt zu glühen, als ich mir die Szene bildlich vorstelle. Dabei ist es nicht förderlich, dass mir in diesem Moment Mikas Duft in die Nase steigt. Über meinem Bettgestell hängt ihr feuchtes Shirt, das sie dort zum Trocknen aufgehängt hat.

Ich weiß genau, was du willst. Kimari schnalzt mit der Zunge.

Weißt du nicht.

Ach komm, es ist offensichtlich.

Eine Minute schaffe ich es, sitzen zu bleiben und weiterhin die Tintenpatrone in meiner Hand kreisen zu lassen, dann stehe ich auf, gehe zu meinem Bett und streiche über den weichen Stoff, der mittlerweile getrocknet ist. Mikas Duft wird stärker, und dann lasse ich alle Selbstbeherrschung fallen, neige meinen Kopf ein wenig und rieche an dem Stoff.

Es ist fast so, als katapultiere mich ihr Duft zurück in die Vergangenheit. Bilder blitzen vor meinen geschlossenen Lidern auf. Unser erstes Aufeinandertreffen. Mikas vor Wut zusammengekniffene Augen, weil ich sie und Lukas belauscht habe. Dann ihre ausgestreckte Hand, als sie sich mir kurz darauf vorgestellt hat. Wir beide, wie wir nebeneinander auf dem Bürgersteig vor der Kneipe sitzen. Mika, die sich die Tränen wegwischt. Dann ihr Gesicht über meinem, als sie mich früh morgens weckt, um gemeinsam joggen zu gehen. Ihr Pferdeschwanz, der vor mir durch die Luft segelt. Heißer Wasserdampf und Shampoogeruch, als sie unter der Dusche steht. Wieder ihre Hand in meiner, dieses Mal führt sie mich die Internatstreppen nach unten, während Blut von meinem Kinn tropft. Ihr Körper, der sich in den Kurven gegen meinen presst und dann unsere Gespräche im Dunkeln. Ich, wie ich ihr sage, dass ich mich in Mädchen verliebe. Wieder gemeinsames Joggen. Ihr Pferdeschwanz, Wasserdampf, nackte Haut. Mikas Hand, die durch meine Haare fährt, ihre Lippen, die sich auf meine legen. Ihr echtes Lachen an meinem Ohr. Ein Prickeln am ganzen Körper.

Ich schlage die Augen auf. Mikas Duft füllt all meine Sinne aus.

Oh ja. Du willst sie gegen die Wand drücken. Kimari klingt zufrieden.

Dieses Mal widerspreche ich ihr nicht. Es wäre sinnlos.

Als ich den Keller betrete, liefert sich Mika gerade einen erbitterten Wettkampf mit Peter. Ihre Haare hat sie zu einem lockeren Dutt nach oben gebunden und die Ärmel des dicken Pullovers hochgekrempelt. Ich starre einen Tick zu lang auf ihre Handgelenke und die schlanken Finger, die sich schnell drehen und präzise den Ball über das kleine Spielfeld schicken.

Es sind nur Handgelenke!, ermahne ich meinen Kopf. Offenbar rastet der jetzt schon beim kleinsten Anzeichen von nackter Haut aus.

Die beiden haben mich noch nicht bemerkt. Mika steht mit dem Rücken zu mir, und Peter schaut ganz verbissen auf die Plastikfiguren vor sich. Er beißt sich auf die Zunge und flucht, als Mika erneut ein Tor erzielt. Frustriert fährt er sich durch die Haare und entdeckt mich.

»Oh. Hey Schwesterherz.«

Mika fährt zu mir herum. Verlegen richtet sie ihren Dutt, der sich im Eifer des Tischkicker-Gefechts fast gelöst hat.

»Hi«, bringt sie hervor, und mein Körper besteht auf einmal nur noch aus Pudding.

»Willst du mitspielen?«, fragt Peter, der nicht zu bemerken scheint, wie angespannt die Situation gerade ist.

»Nein, ich …« Mein Blick wandert wieder zu Mika. »Wolltest du nicht unseren Hof sehen?«

Mika versteht den Wink sofort. »Gerne.« Sie räuspert sich, versucht erneut ihren Dutt zu bändigen und sieht dann wieder zu Peter. »Wir können ja morgen noch eine Runde spielen. Vielleicht übst du bis dahin ein wenig.« Wenn sie mit ihm spricht, klingt ihre Stimme gefasst und selbstbewusst. Ich mag es, dass sie bei mir weicher wird.

»Das werde ich!«, Peter grinst, und Mika folgt mir nach oben.

Nachdem ich passende Schuhe und Jacken für uns beide rausgesucht habe, führe ich Mika über unseren Hof und achte darauf, halbwegs trockene Wege zu wählen. Wobei Mikas Füße nun in Omas gelben Gummistiefeln stecken. So schnell werden die also nicht nass.

»Das dort hinten ist unser Hühnerstall. Normalerweise laufen auch immer einige hier draußen rum, aber denen ist sicher zu kalt«, beginne ich mit meiner Hofführung. Ich habe selbst keine Ahnung, was ich mir davon erhoffe. Mikas Anwesenheit lenkt mich ab, und doch genieße ich es, endlich wieder mit ihr reden zu können. Auch wenn es bis jetzt noch sehr verkrampft abläuft.

Mika bläst eine weiße Rauchwolke in die Luft und beobachtet fasziniert, wie sie sich nach und nach in Luft auflöst.

»Können wir reingehen und sie streicheln? Warte, kann man Hühner überhaupt streicheln?«

Ich lache, nicke aber. »Ja, man kann sie streicheln. Wenn man es fertigbringt, eins lange genug festzuhalten. Die Kerlchen sind ziemlich flink.«

Ich entriegele die Tür und trete ein in den feuchtwarmen Raum. Es riecht stark nach Heu und Hühnerfutter. Als ich mich einer kleinen Gruppe nähere, werde ich von Gerda, Marianne und Jackie direkt freudig begrüßt. Immerhin denken sie, ich bringe ihnen neues Futter.

»Falsch gedacht, ich hab nichts für euch«, sage ich entschuldigend und knie mich ins Stroh, um Gerda auf den Arm zu nehmen. Die Gute ist bereits sechs Jahre alt und lässt sich von fast jedem hochnehmen. Insgeheim glaube ich ja, dass sie eigentlich ein Hund ist, so gern wie sie mir über den Hof folgt und auf Signale wie »Komm« und »Dreh dich« hört.

Mika steht immer noch an der Tür und beobachtet die gackernden Hühner aus sicherer Entfernung.

»Können die mich mit ihren Schnäbeln piken?«

Die mutige, ach so selbstsichere Mika hat Angst vor Hühnern. Ich fasse es nicht!

»Nur, wenn du sie wirklich schlecht behandelst. Komm her, Gerda hier ist eine ganz Liebe.«

»Gerda?«, fragt Mika mit hochgezogener Augenbraue, nähert sich mir aber langsam.

»Ja. Wir haben auch noch Hildegard, Trude und Marianne. Das waren meine Namensvorschläge. Peach, Cindy und Batwoman hat mein Bruder getauft. Oh, und das da hinten ist unser Hahn: Rolf. Nach dem Namen von Opas Vater.«

»Okay, dann ist Gerda wirklich noch normal.«

»Eben.« Ich grinse und übergebe Gerda dann vorsichtig in Mikas Arme. Über meinen Pulli hat sie eine Steppweste gezogen, die Oma irgendwo aufgetrieben hat. In Kombination mit den Gummistiefeln sieht sie tatsächlich so aus, als wäre sie hier auf dem Bauernhof groß geworden. Nur ihr Make-up und die lackierten Fingernägel passen nicht ganz ins Bild.

»Und, immer noch Angst?«, frage ich.

Mika hält Gerda vorsichtig in ihren Armen und streicht mit dem Daumen durch ihr Bauchgefieder.

»Ich wusste nicht, dass Hühner so weich sind!«, meint sie erfreut und lächelt, während sie nun mit ihrer ganzen Hand durch Gerdas Federn fährt.

»Fast so weich wie Katzenfell. Das liegt an dem guten Futter, das sie von uns kriegen. Deswegen glänzen die Federn auch so. Und Gerda ist sowieso eine Diva, sie badet doppelt so oft im Sand wie die anderen.«

»Sie badet in Sand?« Mika ist nun vollends verwirrt, streichelt Gerda aber unbeirrt weiter und krault schließlich sogar ihren Kopf.

Es war eine gute Idee, Mika den Hof zu zeigen, etwas Normales mit ihr zu machen und dabei genügend Abstand zwischen uns zu haben. Denn ja, Kimari hat recht, am liebsten würde ich sie hier und jetzt küssen, aber ich weiß nicht, ob das richtig wäre. Mika hat zwar gesagt, dass sie sich sicher ist, dass sie Gefühle für mich hat, aber was für Gefühle? Ich will nicht, dass sie es nur toll findet, mich hinter verschlossenen Türen zu küssen, ich will … Dass sie mich mag. Alles von mir. »Möchtest du als Nächstes die Pferde sehen?«, frage ich, als es mir schließlich gelingt, meinen Blick von ihr loszureißen.

Mika will, weswegen wir kurze Zeit später vor Fredericks Box stehen und ich ihm die Nüstern streichle.

»Das hier ist das Pferd von unserem Bürgermeister, aber wenn er keine Zeit hat, darf ich ihn auch mal reiten. Er kann erkennen, wenn du lügst.«

»Wie geht denn das?«, fragt Mika beeindruckt.

»Probier es aus, Sherlock.«

»Na gut.« Mika stellt sich direkt vor Frederick. Vor Pferden hat sie keine Angst, immerhin saß sie als Kind von reichen Eltern schon öfter auf einem und hatte früher sogar Reitstunden.

»Ich bin eine sehr begabte Bäckerin.«

Frederick wiehert einmal, wirft den Kopf in den Nacken und schüttelt seine Mähne.

»Und was bedeutet das jetzt?«, fragt Mika.

»Das bedeutet, dass er deine verbrannten Kekse wohl bis hierhin riechen kann.« Ich lache.

»Hey, das ist Wochen her.«

»Ich weiß auch nicht, wie es funktioniert. Vielleicht nimmt er Schwingungen in der Stimme wahr. Jedenfalls lag er bisher immer richtig.«

»Und was passiert, wenn man ihm die Wahrheit erzählt?«, will Mika nun wissen.

»Ich zeig es dir.« Nun stelle ich mich vor Frederick. *Soll ich das jetzt echt machen?*

Wann, wenn nicht jetzt?

Na super, du schon wieder.

Na klar, jetzt wird es doch gerade erst spannend. Also los, sag schon, was du sagen willst. Dann will ich ihr Gesicht sehen!

Kimari …

Ich bin still, sobald du sagst, was du sagen willst.

Na schön.

»Das Mädchen, das mir das Herz gebrochen hat, steht hier neben mir.«

Mika schnappt hörbar nach Luft, doch ich sehe nicht zu ihr, sondern starre weiter in Fredericks Augen. Dieses Mal tippt er nur ganz sacht mit seinen Nüstern gegen meine Wange und bläst mir seinen warmen Atem ins Gesicht. Ein Gefühl, das gerade bei dieser Kälte sehr angenehm ist.

»Lou, ich …«, setzt Mika an, doch ich lasse sie nicht ausreden. Noch nicht.

»Komm, ich zeige dir den Heuboden. Peter hat ihn im Herbst endlich repariert, jetzt kann man wieder ohne Probleme hochgehen.«

Ich lehne die hölzerne Leiter an das Loch und klettere leichtfüßig nach oben. Ich muss an unseren Ausbruch aus dem Internat denken und an meine Angst, von der Leiter auf den Boden zu krachen. Hier habe ich keine Angst. Weil ich jede einzelne Sprosse kenne und meine Füße den Weg selbst im Schlaf finden würden.

Als Mika nach mir aus dem Loch klettert und sich auf dem riesigen ausgebauten Dachboden umsieht, werden ihre Augen groß. Es ist auch überwältigend. Hier drinnen lagern so viele Heuballen, dass man sich fühlt wie in einer gigantischen Lagerhalle.

Als ich weiter hineinlaufe, sehe ich, dass Peter sogar unsere alte Schaukel repariert hat. Eigentlich ist es keine richtige Schaukel, sondern eher ein robustes Tau mit dickem Knoten am Ende, das an der Decke hängt. Früher haben wir uns damit von Heuballen zu Heuballen geschwungen. Ich greife danach und demonstriere Mika, wie ich damit über den Boden fliegen kann, doch sie scheint mit den Gedanken ganz woanders zu sein.

Ich komme wenige Schritte vor ihr wieder auf dem Boden auf und lasse das Seil los. Es schwingt zwischen uns hin und her, bis es genau in der Mitte hängen bleibt.

»Es tut mir wirklich leid, Lou.«

Meinen Spitznamen aus ihrem Mund zu hören, fühlt sich an, als würde warmer Regen meine Haut berühren.

»Was jetzt genau?«, frage ich nach, obwohl ich mir ziemlich sicher bin zu wissen, worauf sie anspielt.

»Das mit deinem Herz. Ich wollte es nicht brechen. Ich wollte dir überhaupt nicht wehtun.«

»Aber das hast du.«

Stille. Nur unser lauter Atem und der Geruch von Heu, der zwischen uns liegt.

»Ich weiß. Ich hatte Angst und war verwirrt. Das ist keine Entschuldigung, das ist mir klar.«

Mika sieht mich verzweifelt an. »Muss ich alles von vorhin noch einmal wiederholen? Du weißt doch, was ich sagen will«, versucht sie auszuweichen.

»Nein, ich hab keinen Schimmer.« Ich wage es, Mika anzugrinsen, was sie mit einem genervten Stöhnen kommentiert.

»Du willst echt, dass ich es sage, Schäfer, oder?«

»Was denn sagen?«

»Frederick, kannst du mich hören?«, ruft Mika auf einmal nach unten in den Stall. Fredericks Wiehern ist die Antwort.

»Gut, na dann. Ich habe mich in dich verliebt, Schäfer.« Von unten ist nur ein leises Schnauben von Frederick zu hören, fast so, als wolle er Mikas Worten zustimmen.

»Ich.« Sie kommt einen Schritt auf mich zu. »Habe.« Noch ein Schritt, sie geht am Seil vorbei und streift es nur kurz mit ihren Fingern. »Mich.« Nun steht sie direkt vor mir. »Verliebt.« Ihre Augen, die bisher auf den Boden gerichtet waren, finden meine. »In dich.« Langsam streckt sie ihre Hand aus und tippt mich mit ihrem Zeigefinger an. Es ist nur eine flüchtige Berührung, ich spüre sie kaum. Und doch bringt sie meinen Körper zum Glühen.

Hallo? Lebst du noch?

Nein, ich habe gerade einen Totalausfall.

Das Mädchen deiner Träume hat dir gerade ihre Gefühle gestanden, tu was!

Aber was denn?

Keine Ahnung, du bist hier der Mensch mit zwei Beinen, zwei Armen und einem Mund ...

Besagter Mund ist gerade staubtrocken. Ich muss darauf antworten. Ich muss irgendwie reagieren. Doch ich weiß nicht wie. Weil diese Situation vollkommen neu für mich ist. Noch nie hat mir ein anderer Mensch seine Gefühle gestanden. Was ist die passende Antwort darauf? *Freut mich? Danke schön? Nein, auf keinen Fall.*

Und dann sehe ich wieder Leonie vor mir. Ihr Gesicht, nur wenige Meter von dem Punkt entfernt, an dem ich nun mit Mika stehe. Das Gesicht, das mich geküsst hat. Leonie hat mich nie angesehen und ausgesprochen, was sie fühlt. Sie ist weggerannt, vor mir und ihren Gefühlen. Mika nicht. Mika steht direkt vor mir.

»Ich habe mich auch in dich verliebt«, bringe ich endlich hervor. Weil mir nun klar wird, dass es wichtig ist, solche Dinge auszusprechen.

»Und was machen wir jetzt?«, fragt sie, und dabei ist ihre Stimme so leise, dass ich sie kaum hören kann. Zu meiner Verwunderung zückt sie im nächsten Moment ihr Handy und blickt auf die Zeitanzeige. »Wir haben noch sieben Stunden, bis dieses Jahr endet. Was willst du in der restlichen Zeit machen?«

Die Antwort kommt mir so leicht über die Lippen, dass ich selbst überrascht bin. Denn sie war die ganze Zeit schon da: »Ich möchte keine Angst mehr haben«, sage ich und ziehe Mika im nächsten Moment an mich, sodass ihre Haare meine Wange berühren.

»Und du?«, hauche ich gegen ihre Lippen.

»Ich auch nicht«, antwortet sie.

Dieses Mal mache ich den ersten Schritt, beuge mich vor

und küsse sie. In London waren wir beide überfordert von der Situation und recht stürmisch. Dieser Kuss ist ruhiger, was ihn nicht weniger überwältigend macht. Ich glaube, ich könnte Mika auf jede erdenkliche Art küssen und alle davon würden mir den Atem rauben.

Ihre Lippen öffnen sich, ich ziehe sie näher an mich, spüre ihre kühle Wange an meiner und alles an diesem Moment fühlt sich grenzenlos an.

SILVESTERTRADITIONEN

»Wie endet die Geschichte eigentlich?«

Mika liegt neben mir im Stroh und kitzelt meine Wange mit einem Halm. Obwohl es draußen eiskalt ist und wieder weiße Flocken am Stallfenster vorbeiziehen, dringt die Kälte nicht zu uns durch. Vielleicht liegt es an unseren überhitzten Gesichtern oder an Mikas Körper neben mir, aber mir war lange nicht mehr so warm.

»Welche Geschichte meinst du?«, frage ich.

»Die von Kimari und Liana. Drachenreiterin verliebt sich in Prinzessin, deine Fantasygeschichte, du weißt schon.«

Ja, ich weiß. Und ich bin beeindruckt, dass Mika immer noch ihre Namen kennt.

»Ich weiß es nicht. Als ich versucht habe, die Geschichte zu beenden, hatte ich eine Blockade. Alles, was ich geschrieben habe, fühlte sich falsch an.«

»Ich könnte dir helfen«, schlägt Mika überraschenderweise vor. »Du erzählst mir, was du dir für das Ende vorgestellt hast, und ich helfe beim Brainstormen. Nennt man das nicht so?«

Ich drehe mich zu ihr und muss lächeln. Heu hat sich in ihren dunklen Haaren verfangen. Ihr Dutt ist nicht mehr existent. Vorhin hatte er sich schon halb aufgelöst, doch nun gleichen ihre Haare einem Vogelnest. Einem sehr schönen Nest, wohlgemerkt. Mir schießt die Röte ins Gesicht, und ich kann Mika nicht direkt in die Augen sehen. Weil das alles hier so ungewohnt ist und ich vollkommen überfordert bin. Gleichzeitig war ich lange nicht mehr so glücklich.

»Erde an Lou, hörst du mich?«

Mika stupst mich mit einem Halm auf die Nase.

»Natürlich höre ich dich, du liegst direkt neben mir.«

Mika grinst. »Gut, also was ist? Soll ich dir beim Ende helfen?«

Einerseits mag ich die Idee, mit Mika gemeinsam nach dem perfekten Abschluss für Kimaris Geschichte zu suchen. Andererseits gibt es gerade viele Dinge, die ich lieber mit ihr tun würde …

Und was ist mit mir? Hallo?

Na wunderbar …

Habe ich etwa kein Happy End verdient? Komm schon! Lass dir von Rehauge helfen, und danach könnt ihr euch so lange im Heu wälzen, wie ihr wollt.

Wir haben uns nicht im Heu gewälzt!

Erzähl das deiner Großmutter, Schätzchen. Soll ich erst anfangen zu betteln? Ich möchte doch nur mein Happy End. Wenigstens ein bisschen. Kannst du dafür sorgen?

Ich seufze, nicke aber.

»Na schön.«

Mika sieht erfreut aus. Offenbar dachte sie, ich rede mit ihr. Ist auch besser so. Ich weiß nicht, ob sie begeistert wäre, wenn sie wüsste, dass ich mit meinem Kopf spreche. Das sind dann doch Dinge, die man nicht direkt nach dem zweiten Kuss erzählt.

»Aber ich brauche Papier zum Schreiben und natürlich

auch einen Stift«, rudere ich zurück. »Das heißt, wir müssten zurück ins Haus gehen …«

Mika scheint es nicht zu gefallen, den Heuboden schon wieder verlassen zu müssen. Sie rutscht noch näher zu mir, sodass ich ihr Shampoo riechen kann und flüstert: »Ich habe es mir anders überlegt. Wollen wir die Geschichte erst morgen zu Ende schreiben?«

Als ich nicke, hat sie sich schon über mich gebeugt und ihre Lippen erneut auf meine gelegt.

Kimari in meinem Kopf will sich zwar beschweren, doch ich bringe sie ganz leicht zum Verstummen. Wenn Mika mich küsst, ist da kein Platz für andere Gedanken. Außer vielleicht: *hmmm, schön* und *mehr*.

Als wir zurück ins Haus kommen, wird es draußen bereits dunkel. Ich habe versucht, Mikas Haare vom Heu zu befreien und wieder etwas herzurichten, während sie meine Strähnen geglättet hat, doch als ich Peters breites Grinsen bemerke, ist klar, dass er genau weiß, was auf dem Heuboden passiert ist.

Wahrscheinlich strahlt mein Gesicht schon wieder in den hellsten Rottönen, deswegen will ich mich schnell an ihm vorbei auf die Treppe zwängen, doch natürlich lässt er mich nicht ziehen, ohne einen blöden Spruch zu bringen: »Dafür habe ich den Heuboden aber nicht repariert, Schwesterherz.«

»Halt die Klappe, Pete!«, erwidere ich nur, weil ich weiß, wie sehr er diesen Spitznamen hasst. Dann ziehe ich Mika mit mir nach oben, wo wir uns lachend gegen meine Zimmertür fallen lassen.

»Oh Gott, wie dein Bruder mich angesehen hat!«

Ich greife in ihr Haar und ziehe einen verirrten Halm daraus hervor.

»Ignorier ihn einfach. So oft, wie er schon dort oben war …«

Mika zieht eine Augenbraue nach oben. »Ach ja? Ist das eure Art, Menschen aufzureißen? Ihr schleppt sie auf den Heuboden?«

»Nein!«, rufe ich etwas zu laut, und Mikas Grinsen wird breiter. »Wirklich nicht. Du bist erst die Zweite. Also für mich.«

»Ich zieh dich doch nur auf, Schäfer.« Mika tritt einen Schritt vor und greift nach meiner Hand. »Ich bin froh, dass ihr diesen Heuboden habt.«

»Ich auch.« Mein Gesicht nähert sich wie selbstverständlich ihrem, doch kurz bevor ich sie erneut küssen kann, schallt Omas Stimme durch den Flur.

»Kinder, wir könnten hier unten eure Hilfe gebrauchen!«

»Ich hoffe, Oma hat nicht wieder den Tisch in Flammen gesetzt.«

»Wie bitte?«, fragt Mika alarmiert.

»Silvester vor vier Jahren. Sie hat die Kerzen auf dem Tisch vergessen, lange Geschichte.« Ich winke ab. »Aber es riecht nicht nach Rauch, also alles gut.«

Als wir in die Küche kommen, steht nichts in Flammen, und auf dem Tisch stehen keine Kerzen. Das scheint Mika zu beruhigen.

Stattdessen thront unser riesiges Raclettegerät auf dem runden Esstisch. Teller, Besteck und Gläser stehen ebenfalls schon bereit.

»Ah, da seid ihr ja«, begrüßt Oma uns in ihrer weißen Schürze. Sie schält gerade Kartoffeln und zeigt auf die Arbeitsplatte neben sich. »Wärt ihr so nett und würdet mir beim Schnibbeln helfen? Je schneller wir fertig sind, desto eher gibt es was zu beißen.«

Das lassen wir uns nicht zweimal sagen. Immerhin hat Mikas Magen schon vorhin auf dem Heuboden gegrummelt. Bis auf das Frühstück haben wir beide heute nichts gegessen, und es macht erstaunlich hungrig, sich mit einem Mädchen im Heu zu wälzen.

Ha, sag ich's doch!, ruft Kimari triumphierend, doch ich ignoriere sie einfach und greife schnell nach den Pilzen, um sie in Scheiben zu schneiden.

Mit Oma und Mika in der Küche zu stehen, fühlt sich schön an. Neu und doch irgendwie vertraut. Oma schaltet das Radio ein, in dem sie Hits der letzten Jahre spielen. Während sie im Takt der Musik schunkelt und leise mitsummt, fülle ich die Speckwürfel in eine Glasschale und stelle sie auf den Tisch. Der ist mittlerweile so voll beladen, dass es schwierig wird, noch einen freien Platz zu finden.

Mika kämpft noch mit der Paprika. Ihr ist es sehr wichtig, dass kein einziger weißer Kern mehr im Inneren ist, doch die mit dem Messer zu erwischen, ist gar nicht so leicht.

»Lass mich raten, zu Hause habt ihr eine eigene Köchin?«

Mika hat endlich den letzten Kern erwischt und beginnt die Paprika zu schneiden. Dabei entstehen vollkommen ungleiche Vierecke, aber das ist egal. Den Magen interessiert es nicht, ob dein Essen schön aussieht oder nicht. Das sagt Oma immer.

»Wir hatten keine Köchin«, verteidigt Mika sich. »Nur einen Koch, als ich in die Grundschule ging«, murmelt sie dann, was mich zum Lachen bringt.

»Keine Sorge, beim Kochen kann man zum Glück nicht viel falsch machen. Backen ist da deutlich schwieriger.«

Zufrieden füllt Mika ihre Paprikawürfel ebenfalls in eine Schale und betrachtet dann unseren Tisch.

»Das ist ein wirklich seltsames Essen. Man wirft einfach

alles zusammen in eine Pfanne und brät es in diesem eckigen Teil da in der Mitte?«

»Du hast noch nie Raclette gegessen?« Das schockiert mich nun doch sehr.

»Nein?«, antwortet Mika und wirkt verwirrt. »Ist das so seltsam?«

Ich will ihr nicht das Gefühl vermitteln, dass sie komisch sei, also schüttle ich schnell den Kopf. »Nein, nein, hier auf dem Dorf kennt das nur jeder. Es ist quasi Tradition, aber ich bin mir sicher, es gibt einige Menschen, die noch nie davon gehört haben.«

»Danke für eure Hilfe. Jetzt müssen nur noch die Männer kommen, dann können wir essen. Ich hoffe, sie beeilen sich, denn lange kann ich mich nicht mehr zurückhalten«, meint Oma und stibitzt sich ein Stück Käse von einem Teller.

Peter und Opa lassen zum Glück nicht lange auf sich warten. Sie waren beim alljährlichen Silvesterausritt. Dementsprechend durchgefroren sehen sie auch aus. Sie hängen ihre nassen Sachen in den Flur und wärmen sich dann am Ofen in der Küche die Hände auf.

»Das duftet ja köstlich!«, sagt Opa und zieht Oma in eine Umarmung. »Danke für deine Mühe.« Er gibt ihr einen Schmatzer direkt auf den Mund. Mika ist von dieser Liebesbekundung sichtlich verwirrt. Sie hat mir erzählt, dass ihre Eltern nicht einmal mehr Händchen halten, geschweige denn sich generell oft berühren. Ich finde das sehr schade. Wieso sollte man im Alter seine Liebe zueinander nicht mehr zeigen?

Es ist das beste Silvester seit Jahren. Draußen vor dem Fenster ist es stockfinster, doch hier drinnen erhellen Lichterketten und LED-Kerzen den Tisch. Mika dabei zu beobachten, wie sie ihr erstes Pfännchen befüllt, ist einfach nur entzückend. Zuerst geht sie ganz vorsichtig vor und überlegt lange, in welcher Reihenfolge sie ihre Zutaten stapelt, doch als ihr erstes Pfännchen voll beladen ist, wird sie mutiger und würzt am Ende sogar noch mit ein paar Kräutern und Pfeffer, ehe sie das Pfännchen unter die heiße Platte schiebt.

»Was ist?«, fragt sie, als sie meinen Blick bemerkt.

»Nichts«, weiche ich schnell aus und konzentriere mich darauf, die volle Gabel mit Kartoffeln und Käse in meinen Mund zu schieben. Ich kann ihr hier am Tisch wohl kaum sagen, wie gern ich sie gerade küssen würde. Stattdessen greife ich unter dem Tisch nach ihrer Hand und streiche mit dem Daumen über ihre weiche Haut.

Mika zuckt minimal unter der Berührung zusammen, doch ich sehe das Lächeln auf ihren Lippen. Ihr Blick wandert zu mir, und in ihren Augen liegt so viel Wärme, dass ich für einen Moment vergesse zu kauen.

»Achtung, dein Pfännchen verbrennt gleich«, warnt Peter, der uns mit wissendem Blick mustert.

Mikas Hand schnellt nach oben und knallt gegen den Tisch. »Sorry«, bringt sie etwas atemlos hervor und rettet dann ihr Pfännchen vor der Hitze.

Oma und Opa blicken nun auch zu uns. Na wunderbar. Spätestens morgen früh wissen sowieso alle Bescheid. Wobei … So schlimm ist das eigentlich nicht.

»Verdammt, ist das lecker!«, entfährt es Mika, als sie die erste Gabel probiert hat. »Oh, entschuldigen Sie, ich wollte nicht fluchen.«

Oma lacht nur. »Wir waren doch beim Du. Und in diesem Haus wird täglich geflucht. Es ist schön, wenn dies jemand zur Abwechslung einmal aus Genuss tut.«

Der Rest des Essens verläuft ohne weitere Zwischenfälle, und als wir alle satt sind und zufrieden unsere Bäuche halten, steht Peter auf und kommt mit einer Handvoll Glückskeksen zurück. Das ist ebenfalls eine unserer Traditionen. Jedes Jahr. Ich sage immer, dass ich an solche Spielereien nicht glaube, aber trotzdem hoffe ich jedes Jahr auf einen guten Keks und hänge mir den kleinen Zettel in mein Zimmer.

Letztes Jahr stand auf meinem: »Erfreuliche Nachrichten sind auf dem Weg zu dir.« Damals habe ich absolut nicht verstanden, was das bedeuten soll, aber jetzt … Wer weiß, vielleicht war damit die Zusage für mein Stipendium gemeint.

Peter verteilt die Kekse an uns, und kurz herrscht Schweigen, während alle darauf konzentriert sind, ihren Keks zu öffnen und den Zettel hervorzuziehen.

»So, wer liest zuerst vor?«, fragt Peter interessiert in die Runde.

»Na los, fang schon an«, meine ich, weil ich ganz genau weiß, dass er es nicht erwarten kann.

»Also, ich habe, würde ich sagen, mal wieder den besten bekommen. Hört her: ›Wer seine Nase hochträgt, wird leicht daran herumgeführt.‹ Schreibt euch das hinter die Ohren, liebe Familie.« Peter lacht und trinkt noch einen Schluck Wein. Ich weiß, dass er sich über diese Sprüche immer lustig macht, aber ganz unrecht hat sein Zettel auf jeden Fall nicht.

Dann ist Oma dran. »Meiner ist wirklich schön: ›Das Glück tritt gern in ein Haus, in dem gute Laune herrscht. Japanisches Sprichwort‹. Wie wahr dieser Spruch doch ist.« Oma lächelt in die Runde und knabbert dann an ihrem Keks. Obwohl sie bis eben noch felsenfest behauptet hat, dass sie keinen Krümel mehr essen kann.

Während Opa seinen Spruch vorliest, starre ich immer wieder auf meinen Zettel. Irgendwie bin ich enttäuscht. Ich hatte mit etwas Prophetischerem gerechnet. Aber was habe ich erwartet? Das hier ist nur ein Glückskeks, kein Zukunftsorakel.

»So, jetzt du, Louise«, fordert Oma mich auf und sieht ganz gespannt aus. Also tue ich ihr den Gefallen und lese laut vor: »›Ein Einkauf wird sich als vernünftige Investition erweisen.‹ Also ich weiß ja nicht.«

»Was war denn das Letzte, das du gekauft hast?«, fragt Mika interessiert.

Da muss ich tatsächlich lange überlegen. »Neue Stifte, glaube ich. Welche, die besser in der Hand liegen.«

»Na dann ist die Sache doch klar. Das sind die Stifte, mit denen du dein Buch beenden wirst.« Mika lächelt und irgendwie hat sie recht. Vielleicht ist mein Zettel doch etwas Besonderes.

»Was steht auf deinem Zettel, Mika?«, fragt Oma und beugt sich interessiert vor.

»Oh, ähm … Nichts Wichtiges. Nur Schwachsinn«, weicht Mika aus, und sofort hat sie unser aller Aufmerksamkeit. Natürlich wollen wir jetzt erst recht wissen, was darauf steht.

»Mach es nicht so spannend, was verspricht dir die Zukunft?«, fragt Peter.

Mika sieht zu mir und kann ein Lächeln nicht verhindern. »Na gut, hier steht: ›Eine neue Partnerschaft kündigt sich an.‹«

Peter prustet Wein zurück in sein Glas, und Opa verkündet: »Na sapperlott!«

Ich kann das breite Lächeln auf meinem Gesicht nicht zurückhalten und Mika ebenso wenig.

»Tja, dann wäre die Zukunft wohl geklärt«, versucht Oma die Situation zu retten. »Herbert, Peter, ihr räumt den Tisch ab, wir haben geschnippelt.«

»Die Chefin hat gesprochen.« Opa zwinkert mir zu und erhebt sich, während ich auf die Küchenuhr blicke und feststelle, dass schon in einer Stunde das neue Jahr beginnt.

EIN WINTERMÄRCHEN

An Silvester gibt es bei uns kein Feuerwerk, weil das die Tiere viel zu sehr erschrecken würde. Stattdessen stehen wir um kurz vor Mitternacht im Stall, reden beruhigend auf die Pferde ein und streicheln sie, um sie zu entspannen.

Bei jedem neuen lauten Geräusch zucken sie zusammen. Glücklicherweise sind die meisten mittlerweile daran gewöhnt, doch die zwei neuen Pferde namens Max und Moritz sind besonders unruhig.

Peter steht bei Max in der Box und hat den Kopf an seinen Hals gelegt, Opa redet Moritz gut zu, und Mika und ich sind bei Frederick geblieben, der bisher zum Glück recht ruhig in seiner Box steht. Oma ist bei den Hühnern, die wir bis hierhin laut schnattern hören.

»Ich wusste nicht, dass Tiere so darunter leiden«, meint Mika, als Frederick bei einem besonders lauten Knall zusammenzuckt.

»Sie haben ein viel besseres Gehör als wir und sind Fluchttiere. Sie wissen nicht, dass heute Silvester ist, und haben keine Ahnung, was die lauten Geräusche bedeuten. Ich will mir nicht vorstellen, wie stressig der heutige Abend für sie ist. Aber zum Glück ist in ein paar Stunden alles vorbei.«

»Stimmt. Außerdem gibt es schlimmere Orte, um in ein neues Jahr zu starten«, meint Mika.

»Und schlimmere Gesellschaft.«

»Oh wie nett, danke, Schäfer.«

»Immer wieder gern.« Ich lasse meine Finger über ihre Hand wandern. »Glaubst du, dein Glückskeks hat recht?«

»Woher soll ich das wissen? Es ist ein Keks.« Mika umschließt meine Hand mit ihrer und dreht sich so, dass sie direkt vor mir steht.

»Ich dachte nur, weil ... Du hast dich gerade erst von Lukas getrennt, und wenn wir zurück ins Internat kommen, ist es sicher komisch und ... Dürfen wir dann überhaupt noch in einem Zimmer schlafen?«, fällt mir plötzlich siedend heiß ein.

»Das ist deine größte Sorge?« Mika lacht. »Also wenn wir es Frau Fuchs nicht auf die Nase binden ... Caro und Sam schlafen ja auch in einem. Bei gleichgeschlechtlichen Beziehungen interessiert es die Leute wohl nicht so sehr. Was auch Vorteile hat, würde ich sagen.«

»Ich dachte nur ... Also ich habe mich gefragt, ob ...«

Weiter komme ich nicht, denn Mika hat mir den Finger auf die Lippen gelegt. »*Sie sind perfekt darin, Dinge zu zerdenken,* das hätte mal auf deinem Zettel stehen sollen.« Sie lächelt, als sie sieht, wie sehr sie mich mit ihrer Berührung aus der Fassung gebracht hat. Vielleicht lässt sie ihren Finger deshalb noch ein paar Sekunden auf meinen Lippen liegen und zieht ihn dann nur ganz langsam wieder zurück.

»Frohes neues Jahr übrigens«, sagt Mika, als sie einen Blick auf ihr Handy geworfen hat.

»Ist es schon Mitternacht?«, frage ich überrascht, doch die Antwort erhalte ich prompt, als mit einem Mal der Himmel draußen zu explodieren scheint und tausende Raketen gleichzeitig in die Luft geschossen werden.

Die nächsten zehn Minuten sind wir damit beschäftigt, Frederick im Zaum zu halten und ihm gut zuzureden.

Als das Schlimmste vorbei ist, sitzen wir draußen vor der Box und atmen schwer.

»Dir auch ein frohes neues Jahr«, erwidere ich etwas verspätet. Mika neben mir gähnt ausgiebig und streckt ihre Beine noch etwas weiter auf dem strohbedeckten Boden aus.

Ich würde sie gerne küssen, weiß aber nicht, ob sie das hier möchte. Immerhin sind Opa und Peter nur ein paar Boxen entfernt. Da ist immer noch diese Unsicherheit in mir. Schließlich haben wir uns vor wenigen Stunden erst unsere Gefühle gestanden. Es ist normal, dass ich nicht weiß, wie ich jetzt mit Mika umgehen soll, oder? Dass ich Angst habe, einfach so nach ihrer Hand zu greifen und mein Körper ständig unter Strom steht.

Als ich endlich meinen Mut zusammengenommen habe und mir im Kopf schon vorstelle, wie der perfekte Neujahrskuss aussehen könnte, bemerke ich, dass Mika eingeschlafen ist. Ihr Kopf ist nach hinten gegen die Boxtür gesackt, ihre Schulter lehnt an meiner und sie atmet ganz leise und gleichmäßig.

Okay, dann muss der Neujahrskuss wohl noch warten, denke ich lächelnd und lehne meinen Kopf vorsichtig gegen ihren. Das ist okay, ich hoffe doch, dass ich sie in diesem neuen Jahr noch ganz oft küssen darf.

Eine Woche. Sieben Tage, bis wir zurück ans Internat müssen. Wer hätte gedacht, dass sich diese Zeit so unfassbar kurz anfühlen würde? Am ersten Tag des neuen Jahres denke ich noch, dass wir unendlich lange Zeit haben. Nur Mika und ich. Doch dann bittet Opa mich, mit ihm einkaufen zu gehen, die Ställe müssen ausgemistet und die Hühner gefüttert werden. Das sind alles Aufgaben, die ich gern mache, weil sie dazugehören und sich nach zu Hause anfühlen. Aber jetzt, wo Mika da ist, würde ich am liebsten jede einzelne Sekunde mit ihr in meinem Zimmer verbringen.

Drei Tage des neuen Jahres sind vergangen, und endlich habe ich Opa so weit, dass er mich mit Mika ausreiten lässt. Ich musste ihm hoch und heilig versichern, dass sie reiten kann und ich für alles die Verantwortung übernehme.

Als ich freudestrahlend in mein Zimmer platze, liegt Mika noch in meinem Bett und sieht ganz verschlafen aus. Eigentlich dachte ich, dass sie schon ihre übliche Morgenrunde gelaufen ist, doch was das Joggen angeht, scheint Mika das hier lockerer zu sehen. Wer weiß, vielleicht hat sie endlich nicht mehr das Gefühl, weglaufen zu müssen.

Als Mika die offene Tür entdeckt, schreckt sie auf und versucht so schnell wie möglich auf die Matratze vor meinem Bett zu hechten. Blöderweise verfängt sie sich dabei mit ihren Beinen in der Decke und landet mit dem Gesicht voran auf der Matratze.

»Keine Sorge, ich bin es nur«, meine ich lachend und laufe zu ihr, um ihr aufzuhelfen.

»Scheiße, ich dachte, deine Oma wäre reingekommen.« Mikas Augen sind immer noch nicht ganz offen, aber ansonsten wirkt sie wach.

Wir haben meinen Großeltern natürlich nicht gesagt, dass wir in einem Bett schlafen. Ich glaube, das fänden sie nicht so toll, also haben wir alibimäßig eine Matratze vor mein Bett gelegt. Auf der Mika bisher kein einziges Mal geschlafen hat, aber außer uns weiß das ja niemand.

»Wieso bist du so außer Atem?«, fragt Mika, nachdem sie es geschafft hat, sich wieder auf mein Bett zu setzen. Ihr Schlafshirt ist ganz verknittert, ebenso wie ihr Gesicht. Kurz erlaube ich mir, innerlich auszurasten, weil sie so süß aussieht, dann reiße ich mich wieder zusammen.

»Opa hat sein Okay gegeben, du darfst Moritz reiten. Lust auf einen Schneeausritt mit mir?«

Die Frage muss ich nicht zweimal stellen. Mika ist schneller auf den Beinen, als ich blinzeln kann.

»Ich bin dabei.«

Zwanzig Minuten später steht Mika vor Moritz' Box und streichelt seine Nüstern. Sie trägt eine alte Reithose von mir, die ihr etwas zu lang ist, mein zweites Paar Stiefel und einen passenden Helm.

Wir führen Frederick und Moritz aus ihren Boxen, satteln sie und öffnen das Stalltor. Damit sie sich an Moritz gewöhnen kann, lasse ich Mika auf der Koppel erst einmal ein paar Runden Trab laufen und dann langsam schneller werden.

Wie schon im Fußball ist Mika auch im Reiten ein Naturtalent. Ihr Körper scheint wie gemacht dafür zu sein, auf einem Pferderücken zu sitzen. Ihr Rücken bleibt stets gerade, ihre Beine und der Oberkörper angespannt, die Arme und Handgelenke locker.

»Das sieht gut aus. Ich denke nicht, dass ich dich noch weiter testen muss«, rufe ich ihr vom Rand der Koppel zu.

»Habe ich doch gleich gesagt«, erwidert sie und reitet auf mich zu. Als sie Moritz kurz vor mir zum Stehen bringt, wirbeln seine Beine Schnee auf, der mir gegen die Hose fliegt.

»Also was ist, Schäfer? Bereit für das wohl kitschigste Date deines Lebens?« Mikas Worte formen kleine weiße Schwaden in der Luft.

»Ich wüsste nicht, was an einem Ausritt kitschig sein könnte«, erwidere ich und setze mir meinen Reithelm auf. Frederick steht ein paar Meter neben mir, ich habe ihn mit seinem Halfter an der Koppel festgebunden und mache ihn nun davon los.

»Ich bitte dich: Zwei Mädchen auf den Rücken zweier wunderschöner Pferde reiten zusammen durch eine weiße Winterlandschaft. Stell dir dazu noch irgendein kitschiges Liebeslied vor oder am besten noch die Melodie von ›Drei Haselnüsse für Aschenbrödel‹, und der kitschige Liebesfilm ist perfekt.«

»Ich kann gerne für die passende Musik sorgen«, verkünde ich und zücke mein Handy, nachdem ich sicher in Fredericks Sattel sitze.

Zwei Klicks später ertönt tatsächlich das Lied aus dem wohl bekanntesten Weihnachtsfilm.

»Dein Ernst?«, fragt Mika und sieht entgeistert auf mein Handy.

»Du wolltest doch den Kitsch, hier hast du ihn.« Ich lache und bringe Frederick dazu, an Mika vorbeizutraben.

»Also los, Aschenputtel, folge mir in den Schnee.«

»Wer hat gesagt, dass ich Aschenputtel bin? Ich bin ganz klar der Prinz!«, ruft Mika mir hinterher, doch da habe ich schon das Ende der Koppel erreicht, beuge mich zur Seite, um das Tor zu öffnen und reite hinaus in den Schnee.

»Ich kann dich nicht hören, Aschenputtel!«, rufe ich ihr nur zu.

Fredericks Körper fühlt sich majestätisch unter mir an. Seine Nüstern blasen weißen Rauch in die kalte Winterluft, seine Beine fliegen nur so über das verschneite Gras, und vor uns ist nichts zu sehen außer einem blauen Himmel und weißen Feldern.

»Warte auf mich, das ist unfair, du bist viel eher losgeritten!«, beschwert Mika sich hinter mir, doch ich denke gar nicht daran. Kurz sehe ich mich zu ihr um, bemerke, dass sie mich jeden Moment einholen wird und treibe Frederick wieder an.

Während Mika und ich über die unendliche weiße Weite jagen, dröhnt aus meinem Handylautsprecher immer noch das Lied aus »Drei Haselnüsse für Aschenbrödel«.

Ich weiß nicht, wie Mika es geschafft hat, doch als das Lied gerade seinen Höhepunkt erreicht hat, holt sie mich ein und reitet vor Frederick, um ihn zu verlangsamen.

»Hab dich«, sagt sie atemlos und wischt sich geschmolzenen Schnee von den Wangen.

Ich lasse Frederick zwei Schritte auf sie zugehen, so nah, dass er direkt neben Moritz steht. Dann strecke ich eine Hand aus und tippe ihr gegen die Schulter.

»Nein, ich hab dich.«

Mika verdreht die Augen.

»Du bist unmöglich, Schäfer.«

»Und du bist ein ganz schön unromantisches Aschenputtel.«

Sie seufzt, hält mir dann aber doch tatsächlich ihren Schuh entgegen.

»Na dann tu dir keinen Zwang an.«

Über diese Geste muss ich so sehr lachen, dass ich fast von Fredericks Sattel falle. Stattdessen beuge ich mich vor und schaffe es tatsächlich, Mika zu küssen. Nur ganz flüchtig, doch ich spüre, wie sie unter meinen Lippen lächelt.

»Ich will dir etwas zeigen, komm mit«, sage ich, richte mich wieder im Sattel auf und lenke Frederick nach links.

Als wir kurz darauf vor meinem Baum halten, springe ich von Frederick ab, binde ihn am Stamm fest und helfe Mika dabei, Moritz ebenfalls festzumachen.

»Und was willst du mir jetzt zeigen?«, fragt Mika und sieht sich um.

»Du stehst direkt darunter.« Ich zeige in die verschneite Baumkrone über uns. »Dort oben sitze ich im Sommer immer und schreibe.«

»Du sitzt in einem Baum?« Mika sieht mich belustigt an. »Du bist wirklich sonderbar, Schäfer, weißt du das? Was übrigens absolut nichts Schlechtes ist«, wirft sie schnell noch hinterher. »Hast du keine Angst herunterzufallen?«, fragt sie dann.

Ich schüttle den Kopf. »Auf den Baum kann ich sogar blind klettern. Soll ich es dir zeigen?«

Mika schüttelt schnell den Kopf. »Lieber nicht, ich glaube es dir auch so.«

Wir blicken beide eine Weile nach oben in die verzweigten Äste.

»Mein Vater hat mir diesen Baum hier gezeigt. Er hat an diesen dicken Ast dort oben extra eine Schaukel gehängt, damit wir etwas zum Spielen hatten, wenn er seinen Eltern auf dem Hof geholfen hat. Die Schaukel ist leider irgendwann gerissen, aber ich komme trotzdem sehr gerne hierher.«

Mika ist still geworden, und ein trauriger Ausdruck liegt in ihren Augen.

»Ich hätte ihn gerne kennengelernt.«

»Er hätte dich bestimmt zu einem Torschusswettbewerb überredet«, meine ich lächelnd und streiche über die kalte Baumrinde. Es gibt keine Kerben im Holz, keine eingeritzten Namen, weil Papa das schon immer schrecklich fand. *Man sollte die Natur nicht verletzen.* Trotzdem tröstet mich der Gedanke, zu wissen, dass seine Hand vor einigen Jahren ebenfalls diese Rinde berührt hat.

»Ich sollte meine Eltern anrufen. Ich habe ihnen nur einen Zettel hinterlassen und geschrieben, dass ich eine Mitschülerin besuche, aber … Ich will nicht, dass sie sich Sorgen machen«, durchbricht Mika meine Gedanken. »Du weißt, ich verstehe mich nicht gut mit ihnen, und sie gewinnen definitiv nicht den Preis als beste Eltern, aber schrecklich sind sie auch nicht …«

Mika sieht zu meiner Hand, die noch immer an der Baumrinde liegt.

»Danke.«

»Wofür?«, frage ich.

»Dass du mir diesen Ort hier gezeigt hast.«

Wir beide wissen, dass da noch etwas anderes ist, wofür sie sich bedankt, doch wir sprechen es nicht aus.

Ein paar Minuten bleiben wir noch an meinem Lieblingsort, dann steigen wir wieder auf die Pferde und reiten zurück Richtung Bauernhof.

Tag vier vergeht so schnell, dass ich mich wirklich frage, was mit der Zeit los ist. An Tag fünf überredet Peter Mika und mich, mit ihm und seinen Kumpels eine Runde kicken zu gehen, und als wir vom Bolzplatz zurückkommen, mit verschwitzten Gesichtern und dreckigen Schuhen, ist ein weiterer Tag vorbei.

Am letzten Tag vor unserer Abreise packen wir schon früh unsere Koffer und helfen Oma in der Küche, einen Kuchen zu backen. Es stellt sich heraus, dass Mika zwar nicht gut im Paprika schneiden ist, dafür aber hervorragend Butter und Mehl abwiegen kann.

Pünktlich zur Kaffeezeit kommen Opa und Peter ins

Haus, machen Kaffee und Kakao und setzen sich zu uns an den Tisch. Wir reden über belangloses Zeug. Neuen Tratsch im Dorf, Omas Pläne für den Kräutergarten und wie Max und Moritz sich mit den anderen Pferden verstehen. Absolut nichts Spannendes, und doch genieße ich jede Sekunde.

Denn mit jedem ausgesprochenen Satz rückt unsere Heimreise näher. Und ich will noch nicht gehen. Es gibt noch so viel, das ich Mika zeigen möchte. Wäre Frühling, könnten wir den Markt zusammen besuchen oder runter an den See reiten. Wir könnten Erdbeeren pflücken und im Sommer mit dem Trecker über die Felder fahren. Ich bin mir ziemlich sicher, dass sie noch nie auf einem Traktor saß.

Ich möchte weiterhin mit ihr in einem Bett schlafen, weil es ein wunderschönes Gefühl ist, dass sie das Erste ist, was ich am Morgen sehe und ihr Atem das Letzte, was ich jeden Tag höre. Wobei, das können wir im Internat auch tun. Bei dem Gedanken daran wird mir warm.

Gott, ich bin so verliebt in sie. Wie soll ich das im Internat zurückhalten?

Unser letzter Tag auf dem Hof endet mit einem gemeinsamen Filmeabend. Mika und ich haben uns unter eine Decke gekuschelt, verfolgen die mal mehr mal weniger lustige Komödie und naschen Gummibärchen.

Als nach ungefähr der Hälfte des Films auf einmal eine Hand über mein Bein streicht, verschlucke ich mich an einem Gummidinosaurier.

Mika neben mir kichert nur, nimmt ihre Hand aber nicht von meinem Bein. Oh Gott!

Ich trinke schnell einen Schluck Wasser und sehe sie dann durchdringend an. *Was wird das hier?*, fragen meine Augen. Mika lächelt nur unschuldig. Dabei muss sie doch wissen, was ihre Berührungen in mir auslösen.

Als wäre es nicht schon krass genug, dass wir jeden Abend in einem Bett schlafen und uns küssen. Ich dachte, Mika ist was das angeht einfach schüchtern oder noch nicht so weit, aber ihre Hand auf meinem Bein sagt gerade etwas anderes. Ihre Hand, die jetzt anfängt, Schlangenlinien zu malen.

Irgendwie überlebe ich den Film, doch mein ganzer Körper steht unter Strom.

»Oma, ich bin super müde. Wir gehen schon mal schlafen, okay?«

»Natürlich, Schatz. Soll ich euch morgen wecken? Ich könnte auch …«

»Nein, schon okay, ich stell einen Wecker«, würge ich sie ab. »Gute Nacht!«, rufe ich in die Runde, dann ziehe ich Mika hinter mir her in mein Zimmer.

Sobald ich die Tür hinter mir geschlossen habe, drehe ich mich zu Mika um.

Ich weiß ehrlich gesagt nicht, was ich sagen soll. Mein ganzer Körper prickelt immer noch, und mein Kopf lässt aktuell keine klaren Gedanken zu. Kimaris Stimme ist auch nicht gerade hilfreich, alles, was sie seit einer halben Stunde von sich gibt, ist definitiv nicht jugendfrei.

»Tut mir leid, falls ich da eben zu weit gegangen bin. Ich weiß auch nicht, wieso ich das gemacht habe, ich …« Mika stoppt abrupt und mustert mich. »Lou, alles okay?«

In meinem Kopf fährt Kimari gerade zu Höchstleistungen auf.

»Du bist so rot, ist alles in Ordnung?«

Ich atme einmal tief aus und fahre mir übers Gesicht. »Ja, ja, alles bestens«, presse ich hervor. *Oh mein Gott, Körper, reiß dich zusammen!*

Aber meinem Körper ist das egal. Er möchte Mika nah

sein. Viel näher als jetzt in diesem Moment, in dem uns gut ein Meter trennt. Ich kenne dieses Gefühl nicht. Ich meine … Vielleicht hat sich mein Magen schon einmal so gefühlt, als ich eine intensive Kussszene zwischen Kimari und Liana geschrieben habe, aber das war nichts im Vergleich hierzu. Immer wieder spüre ich Mikas Hand auf meinem Bein. Ob ich sie einfach fragen soll, ob sie das nochmal machen würde? Wie dämlich wäre das denn?

Mika ist näher gekommen und mustert mich immer noch. Bilde ich es mir nur ein, oder sind ihre Pupillen geweitet?

Als ich Stoff unter meinen Fingerspitzen spüre, wird mir klar, dass ich Mika berühre. Offenbar hat sich meine Hand selbstständig gemacht und sich an ihre Taille gelegt. Sanft streiche ich über den weichen Stoff, dabei würde ich am liebsten Mikas Haut darunter berühren. Darf ich das? Mika scheint meine Berührung nichts auszumachen, im Gegenteil. Sie ist noch näher gekommen.

Ob ich mich einfach trauen soll? Immerhin wollte ich dieses Jahr keine Angst mehr haben.

Millimeter für Millimeter lasse ich meine Finger nach unten wandern, so weit, dass sie schließlich an Mikas Hosenbund liegen und ganz einfach unter ihr Oberteil gleiten können. Mikas Atem geht schneller. Oder bilde ich mir das nur ein? Als meine Finger zum ersten Mal ihre Haut berühren, erzittert Mikas ganzer Körper unter meiner Berührung. Ich sehe vorsichtig in ihre Augen, weil ich Angst habe, dass sie das hier nicht möchte, doch als sich unsere Blicke treffen, zieht sie mich an sich und küsst mich so leidenschaftlich wie noch nie zuvor.

An diesem Abend bin ich für mehrere Dinge dankbar:

Nummer eins: Der Schlüssel, mit dem ich mein Zimmer abschließen kann.

Nummer zwei: Die Matratze vor meinem Bett. Bei einem neunzig Zentimeter breiten Bett kann es nämlich durchaus vorkommen, dass man aus diesem heraus auf den Boden fällt.

Nummer drei: Mikas Hände. Wieso genau, das bleibt mein Geheimnis.

KIMARI UND LIANA

Zwölf Stunden später sitzen wir im Zug Richtung Norden. Mika hat es sich bequem gemacht, indem sie ihren großen Schal als Decke über ihre Beine ausgebreitet hat. Zwischen uns auf dem Tisch stehen eine Thermoskanne mit Kakao und zwei Tüten vollgestopft mit Essen. Oma dachte wohl, wir würden auf der Reise verhungern.

Ich erinnere mich an das letzte Mal, als ich diese Strecke gefahren bin. Weg von zu Hause. Hinein ins Unbekannte. Es kommt mir vor, als sei das in einem anderen Leben gewesen. Da waren so viele Ängste in mir, so viele Unsicherheiten. Auch jetzt noch bin ich dankbar für meine Kopfhörer, die mich vor dem Stimmengewirr am Bahnhof geschützt haben, und immer noch halte ich die Luft an, wenn jemand an mir vorbeigeht, der zu viel Deo oder Parfum gesprüht hat, aber es ist besser geworden. Etwas in mir ist nun ruhiger.

Mika beobachtet mich mit einem Lächeln auf den Lippen, während sie sich eins von Omas Plätzchen in den Mund schiebt. Ich kann nicht anders, ich muss es erwidern. Und dabei wieder an gestern Abend denken.

Ob sie Angst vor den Reaktionen im Internat hat? Wenn ja, dann lässt sie sich nichts anmerken. Vorhin hat sie mit ihren Eltern telefoniert, um ihnen zu sagen, dass sie mit mir zurückfährt. Immerhin hatten sie Sorge, ihre Tochter könne das Internat schwänzen. Laut Mika ist das ein wahrer Liebesbeweis.

Ich habe Mika gefragt, ob sie keine Angst hat, dass sie nun auf ein anderes Internat geschickt wird. Mika hat den Kopf geschüttelt und mich angesehen: »Wir haben doch gesagt, wir haben keine Angst mehr, schon vergessen?« Und damit war die Sache erst einmal vom Tisch. Wie und wann sie ihren Eltern von mir erzählen wird, weiß ich nicht. Dabei ist ja noch nicht einmal geklärt, was das zwischen uns eigentlich ist. Ich denke, das werden wir in den nächsten Wochen selbst herausfinden. Wir haben ein ganzes Halbjahr Zeit, das sollte reichen.

Während Mika zum Takt ihrer Musik mit dem Fuß wippt und die Landschaft draußen am Fenster vorbeizieht, hole ich mein Notizbuch und einen der neuen Stifte hervor. In den letzten Tagen haben wir uns verschiedene Szenarien überlegt, wie Kimaris und Lianas Geschichte zu Ende gehen könnte. Mika war dabei eine große Hilfe, weil sie ein paar tolle Einfälle hatte. Eine ihrer Ideen werde ich mit einer von meinen verbinden. Es fühlt sich richtig an, weil diese Geschichte lange schon nicht mehr nur von Kimari und Liana handelt. Sie ist mit Mika und mir verbunden. Und genauso wie wir haben die beiden ihr Happy End mehr als verdient.

Kimari stand am Rand der Klippe, hielt den Kopf in den Wind und atmete die frische Meeresbrise ein. Sie hatte keine Angst, hinabzustürzen, denn unter ihr zog Arokh seine Kreise. Er liebte es, seine Schuppen von der Gischt reinigen zu lassen. Ab und zu schnappte er nach einem Fisch oder Krebs und schnaubte, wenn die kleinen Tiere ihm entwischten.

Kimari lächelte und fuhr sich durch die kurzen Haare. Sie abzuschneiden hatte sich richtig angefühlt. Nun störten sie nicht mehr, wenn sie mit Arokh durch die Lüfte ~~flog~~ sauste. Die kurzen Strähnen glitten leicht durch ihre <u>Finger</u>, und für einen Moment stellte sie sich vor, es wären nicht ihre, sondern Lianas <u>Finger</u> ((Wortwiederholung)).

Das Meer vor ihr war rau, bis vor wenigen Stunden hatte hier noch ein Sturm gewütet und meterhohe Wellen gegen die Klippen geworfen. Während der starken Winde hatte Kimari zusammengekauert unter Arokhs Flügeln gelegen. Nun war das Schlimmste vorbei, und weiße Sonnenstrahlen leckten am grauen Himmel.

Hufgetrappel ließ Kimari herumschnellen. Ihre Sinne waren seit dem Krieg noch geschärfter. Sie griff nach ihrem Messer und wartete gebannt, wer dort auf sie zuritt. Ob Freund oder Feind war bei der Entfernung nur zu erahnen, doch verstecken konnte sie sich nicht. Das Areal hier oben war vollkommen ebenerdig.

Das weiße Pferd näherte sich, während es totes Gras vom Boden aufwirbelte und Rauch aus seinen Nüstern stieg. Als der Schimmel nur noch zwanzig Fuß entfernt war, erkannte Kimari die Reiterin. Diese dunklen Haare hätte sie überall wiedererkannt. Liana trug eine braune Lederhose und ein helles Wams mit einem dicken Mantel darüber. Das Wappen der Königin prangte auf ihrer Brust. Wo war ihre Leibgarde? Sonst durfte die Prinzessin die Burg nicht allein verlassen. Vor allem nicht seit dem Krieg.

Liana brachte den Schimmel kurz vor Kimari zum Stehen, strich ihm ~~kurz~~ durch das Fell und sprang dann leichtfüßig ab.

»Ich habe dich gesucht«, sagte sie und trat zu Kimari.

»Dann habt Ihr mich nun gefunden, Prinzessin«, erwiderte Kimari förmlich und verbeugte sich.

Liana legte eine Hand unter Kimaris Kinn und brachte sie so dazu, den Kopf wieder zu heben. »Tu das nicht. Du musst dich nicht vor mir verbeugen. Nicht hier.« Ihre Stimme klang traurig. »Ich wollte mich für mein Verhalten auf dem Ball entschuldigen. Ich weiß nicht, was in mich gefahren ist. Dieser Ritter bedeutet mir nichts, das wollte ich dir sagen.«

Liana sah Kimari direkt in die Augen. Das Braun der Erde verschmolz mit dem Blau des Meeres.

»Das ist nicht länger wichtig. Ich werde fortgehen«, erklärte Kimari. »Ich verlasse das Königreich, meine Arbeit hier ist getan.«

Liana riss bestürzt die Augen auf. »Du darfst nicht gehen! Ich ... Ich erlaube es nicht.«

Kimari musterte sie belustigt, wechselte nun aber auch in die persönliche Anrede. »Du erlaubst es nicht? Ich bin nicht länger deine Untertanin. Du hast keine Befehlsgewalt über mich. Dort wo ich hingehe, gibt es kein Königshaus. Dort leben freie Menschen.«

Sie deutete vor sich auf die Weite des Ozeans. Dort, versteckt im Nebel, lagen die Ländereien ihrer Heimat. Der Ort, an dem sie geboren worden war.

»Ich wurde hierhergeschickt, um deine Mutter im Krieg zu unterstützen. Und das habe ich getan. Nun muss ich zurückkehren.«

»Und das fällt dir so leicht? Du steigst einfach auf deinen Drachen und lässt alles hier zurück?«

Lianas Augen waren voller ~~Tränen~~ Trauer.

»Ich denke nicht, dass es etwas gibt, das mich länger an diesem Ort hält.«

»Oh doch, das gibt es.« Lianas Stimme war nur ein Hauchen, und doch verstand Kimari jedes Wort. »Zählt es denn nicht, dass ich dich bei mir haben möchte?«

»Den Eindruck hatte ich auf dem Ball nicht. Dort konntest du getrost auf mein Beisein verzichten.«

Liana trat noch einen Schritt nach vorn. »Du weißt, wieso ich das getan habe. Meine Mutter hat uns genau beobachtet. Ich denke, sie weiß, dass dir mein Herz gehört.«

Ihre Augen verloren sich in den Weiten des Ozeans.

»Mir gehört dein Herz?«

Liana sah wieder zu ihr und nickte. Ein unsicheres Lächeln lag auf ihren Lippen.

»Das tut es schon seit vielen Monden.«

Die Prinzessin griff nach Kimaris Hand und legte sie links über ihre Brust. Direkt auf ihr Herz. Kimari spürte die pulsierende Wärme durch das Wams und wagte kaum, zu atmen.

»Wenn du nicht hierbleiben willst, darf ich dann mit dir kommen?« Lianas Blick flehte Kimari förmlich an.

»Ich weiß nicht, ob das eine gute Idee ist …«

»Mich hält hier nichts. Genauso wenig wie dich. Meine Mutter regiert das Königreich, ich bin nur schönes Beiwerk. Ich … Ich kann hinter diesen Mauern nicht atmen.«

»Aber du bist die Prinzessin. Du kannst nicht einfach fortgehen.« Kimaris Hand lag immer noch auf Lianas Brust und strich nun sanft über den weichen Stoff. »Und doch … wenn es einen Weg gäbe, würde ich dich sofort mit mir nehmen.«

»Dann tu es. Kimari, ich will dieses Land verlassen. Mit dir.«

»Wenn ich dich mit mir nehmen würde, weiß ich nicht, ob es einen Weg zurück gäbe. Das Meer ist weit und unberechenbar. Ohne Arokh wäre ich niemals in deine Lande gekommen, und wenn ihm etwas zustoßen sollte, säßest du in meiner Welt fest.«

Nun lächelte Liana und sah Kimari offen an. Das dunkle Haar umspielte ihre Wangenknochen. »Ich könnte mir schlimmere Orte und Menschen vorstellen, um meine verbleibenden Tage auf dieser Erde zu verbringen.«

Kimaris Hand löste sich von Lianas Wams. Sie legte sie an ihre kühle Wange und ließ ihre Finger über die braune Haut wandern. »Dir gehört mein Herz ebenfalls. Wenn du mit mir kommen möchtest, dann wäre dies der glücklichste Tag meines Lebens.«

Lianas Lächeln wurde breiter, als Kimaris Finger über ihre Lippen strichen.

»Dann soll es so sein«, erwiderte Liana.

Kimari pfiff, und kurz darauf erschienen Arokhs dunkle Schwingen am Rand der Klippen. Sie wirbelten die Haare der beiden jungen Frauen auf. ((Ist das noch möglich bei Kimaris Kurzhaarschnitt?))

Arokh ließ sich vor den beiden in das vereiste Gras fallen, sodass sie aufsteigen konnten. Kimari reichte Liana ihre Hand und zog sie hinter sich auf die warmen Schuppen.

Liana sah zu ihrem Schimmel und schnippte einmal mit den Fingern: »Kehr zurück in deinen Stall. Ich danke dir für deine treuen Dienste.«

Das Pferd wieherte, stieg leicht in die Höhe und drehte dann bei, um über die Weite zurück nach Hause zu laufen.

»Hab keine Angst«, sagte Kimari, während Arokhs Schwingen sich auseinanderfalteten und er sich bereit zum Abflug machte.

»Habe ich nicht«, antwortete Liana.

Als Arokh sich in die Lüfte erhob, fasste Kimari die junge Frau vor sich fester. Ihr Körper wurde gegen Kimaris gedrückt, ihre Haare flogen ihr ins Gesicht und ihr Duft erfüllte die windgepeitschte Luft.

Arokh stieg immer weiter auf in die Lüfte ((Anderes Wort finden!)), bis er die dunklen Wolken unter sich zurückließ und über ihnen unter einem blauen Himmel flog. Sonne schien in ihre Gesichter, und das Meer zog unter ihnen vorbei. Was als Nächstes kommen würde, war ungewiss, was zählte, war dieser Moment.

»Ich bin fertig«, hauche ich, als ich das Notizbuch zuklappe und wieder aus meiner Welt auftauche. Noch befinde ich mich mit Kimari und Liana auf Arokhs Rücken, doch je mehr Sekunden verstreichen, desto weiter entfernen sie sich. Ich kann ihre Silhouetten noch sehen, Arokhs Schwingen, die die Wolkendecke durchbrechen. Doch ich kann ihre Stimmen nicht mehr hören. Die Geschichte ist beendet. Meine Arbeit ist getan.

Danke, höre ich Kimari in meinem Kopf.

Mist, zu früh gefreut. Ich dachte, ich wäre sie endlich los.

Keine Chance. Du hast mich erschaffen, schon vergessen? So einfach wirst du mich nicht los.

Ich seufze. *Langsam gewöhne ich mich an dich.*

Das freut mich. Aber ich bin eigentlich nur hier, um mich für das Ende zu bedanken. Ich hatte ja etwas anderes im Sinn, aber so ist es auch in Ordnung. Etwas kitschig, etwas zu wenig Körperkontakt, aber hey, danke für den Flug im Sonnenaufgang.

Gern geschehen.

Dann lasse ich dich und deine Prinzessin mal allein. Wir hören uns. Wann auch immer ich der Ansicht bin, dass du meine Meinung hören solltest.

Ich freue mich drauf.

Bis bald.

Und in meinem Kopf wird es still. Erst jetzt wird mir klar, was gerade passiert ist. Ich habe es geschafft. Ich habe tatsächlich mein erstes Buch beendet. Ich fühle mich wie nach mehreren schlaflosen Nächten, richtig verkatert. Auch wenn ich noch nie betrunken war. So muss es sich anfühlen.

»Was hast du gesagt?«, Mika hat die Kopfhörer aus ihren Ohren gezogen und sieht mich an.

»Ich bin fertig mit der Geschichte«, wiederhole ich und zeige auf das Notizbuch vor mir.

»Krass!«, ist das Erste, was Mika dazu einfällt. »Wow, das ist … überwältigend! Wie viele Seiten sind es geworden?«, fragt sie dann.

Ich schlage das Notizbuch wieder auf und blicke auf die kleine Seitenzahl am unteren Rand. »Knapp 400, aber ich habe keine Ahnung, wie viele es sind, wenn ich alles noch einmal abtippe. Und überarbeiten muss ich es ja auch noch, also das dauert bestimmt noch eine Ewigkeit, ehe es wirklich fertig ist und …«

»Stopp!«, unterbricht Mika mich. »Also bevor du das jetzt wieder kleinredest: Du hast ein fucking Buch geschrieben, wie cool ist das bitte?«

»Ein fucking Buch?« Ich grinse.

»Ich bin sehr stolz auf dich.« Mika lächelt. »Darf ich das

Ende lesen?« Sie deutet auf mein Notizbuch und ich schlage es schnell wieder zu. Noch habe ich nicht das Gefühl, dass jemand anderes das lesen sollte. Es ist zu roh, zu unperfekt. Und doch hat Mika recht: Ich habe es beendet. Alles was jetzt kommt, ist nur die Nachbearbeitung. Das Grundgerüst steht.

»Du darfst es lesen, aber nicht jetzt, okay? Da sind viel zu viele Fehler drin.«

»Na schön. Dann warte ich.« In diesem Moment ertönt die Durchsage. In wenigen Minuten werden wir unsere Haltestelle erreichen. Wir sind zurück.

EIN NEUER ANFANG

Zurück am Internat zu sein, fühlt sich nicht seltsam an. Es fühlt sich an, wie nach Hause kommen. Was komisch ist, denn eigentlich dachte ich, dass ich mich nur auf unserem Hof so fühlen kann. Aber das stimmt nicht. Mittlerweile habe ich zwei Orte, die ein Zuhause für mich sind.

Toni, Yuki und die anderen wiederzusehen, ist das Beste von allem. Während alle durcheinanderreden und von ihren Ferien erzählen, sitze ich zwischen meinen Freundinnen auf dem Boden und bin überfordert. Aber auf eine gute Weise. Ich bin so müde von der langen Fahrt und meinem Schreibmarathon im Zug, aber ich möchte mich nicht in mein Zimmer zurückziehen.

»Gott, ich habe euch so vermisst! Skifahren ist ja schön und gut, aber nach einer Woche konnte ich das blöde Weiß echt nicht mehr sehen und dann jeden Abend das gleiche Essen. Was bitte schön ist so toll an Kaiserschmarrn?«, beschwert Yuki sich.

»Entschuldige mal, zufälligerweise ist Kaiserschmarrn das absolut beste Gericht der Welt!«, meint Caro entrüstet.

»Nicht, wenn du es gefühlt jeden Tag essen musst, glaub mir. Ich habe sogar das Kantinenessen vermisst.«

»So schlimm?«, fragt Toni in mitleidigem Tonfall.

»Ich sag ja: Es war grässlich. Ich freue mich so sehr auf das Essen heute Abend!«

Während die anderen sich weiter über ihre Lieblingsgerichte unterhalten, drehe ich mich zu Mika. Kurz nach unserer Ankunft hier war sie erst einmal eine Runde laufen. Sie meinte, dass das ihr Ritual sei, um dem Internat und dem Meer hallo zu sagen. Nun lehnt sie entspannt an Fayolas Bett und knabbert Salzstangen. Als sie meinen Blick bemerkt, lächelt sie vorsichtig.

Als wir später allein in unserem Zimmer sind und ich meine Klamotten in den Schrank räume, stellt sich Mika auf einmal hinter mich und vergräbt ihr Gesicht in meiner Halsbeuge.

»Ist es seltsam für dich, wenn wir uns vor den anderen nicht küssen? Ich will nicht, dass du denkst, dass du mir peinlich bist, es ist nur … Sie wissen nicht, dass ich auch … also, dass ich nicht hetero bin und …«

Ich streiche ihr über den Kopf. »Das müssen sie jetzt auch noch nicht wissen«, sage ich. »Sie werden sowieso schon gemerkt haben, dass da was zwischen uns ist.«

»Meinst du?«, fragt Mika.

»Na ja, du starrst mich die ganze Zeit an.«

»Mach ich gar nicht.«

Ich drehe mich so, dass ich sie ansehen kann und ziehe die Augenbrauen nach oben.

»Okay, schön. Ich habe dich vielleicht ein paar Mal angeguckt.«

»Oder auch den ganzen Abend über. Während des Essens … Als wir im Bad standen und uns die Zähne geputzt haben.« Mein Grinsen wird immer breiter.

»Ich kann nichts dafür, dein Gesicht ist einfach anziehend.«

»Aha?« Ich spüre, wie meine Wangen heiß werden. »Danke.«

Doch Mika beschäftigt das Ganze offensichtlich immer noch. »Was sagen wir ihnen? Ich meine … Muss ich mich auch outen? Ich weiß nicht mal als was, bisher war ich immer nur in Jungs verknallt …« Überfordert sieht sie mich an, und ich ziehe sie in eine enge Umarmung.

»Hey, ganz langsam. Du musst dich nicht outen. Und was die anderen angeht: Lass sie sich einfach ihren Teil denken.«

»Ist das denn okay für dich?« Mika sieht mich wieder an, doch ihre Augen sind so nah, dass ich sie kaum scharf stellen kann.

»Natürlich. Ich weiß doch auch nicht, welches Label ich mir geben würde. Ich war noch nie in einen Jungen verliebt, aber bei den Chaoten ist das auch kein Wunder. Jetzt habe ich Gefühle für dich. Das ist alles, was ich weiß.«

»Sehr schön zusammengefasst.« Mika lächelt.

»Reicht das als Erklärung?«, frage ich und stupse mit meiner Nase gegen ihre.

»Ich denke schon.« Mika stupst zurück.

»Gut, darf ich dich dann jetzt küssen?«

Mika antwortet, indem sie sich nach vorne beugt, und als unsere Lippen sich treffen, ist alles andere bedeutungslos. Weil wir keine Label oder Worte brauchen, um das hier zu beschreiben. Wir sind zwei junge Frauen, die sich küssen. Den Rest finden wir schon noch heraus.

Beim ersten Training des neuen Halbjahres darf ich nicht mittrainieren, weil ich wegen meiner Platzwunde noch eine Woche Sportverbot habe. Dennoch lasse ich es mir nicht nehmen, wenigstens zuzuschauen.

Die anderen sind bereits in der Umkleide, als Mika und ich dazustoßen. Offensichtlich bemerkt niemand unsere verschränkten Hände. Wir setzen uns nebeneinander auf eine

Bank, viel näher als sonst, aber ich kann es nicht ändern: Ich will Mika einfach immer nah sein. Und ihr scheint es auch nichts auszumachen, dass die anderen sehen können, wie sie ihr Bein gegen meins drückt.

Irgendwann stellt Caro sich vor mich und sieht auf uns herab. Dabei umspielt ein zufriedener Zug ihren Mund. »Glückwunsch«, meint sie nur und fährt fort, ihre Haare zusammenzubinden.

»Glückwunsch zu was?«, fragt Fayola verwirrt.

»Das ist doch offensichtlich.« Sam tauscht einen Blick mit Caro und zwinkert uns zu.

»Ahh verstehe.« Fayola grinst.

Toni hingegen scheint verwirrt zu sein, was ich ihr nicht verübeln kann. Immerhin war Mika bis vor wenigen Wochen noch mit dem Jungen zusammen, in den sie verliebt ist. Doch sie fängt sich schnell und schenkt mir ein warmes Lächeln.

»Okay Leute, genug getratscht, wäre cool, wenn wir uns jetzt wieder aufs Training konzentrieren könnten«, meint Mika.

»Da ist sie wieder. Unsere Kapitänin.« Caro, Selina und Martha kichern.

»Dann raus mit euch, wir sehen uns in zehn Minuten in der Halle. Frau Nielsen kommt etwas später, also lauft euch alle schon mal warm.«

Da die anderen bereits fertig umgezogen sind, lassen sie uns allein zurück und gehen vor in die Halle.

»Brauchst du wirklich zehn Minuten, um dich umzuziehen?«, frage ich. Mika hat bisher nur ihre Sporthose übergestreift und steht nun im Sport-BH vor mir.

»Nein, aber so kann ich das hier machen.« Ehe ihre Worte zu mir durchdringen, hat sie mich an sich gezogen und küsst mich, während ihre Hand durch meine Haare wandert. Ich spüre ihren Körper so deutlich an mir, dass ich kurze Zeit vergesse zu atmen.

»Alles okay, Schäfer? Du bist so rot«, meint Mika feixend, als sie sich wieder von mir löst und mein Gesicht betrachtet.

»Ich weiß nicht, was du meinst«, erwidere ich und bemühe mich um einen möglichst gelassenen Tonfall. Dass ich dabei komplett atemlos klinge, hilft mir allerdings nicht.

Mika lacht und küsst mich noch einmal.

»Okay, sorry, ich sollte aufhören. Ich muss mich aufs Training konzentrieren.«

»Dann solltest du aufhören, mich zu küssen«, schlage ich vor.

»Das will ich ja! Es ist nur nicht so einfach.«

Jetzt bin ich es, die grinst. »Ach ja? Wirst du etwa schwach in meiner Nähe?«

Ich trete auf sie zu und lasse meinen Zeigefinger ganz langsam ihren nackten Arm hinaufwandern. Mikas Atem wird flacher und ihre Augen dunkler.

»Lass das lieber …«

»Wieso?«

»Weil wir sonst niemals aus dieser Umkleide herauskommen.«

Irgendwie schaffen wir es, uns zusammenzureißen, und Mika macht sich fertig fürs Training. Trotzdem fällt es mir schwer, sie vom Rand aus nicht die ganze Zeit anzustarren. Wenn wir das nächste Turnier gewinnen wollen, müssen wir sehr viel härter trainieren. Aber bis dahin haben wir noch viel Zeit.

Und so beginnt das neue Halbjahr, und eigentlich hat sich kaum etwas verändert. Mit dem Unterschied, dass Mika und ich nun mehr als Zimmermitbewohnerinnen sind. Ich habe eine Freundin, allein diesen Satz zu denken ist so surreal, doch es stimmt. Und es fühlt sich unfassbar gut an.

Tari habe ich direkt in unserer ersten Deutschstunde davon erzählt. Ich konnte es nicht länger für mich behalten, und dey hat sich unheimlich für mich gefreut. Natürlich haben wir auch über Taris Outing bei deren Eltern gesprochen und über die Tage nach Weihnachten, die nicht einfach für demm waren, aber immerhin geben sich Taris Eltern nun Mühe und wollen ihr Kind verstehen.

Am Donnerstag beim nächsten »Queer & Friends«-Treffen spricht Tari das Thema von sich aus an und fragt, ob die anderen Tipps hätten. Tari möchte niemanden überfordern, weiß selbst ja auch noch nicht so ganz, wo die Reise für demm hingeht, aber mit Tari hat dey einen Namen gefunden, der sich richtig anfühlt, und als die Gruppe das mitbekommt, freuen sich alle für demm. An diesem Tag hört Tari den Namen aus vielen Mündern. Es ist deutlich zu sehen, wie glücklich Tari das macht. Außerdem versuchen die anderen aus der Gruppe Tari zu helfen, indem sie von ihren eigenen Erfahrungen erzählen. Vor wenigen Monaten noch hätte ich niemals damit gerechnet, dass ich einmal Teil einer Gruppe bin, in der so gut wie alle queer sind.

Manchmal denke ich an die fünfzehnjährige Louise auf dem Baum. Mit dem Füller in der Hand und dem großen Wunsch, eine Geschichte zu schreiben.

Jetzt, ein halbes Jahr später, habe ich es geschafft. Noch sitze ich an der Überarbeitung, aber ich habe schon mit Frau Förster gesprochen, und sie hat angeboten, mir dabei zu helfen. Auch Tari hat deren Hilfe angeboten. Wir sitzen jetzt oft zusammen im alten Bibliotheksraum und überlegen, wie wir manche Szenen noch verbessern könnten. Tari kennt so viele schöne Worte, die die ganze Geschichte mit Farbe füllen und lebendiger machen. Es ist toll, durch demm einen weiteren Menschen am Internat zu haben, der mich versteht. Taris und meine Leidenschaft für Worte wirkt auf andere vielleicht befremdlich, aber wenn wir uns unterhalten, ergibt alles Sinn. Weil wir dieselbe Sprache sprechen, in den gleichen Bildern denken.

Ich weiß nicht, wann Kimaris Geschichte fertig sein wird, das kann noch Monate dauern, aber das stört mich nicht. Es macht Spaß, Kimaris und Lianas Abenteuer in den Schulcomputer zu tippen und immer mehr Kleinigkeiten zu verändern, die das Endergebnis nur umso besser machen. Kimari ist für mich in all den Monaten zu einer echten Freundin geworden. Sie existiert nicht wirklich, das weiß ich, aber durch sie habe ich so viel über mich selbst gelernt. Sie hat mir beigebracht, mutig zu sein. Keine Angst zu haben. Durch sie weiß ich, dass es okay ist, sein Herz zu öffnen. Dass man nicht vor sich selbst weglaufen darf.

Während ich also Abend für Abend nach dem Training oder einer anstrengenden Unterrichtseinheit in meinem Bett sitze und über den ausgedruckten Buchseiten brüte, sehe ich immer wieder auf die andere Zimmerseite. Zu Mika, die dort liegt und mich beobachtet. Neben ihr auf dem Nachttisch erkenne ich die regenbogenfarbene Kapitäninnenbinde, die ich ihr nachträglich zu Weihnachten geschenkt habe und die sie seitdem bei jedem Training trägt. Manchmal habe ich Angst, dass all das hier ein Traum ist und ich irgendwann daraus erwache und wieder allein auf dem Baum sitze.

Aber das hier ist kein Traum. Mikas und meine Geschichte ist real.

»Hast du eigentlich schon eine neue Idee?«, fragt Mika, als sie sich neben mich aufs Bett fallen lässt und nach einer Buchseite greift.

»Dir genügt es also nicht, dass ich ein Buch geschrieben habe?«, frage ich lachend.

»Doch, natürlich. Ich dachte nur, du könntest vielleicht über uns schreiben. Über die Mannschaft, das Turnier, weißt du? Das könnte doch spannend sein.«

Ich überlege. »Eine Geschichte über ein Mädchen, das gerne Geschichten schreibt und sich in die Kapitänin ihres Fußballteams verliebt?«

»Klingt doch nach einem sehr interessanten Plot«, wirft Mika triumphierend ein. Ich weiß, dass sie stolz ist, mittlerweile solche Fachbegriffe zu kennen. »Also ich würde es lesen.«

Sie legt die Buchseite zurück auf mein Bett, beugt sich dann über mich und gibt mir einen Gutenachtkuss.

»Du kannst ja mal drüber nachdenken. Aber wenn du die Geschichte umsetzt, möchte ich bitte als besonders heiß beschrieben werden.«

Sie lacht und läuft zurück zu ihrem Bett.

»Das wird schwer, ich kann doch so schlecht lügen.«

»Na vielen Dank auch.« Mikas Kissen trifft mich unvorbereitet, und ich kippe lachend zur Seite.

Später, als Mika schon lange schläft, greife ich nach der Buchseite, die sie vorhin angesehen hat. Es ist der Epilog, den ich mittlerweile so oft überarbeitet habe, dass er mir tatsächlich gut gefällt. Vor allem über den ersten Satz habe ich lange nachgedacht.

Kimaris Haare peitschten durch die Lüfte, während sie ihre Beine in Arokhs schuppige Flanken presste.

Während ich noch auf die schwarzen Buchstaben starre, kommt mir eine neue Idee. Rasch greife ich nach meinem Notizbuch, schlage eine neue Seite auf, lege den Epilog links daneben und setze den Stift auf das Papier.

Wer weiß, vielleicht hat Mika ja recht. Eine Geschichte über eine Mädchenfußballmannschaft. Über Selbstfindung und die erste große Liebe. Vielleicht sollte ich es einfach probieren.

Mein Stift zieht dunkle Linien über das Blatt. Die Worte sprudeln aus meinem Kopf, so als wären sie schon immer da gewesen.

Als die erste Seite voll beschrieben ist, lege ich den Stift zur Seite und blicke auf mein Werk. Die letzte Zeile leuchtet noch feucht, doch der erste Satz ist bereits getrocknet.

»Louise!« Das Mädchen zuckt zusammen, als die Stimme ihres Großvaters über den Hof schallt, und sie lässt den Füller fallen.

Ja, das ist ein guter Anfang. Ich bin gespannt, was für eine Geschichte daraus entstehen wird.

DANKSAGUNG

Louises Geschichte hat mich die letzten zwei Jahre über begleitet. Auf Lesungen werde ich immer wieder gefragt, woher ich die Ideen für meine Geschichten nehme. Wie ich meine Charaktere entwickle. Doch die Sache ist die: Ich entwickle sie nicht. Sie kommen zu mir. Und ja, ich weiß, wie seltsam das klingt. Aber auf einmal saß da dieses Mädchen mit ihrem Notizbuch im Baum und ließ mich nicht mehr los.

Louise und ich haben viele Gemeinsamkeiten. Auch ich war in meiner Schulzeit eine Außenseiterin, wurde dafür ausgelacht, wie sehr ich Bücher und das Schreiben liebte. Wir beide flüchten uns gerne in unsere eigenen Geschichten, wenn uns die reale Welt zu viel Angst macht. Wir beide wissen, wie es sich anfühlt, sich in ein Mädchen zu verlieben und wie sehr es schmerzt, wenn diese Gefühle nicht erwidert werden.

Genau wie Louise habe ich in einem Fußballteam Halt und Freund*innenschaft gefunden und mit diesen Menschen die besten Momente meiner Jugend erlebt. Fußball hat mich über viele Jahre hinweg begleitet und auch heute noch wünschte ich, dass es mein Job erlauben würde, Teil eines Teams zu sein. Vielleicht habe ich es deshalb so sehr geliebt, dieses Buch zu schreiben. Weil es sich anfühlte, als könnte ich in meine eigene Jugend zurückreisen und so manche Dinge anders machen. Denn auch wenn man das nach diesen Sätzen denken könnte: Louise ist nicht ich. Sie wächst über sich selbst hinaus und tut Dinge, die ich mich mit sechzehn niemals getraut hätte. Ich bin so stolz auf sie, weswegen sie auch als Erstes in dieser Danksagung aufgeführt werden muss. Weil sie so stark ist und mir in den letzten zwei Jahren stets zur Seite stand. Wenn man es so nimmt, ist sie meine ganz persönliche Kimari.

Kommen wir nun aber zu den real existierenden Personen, die einen riesigen Teil dazu beigetragen haben, dass ich diese Geschichte so erzählen konnte, wie ihr sie gerade gelesen habt.

Katharina. Du warst von Anfang an überzeugt von diesem Projekt. Während andere sagten, eine Fußballgeschichte über ein Mädchenteam würde niemand lesen, warst du vom ersten Moment an begeistert. Es ist fast schon erschreckend, wie ähnlich wir uns in vielen Dingen sind. Danke an dich und auch alle anderen bei ONE, dass ihr mich und Lou so herzlich bei euch willkommen geheißen habt. Ich freue mich schon auf unsere nächsten Projekte!

Silvana. Unser viertes gemeinsames Buch. Danke, dass ich durch dich immer weiter wachsen darf. Unser Austausch und dein kritischer Blick auf meine Texte spornen mich an, immer weiter zu denken. Neues auszuprobieren, mich selbst und meine Arbeit zu hinterfragen und für jedes Problem eine Lösung zu finden. Ich kann mir keine bessere Lektorin vorstellen.

Mi. Du hast Lou und Mika mit deiner wundervollen Zeichnung zum Leben erweckt. Als Mensch, der selbst nicht einmal sonderlich hübsche Strichfiguren zeichnen kann, bin ich jedes Mal beeindruckt, wenn ich mir das Cover ansehe. Du hast die beiden perfekt eingefangen.

Meine Schreibkolleg*innen. Mit vielen von euch stehe ich immer wieder in regem Austausch. Ich schätze es sehr, mit euch über neue Cover zu fangirlen oder über neue Projekte zu sprechen. Denn das Schreiben an sich ist eine einsame Beschäftigung. Genau wie Louise tue ich mich schwer damit, auf Menschen zuzugehen. Deswegen bin ich umso dankbarer für alle, die mich auf den Buchmessen in ihre Gruppe mit aufnehmen und mit mir sprechen. Ihr macht alle einen fantastischen Job!

Meine Freund*innen. *Wie Wellen im Sturm* ist in erster Linie ein Buch über Freund*innenschaft. Über ein Mädchen, das endlich seinen Platz in der Welt findet und Menschen, die es so annehmen, wie es ist. Mika, Toni, Caro, Fayola und all die anderen wollten Lou nie verändern. Sie schätzen sie als die Person, die sie ist. Hätte ich in meinem Leben keine Freund*innen, die genauso wundervoll mit mir umgehen, könnte ich solche Geschichten nicht schreiben. Ihr inspiriert mich bei jedem Treffen und jeder Unterhaltung. Danke, dass ihr in meinem Leben seid.

Meine Familie. Zu sehen, wie stolz ihr auf mich seid, bedeutet mir alles. Ja, auch wenn du auf der Arbeit jedem den neuen Zeitungsartikel von mir zeigst, Mama. Vielleicht genau dann. Danke, dass ihr mich und meine Geschichten unterstützt und sie lest, das bedeutet mir alles.

Danke an meine wundervollen Patreons, die mich und meine Arbeit unterstützen und dafür sorgen, dass ich den Projekten nachgehen kann, die ich liebe: Agnetha, Eungyoung, Jayden, Loki, Lorena und Pat.

Luca, Yuna, Arya und Tilda. Ihr seid meine eigene kleine Familie, und ich liebe euch alle sehr. Keine Sorge, Luca, du stehst noch vor den drei Katzen, aber sie kommen direkt danach. Ich denke, das verstehst du.

Du. Die Person, die diese Zeilen gerade liest: Mit jedem meiner Bücher möchte ich Menschen etwas mitgeben. Sei es ein Gefühl, eine Erkenntnis oder wie in diesem Fall eine von den vielen Weisheiten, die Lous Opa ständig von sich gibt. Ich danke dir, dass du diese Geschichte gelesen hast und hoffe, dass sie etwas in dir ausgelöst hat. Vielleicht bist du auch ein Mensch, der gerne in Bäumen sitzt, oder jemand, der sich in den eigenen Geschichten verliert. Vielleicht bist du Teil eines Teams oder hast dich gerade zum ersten Mal verliebt. Ganz egal, was es ist: Du bist genau richtig, so wie du bist.

PRONOMENTABELLE, NEOPRONOMEN

Tari verwendet am Ende des Buches die Pronomen dey, demm, deren. Taris Charakter zeigt sehr gut, dass die eigene Geschlechtsidentität ein Prozess ist und es auch total okay ist, sich nicht sicher zu sein. Sich umzuentscheiden, neue Dinge auszuprobieren. Ich kann mir vorstellen, dass viele von euch noch nicht oft von Neopronomen gehört haben, daher wollten wir am Ende dieses Buches zeigen, wie Taris Pronomen dekliniert werden. Wichtig: Das trifft nicht auf jede Person zu, die sich als nicht binär identifiziert. Jede Person wählt die passenden Pronomen selbst. Deshalb fragt am besten immer nach. 😊

Fall	**dey**	***sie***	***er***	**Beispiele**
Nominativ (wer?)	dey	*sie*	*er*	Dey ist eine Leseratte.
Genitiv (wessen?)	deren	*ihr/e*	*sein/e*	Deren Lieblingsort am Internat ist die Bibliothek.
Dativ (wem?)	demm	*ihr*	*ihm*	Lou ist mit Tari befreundet. Sie hat demm die kurzfristige Teilnahme an den Literaturgesprächen zu verdanken.
Akkusativ (wen?)	demm	*sie*	*ihn*	Lou hat demm überraschend in der »Queer & Friends«-AG getroffen.

TRIGGERWARNUNG

(Achtung: Spoiler!)

Wie Wellen im Sturm enthält Elemente, die triggern können. Diese sind:

Mobbing, Queerfeindlichkeit, Spritzen/Nadeln, Erbrechen (Emetophobie), Blut/offene Wunden